Ren Dhark

Weg ins Weltall

Band 125

Kampf im Doppel-sternsystem

Herausgegeben von
Anton Wollnik

Unitall

Lieferbare Ren Dhark-Bücher

Ren Dhark Classic-Zyklus
Die Heftserie
Paperback/Hardcover
HJB-Ausgabe/Lizenzausgabe
je 352 Seiten, € 16,90
Lieferbar: Bände 1-16

Ren Dhark Drakhon-Zyklus
Die Fortführung der Heftserie bei HJB
Buchausgabe, 352 Seiten, € 16,90
Lieferbar: Bände 1-24

Ren Dhark Bitwar-Zyklus
Buchausgabe, 352 Seiten, € 16,90
Lieferbar: Bände 1-12

Ren Dhark – Weg ins Weltall
Die aktuellen Abenteuer
Buchausgabe, 352 Seiten, € 16,90
ab Band 79: 272 Seiten, € 17,90
ab Band 102: 272 Seiten, € 18,90
ab Band 112: 272 Seiten, € 19,90
ab Band 124: 272 Seiten, € 23,90
Zuletzt erschienen:
Band 100 »Durch Raum und Zeit«
Band 101 »Das Ultimatum«
Band 102 »Stählerne Hölle«
Band 103 »Feinde an Bord!«
Band 104 »Durchbruch nach Terra«
Band 105 »Ein besonderes Geschenk«
Band 106 »Verborgen im Eis«
Band 107 »Der Zeittorus«
Band 108 »Angriff der Supersoldaten«
Band 109 »Flucht von Dafzone«
Band 110 »Die Balduren-Ebene«
Band 111 »Zurück nach Nal«
Band 112 »Die schwarze Statue von Cyrus«
Band 113 »Der Göttliche von Strak«
Band 114 »Gefangen in Maffei 1«
Band 115 »INSTANZ in Gefahr«
Band 116 »Eine sichere Heimkehr?«
Band 117 »Der goldene Verräter«
Band 118 »Der Schwarzen Macht auf der Spur«
Band 119 »Eine unheimliche Entdeckung«
Band 120 »Der Multiversal-Transporter«
Band 121 »Im Zentrum des Universums«
Band 122 »Die letzte Schlacht«
Band 123 »Unter der schwebenden Stadt«
Band 124 »Das Geheimnis der Quaderwolke«
Band 125 »Kampf im Doppelsternsystem«

Unitall-Reihe
Neue, abgeschlossene Einzelromane
Hardcover, 192 Seiten, lieferbar: Bände 1, 3-18, 20-38: € 11,90; ab Band 18: € 12,90
Band 15 »Welt aus dem Gestern«
Band 16 »Der Flug der JULES VERNE«
Band 17 »Kriegsgrund: Tarnit«
Band 18 »Sternenhaie«
Band 20 »Feind ohne Gnade«
Band 21 »Absturz im Eis«
Band 22 »Hundert Jahre Krieg«
Band 23 »Herrschaft des Wahnsinns«
Band 24 »Flug der SPACE QUEEN«
Band 25 »Raumschiffsfalle gelber Hyperriese«
Band 26 »Das Vermächtnis der Heriten«
Band 27 »Verborgene Erkenntnis«
Band 28 »Das Geheimnis von Iondru«
Band 29 »Das Capgras-Syndrom«
Band 30 »Ewiger Winter«
Band 31 »Das Elektrische Zeitalter«
Band 32 »Goguls Armee«
Band 33 »Iondrus Suche«
Band 34 »Willkommen im Dagmeer!«
Band 35 »Das Rätsel von Hallwa«
Band 36 »Bollwerk der Worgun«
Band 37 »Tod der Schwarzen Garde!«
Band 38 »McAustins große Stunde«

Ren Dhark Sternendschungel Galaxis
Paperback, 96 Seiten, € 6,50
Lieferbar: Bände 1-54
Band 36 »Im Zentrum Drakhons«
Band 37 »Rückkehr zu den Rags«
Band 38 »Plünderer!«
Band 39 »Jahrtausendschiff«
Band 40 »Die Erleuchteten«
Band 41 »Einschlag!«
Band 42 »Galaktische Notare«
Band 43 »Höllenfeuer«
Band 44 »Das Volk der Erwachten«
Band 45 »Die Macht der Symbionten«
Band 46 »Ein verlorener Haufen«
Band 47 »Die Flotte der Verlorenen«
Band 48 »Die Schlacht über Odour«
Band 49 »Die stille Stadt«
Band 50 »Vorstoß nach Kurnuk«
Band 51 »Unglaubliche Lösung«
Band 52 »Weltuntergangsprogramm«
Band 53 »Geheimwaffe Kurnuk«
Band 54 »Drakhon für immer?«

Kampf im Doppel-sternsystem

von

Jan Gardemann
(Kapitel 1 bis 7)

Hendrik M. Bekker
(Kapitel 8 bis 13)

Alfred Bekker
(Kapitel 14 bis 19)

und

Anton Wollnik
(Exposé)

1. Auflage

HJB Verlag & Shop KG
Stebacher Str. 24
56276 Großmaischeid
www.ren-dhark.de

Herausgeber: Anton Wollnik
Titelbild: Ralph Voltz
Printed in EU

Prolog

Am 21. Mai 2051 startet die GALAXIS von Terra aus zu einer schicksalhaften Reise in den Weltraum. Durch eine Fehlfunktion des »Time«-Effekts, eines noch weitgehend unerforschten Überlichtantriebs der Terraner, springt das Raumschiff über beispiellose 4.300 Lichtjahre. Genau einen Monat später erreicht es das Col-System, wo es auf dem Planeten Hope landet. Weil ein Weg nach Hause unmöglich erscheint, beschließen die Raumfahrer, auf dem Planeten zu siedeln, und gründen die Stadt Cattan.

Rico Rocco schwingt sich zum Diktator auf und lässt sämtliche Kritiker verfolgen und auf den Inselkontinent Deluge verbannen. Dieses Schicksal trifft auch den zweiundzwanzigjährigen Ren Dhark, seinen besten Freund Dan Riker sowie eine Reihe weiterer Terraner. Doch damit endet die Geschichte nicht. In einer Höhle entdecken die Verbannten nicht nur Artefakte einer mysteriösen fremden Hochkultur, sondern auch ein unvollendetes Raumschiff, das eine prägnante Ringform aufweist.

Nachdem Rico Rocco bei einem Angriff der Amphi umgekommen ist, wird Ren Dhark zum neuen Stadtpräsidenten Cattans gewählt. Er lässt den Ringraumer reparieren, welcher später von Pjetr Wonzeff auf den Namen POINT OF INTERROGATION, kurz POINT OF, getauft wird. Im April 2052 bricht der Ringraumer unter Dharks Kommando zu seinem Jungfernflug zur Erde auf. Damit beginnt ein neues Kapitel in der terranischen Raumfahrt. Nicht zuletzt dank Dharks Forscherdrang entdecken die Menschen weitere Hinterlassenschaften der Mysterious, die es ihnen ermöglichen, neue Ringraumer zu bauen und immer weiter in die Tiefen des Weltraums vorzudringen. Die POINT OF jedoch bleibt trotz allem einzigartig, was nicht zuletzt am Checkmaster liegt, dem eigenwilligen Bordgehirn dieses Raumschiffes.

Ren Dhark bleibt der Kommandant der POINT OF und erforscht mit seiner Mannschaft in den folgenden Jahren nicht nur das Weltall, sondern rettet auch immer wieder die Menschheit und sogar ganze Galaxien.

Im Oktober 2074 entdecken Dhark und Iondru im Thunder Basin National Grassland in Wyoming mithilfe eines Balduren-Artefakts eine zweidimensionale Wand. In dieser öffnet sich ein Zugang zu einem anderen Kontinuum, in dem sich ein Tempel der Goldenen befindet. Dort entdeckt Dhark die Statue eines mysteriösen Wesens, das anscheinend stellvertretend für die Galaxis Maffei 1 steht. Eine Spur zu den Balduren?

Der Erkundung wird jäh ein Ende gesetzt, als plötzlich die Schwarze Macht im Sol-System auftaucht, die schon seit Jahrtausenden auf einen Streich ganze Sonnensysteme sowie Sternenvölker in mehreren Galaxien vernichtet. Die »Zerstörer der Schöpfung« versuchen, ihr Heimatuniversum vor dem Untergang zu bewahren, und suchen dafür ein bestimmtes Balduren-Artefakt.

Es stellt sich heraus, dass jenes Artefakt in der Steuereinheit des Checkmasters der POINT OF verbaut ist. Dhark bleibt keine andere Wahl, als der Schwarzen Macht mit seinem Ringraumer in ihr Kontinuum zu folgen, um bei der Rettung ihres Universums zu helfen. Nur so kann er das Sol-System und dessen Bewohner vor der Vernichtung bewahren. Als die POINT OF in die Milchstraße zurückkehrt, lösen sich die dortigen Einheiten der Schwarzen Macht aufgrund einer Wechselwirkung auf Quantenebene in nichts auf. Die Gefahr ist gebannt.

Wenig später fliegt Ren Dhark mit der POINT OF und neun S-Kreuzern per Koppelflug nach Maffei 1. Dort öffnet sich ein Riss im Weltraum, der sie in einen unbekannten Sektor führt, aus dem es kein Entkommen zu geben scheint. Wenig später entdecken sie in einem Doppelsternsystem einen mysteriösen Generator, der die Risse anscheinend erzeugen kann. Doch bevor Ren Dhark und seine Gefährten das System erreichen, wird das Ziel mit einem Mal von einem gigantischen Quaderkonstrukt angegriffen ...

1.

Ren Dhark hob reflexartig den Arm, um seine Augen vor dem grellen Gleißen in der Bildkugel zu schützen. Auf halber Strecke verharrte er in der Bewegung, weil sein Verstand ihm sagte, dass die Schutzvorrichtung in der bildgebenden Sphäre es nicht zulassen würde, dass eine optische Darstellung den Augen eines Menschen schaden könnte.

An seinem halberhobenen Arm vorbei starrte Dhark die Bildkugel an. Die Lichterscheinung, die eben grellweiß darin aufgeschienen war, begann bereits abzuklingen.

»Eine Supernova womöglich«, sagte Leon Bebir und sprach damit aus, was dem Commander und wahrscheinlich auch den meisten anderen Anwesenden in der Zentrale gerade durch den Kopf schoss.

»Ist dieses Phänomen von dem Doppelsternsystem ausgegangen, zu dem wir unterwegs sind?«, erkundigte sich Hen Falluta. Der Erste Offizier richtete diese Frage an den Chef der Ortungsabteilung, Tino Grappa.

»Momentan sieht es ganz danach aus«, erhielt er von diesem eine nicht ganz zufriedenstellende Antwort. Doch Grappa arbeitete bereits daran, seine Aussage zu präzisieren, wie seine flink über die Tastfelder huschenden Finger verrieten.

Dhark furchte die Stirn. Es war erst wenige Augenblicke her, als er seinem Zweiten Offizier, Leon Bebir, befohlen hatte, Kurs auf das Doppelsystem zu setzen. Dieses bestand aus einem Neutronenstern und einem Blauen Riesen, die beide in einer stabilen Konfiguration zueinander existierten. »Es wäre ein unglücklicher Zufall, wenn eine der Sonnen ausgerechnet jetzt das Ende ihrer Lebenszeit erreicht hätte und in einer Supernova vergeht«, bemerkte er säuerlich.

»Wenn das wirklich geschieht, wird die Anlage, die wir in diesem System vermuten, wohl ebenfalls im Fusionsfeuer verglühen«, schlussfolgerte Bebir. »Unsere leise Hoffnung, mithilfe dieses Generators nach Maffei 1 zurückzukehren, hätte sich dann gleich wieder zerschlagen.«

»Abwarten«, erwiderte Falluta, den nichts so leicht aus der Ruhe bringen konnte. »Noch wissen wir nicht genau, was dieses kurzzeitige, helle Aufleuchten tatsächlich verursacht hat.«

»Der Checkmaster meldet, dass die ursprüngliche Leuchtkraft unseres Ziels kurzzeitlich um das Millionenfache zugenommen hat«, gab Bebir zurück, der per Gedankensteuerung mit dem Bordgehirn verbunden war. Er flog mit der POINT OF an der Spitze eines aus insgesamt zehn S-Kreuzern bestehenden Verbandes. Die CENTRAL PARK mit Iondru und den Anarchisten an Bord folgte in dichtem Abstand an zweiter Stelle. Die übrigen acht Ringraumer, die alle unbemannt waren und vom Checkmaster ferngesteuert wurden, flogen in einem geordneten Pulk hinterdrein. »Was, wenn nicht die Explosion eines instabilen Sterns, soll diese enorme Energiemenge von einem Foe* freigesetzt haben?«, fragte er.

Dhark deutete mit einem Kopfnicken zur Bildkugel. Wie vor dem Lichtblitz, so zeigte die bildgebende Sphäre auch jetzt erneut das sternenarme Gebiet, durch das die Ringraumer kreuzten. Mittendrin zeichnete sich das Doppelsternsystem ab. »Die Sonnen sind jedenfalls unversehrt«, sagte er. »Und das dürfte nicht sein, wenn eine Supernova stattgefunden hätte. Das gesamte System wäre dabei zerstört worden.«

Bebir rieb sich angestrengt das Kinn. »Dann ist womöglich ein anderer massereicher Stern in unmittelbarer Nähe explodiert«, mutmaßte er.

»Es sind weder in Flugrichtung noch in unserer Umgebung irgendwelche der bekannten Nebenerscheinungen einer Supernova festzustellen«, berichtete Grappa.

---

* Bei dem Wort »Foe« handelt sich um ein Akronym für »(ten to the power of) **f**ifty-**o**ne **e**rgs«. Ein Foe entspricht 10^{51} erg bzw. 10^{44} Joule und ist eine Energieeinheit, welche die bei einer Supernova freigesetzte Energiemenge beschreibt.

»Irgendetwas muss aber …« Falluta brach mitten im Satz ab, denn erneut verwandelte sich die Bildkugel in eine grellweiße Sphäre, deren Leuchtkraft knapp unter dem Grenzwert des für das menschliche Auge Erträglichen lag. Auch diesmal ebbte die Erscheinung kurz darauf wieder ab.

»Dieses Phänomen geht eindeutig von unserem Ziel, dem Doppelsternsystem, aus«, rief Grappa vom Ortungspult herüber. Mit gelassenen Bewegungen ließ er die Finger über die Bedienfelder gleiten, während sein Blick auf die Anzeigen gerichtet war. »Bei dem Neutronenstern des Doppelsternsystems hat sich was zugetragen, wie es aussieht.«

»Und was ist mit dem Blauen Riesen?«, fragte Dhark.

»Der ist stabil«, berichtete der mailändische Ortungsoffizier, nachdem er ein paar Feineinstellungen vorgenommen hatte. Er nickte kaum merklich. »Die Analyse der beiden Phänomene legt tatsächlich die Vermutung nahe, dass der Neutronenstern die Quelle dieser enormen Energieabsonderungen darstellt und nicht der Blaue Riese.«

»Und welche Ursache liegt diesem Phänomen zugrunde?«, wollte Falluta wissen.

Grappa verzog unglücklich den Mund. »Ich arbeite noch daran, das herauszufinden. Der Checkmaster ist bereits mit eingebunden. Es wird also vermutlich nicht mehr allzu lange dauern, bis …«

Das erneute Aufblitzen in der Bildkugel ließ diesmal Grappa mitten im Satz innehalten. Sein virtuoses Agieren an den Steuerflächen seines Pults erweckte jetzt allerdings den Eindruck, als spielte er einen schnellen Lauf auf einer Klaviatur.

Gebannt warteten die Anwesenden auf eine Meldung des Ortungschefs.

Dhark verschränkt die Arme und ertappte sich dabei, in der Bildkugel nach Rissen oder Flecken im Weltraum zu suchen, jene Tore, durch die die POINT OF und die neun sie begleitenden S-Kreuzer nach Maffei 1 zurückkehren könnten. Aber er hielt vergeblich nach diesen Durchgängen Ausschau. Sie würden weiterhin im hiesigen Bereich des Weltraums gefangen sein, der entweder in einem gänzlich anderen Universum lag oder als getarnte

Blase im Normalkontinuum existierte. Die riesige Maschine im Doppelsternsystem, die Iondru während seiner Irrfahrt mit der CENTRAL PARK in diesem Sektor entdeckt hatte, könnte möglicherweise ein Generator sein, der das Schutzfeld um diesen Bereich des Weltraums erzeugte oder ihn in einem anderen Kontinuum hielt. Mithilfe dieser Maschine könnten die zehn S-Kreuzer dorthin zurückkehren, woher sie …

»Eines ist jedenfalls sicher«, unterbrach Grappa die Gedanken des Commanders. »Eine Supernova als Ursache für die heftigen Energieausstöße kann ausgeschlossen werden.«

»Womit haben wir es denn dann zu tun?«, fragte Falluta.

Grappa zuckte bedauernd mit den Schultern. »Das lässt sich selbst mit unseren hervorragenden Ortungsanlagen aus dieser Entfernung nicht eindeutig feststellen. Der Blaue Riese erschwert mit seiner chaotischen Strahlung eine genauere Fernanalyse noch zusätzlich.«

»Wir müssen also näher ran«, konstatierte Dhark.

»Die Frage ist nur, ob es ratsam ist, sich der Quelle dieser gewaltigen Energieeruptionen zu nähern«, gab Falluta zu bedenken.

Wie, um den Worten des Ersten Offiziers mehr Gewicht zu verleihen, schien in der Bildkugel erneut ein Gleißen auf, das dann langsam verebbte.

Dhark atmete tief durch und ließ den Blick durch die Zentrale schweifen. »Ich möchte hören, was Sie von dieser Situation halten, Gentlemen«, forderte er die Anwesenden auf.

*

Mithilfe des Checkmasters hatte Tino Grappa ein Abbild des Doppelsternsystems generiert und als Großaufnahme in der Bildkugel erscheinen lassen. Als Grundlage dieser Veranschaulichung dienten die Berechnungen, die Iondru und seine Leute an Bord der CENTRAL PARK angestellt hatten, sowie die Ortungsergebnisse, die Grappa selbst erhoben hatte. Im System der zwei Himmelskörper existierten fünf Punkte, an denen ein leichter Körper wie etwa ein Asteroid oder eine Raumstation antriebslos den massereicheren Himmelskörper umkreisen konnten. Die Freien

Bürger New Yorks hatten herausgefunden, dass sich der Generator, mit dem sich möglicherweise ein Riss im Weltraum erzeugen ließ, sodass der Verbund nach Maffei 1 zurückkehren konnte, beim sogenannten Lagrange-Punkt 1 befand.

Die Darstellung der ungleichen Schwerefelder der beiden Sterne mit den eingezeichneten Librationspunkten glich einem aufgeworfenen Trichter, in dessen Wulstring ein kleiner Schwerefeldtrichter klaffte. Die betreffende Großanlage befand sich über dem schmalen Grat, der diese ungleichen Trichter voneinander trennte.

Arc Doorn und Chris Shanton umstanden gemeinsam mit Ren Dhark und Hen Falluta die Bildkugel und betrachteten das Konstrukt mit nachdenklicher Miene.

Nachdem Dhark sich die Meinungen seiner Offiziere angehört hatte, wollte er mit seinen Gefährten nun eine tiefgreifendere Analyse ihrer Optionen vornehmen.

»Die Vorstellung ist verlockend, dass wir in diesem Doppelsternsystem einen Ausgang aus dieser Falle finden könnten«, sagte Arc Doorn. Der Worgunmutant in der Gestalt eines kräftig gebauten Sibiriers mit langen roten Haaren hatte die Arme vor der Brust verschränkt und die Augen leicht zusammengekniffen.

»Wobei gar nicht zu einhundert Prozent feststeht, dass dieser mutmaßliche Generator wirklich dazu in der Lage ist, einen Riss hervorzurufen, sodass wir nach Maffei 1 zurückkehren können«, gab Shanton zu bedenken. Der schwergewichtige Diplom-Ingenieur kraulte seinen Kinnbart, während er dies sagte. Aufgrund der Halbglatze wirkten seine buschigen Augenbrauen hervorstechend markant.

»Dennoch sollten wir den Kurs auf das Doppelsternsystem fortsetzen«, plädierte Falluta. »Allein schon, um uns Gewissheit zu verschaffen.«

Eine rötliche Markierung flackerte in der unteren Hälfte der Bildkugel auf und zeigte an, dass es soeben eine weitere Energieentladung mit der Intensität einer Supernova gegeben hatte.

Shanton schüttelte entschieden den Kopf. »Bei diesem wiederkehrenden Gleißen könnte es sich auch um einen Vorboten einer bevorstehenden Supernova handeln«, mahnte er.

Falluta nickte einsichtig. »Das Risiko, dem wir uns aussetzen, wenn wir unseren Kurs fortsetzen, wäre in diesem Fall wohl zu hoch«, musste er einräumen.

Doorn warf unwirsch eine Haarsträhne über seine Schulter zurück. »Die Unzuverlässigkeit unserer Messwerte wäre im Gegenteil ein Argument, näher an das System heranzufliegen, bis wir uns endlich ein genaueres Bild von der Lage machen können«, insistierte er.

»Die Intervallfelder unserer Ringraumer halten den gewaltigen Energiemengen von Sternen jedoch nicht stand«, rief Shanton dem Worgunmutanten in Erinnerung. »Ein Intervallum schützt nicht vor den extremen Energieverhältnissen, wie sie etwa im Zentrum einer Sonne herrschen – und erst recht nicht vor den gewaltigen Energiemassen einer Supernova. Die POINT OF und unsere neun Begleitschiffe inklusive der CENTRAL PARK würden einfach verdampfen!«

Den eindringlichen Worten des Diplom-Ingenieurs folgte ein Moment des nachdenklichen Schweigens.

»Ein Risiko wäre es auch, diese Chance auf eine Rückkehr nach Maffei 1 ungenutzt verstreichen zu lassen«, sagte Falluta schließlich.

»Davon ist auch gar nicht die Rede«, erwiderte Dhark. »Die Frage ist nur, ob der jetzige Zeitpunkt der richtige ist oder wir lieber abwarten sollten.«

»Vergessen wir nicht diese Quader!«, warf Artus ein, der inzwischen zu der Gruppe hinzugetreten war. Der intelligent gewordene Großserienroboter richtete das Stirnband mit dem aufgestickten »A« darauf auf seinem Metallschädel. »Zeit zum Abwarten haben wir vielleicht gar nicht. Es könnte diesen Quadern nämlich während eines neuerlichen Vorstoßes in das Doppelsternsystem gelingen, den Generator zu zerstören, wie sie es laut den Berichten der Anarchisten schon einmal versucht haben.«

Doorn nickte grimmig. »Wir müssen einem solchen Angriff unbedingt zuvorkommen und versuchen, uns den Generator nutzbar zu machen!«

Der Erste Offizier schien erneut in seinem Standpunkt zu schwanken. »Falls dieser mutmaßliche Generator zerstört wird, wären wir womöglich für immer in diesem Kontinuum – oder was auch immer dieses sternenarme Gebiet darstellen soll – gefangen«, gab Hen Falluta unbehaglich zu bedenken. »Ich stimme Mister Doorn also zu. Lange abzuwarten erscheint mir nicht sinnvoll.«

Shanton rieb sich überlegend den Nacken. »Gesetzt den Fall, wir wären für unabsehbare Zeit in diesem Taschenuniversum gefangen, würde es für uns schwierig werden, auf Dauer zu überleben. Es gibt hier nur wenige Sterne; die Chance ist folglich sehr gering, einen Planeten mit für uns geeigneten Lebensbedingungen zu finden.«

»Was ist mit den Fremdvölkern in den Raumschiffen der Verteidiger?«, warf Bebir ein. »Womöglich befinden sich ihre Heimatplaneten in diesem Kontinuum. Wir können doch nicht davon ausgehen, dass sie alle aus Maffei 1 hierhergekommen sind. Vielleicht leben sie hier.«

Shanton verzog das Gesicht. »Falls dem so ist, werden die Welten, auf denen wir eventuell leben könnten, wahrscheinlich bereits alle bewohnt sein.«

»Wir wären dann auf das Wohlwollen eines dieser Sternenvölker angewiesen«, führte Doorn die Überlegung fort. »Man müsste es zuerst mit Diplomatie versuchen, wenn niemand uns aufnehmen will. Und wenn wir damit nicht erfolgreich sind, müssten wir auf aggressivere Mittel zurückgreifen, um unser Überleben zu sichern.«

Dhark hob begütigend die Hände. »Über all dies können wir uns zu gegebener Zeit die Köpfe zerbrechen. Noch wissen wir viel zu wenig, auf dessen Grundlage wir sinnvolle Überlegungen anstellen könnten.«

»Wir werden den Kurs Richtung Generator also nicht beibehalten?«, vermutete Falluta.

Dhark schüttelte den Kopf. »Ich werde die POINT OF und unsere Begleitschiffe nicht der Gefahr aussetzen, während einer Supernova zerstört zu werden. Das wäre unser aller Ende und undenkbar!«

Doorn lächelte mit einem Mundwinkel. »Ich habe geahnt, dass Sie sich so entscheiden würden.«

Dhark erwiderte das Lächeln. »Und ich wusste, dass Sie das geahnt haben – und dass Sie Ihre Argumente nur deshalb vorgetragen haben, um ein Gegengewicht zu setzen und mich dazu zu bringen, klar Stellung zu beziehen.«

Doorn seufzte. »Ein ungewisses Schicksal in diesem Kontinuum ist allemal eher hinnehmbar als die Aussicht auf einen baldigen Tod«, gab er trocken von sich.

Dhark fasste die Umstehenden mit festem Blick ins Auge. »Aus diesem Grund halte ich es für unerlässlich, dass wir uns zuerst ein genaueres Bild von diesem Sektor verschaffen«, sagte er. »Es gilt, in diesem Kontinuum unsere Möglichkeiten auszuloten. Dass wir hier nicht allein sind, wissen wir bereits. Wir wurden Zeuge, wie sich diverse Raumschiffstypen gegen die Quader stellten. Die unterschiedlichen Bauarten dieser Raumer lassen vermuten, dass sie von verschiedenen raumfahrenden Sternenvölkern konstruiert und gebaut wurden. Aber wir wissen nicht, wie viele Sternenvölker hier tatsächlich leben und wie sie sich mit den besonderen Verhältnissen arrangiert haben.«

»Wir werden das Doppelsternsystem also vorerst nicht anfliegen«, resümierte Bebir. »Wohin sollen wir denn stattdessen fliegen?«

»Sofern Iondru mit seiner Vermutung richtig liegt, handelt es sich bei den Stabschiffen, die die Mannschaft der CENTRAL PARK gesichtet hat, um Raumer der Phasmi«, sagte Dhark. »Dieses Sternenvolk hatten wir bereits in Maffei 1 kennengelernt. Und wir wissen, dass sie sich sehr für diese Quader interessieren. Ich halte es daher für das Beste, erst einmal den Kontakt mit diesen Stabschiffen zu suchen. Wenn es sich tatsächlich um die Phasmi aus Maffei 1 handelt, wissen sie womöglich, wie wir aus diesem Kontinuum wieder herauskommen.«

»Iondru hatte bereits versucht, mit den Verteidigern der Maschine beim Doppelsternsystem in Verbindung zu treten«, rief Artus dem Commander in Erinnerung. »Die CENTRAL PARK wurde daraufhin angegriffen, obwohl der Funker eine Friedensbotschaft gesendet hatte.«

Dhark nickte bedächtig. »Gut möglich, dass diese Botschaft von den Empfängern nicht verstanden wurde. Außerdem richtete sich die Nachricht nicht explizit an die Stabschiffe. Wir sollten uns dadurch nicht entmutigen lassen.«

Falluta wandte sich an den Zweiten Offizier. »Mister Bebir, fliegen Sie eine Schleife und bringen Sie uns weg von dem Doppelsternsystem und seinen enormen Strahlungen. Setzen Sie stattdessen Kurs auf den offenen Weltraum.«

»Der so offen gar nicht ist«, gab Arc Doorn halblaut von sich.

Bebir nickte. »Und wie lauten die Zielkoordinaten?«

»Fliegen Sie vorerst nach Gutdünken«, wies Dhark ihn an. »Genauere Anweisungen erhalten Sie so bald wie möglich.«

Dhark nahm in dem Kommandantensessel Platz und bat Glenn Morris, eine Bildsprechverbindung zur CENTRAL PARK herzustellen. Iondru und die Anarchisten mussten über seinen Entschluss in Kenntnis gesetzt werden.

*

Über dem Holoprojektor in der Armlehne des Kommandantensessels schwebte ein dreidimensionales, miniaturisiertes Abbild des Klons von Ren Dharks viel zu früh verstorbenem Sohn Ion Alexandru. Außer den Genen hatte Iondru mit Ion Alexandru allerdings wenig gemein. Das dunkle Haar hing leicht gewellt bis auf seine breiten Schultern herab, und in den graublauen Augen, die seinem markanten Gesicht einen kühlen Ausdruck verliehen, lag ein geheimnisvoller Schimmer. Er trug die neutrale Uniform der Freien Bürger New Yorks, die auf Ren Dharks Wunsch hin mit Aufnähern versehen worden war, damit die Mannschaftsmitglieder leichter voneinander unterschieden und ihre Qualifikationen schneller erkannt werden konnten.

»Sollten sich in den Stabschiffen tatsächlich Phasmi aufhalten, wäre es durchaus denkbar, dass die mit denen in Maffei 1 überhaupt nichts zu tun haben«, gab Iondru zu bedenken, nachdem er sich angehört hatte, was Dhark ihm mitzuteilen hatte. »Wir sollten also nicht darauf vertrauen, dass die uns einen Weg aus diesem Kontinuum weisen werden.«

»Das werden wir auch nicht«, erwiderte Dhark. »Ich hege trotzdem die Hoffnung, dass es hinsichtlich dieser Schiffe eine gewisse Übereinstimmung geben könnte. Immerhin wissen wir, dass diese feindseligen Quader aus Maffei 1 hierhergekommen sind. Und die Phasmi haben sich intensiv mit diesen kristallinen Gebilden beschäftigt. Dass einige ihrer Stabschiffe im Rahmen dieser Untersuchungen sich hier einfanden, während die Quader ein Tor passierten, ist folglich nicht ganz auszuschließen.«

Iondru wiegte abwägend den Kopf. »Wenn das stimmt, haben diese Phasmi wahrscheinlich keinen Weg zurück nach Maffei 1 gefunden«, mutmaßte er. »Ansonsten wäre dieser Raumsektor nämlich in ihren Sternenkarten verzeichnet gewesen, was aber nicht der Fall ist.«

»Da ist was dran.« Dhark atmete tief durch.

Die Sternenkarte, die von dem Phasmi Annamnam vor Kurzem an die POINT OF übermittelt worden war, war unlängst mit den hiesigen Gegebenheiten abgeglichen worden. Dabei wurde festgestellt, dass der sternenarme Sektor, in dem sich die Ringraumer momentan aufhielten, darin gar nicht enthalten war. Dasselbe galt für sämtliche in den Archiven der POINT OF abgespeicherten Sternenkarten. Der hiesige Raumsektor stellte unbekanntes Terrain dar. Das hatten sowohl die Astronomische Abteilung als auch der Checkmaster überprüft.

»Ich halte dein Vorhaben, mit den Stabschiffen gezielt in Kontakt zu treten, trotzdem für sinnvoll«, sagte Iondru jetzt. »Das sieht meine Mannschaft genauso, obwohl wir ja bereits vergeblich versucht haben, einen Kontakt mit ihnen herzustellen. Ein neuerlicher Versuch sollte dennoch unbedingt unternommen werden. Nicht zuletzt auch deswegen, weil diese Stabschiffe und die anderen Raumer, denen wir bisher begegnet sind, für den Erhalt des Generators kämpfen. Und der könnte unsere Rückfahrkarte nach Maffei 1 sein.«

»Du hast davon berichtet, dass sich der Weltraum verändert hatte, als diese Maschine von den Quadern beschädigt wurde«, brachte Dhark jetzt ein anderes Thema zur Sprache. »Könnte es sein, dass die supernovaähnlichen Phänomene im Doppelsternsystem damit im Zusammenhang stehen?«

Iondru zuckte unbestimmt mit den Schultern. »Durchaus möglich, dass es eine direkte Wechselwirkung gibt. Stichhaltige Hinweise haben wir allerdings nicht.« Der Klon wirkte jetzt ein wenig ratlos. »Mir ist auch noch immer nicht ganz klar, was hier überhaupt gespielt wird. Diese Quader haben Maschinenteile gebaut, und anfangs sah es ein wenig so aus, als wären die für diesen Generator bestimmt, der offensichtlich noch nicht ganz fertiggestellt ist. Doch dann fingen die Quader plötzlich an, den mutmaßlichen Generator zu beschädigen. Wenn die fremden Raumschiffe nicht aufgetaucht und die Quader vertrieben hätten … Wer weiß, was dann geschehen wäre?«

»Wir werden es herausfinden«, gab Dhark sich zuversichtlich. »Auch aus diesem Grund möchte ich unbedingt mit diesen mutmaßlichen Verteidigern in Verbindung treten.«

»Dazu werden wir wohl schneller Gelegenheit erhalten als erwartet!«, rief Hen Falluta plötzlich dazwischen.

Dhark sah zur Bildkugel hinüber. Dutzende Fremdschiffe wurden darin dargestellt. Sein geübter Blick verriet ihm augenblicklich, dass sich auch Stabraumer unter ihnen befanden.

»Die Schiffe sind vor wenigen Momenten aus dem Hyperraum aufgetaucht«, meldete Grappa. »Das Geschwader ist nur wenige Lichtsekunden von uns entfernt.«

»Die Fremdschiffe eröffnen das Feuer!«, meldete der Checkmaster mit seiner neutralen Stimme über Bordsprech. »Ausweichmanöver unserer Begleitschiffe wurden von mir bereits eingeleitet. Soll ich die CENTRAL PARK mit übernehmen?«

»Das erledigen wir selbst!«, rief Iondru dazwischen. »Mein Pilot reagiert bereits auf die herannahenden Kampfstrahlen.«

»Die POINT OF befindet sich ebenfalls längst außerhalb der Schusslinien«, meldete Bebir.

»Waffensysteme bereithalten!«, befahl Dhark daraufhin. »Vorerst aber nicht feuern!« Er wandte sich Iondrus Holografie zu. »Ihr behaltet die Steuerung der CENTRAL PARK bei«, ging er dann auf den Einwurf des Klons ein. »Ich befehle euch jedoch ausdrücklich, euch zurückzuhalten und nichts eigenmächtig zu unternehmen!«

»Das hatten wir auch gar nicht vor«, versicherte Iondru ihm. »Du kannst dich auf uns verlassen!«

2.

»Alle offenen Funkkanäle wurden identifiziert«, informierte Glenn Morris den Commander über Borsprech. »Sie können Ihre Botschaft jetzt absetzen, Sir. Man wird Sie in den angreifenden Raumschiffen hören und sehen.«

Dhark nickte seinem Ersten Funkoffizier, der aus der Funk-Z auf einem Nebenbildschirm zugeschaltet war, dankend zu. Bebir ließ die POINT OF derweil im steilen Winkel aufsteigen, um einer Salve aus lichtschnellen Kampfstrahlen auszuweichen. Die Fremdschiffe waren inzwischen so nahe an die Ringraumer herangekommen, dass sich die Reaktionszeiten erheblich verkürzt hatten und einiges an Geschicklichkeit aufgebracht werden musste, den Kampfstrahlen zu entgehen, damit die Intervallfelder nicht unnötig belastet wurden.

Dhark konzentrierte sich kurz, um seine Gehirnwellen für eine Verbindung mit der Gedankensteuerung zu synchronisieren.

Checkmaster, schickte er dann einen Gedanken an das Bordgehirn der POINT OF. *Übersetze meine Nachricht in die Sprache der Phasmi und übertrage sie in die angreifenden Schiffe.*

In Ordnung, erwiderte der Hyperkalkulator. *Es kann losgehen.*

Dhark setzte sich zurecht. »Wir hegen keine feindlichen Absichten«, sagte er dann mit getragenem Ernst in der Stimme. »Wir sind friedliche Sternenforscher und nicht gewillt, uns in einen Konflikt hineinziehen zu lassen. Stellt das Feuer sofort ein. Und dann lasst uns reden. Falls der Eindruck entstanden sein sollte, dass wir euch schaden wollen, so handelt es sich um ein Missverständnis!«

Glenn Morris stieß einen überraschten Laut aus. »Es wird geantwortet!«, rief er über Bordsprech. »Und zwar auf sämtlichen Kanälen!«

Dhark deutete zur Bildkugel. »Lassen Sie hören.«

Trotz dieser eher unpräzisen Anweisung reagierte Morris ohne Zögern und leitete die Bildströme der Funkverbindungen in die Kugelsphäre. Er wusste, was der Commander von ihm erwartete, und ließ für jeden der Kanäle ein Segment entstehen, sodass es in der Bildkugel plötzlich von Fremdwesen nur so wimmelte. Gleichzeitig tönte ein mehrstimmiges, babylonisches Gebrabbel in der Zentrale auf.

Obwohl nicht zu verstehen war, was gesprochen wurde, ließ die Intensität und Eindringlichkeit der Lautäußerungen vermuten, dass die Sprecher ziemlich aufgebracht oder sogar wütend waren.

Diesen Eindruck bestärkten die Gesten und das Gebaren der in der Bildkugel dargestellten Fremdwesen noch zusätzlich. Da wurde unkontrolliert mit den Extremitäten herumgefuchtelt oder es wurden mutmaßliche Drohgebärden gezeigt. Die Gesichter wirkten verzerrt, während die Mimik ständig wechselte.

Dhark ließ sich weder von dem chaotischen Stimmengewirr noch von dem Anblick der fremd anmutenden Physiognomien beirren. Konzentriert lauschte er den Stimmen und versuchte, die verschiedenen Idiome voneinander abzugrenzen. Schließlich war er sicher, eine der Sprachen zu erkennen. Da bei dieser eine unverwechselbar fistelige Stimme zu hören war, machte es für ihn umso leichter, sie zu identifizieren.

»Ich verstehe kein Wort!«, beschwerte sich Bebir und hielt sich die Hände ansatzweise vor die Ohren. Gleichzeitig ließ er die POINT OF per Gedankensteuerung zur Seite kippen, sodass die gerade heranjagenden Kampfstrahlen das Doppelintervallum nur streiften.

Die S-Kreuzer befanden sich inzwischen inmitten des Pulks der Angreifer. Die Ringraumer manövrierten wie aufgescheuchte Insekten scheinbar chaotisch herum.

Dabei ging es jetzt nicht mehr allein darum, den Angriffen auszuweichen. Stattdessen fing der Checkmaster mit den Doppelintervallfeldern der Ringraumer nun sogar den einen oder anderen Kampfstrahl absichtlich ab, wenn absehbar war, dass dieser ein Fremdschiff treffen würde, wenn der Strahl an seinem anvisierten Ziel vorbeischoss.

Auf einem der Kanäle wird Phasmisi gesprochen, informierte der Checkmaster den Commander über die Gedankensteuerung.

Dhark, der dies längst erkannt hatte, nickte kaum merklich. Sein Blick ruhte dabei auf einem bestimmten Segment in der Bildkugel.

Darin wurde ein aufrecht stehendes, stabförmiges Wesen abgebildet. Der äußerst biegsame Körper mit den drei schlanken, elastischen Beinen und den beiden langen Armen, die aus dem oberen Ende des Torsos ragten, war giftgrün.

Die Arme lagen dicht am Körper an und endeten in drei abgespreizten Fingern. Eine weitere Extremität wuchs dem Wesen aus der Brust; dieser Auswuchs wirkte irgendwie verkümmert, verfügte allerdings über eine feuchte Mundöffnung mit zwei hornartigen Kauleisten darin. Zwischen den »Schultern« der Arme befand sich ein einzelnes starres Auge mit schmaler, horizontal verlaufender Pupille.

Dass dieses Geschöpf gerade redete, deuteten die saugenden Bewegungen der Lippen an. Dhark hatte dies schon einmal beobachten können, als er in Maffei 1 das erste Mal mit einem Phasmi per Bildsprech kommuniziert hatte.

Dhark konzentrierte sich jetzt auf die Fistelstimme und schaltet alle anderen Stimmen per Gedankensteuerung kurzerhand stumm.

Auch in diesem Punkt hatte sich Morris als der hervorragend eingespielte Kamerad erwiesen, der er war, und dem Commander die Kanäle unaufgefordert zur Verfügung gestellt. Die Befehlshaber der Fremdschiffe konnten den Commander jetzt zwar noch hören, Dhark sie – von einer Ausnahme abgesehen – aber nicht mehr.

Nur Morris musste sich das babylonische Gezeter weiterhin in der Funk-Z anhören, die direkt neben der Zentrale lag.

Dhark hob kurz die Hand, um den Anwesenden zu bedeuten, sich still und abwartend zu verhalten. Dann ließ er den Checkmaster den fisteligen Redeschwall, der die Zentrale erfüllte, ins Angloter übersetzen.

»... ihr mit der Quaderwolke nichts zu tun haben wollt, ist völlig unglaubwürdig«, zischelte es plötzlich eisig aus den Schallfeldern. Die Besonderheit der Stimme der Phasmi hatte der Checkmaster beim Übersetzen unverändert gelassen, sodass der Eindruck eines geisterhaften Geraunes entstand, das unheilvoll aus imaginären Ecken und Winkeln hervordrang. »Für wie dumm haltet ihr uns?«, fuhr der Phasmi fort. »Ich hatte euch schon die ganze Zeit über im Verdacht, mit dem Feind gemeinsame Sache zu machen. Eure komischen Ringschiffe sind mir sofort suspekt vorgekommen, als sie plötzlich bei der Quaderwolke auftauchten!«

Dhark horchte auf.

Die Quaderwolke, von der hier die Rede war, befand sich in Maffei 1!

»Wir kennen uns bereits?«, unterbrach er den Phasmi, der in seiner Schimpftirade unverdrossen fortgefahren war.

Der Angesprochene hielt perplex inne. Der Phasmi in der Bildkugel legte beide Hände um das Auge, sodass ein kurzer Tunnel entstand. »Willst du mich verblenden?«, fragte er aggressiv.

»Nein«, erwiderte Dhark, dem bereits schwante, mit wem er es zu tun hatte. »Du musst verzeihen. Ich habe in meinem Leben erst einen einzigen Phasmi zu Gesicht bekommen. Ich wüsste nicht, wie ich euch voneinander unterscheiden sollte.«

Der Phasmi ließ die Arme sinken. »Willst du mir etwa hellmachen, dass du nicht weißt, mit wem du gerade sprichst?«

»Langsam überkommt mich eine gewisse Vermutung«, sagte Dhark ausweichend. »Bist du Chefprospektor Annamnam, der Phasmi, mit dem ich in Maffei 1 verhandelt habe?«

»Du spielst mir nur was vor!«, zischelte Annamnam. »Wie kürzlich bei der Quaderwolke, wo du mir hellmachen wolltest, dass du nichts über die Gebilde wüsstest!«

»Das hattest *du* allerdings auch behauptet«, hielt Dhark dagegen.

Der Commander warf einen Blick in die Runde. Die Gesichter der Umstehenden wirkten um einiges zuversichtlicher als noch vor wenigen Minuten. Dass sie in diesem hermetischen Sektor auf einen Phasmi aus Maffei 1 gestoßen waren, nährte ihre Hoffnung, dass es für sie eine baldige Rückkehr ins Normalkontinuum geben könnte.

Doch zuvor mussten die Angreifer davon überzeugt werden, dass von den Ringraumern keine Gefahr ausging. Ein Unterfangen, das Dhark aufgrund der zurückliegenden Verhandlungen mit Annamnam als nicht ganz einfach einstufte.

*

Der Pulk der Angreifer bezifferte sich auf mehrere Hundert Schiffe, wobei der Checkmaster achtzehn verschiedene Raumschiffstypen identifizierte.

Diese verfügten über höchst unterschiedliche Offensivwaffen. Neben einigen energetischen Projektilen waren verschiedenfarbige Kampfstrahlen mit unterschiedlicher Wirkkraft und Geschwindigkeit am meisten vertreten.

Allerdings hielt sich deren Durchschlagskraft insgesamt in Grenzen. Jede Kampfstrahlart für sich genommen könnte dem Intervallum eines S-Kreuzers nur dann wirklich gefährlich werden, sofern sie gestaffelt zum Einsatz kamen. Und natürlich wäre es verheerend, wenn die verschiedenen Strahlen des Pulks massenhaft auf ein Ziel gerichtet würden.

In diesem Fall würden auch die Doppelintervallfelder nicht sehr lange standhalten können. Allerdings sorgte der Checkmaster mit geschickten Manövern dafür, dass die Angreifer keine Gelegenheit erhielten, den Beschuss auf einen einzigen Ringraumer derart zu fokussieren, dass es für die Terraner hätte gefährlich werden können.

So hielten es auch Leon Bebir und der Pilot der CENTRAL PARK. Sie blieben in ihren Manövern stets unberechenbar und sorgten für die eine oder andere Überraschung, wenn sie zum Beispiel einfach durch einen Angreifer hindurchflogen.

Ein ständiger Datenaustausch zwischen dem Zehnerverband sorgte darüber hinaus dafür, dass die Führungsmannschaften der beiden bemannten Ringraumer hinsichtlich der Schlagkraft des Feindes auf dem Laufenden gehalten wurden.

Unter den energetischen Projektilen, die während des Angriffs zum Einsatz kamen, stellte sich eine Sorte als äußerst heikel heraus. Jene Geschosse entluden ihre Energien nämlich, sobald sie die Membran der Intervallfelder erreichten, was die Feldgeneratoren erheblich unter Druck setzte.

Die Schiffe, die diese Projektile verschossen, hatten ein markantes Aussehen. Der etwa zweihundertzwanzig Meter lange Rumpf besaß einen hohen Bug und verjüngte sich zum niedrigen Heck hin deutlich. Diese Schiffe waren durchgehend nur etwa fünfzig Meter breit, wodurch sie seltsam flach wirkten. Aus dem oberen Bugbereich ragten rechts und links halbkugelförmige Abstrahlvorrichtungen, aus denen milchige Energiestrahlen schossen. Die energetischen Projektile jagten aus vertikalen schlitzartigen Öffnungen ins All. Die wulstigen Ränder dieser Kerben im Bug erinnerten an aufgeworfene Lippen.

Die gesamte Außenhülle dieser schmalen keilförmigen Schiffe war mit warzenartigen Strukturen und flachen Beulen übersät. Welchem Zweck sie dienten, wurde ersichtlich, als eines dieser Schiffe von dem fehlgeleiteten Kampfstrahl eines sternenförmigen Raumers getroffen wurde und zwischen den Warzen und Beulen plötzlich ein bräunliches Energiefeld aufschimmerte und den Strahl wegleitete.

Der Checkmaster, der diese Plattraumer als am gefährlichsten eingestuft hatte, ließ es auf einen Versuch ankommen und führte einen der S-Kreuzer, die er lenkte, so dicht an eines dieser Schiffe heran, bis es von dem Intervallum berührt wurde. Der Plattraumer schwenkte daraufhin wie in einem Reflex blitzartig herum, und unterhalb der Halbkugelprojektoren spreizten sich säbelartige Ausleger ab.

Als eine dieser Klingen ins Intervallum eintauchte, fing die betroffene Sphäre augenblicklich zu flackern an und wäre kollabiert, wenn der Checkmaster den S-Kreuzer nicht schnell hätte zurückweichen lassen.

Nach diesem Vorfall schloss das Bordgehirn der POINT OF die laufende Kategorisierung der Schiffstypen ab. Die Plattraumer standen ganz oben in der Gefährderliste, während die Stabschiffe der Phasmi bloß an vorletzter Stelle rangierten.

*

»Ich lass mich von meiner Überzeugung nicht abbringen«, wisperte Annamnams Stimme geisterhaft durch die Zentrale der POINT OF. »Ihr habt die Quader mit euren Ringschiffen hierhergelockt. Sie sollten in eurem Auftrag den Generator sabotieren!«

Dhark fuhr sich mit der Hand über das Gesicht. Seit zehn Minuten versuchte er vergeblich, dem Chefprospektor der Phasmi klarzumachen, dass seine Gefährten und er keine feindlichen Absichten hegten.

Dass er die POINT OF und ihre neun Begleitschiffe während der Verhandlung der Gefahr aussetzte, beschädigt oder am Ende vielleicht sogar zerstört zu werden, verstärkte seine innere Unruhe noch zusätzlich. Denn dass die Angreifer durchaus das Potenzial besaßen, den S-Kreuzern gefährlich zu werden, wenn sie nur den Beschuss besser koordinierten, bewiesen die Daten, die der Checkmaster gesammelt und via Gedankensteuerung an den Commander übertragen hatte.

Noch immer hoffte Dhark, dass seine militärische Zurückhaltung den Angreifern endlich zu denken gab und ihnen deutlich machte, dass von den Ringschiffen keine Gefahr für sie ausging. Doch diese Erkenntnis ließ leider noch auf sich warten. Auch Annamnam erwies sich resistent gegen Dharks Versicherungen, dass die Terraner lediglich friedliche Absichten hegten.

»Es war genau andersherum«, unternahm er einen weiteren Versuch, den Chefprospektor zur Vernunft zu bringen. »Nicht wir haben die Quader hierhergeführt, vielmehr sind wir ihnen gefolgt.«

»Warum solltet ihr so etwas denn tun?«, erwiderte Annamnam uneinsichtig.

»Na, weil wir einen Weg hierher gesucht haben.« Dhark holte tief Atem. »Wobei ich zugeben muss, dass keiner von uns eine genaue Vorstellung davon hatte, wohin es uns eigentlich verschlagen würde.«

»Ihr habt also einen Weg hierher gesucht, wusstet aber nicht einmal, wohin dieser Weg überhaupt führen würde?« Annamnam schürzte die Lippen am Ende seines verkümmert erscheinenden dritten Arms. »Das klingt ziemlich unlogisch. Eure Geschichten sind unglaubwürdig. Eure wahren Absichten könnt ihr mit ihnen nicht verschleiern: dass ihr nämlich die Quader hierhergeführt habt!«

»Wir hegen keine feindseligen Absichten, das müsst ihr doch erkennen!«, wurde Dhark nun leicht ungehalten. »Wir wollen lediglich nach Maffei 1 zurückkehren, das ist alles. Wenn ihr uns verratet, wie wir das bewerkstelligen können, seid ihr uns schnell wieder los.«

»Ihr wollt euch also aus der Verantwortung stehlen«, resümierte Annamnam. »Und eurer Strafe entgehen?«

»Wir haben nichts Unrechtes getan!«

»Warum solltet ihr hierherfliegen, wenn ihr angeblich eigentlich in Maffei 1 sein wollt?«, gab der Chefprospektor zurück, nur um die Frage am Anschluss selbst zu beantworten: »Ihr wolltet die Quader hierher geleiten!«

»Eines unserer Schiffe hatte sich zuvor in dieses Kontinuum verirrt«, entgegnete Dhark um Geduld bemüht. »Wir wollten es finden, und wir hofften, die Quader würden uns hinführen.«

Annamnam schwenkte die Arme, was seltsam aussah, da sie oben aus dem Torso ragten und wie aufgestellte Propellerflügel anmuteten. »Schon wieder tischst du mir eine unglaubwürdige Geschichte auf!«, wetterte er.

Dhark seufzte schicksalsergeben. »Ich muss wohl ein wenig weiter ausholen«, sagte er, obgleich er dies ursprünglich nicht beabsichtigt hatte. »Das Schiff, das uns verlorenging, die CENTRAL PARK, wurde in den Riss einer zweidimensionalen Wand gezogen, die plötzlich im Weltraum entstanden war. Ebenso unerwartet erschienen plötzlich auch etliche dieser Quader. Einige von ihnen sind der CENTRAL PARK durch den Spalt gefolgt, die übrigen haben uns angegriffen. Nur mit Mühe und Not konnten wir uns der Attacken der Quader erwehren, und bevor wir hinter unserem Ringraumer herfliegen konnten, schloss sich die Öffnung in der zweidimensionalen Mauer unvermittelt. Kurz darauf löste sich die Wand in nichts auf. Die CENTRAL PARK und die Quader, die sie verfolgt hatten, waren spurlos verschwunden. Und die Quader, mit denen wir uns herumschlagen mussten, verloren plötzlich das Interesse und flogen in die Richtung davon, aus der sie gekommen waren. Als wir später dann zur Wolke zurückflogen, um diese genauer zu erforschen, versuchte ich, mit dir in Kontakt zu treten. Aber du warst nicht erreichbar.«

»Weil ich nicht vor Ort war«, gab Annamnam kurz angebunden zurück.

»Wir spürten schließlich ein kosmisches Phänomen auf, von dem wir glaubten, es könnte mit dieser zweidimensionalen Mauer in Zusammenhang stehen«, fuhr Dhark mit seiner Erklärung widerstrebend fort. »Die Quader folgten ebenfalls dorthin, wie wir feststellten. Außerdem nahmen sie die Maschine mit, an der sie offenbar gebaut hatten. Im Weltraum war eine Art Riss entstanden, diesmal jedoch unabhängig von dieser zweidimensionalen Mauer. Dorthin waren die Quader unterwegs. Ich gab Befehl, den Quadern zu folgen. Es gelang meinen neun Ringraumern tatsächlich, den Riss zu passieren, ehe dieser sich schließen konnte.« Dhark breitete die Arme aus. »Und wir haben richtig gehandelt. Die Quader führten uns hierher, und wir fanden die CENTRAL PARK endlich wieder. Die zehn Ringraumer sind somit erneut vereint – nur das haben wir gewollt. Was die Aktivitäten dieser Quader anbelangt, damit haben wir nichts zu tun. Für uns hatten sie ihren Zweck erfüllt, als wir die Suche nach der CENTRAL PARK endlich abschließen konnten!«

Dhark bemerkte, dass er sich ein wenig in Rage geredet hatte und hielt im Sprechen inne. Abwartend sah er den in der Bildkugel dargestellten Phasmi an.

Annamnam legte erneut die Hände um sein Auge, um eine Art Tunnel zu bilden, durch den er blickte. »Ein zweidimensionales Objekt kann im dreidimensionalen Raum doch gar nicht existieren«, wisperte er. »Du lügst, dass sich die Lichtstrahlen biegen!«

*

Der Checkmaster warf S-Kreuzer Nummer sechs in die Schussbahn der milchfarbenen Strahlen, die aus den Halbkugeln eines Plattraumers geschossen wurden. Sie hatten Ringraumer Nummer fünf zuvor knapp verfehlt und jagten jetzt auf ein Stabschiff der Phasmi zu, das kurz zuvor bereits von einem verirrten Projektil getroffen worden war. Für das Bordgehirn der POINT OF bestand kein Zweifel, dass ein weiterer Treffer den angeschlagenen Stabraumer stark beschädigen, wenn nicht sogar zerstören würde. Die Analyse des Geschehens während dieses unerwiderten Angriffs ließ in diesem Punkt keine andere Einschätzung zu. Die beiden Kampfstrahlen abzufangen, würde das Intervallum von S-Kreuzer Nummer sechs zwar stark belasten, die Phasmi in dem Stabschiff jedoch retten. Der Checkmaster hatte daher nicht gezögert, den Ringraumer entsprechend zu manövrieren und die feindlichen Strahlen mit dem Doppelintervallum abzublocken. Wie nicht anders erwartet, brachte der Treffer die Generatoren des Schutzfeldes arg in Bedrängnis.

Anschließend hatte der Checkmaster etliche Rechenkapazitäten voll damit zu tun, S-Kreuzer Nummer sechs mit einem Geleitschutz aus der Gefahrenzone zu bugsieren. Er stufte es als höchst unangemessen ein, dass die Befehlshaber der gegnerischen Schiffe sich nun besonders bemühten, den angeschlagenen Ringraumer aufs Korn zu nehmen. Er wusste die Eskortraumer allerdings so geschickt einzusetzen, dass kein weiterer Treffer S-Kreuzer Nummer sechs erreichte.

Dass diese Aktion vom Checkmaster erfolgreich durchgeführt werden konnte, war nicht zuletzt auch der CENTRAL PARK zu verdanken. Deren Pilot hatte die Angreifer zuvor mit seinem Schiff nämlich auf so provozierende Weise umschwirrt, dass sich schließlich ein Drittel vom Pulk abgespalten hatte, um den frechen Widersacher zu verfolgen. So waren nicht genügend Angreifer zurückgeblieben, die dem Checkmaster hätten in die Quere kommen können.

Das unverändert aggressive Vorgehen der Angreifer kam dem Bordgehirn dennoch im höchsten Maße unverhältnismäßig vor. Die Tatsache, dass die Ringraumer den Beschuss nicht erwiderten, wurde von den gegnerischen Kommandeuren ebenso ignoriert wie die selbstaufopfernden Manöver, die der Hyperkalkulator durchführte, um Schaden von den angreifenden Schiffen abzuwenden.

Dementsprechend vernichtend fiel die Bewertung hinsichtlich der Moral der Angreifer aus, die der Checkmaster per Gedankensteuerung schließlich an den Commander sendete.

*

Ren Dhark hörte Annamnams Gewisper nur noch mit halber Aufmerksamkeit zu.

»Ihr habt die Quader hierhergelockt«, wiederholte der Chefprospektor seine Anschuldigung, von der Dhark schon gar nicht mehr wusste, wie oft der Phasmi sie schon vorgetragen hatte. Jegliche Versuche, Annamnam dazu zu bewegen, ihm zu verraten, was es mit diesem hermetischen Raumsektor und dem Generator im System des Doppelsterns auf sich hatte, waren von diesem hartnäckig ignoriert worden. Stattdessen wurde der Chefprospektor nicht müde, seinem Argwohn ungehemmt Ausdruck zu verleihen. Annamnam ließ sich von seiner vorgefertigten Meinung nicht abbringen und zeigte keinerlei Bereitschaft für ein Entgegenkommen.

Die unverminderten Attacken der fremden Raumschiffe bewiesen, dass die anderen an diesem Angriff beteiligten Sternenvölker ähnlicher Ansicht waren wie die Phasmi. Unreflektierter Zorn und Kurzsichtigkeit sprachen aus ihrem Handeln.

Und nun kam auch noch die niederschmetternde Einschätzung des Checkmasters hinzu. An diesem Punkt musste Dhark endlich einsehen, dass seine Strategie des Verhandelns und Stillhaltens nichts brachte und im Umgang mit diesen lästigen Widersachern andere Saiten aufgezogen werden mussten.

Er hob eine Hand und ließ den Zeigefinger kreisen. Morris, dem diese Geste galt, verstand sofort und öffnete einen Kanal zur CENTRAL PARK.

»Ab sofort erwidern wir die Angriffe mit Mix-2!«, befahl Dhark.

Der Checkmaster ließ sich nicht zweimal bitten, und auch in den Waffensteuerungen der POINT OF und der CENTRAL PARK reagierte man umgehend. Wie auf einen Knopfdruck hin schoss das energetische Strahlengemisch Mix-2 zeitgleich aus sämtlichen Abstrahlantennen der zehn Ringraumer. Mit dieser Waffenart, die der POINT OF seit dem Ausflug nach ERRON-3 im Mai 2057 zur Verfügung stand, waren die neun S-Kreuzer auf

Dharks Geheiß hin unter anderem nachgerüstet worden. Diese Modernisierung war im Zuge einer Generalüberholung der Ringraumer durchgeführt und von der Point-of-Stiftung finanziert worden.

Die Schiffe zusätzlich mit Wuchtkanonen auszustatten, war aus Kostengründen allerdings nicht möglich gewesen.

Wie ein Blitzgewitter zogen die Strahlen über die Angreifer her und diffundierten durch die gegnerischen Schutzschirme. Die Schutzsphären der getroffenen Schiffe flackerten auf, erloschen oder blieben nur noch in Segmenten erhalten.

Auch die Schutzvorkehrungen der Plattraumer wurden sichtbar geschwächt, denn plötzlich stoben nur noch Funken aus den warzenartigen Ausstülpungen, während es in den Mulden unheilvoll zu glühen anfing.

»Die Kommandanten der Fremdraumer brechen die Funkverbindung ab!«, rief Morris von seiner Funkstation über Bordsprech. Gleichzeitig meldete der Checkmaster via Gedankensteuerung, dass die Gegner das Feuer eingestellt hatten.

»Sie drehen ab!« Tino Grappa verzog grimmig einen Mundwinkel. »Die Kommandeure dieser Schiffe scheinen zart besaitet zu sein, wenn sie beim geringsten Anschein von Gegenwehr gleich die Schwänze einziehen und das Weite suchen!«

»Dabei haben sie doch einen durchaus wehrhaften Eindruck gemacht, als sie gegen die Quader gekämpft hatten«, merkte Falluta an.

»Diese Quader sind keine echten Raumschiffe«, erwiderte Leon Bebir daraufhin. »Wir sind offenbar respekteinflößender als diese unbelebten Konstrukte mit rätselhafter Bestimmung.«

Dharks Blick ruhte konzentriert auf der Bildkugel. Als die Kommandeure der Fremdschiffe die Funkverbindung abgebrochen hatte, waren auch deren Bildsegmente erloschen. Annamnam hatte es ebenso gehalten und die Verbindung beendet.

Stattdessen bildete die Sphäre nun erneut den Weltraum ab. Die flüchtenden Raumschiffe wurden als Punkte dargestellt. Sie bildeten ein Schwarm, der sich geschlossen in eine Richtung wegbewegte, und zwar mit hohen Beschleunigungswerten, wie die eingeblendeten Zahlen verrieten.

»Sie steuern das Doppelsternsystem an!« Die Eindringlichkeit in der Stimme des Commanders ließ die flapsigen Kommentare seiner Führungsoffiziere augenblicklich verstummen.

Grappa tippte mit den Fingern eilig über das Steuerpult und nickte dann bestätigend. »Die Schiffe haben direkten Kurs auf die Doppelsterne gesetzt«, meldete er.

»Das ist sonderbar«, sagte Bebir. »Was sie dort wohl wollen?«

»Vielleicht nachschauen, was es mit den rätselhaften Energieeruptionen auf sich hat, die wir empfangen haben?«, mutmaßte Shanton.

»Oder es gibt neuen Ärger mit den Quadern«, warf Arc Doorn ein.

»Ihr Rückzug muss unmittelbar mit unserer Gegenwehr zu tun haben«, war Falluta überzeugt. »Gut möglich also, dass sie ihre Kräfte beim Doppelsternsystem zusammenziehen, um dafür zu sorgen, dass wir auf keinen Fall Zugriff auf die Anlage am Lagrange-Punkt 1 erhalten.«

Dhark rieb sich nachdenklich das Kinn. »Unser Versuch einer Kontaktaufnahme mit den Phasmi hat jedenfalls nicht zum Erfolg geführt«, sagte er zerknirscht und blickte in die Runde. »Wir werden also unseren ursprünglichen Plan wieder aufnehmen und das Doppelsternsystem anfliegen.«

»Was ist mit den Bedenken, die Sie wegen der drohenden Supernova hatten?«, hakte Doorn nach.

Dhark hob kurz eine Schulter. »Diese Gefahr stufe ich inzwischen als nicht mehr sehr hoch ein.« Er deutete zur Bildkugel. »Ich gehe davon aus, dass die Verteidiger des Generators das Doppelsternsystem hinreichend gut kennen. Dass sie ihre Schiffe trotz der besorgniserregenden Pulse dorthin gelenkt haben, lässt mich also vermuten, dass diese Energieauswürfe weitaus ungefährlicher sind, als ich befürchtet habe.« Er schlug die Beine übereinander. »Mister Bebir«, sagte er in gemäßigtem Befehlston. »Setzen Sie Kurs auf das Doppelsternsystem. Wir werden uns mal genauer ansehen, was dort los ist!«

3.

Die POINT OF flog an der Spitze des Zehnerverbandes. Die übrigen Ringraumer folgten in einigem Abstand, wobei Dhark angeordnet hatte, dass die CENTRAL PARK mit zwei S-Kreuzern diesmal das Schlusslicht bildeten. Am liebsten hätte er Iondrus Schiff zusammen mit mehreren Begleitraumern irgendwo fernab des Doppelsternsystems zurückgelassen, wo er die Freien Bürger New Yorks in relativer Sicherheit gewusst hätte. Da er aber nicht ausschließen konnte, dass sich irgendwo kurzfristig ein Riss nach Maffei 1 auftun würde, durch den man gemeinsam fliegen könnte, hatte er von dieser Idee wieder Abstand genommen. Erneut zu riskieren, dass die CENTRAL PARK mit Iondru an Bord von der POINT OF getrennt wurde, kam für ihn nicht infrage. Den Zehnerverband zusammenzuhalten war für ihn in ihrer jetzigen Lage unerlässlich.

Dennoch wollte er dafür sorgen, dass die CENTRAL PARK und deren Besatzung nicht unnötig irgendwelchen Gefahren ausgesetzt wurde. Aus diesem Grund löste er die Formation auf, sobald der Verbund sich dem Doppelsternsystem auf rund dreißig Lichtminuten genähert hatte.

»Die neun S-Kreuzer bleiben bis auf Weiteres an dieser Position zurück«, bestimmte er. »Die POINT OF wird sich allein dem System nähern.«

Iondru, der einmal mehr via Bildsprech hinzugeschaltet war, verzog unzufrieden das Gesicht, sagte jedoch nichts. Damit handelte er gemäß der Absprache, die besagte, dass er und die Anarchisten sich den Weisungen des Commanders ohne Lamentieren zu fügen hatten, wenn ausdrücklich kein Widerspruch gewünscht wurde. Dass dies in diesem Fall gegeben war, hatte Dhark sowohl durch seine Wortwahl als auch durch deren Betonung unmissverständlich deutlich gemacht. Um der Besatzung der CENTRAL PARK zu zeigen, dass sie sein uneingeschränktes Vertrauen genossen, verzichtete er darauf, die Steuerung des Ringraumers vorsorglich dem Checkmaster zu übertragen.

Während der Bremsvorgang beendet wurde und die neun S-Kreuzer in relativer Reglosigkeit hinter der POINT OF zurückblieben, versuchte Tino Grappa mit allen ihm zur Verfügung stehenden Ortungseinrichtungen, das Zielsystem genauer zu durchleuchten.

»Der Neutronenstern hat einen Durchmesser von rund zwölf Kilometern«, gab er die Werte wieder, die an seiner Arbeitsstation angezeigt wurden. Zur Unterstützung hatte er nicht nur den Checkmaster, sondern auch Dencil Yell hinzugezogen, der neben ihm saß und Feinjustierungen vornahm.

Da sie es mit einem komplexen astronomischen Problem zu tun hatten, hatte Dhark den Astrophysiker Claus Bentheim über Bordsprech hinzugeschaltet.

Der arbeitete zusammen mit mehreren Kollegen in der Astronomischen Abteilung an der exakten Analyse des Doppelsternsystems und hatte auch gleich eine genauere Beschreibung parat. »Die Masse des Blauen Riesen ist etwa vierzig Mal größer als die Sonnenmasse von Sol«, ließ er die in der Zentrale Anwesenden über die Schallfelder wissen. »Die Massenobergrenze dieses Riesen scheint erreicht zu sein. Der Strahlungsdruck befindet sich also im Gleichgewicht mit dem Kompressionsdruck der Gravitationskraft.«

»Der Blaue Riese ist also in einem stabilen Zustand?«, fragte Dhark leicht verwundert.

»So ist es«, sagte Bentheim.

Grappa begann, einige Regler zu verstellen. »Auch ich bin mir inzwischen sicher, dass diese Energieeruptionen nicht vom Blauen Riesen ausgehen«, warf er dazwischen.

»Es besteht seitens dieses Gestirns also keine Gefahr durch eine drohende Supernova?«, hakte Falluta nach.

»Danach sieht es aus«, bestätigte Grappa.

»Dann ist der Neutronenstern also unser Sorgenkind«, schlussfolgerte Chris Shanton.

Der Checkmaster schaltete sich ein. »Während des Anflugs habe ich die Ortungsergebnisse sämtlicher S-Kreuzer zusammengeführt«, meldete er mit seiner neutralen Stimme. »Das Strahlungschaos dieses Doppelsternsystems ist schwer zu entwirren. Dennoch scheint es, dass die kritischen Pulse tatsächlich von dem Neutronenstern ausgehen. Der Blaue Riese hingegen verhält sich astronomisch unauffällig.«

»Wir haben den Neutronenstern mal genauer ins Visier genommen«, berichtete Bentheim. »Sein Verhalten ist für einen Stern dieser Klasse nicht ungewöhnlich. Der Grund für die Energieentladungen bleibt allerdings rätselhaft.«

»Inwiefern?«, hakte Dhark nach.

»Normalerweise entwickeln die Neutrinos enorme kinetische Energien, die nach außen expandieren. Dem wirkt die Materie der äußeren Schichten des Sterns, die auf den Kern zurückfallen, entgegen. Da der Kern eine extreme Dichte aufweist, prallt die Materie daran ab und bildet eine Hülle. Sobald der Energiestau der eingeschlossenen Neutrinos einen Grenzwert überschreitet, wird die Hülle explosionsartig abgestoßen und das kompakte Sternenmaterial auf einen großen Raum verteilt. Eine Kernkollaps-Supernova entsteht, die weithin sichtbar ist.«

Dhark kratzte sich ungeduldig die Augenbraue. »Normalerweise, sagten Sie? Was ist in diesem Fall anders?«

»Unser Neutronenstern ist von dem Grenzwert noch weit entfernt«, erklärte Bentheim geduldig. »Dennoch ist ein temporärer plötzlicher Anstieg von kinetischer Energie zu verzeichnen, für den es keine Erklärung gibt.«

»Die Pulse des Neutronensterns sind mittlerweile jedenfalls stark abgeschwächt«, brachte sich der Checkmaster erneut ein. »Er sondert in unregelmäßigen Abständen nunmehr ein Aufglimmen ab. Die Energiewerte sind dennoch enorm, aber im Vergleich zu den ersten Eruptionen, die wir aufgefangen haben, eher marginal und für unsere Intervallfelder daher unproblematisch.«

»Das ist doch mal eine gute Entwicklung«, freute sich Falluta.

»Im Ortungsschatten des Neutronensterns scheint es eine eklatante Unregelmäßigkeit zu geben«, ließ sich Grappa daraufhin vernehmen, der die Tastfelder seiner Station mit der für ihn typischen Leichtigkeit bespielte. »Dieser Bereich lässt sich aufgrund der hohen Strahlenwerte nur ungenau erfassen. Irgendetwas scheint sich dort abzuspielen.«

»Fliegen wir doch einfach um diesen Winzling herum und sehen nach, was sich dahinter verbirgt«, schlug Bebir vor.

»Wenn dabei ein gewisser Sicherheitsabstand gewahrt wird, werden wir keine Probleme bekommen«, äußerte sich der Checkmaster dazu.

»Wir dürfen die Verteidiger allerdings nicht aus dem Blick lassen«, mahnte Falluta. »Gut möglich, dass denen nicht gefällt, was wir hier tun.«

»Bisher verhalten sich die Fremdschiffe abwartend, wie es scheint«, meldete Grappa. »Es werden Dutzende von ihnen in der Nähe des Generators angezeigt.«

»Dutzende?«, wunderte sich Dhark. »Es müssten Hunderte sein!«

»Wenn die übrigen Verteidiger sich nicht davongemacht haben, wäre es durchaus denkbar, dass sie im Ortungsschatten des Neutronensterns auf uns warten«, mutmaßte Artus.

Dhark nickte nachdenklich. »Wir können die neun S-Kreuzer jederzeit als Verstärkung hinzuziehen, wenn es sein muss«, sagte er. »Riskieren wir es also.« Er bedachte seinen Zweiten Offizier mit einem auffordernden Kopfnicken, während er dies sagte.

Bebir passte den Kurs der POINT OF daraufhin entsprechend an und ging auf Sublichteffekt. In unterlichtschnellem Flug zog er mit dem Ringraumer einen weitläufigen Bogen um den Neutronenstern herum.

Nach wenigen Flugminuten geriet der anvisierte Bereich, der zuvor im Ortungsschatten gelegen hatte, in die Erfassung der Spürer und Taster. Und was die Raumfahrer nun in der Bildkugel zu sehen bekamen, verschlug ihnen förmlich die Sprache.

*

Ein komplexes, gewaltiges Konstrukt schwebte in der Mitte der bildgebenden Sphäre. Die Länge bemaß sich auf fünfhundert Kilometer, während die eingeblendeten Messwerte eine Breite von vierhundert Kilometern anzeigten. Dieses ominöse Gebilde schwebte rund eine halbe Astronomische Einheit von dem Neutronenstern entfernt im Leerraum. Es bestand aus zwei annähernd gleich aussehenden Blöcken, die parallel zueinander lagen und mit mehreren stummelartigen Röhren miteinander verbunden waren, von denen jede einen Durchmesser von fünfzig Kilometern aufwies.

Der schmale Spalt, den diese Säulen überbrückten, war nur wenige Kilometer breit. Aus den Außenflächen der Parallelkörper ragten in unregelmäßigen Abständen Quader von unterschiedlicher Größe. Die ebenen Flächen dazwischen schienen das Licht des Neutronensterns zu spiegeln, denn sie gleißten in einem eisigen Blau. Im Vergleich dazu wirkten die hervorstehenden Quader stumpf und blass.

Aus dem Spalt zwischen den beiden Parallelkörpern löste sich plötzlich ein energetischer Impuls. Er jagte als breiter Strom direkt auf den Neutronenstern zu und fraß sich scheinbar in ihn hinein.

All diese Eindrücke nahmen die Anwesenden in der Zentrale der POINT OF in nur wenigen Sekunden in sich auf. Erst danach wurden sie gewahr, dass ein Pulk der Quader aus Maffei 1 das riesige Konstrukt wütend umflog. Mit Manövern hielten diese Hunderte Fremdraumer auf Abstand, die den Quadern mit Strahlensalven beizukommen versuchten.

Die kristallinen Gebilde gingen dabei genau so vor, wie Dhark und seine Kameraden es in Maffei 1 bereits erlebt hatten. Sie verhielten sich im Grunde wie intelligente Projektile, rasten gezielt auf die Schiffe zu, passten sich deren Ausweichmanöver an und gaben alles, um eine Kollision herbeizuführen. Wenn es ihnen strategisch sinnvoll erschien, zerfielen die Quader in zahlreiche kleine Segmente, die dann wie Streumunition auf die Schutzschirme der Raumer auftrafen.

Ebenso schnell fügten sich die Einzelteile dann erneut zu einem größeren Gebilde zusammen.

Die Schutzfelder der Fremdraumer hielten den Kollisionen je nach Stärke und Beschaffenheit auf unterschiedliche Weise stand. Die meisten Energiefelder arbeiteten offenbar ähnlich wie die

Kompaktfeldschirme der Ringraumer. Sie ließen die »Projektile« abprallen, wenn auch mit unterschiedlicher Wirkkraft. Dabei wurden die Felder in unterschiedlichen Graduierungen belastet.

All diesen Energieschirmen war jedoch gemein, dass die kinetische Energie der Kollisionen durch sie nicht gänzlich neutralisiert werden konnte. Deutlich war auszumachen, wie einige Schiffe unter der Wucht der gegen ihre Schutzfelder anbrandenden Schläge erbebten oder sogar von den Flugbahnen abgedrängt wurden.

Brach ein Schutzschirm unter dem Ansturm der Quader zusammen, war es um das betreffende Schiff schnell geschehen. Die Trefferwirkung der Einschläge in die Schiffshüllen war der zerstörerischen Kraft von Wuchtkanonenkugeln nicht unähnlich. Dabei schien es den Quadern egal, dass sie während der Treffer teilweise ebenfalls zerstört wurden.

Das Kampfgeschehen, das in der Bildkugel wiedergegeben wurde, weckte in der Zentralenbesatzung unliebsame Erinnerungen an die Auseinandersetzung mit diesen Quadern vor der zweidimensionalen Wand in Maffei 1. Feststellen zu müssen, dass die Intervallfelder der S-Kreuzer keinen wirksamen Schutz vor diesen kristallinen Gebilden boten, weil die Quader kurzerhand in das Zwischenkontinuum eindrangen, anstatt wie durch eine Luftspiegelung hindurchzufliegen, war eine besorgniserregende Erfahrung gewesen.

Die nutzlosen Intervallfelder mussten abgeschaltet und die Kompaktfeldschirme eingeschaltet werden. Und selbst diese dicht gestaffelten Schutzfelder wirkten lediglich wie eine Art schusssichere Weste, die zwar eine Durchdringung verhinderte, die kinetische Energie des Aufpralls aber nicht vollständig zu absorbieren vermochte. Die Folge waren Erschütterungen und Schläge, die sogar trotz der Andruckabsorber in der Zentrale zu spüren gewesen waren.

An all dies musste die Führungsmannschaft denken, während ihr das Geschehen in aller Deutlichkeit in der bildgebenden Sphäre vorgeführt wurde.

Schließlich wechselte die Darstellung erneut in eine Gesamtansicht. Die im Vergleich zu dem gewaltigen Gebilde winzig erscheinenden unterschiedlichen Flugobjekte verhielten sich jetzt wie Mückenschwärme, die in den Sog der Fallwinde eines riesigen Gebäudekomplexes geraten waren und herumwirbelten.

»Dieses Konstrukt ist kaum wiederzuerkennen«, war es Chris Shanton, der als Erster etwas sagte. »Aber ich bin mir ziemlich sicher, dass es sich um die Maschine handelt, die die Quader aus Maffei 1 hierherbrachten. Sie ist von ihnen nur erheblich ausgebaut und erweitert worden.«

»Wie es aussieht, werkeln sie auch jetzt noch daran herum«, erkannte Arc Doorn und deutete mit dem Finger auf einen Bereich, an dem Hunderte schwebende Quader gerade ein Segment des Parallelkörpers vervollständigten.

Erneut strömte ein energetischer Impuls aus der Kluft der Anlage und traf den Neutronenstern.

»Da haben wir die Erklärung für den ungewöhnlichen Energieanstieg innerhalb des Neutronensterns«, sagte Bentheim. »Es scheint, dass der Grenzwert des Strahlendrucks künstlich herbeigeführt werden soll.«

Ein Stabraumer, der von mehreren Quadern bedrängt wurde, flog plötzlich zu dicht an den Neutronenstern heran. Der Schutzschirm kollabierte, und wenig später zerriss der Strahlendruck die Schiffshülle, als bestünde sie bloß aus Papier. Als wäre ein Sturm in ein Gebilde aus Staub gefahren, zerstob der Stabraumer in zahllose glitzernde Partikel, die schließlich erloschen.

»Das war das Schiff, das ich unter Einsatz von Ringraumer Nummer sechs vorhin vor dem Untergang bewahrt habe«, merkte der Checkmaster mit neutraler Stimme an.

Ein weiterer energetischer Impuls fraß sich in den Neutronenstern. In der Kluft der Parallelkörper verebbte ein fahler Schein und ließ den schattigen Spalt dann in Dunkelheit zurück.

»Diese Impulse werden in unregelmäßigen Abständen abgeschossen«, informierte Grappa die Anwesenden. »Sie sind unzweifelhaft die Ursache für die besorgniserregenden Pulse, die wir angemessen haben.«

»Das sagte ich doch bereits«, erwiderte Bentheim distanziert.

Dhark nickte gewichtig. Er hatte bereits weitergedacht. »Unsere ungestümen Widersacher in den Fremdraumern wollen offenbar mit allen Mitteln verhindern, dass dieses Quaderkonstrukt den Neutronenstern weiterhin beschießt.«

»Und obwohl sie hier von weiteren Einheiten unterstützt werden, sind sie dabei nicht sehr erfolgreich«, merkte Falluta bedauernd an.

»Was kein Wunder ist«, ging Doorn auf die Bemerkung ein. »Wir haben am eigenen Leib erfahren, wie gefährlich diese Quader sind. Es hätte nicht viel gefehlt, und wir hätten einen unserer S-Kreuzer verloren. Nur dass sie plötzlich das Interesse an uns verloren haben, bewahrte uns davor, einen Ringraumer einzubüßen.«

»Und das hat uns auch davor bewahrt, dass wir eine Menge Zeit für die Rückreise in die Milchstraße benötigen werden, weil uns ein S-Kreuzer für den Koppelflug fehlt«, vervollständigte Bebir. Der Zweite Offizier seufzte. »Was denke ich jetzt an den Heimflug?«, schalt er sich selbst. »Zuerst einmal müssen wir aus diesem hermetisch abgeriegelten Raumsektor hinausfinden.«

»Vorerst verhalten wir uns dennoch neutral«, reagierte Dhark auf diese unverblümte Aufforderung zum Handeln. »Wir wissen noch immer nicht, was hier überhaupt gespielt wird und welche Ziele die einzelnen Fraktionen verfolgen. Es wäre unverantwortlich, in den Konflikt einzugreifen und womöglich zu riskieren, dass wir genau das Falsche tun.«

Bebir nickte gefasst. »Ich habe den Kurs der POINT OF inzwischen leicht abgeändert, damit wir diesem imposanten Konstrukt und den Kämpfenden nicht zu nahe kommen«, berichtete er.

Dhark lächelte milde. »Nicht die Nerven verlieren, Leon«, sagte er versöhnlich.

»Das Konstrukt der Quader hat sich in Bewegung gesetzt!«, meldete Grappa plötzlich. Er schüttelte perplex den Kopf. »Es ist genau so, wie wir es in Maffei 1 schon einmal beobachtet haben. Unsere Ortungsinstrumente messen keinen Anstieg von Energiewerten an, und dennoch beschleunigt das riesige Gebilde. Ein wie auch immer gearteter Antrieb ist ebenfalls nicht auszumachen.«

»Die Quader bleiben dicht bei ihrem Konstrukt«, berichtete Dencil Yell. »Und die Verteidiger jagen hinter ihnen her.«

»Warum hat das Gebilde denn plötzlich das Interesse am Neutronenstern verloren?«, fragte Shanton. »Ist irgendwie zu erkennen, dass ein Prozess abgeschlossen wurde?«

»Das ist schwer zu sagen«, ging Bentheim auf die Frage des Diplom-Ingenieurs ein. »Die Strahlungswerte des Neutronensterns bewegen sich auf hohem Niveau. Der Kern ist in Aufruhr geraten, könnte man sagen. Schwer zu bestimmen, ob der Grenzwert in absehbarer Zeit erreicht wird, weil die Energiemengen sich hochschaukeln.«

»Behalten Sie das Verhalten des Sterns unbedingt im Auge«, forderte Dhark. »Und schlagen Sie Alarm, wenn es für uns brenzlig werden könnte.«

»Der Kurs, den das Konstrukt eingeschlagen hat, lässt vermuten, dass es Richtung Lagrange-Punkt 1 unterwegs ist«, meldete der Checkmaster jetzt.

Dhark warf Bebir einen eindringlichen Blick zu. »Hinterher!«, wies er ihn an. »Aber wahren Sie Sicherheitsabstand!«

*

Arc Doorn verschränkte die Arme vor der Brust. »Das Konstrukt hat es schon wieder auf den Generator abgesehen, daran besteht kein Zweifel!« Sein auf die Bildkugel gerichteter Blick wirkte finster. »Wenn wir doch nur endlich wüssten, woran wir sind! Nicht zu wissen, auf welche Seite wir uns schlagen sollen, ist ziemlich zermürbend.«

»Vermisst du es, für eine Seite mitfiebern zu können?«, erkundigte sich Artus interessiert.

Doorn stieß ein kurzes Lachen aus. »Womöglich«, sagte er amüsiert. »Es wäre aber auch nicht schlecht, endlich zu erfahren, aus welchem Grund sich diese beiden Parteien überhaupt bekriegen und welchen Zweck diese gigantische Quadermaschine und der Generator der Verteidiger jeweils erfüllen.«

»Waren wir uns nicht einig, dass dieser Generator ein Schutzfeld erzeugt?«, warf Chris Shanton ein. »Ein Schutzfeld, das einen Teil des Universums abschirmt oder in einem anderen Kontinuum hält?«

Doorn hob eine Schulter. »Das sind alles bloß Vermutungen.«

»Das Konstrukt ist jetzt noch eine halbe Astronomische Einheit vom Generator entfernt«, meldete Grappa. »Und es vermindert seine Geschwindigkeit abrupt.«

»Zeigen Sie uns den Generator!«, befahl Dhark.

»Der hat sich leicht verändert«, bemerkte der Checkmaster, der das Objekt bereits analysiert hatte. »Die Vermutung, dass unentwegt an der Maschine gebaut wird, scheint zutreffend zu sein.«

In der Bildkugel erschien nun ein flimmerndes Objekt. Um es optisch in seiner Gänze optimal zu vergrößern, füllte es die bildgebende Sphäre komplett aus.

Ein Energiefeld waberte um einen Kern, von dem kaum etwas auszumachen war. Lichterschwaden und Blitze verschleierten die Sicht auf das Gebilde, das wie von einem Kokon davon umhüllt wurde. Hin und wieder schimmerte die Ahnung einer Kontur durch das Schutzfeld hindurch.

Das Steuerprogramm der Bildkugel puzzelte aus diesen flüchtigen Eindrücken jetzt ein Abbild zusammen, das erkennen ließ, dass es sich bei dem Kern um eine technische Anlage von gewichtigem Ausmaß handeln musste. Verzweigte Strukturen bildeten ein kompaktes Ganzes, ein verschlungenes Konglomerat aus filigranen, verwobenen Bauteilen.

Auch jetzt war zu erkennen, dass sich innerhalb des Energieschirms kleinere Objekte bewegten, die an dem Gebilde herumzuwerkeln schienen.

Plötzlich gleißte die Darstellung so hell auf, dass erneut die Abblendfunktion der Bildkugel einschreiten musste.

»Was ist geschehen?«, verlangte Dhark zu wissen.

»Das Quaderkonstrukt hat einen Energiestrahl auf den Generator abgefeuert«, berichtete Grappa.

»Die freigesetzte Energie übersteigt den Wert um das Zehnfache, den die CENTRAL PARK angemessen hatte, als das Konstrukt diese Anlage schon einmal angegriffen hatte«, fügte der Checkmaster hinzu.

Die Lichterscheinung verebbte. Aus dem verglimmenden Leuchten schälten sich die verschlungenen Umrisse des mutmaßlichen Generators. Das Schutzfeld war hinweggefegt worden und hatte die Station entblößt zurückgelassen. Hier und da wiesen die filigranen Strukturen deutliche Beschädigungen auf.

»Die Verteidiger, die sich in unmittelbarer Nähe des Generators befunden haben, existieren nicht mehr«, rief Yell aufgeregt. »Der Strahl des Konstruktes hat sie richtiggehend pulverisiert!«

»Es sind noch immer mehrere Hundert Verteidigerschiffe übrig«, las Grappa von seiner Konsole ab. Er änderte den Fokus der Darstellung, bis eine Gesamtansicht des Geschehens in der Bildkugel zu sehen war.

Jetzt wurde auch wieder ersichtlich, wie gigantisch das Quaderkonstrukt in Wahrheit war. Es nahm fünfmal so viel Raum ein wie der Generator, der jetzt vergleichsweise klein und zerbrechlich wirkte.

Die Baumaschinen hatten offenbar bereits damit begonnen, die beschädigten Bereiche des Generators zu reparieren, denn es war zu beobachten, wie sich eingeknickte Streben aufrichteten und eingesunkene Bauteile neu formierten.

»Noch so ein Treffer und der Generator ist hinüber«, unkte Shanton.

Doorn schüttelte kaum merklich den Kopf. »Das Quaderkonstrukt hätte längst gefeuert, wenn es gekonnt hätte. Offenbar ist es nicht in der Lage, derart starke Energieströme schnell hintereinander abzufeuern. Die Energien müssen sich in dem Koloss wohl zuerst aufbauen.«

»Was offenbar nicht linear geschieht«, warf Artus ein. »Darum wurden die Impulse, mit denen dieses Ungetüm den Neutronenstern beschossen hat, wahrscheinlich auch in unregelmäßigen Abständen abgesondert.«

Während man sich in der Zentrale Spekulationen hingab, versuchten die verbliebenen Verteidiger hartnäckig, dem Quaderkonstrukt auf den Leib zu rücken. Die Vorstöße wurden von den Quadern jedoch meist erfolgreich abgewehrt. Erreichte einer der Kampfstrahlen dennoch sein Ziel, so schien dieser wirkungslos an den Außenwänden des Giganten zu verpuffen. Lediglich die energetischen Projektile der Plattraumer waren in der Lage, das Gebilde sichtbar anzukratzen.

»Sollen wir tatenlos mit zusehen, bis das Konstrukt genug Energie generiert hat?« Diese Frage richtete Falluta direkt an den Commander.

Dhark setzte zu einer Erwiderung an, hielt aber inne, als er gewahr wurde, dass eine Veränderung mit dem Quaderkonstrukt vor sich ging. Er verengte seine Augen, weil er nicht glauben konnte, was er da sah: Die Parallelkörper bewegten sich voneinander weg, und zwar in der Art einer Zange oder Schere. Die dem Generator zugewandte Stirnseite des Spalts, der zwischen den Bauteilen klaffte, öffnete sich, während der hintere Teil unverändert blieb. Wie zwei aneinandergelegte Hände, die sich von den Fingern her in einer empfangenen Geste öffneten, klafften die Parallelkörper immer weiter auseinander. Dabei schob sich das Konstrukt der Quader auf den Generator zu.

»Was geschieht dort?«, fragte Leon Bebir entgeistert.

Eine Antwort erhielt der Zweite Offizier nicht. Gebannt verfolgten die Anwesenden in der Zentrale, was sich draußen im Weltall am Lagrange-Punkt 1 zutrug. Die offenen Wangen des Parallelkörpers schoben sich unaufhaltsam auf das filigrane Gebilde zu, bis es sich zwischen ihnen befand. Dann nahm das Geschehen seinen Lauf. Das Konstrukt stoppte den Flug und die gigantischen Seitenteile schnappten wie ein Maul zu.

»Es … es hat den Generator kurzerhand verschlungen!«, stotterte Shanton perplex. »Das ist ungeheuerlich!«

4.

Wie blutdurstige Mücken stürzten sich die Schiffe der Verteidiger auf das Quaderkonstrukt. Und obwohl den waghalsigen Flugmanövern die Verzweiflung der Angreifer deutlich anzumerken war, änderte dies dennoch nichts an der Effektivität ihrer Aktionen. Zu Hunderten stürzten sich die Fremdraumer kamikazeartig auf das Parallelgebilde. Die Verteidiger wollten das gigantische Bauwerk der Quader unbedingt zerstören, um den Generator aus seinen Fängen zu befreien, anders waren die riskanten Attacken nicht zu interpretieren.

Doch der Wille zum Sieg allein reichte nicht aus. Die Fremdraumer hatten offenkundig nicht die geringste Chance, das Konstrukt zu bezwingen. Stattdessen mussten sie immer mehr Verluste hinnehmen, denn die Quader setzten den Schiffen auf ihre bewährte Weise zu, indem sie sich zu kleineren Einheiten aufspalteten, sich an anderer Stelle erneut vereinigten und sich gegen die Schutzschirme der Angreifer warfen. Der Aufprall dieser kristallinen Geschosse beutelte die Schiffe ordentlich und ließ ihre Schutzschirme hier und da erlöschen.

Dhark ballte die Fäuste und setzte sie hart auf die Armlehnen seines Kommandantensessels. Ein nadelstichartiges Aufblitzen in der Bildkugel deutete an, dass ein weiteres Schiff der Verteidiger soeben zerstört worden war.

»Lässt sich Annamnams Raumschiff lokalisieren?«, rief Dhark in die betretene Stille hinein.

Grappa, dem die traurige Aufgabe zuteilgeworden war, dafür zu sorgen, dass die dramatischen Ereignisse draußen im Weltall in der Bildkugel übersichtlich dargestellt wurden, hielt in seinen fein angestimmten Justierbewegungen inne. Mit Morris' Hilfe, der eilig die Funkdaten an das Ortungspult übertrug, konnte er den Stabraumer, von dem aus Annamnam mit Ren Dhark kommuniziert hatte, in dem Schwarm der wütend angreifenden Schiffe schließlich ausmachen.

»Annamnams Stabraumer scheint unversehrt«, berichtete Grappa.

Mit einer fließenden Bewegung erhob sich Dhark aus seinem Kommandantensessel. »Es ist genug!«, sagte er mit fester Stimme. »Zeit zu handeln!«

Mit knappen, präzisen Anweisungen erteilte er seine Befehle. Als er damit fertig war, setzte er sich, um seinen Part in dem Vorhaben zu spielen, das er ersonnen hatte.

»Ich habe einen Kanal zu Annamnams Stabraumer geöffnet«, informierte Morris ihn über Bordsprech.

»Legen Sie den Videostrom auf meinen Sessel«, befahl Dhark.

Er hatte noch nicht ausgesprochen, da baute sich über dem Holoprojektor in der Armlehne bereits die miniaturisierte, dreidimensionale Abbildung des Phasmi auf. Annamnam gestikulierte aufgebracht. Auch die aus seiner Brust ragende dritte armähnliche Extremität wippte auf und nieder, während die Lippen an seinem Ende unaufhörlich Saugbewegungen vollführten. »… mich verhöhnen?«, wisperte seine Stimme zischelnd in der Zentrale auf. »Bereitet es dir Genugtuung, mir angesichts unserer Niederlage ins Einauge zu sehen?«

»Mich treibt nichts dergleichen an«, rief Dhark barsch dazwischen.

Annamnam schien ihn gar nicht zu hören. »Du hast das Leben Unzähliger auf dem Gewissen!«, keuchte er. »Etliche unserer Heimatplaneten werden wegen dir untergehen. Du hast die Quader hierhergelockt, damit sie den Generator zerstören. Nicht mehr lange und du hast erreicht, was du …«

»Jetzt gibt endlich einmal Ruhe!«, brüllte Dhark mit hochrotem Kopf. »Zum Lamentieren ist jetzt nicht der richtige Augenblick!«

Irritiert unterbrach Annamnam seine Schimpftirade. Das erste Mal sahen die Terraner den Phasmi blinzeln.

»Es wird Zeit, Klartext zu reden«, sagte Dhark mühsam beherrscht. »Du sollst wissen, dass meine Kameraden und ich keinen Finger rühren werden, bis wir nicht wissen, was hier überhaupt los ist.«

»Ist das nicht offensichtlich?«, zischelte Annamnam. »Ihr macht mit den Quadern gemeinsame Sache, das ist los!«

Dhark ignorierte die Worte. »Aus eben von mir erwähntem Grund hatte ich eigentlich nicht vor, in den hiesigen Konflikt einzugreifen«, erläuterte er. »Aber die Entwicklungen zwingen mich zum Handeln.«

»Warum? Es läuft für dich doch alles bestens!«

Dhark winkte unwirsch ab. »Das Quaderkonstrukt hat den Generator verschluckt. Und das könnte auch für uns schlimme Folgen haben.«

»Was könnte denn schlimmer sein als der Untergang zahlreicher bewohnter Welten?«, hielt Annamnam spöttisch dagegen.

Auch auf diese Bemerkung ging der Commander nicht ein. »Es hätte wenig Sinn, das riesige Konstrukt mit meinen zehn Ringraumern anzugreifen«, sagte er stattdessen. »Selbst wenn ich die Schiffe von unserem Bordgehirn steuern ließe, würden sich die Schäden, die wir dem Konstrukt beibringen könnten, vermutlich in bescheidenem Rahmen halten. Außerdem möchte ich dieses Bauwerk sowieso nicht zerstören, allein schon deswegen, weil wir dadurch riskieren würden, dass der Generator dabei ebenfalls zum Teufel geht. Ein weiterer Punkt, der dagegenspricht, ist, dass uns nicht bekannt ist, welchen Zweck dieses Gebilde erfüllen soll.« Dhark hielt inne.

Annamnam war verstummt. Starr glotzte er den Commander mit seinem Glupschauge an. »Was willst du denn stattdessen tun?«, wisperte er mit tonloser Stimme.

»Versuchen, das Quaderkonstrukt von innen heraus lahmzulegen«, erwiderte Dhark.

»Wie willst du ins Innere dieser Maschine gelangen, wenn wir nicht einmal nahe genug herankommen, um ihr eine Beule zu verpassen?«, fragte Annamnam.

Dhark deutete ein Lächeln an. »Das lass nur unsere Sorge sein. Alles, was ihr zu tun braucht, ist, die Quader zu beschäftigen, damit sie sich nicht alle gleichzeitig auf uns stürzen, wenn wir in Aktion treten.«

Erneut keimte Misstrauen in dem Phasmi auf, denn er legte die Hände in der bekannten Weise um sein Auge. »Du willst bloß ungestört bis zu unserem Generator vorstoßen, um ihm den Rest zu geben«, flüsterte er.

Dhark stieß einen kurzen Seufzer aus. »Wenn ich das wirklich wollte und mit den Quadern gemeinsam Sache machen würde, bräuchte ich euren Feind nur zu bitten, mich zum Konstrukt durchzulassen.«

Annamnam ließ zögernd die Arme sinken.

»Auch wenn es nicht so aussehen mag, dass die Quader und ihr gigantisches Konstrukt über eine eigene Steuerung oder eine Energiequelle verfügen, bezweifle ich, dass dem wirklich so ist«, fuhr Dhark fort. »Die Einheiten sind jede für sich zwar völlig autonom, agieren aber als Schwarmintelligenz. Es muss also möglich sein, in die Steuerung einzugreifen und die Quader zu lenken. Ihr müsst sie nur großflächig und von allen Seiten angreifen, um die Wolke auszudünnen. Das erhöht unsere Chance, zu dem Konstrukt durchzudringen.«

»Und dann?«, fragte Annamnam zurückhaltend.

»Ich werde ein Außenteam losschicken, das das Konstrukt von innen infiltrieren wird. Meine Leute werden in der Anlage nach einem Weg suchen, das Bauwerk außer Gefecht zu setzen und den Schwarm zu steuern.«

»Angenommen wir schaffen es, euch zu ermöglichen, nahe genug an das Konstrukt heranzukommen, um ein Außenteam reinzuschicken, könnten deine Leute diese weitläufige Anlage doch gar nicht schnell genug durchsuchen«, gab Annamnam zu bedenken. »Ehe die auch nur einen Bruchteil untersucht hätten, wären wir alle längst tot!«

»Zugegeben, mein Plan ist gewagt«, räumte Dhark ein. »Eine aussichtsreichere Alternative gibt es meines Erachtens aber nicht. Oder fällt dir und deinen Mitstreitern eine ein?«

Annamnam verdeckte sein Auge kurz mit einer Hand. »Was wirst du für deine Hilfe verlangen?«, fragte er dann, was Dhark vermuten ließ, dass die Geste des Chefprospektors bedeuten sollte, dass ihm kein vielversprechender Gegenvorschlag eingefallen war.

»Zuerst einmal solltet ihr meine Ringschiffe in Zukunft nicht mehr angreifen«, verlangte Dhark. »Und sollte mein Plan, das Quaderkonstrukt zu stoppen, aufgehen, erwarte ich, dass ihr uns einen Weg nach Maffei 1 eröffnet oder uns wenigstens zeigt, wie wir dorthin zurückgelangen.«

Annamnam ließ die Arme gerade an seinem Körper herabhängen, eine Geste, die den Eindruck von Tatenlosigkeit in dem Commander erweckte.

»Ihr kennt einen solchen Weg«, sagte Dhark daher entschieden. »Wir sind dir das erste Mal bei der Quaderwolke in Maffei 1 begegnet, und jetzt bist du hier. Das beweist, dass du eine Passage kennst!«

Annamnam bewegte unschlüssig die Finger. »Also gut«, wisperte er. »Deine Bedingungen sind annehmbar. Aber ich bin mir sicher, dass ihr scheitern werdet und dein Außenteam sterben wird.«

*

»Hoffentlich ist Annamnam nicht bloß ein Wichtigtuer, der im Grunde nicht viel zu sagen hat.« Arc Doorn betrachtete skeptisch die Szene in der Bildkugel. »Wir kennen die Machtstrukturen innerhalb des Verbandes dieser Fremdvölker nicht. Womöglich sind die Phasmi nur eine unbedeutende Fraktion, und ihr Chefprospektor hat nichts zu melden.«

»Ein anderer Ansprechpartner stand uns auf die Schnelle nicht zur Verfügung«, erwiderte Ren Dhark. »Hoffen wir also das Beste.«

»Allerdings ist jetzt bereits eine leichte Veränderung im Kampfverhalten der Verteidiger festzustellen«, erkannte Hen Falluta, der die Bildkugel ebenfalls im Blickfeld hatte. »Die Raumschiffpulks lösen sich auf. Stattdessen schwärmen sie zu den Seiten aus. Es hat ganz den Anschein, als versuchten sie tatsächlich, die Linien der Quader auseinanderzureißen und auszudünnen.«

»Die fünf S-Kreuzer, die hierherbeordert werden sollten, befinden sich jetzt im Anflug«, meldete der Checkmaster über die Schallfelder.

Dhark nickte beiläufig. »Setze sie dort ein, wo es für die Verteidiger eng werden könnte«, wies er das Bordgehirn an. »Aber nach Möglichkeit ist zu verhindern, dass eines unserer Begleitschiffe dabei geopfert wird. Momentan hat es zwar Priorität, nach Maffei 1 zurückzukehren, doch wir müssen auch an später denken und daran, dass wir zehn S-Kreuzer für den Koppelflug benötigen werden.«

»Verstanden«, gab der Checkmaster neutral zurück.

Dhark wandte sich Iondrus Holoabbild zu, das einmal mehr über der Armlehne des Kommandantensessels schwebte. Der Klon wirkte ein wenig geknickt, weil Dhark ihm zu verstehen gegeben hatte, dass die CENTRAL PARK bei den drei übrigen S-Kreuzern verweilen sollte. Um die Anarchisten zu beschäftigen, hatte er ihnen aufgetragen, die nähere Umgebung des Standortes zu erkunden, bei dem sie ausharren sollten.

»Ihr erhaltet Bericht, sobald sich hier etwas tut«, sagte Dhark abschließend. »Und ihr meldet euch, solltet ihr eine sensationelle Entdeckung machen.«

Iondru verzog leicht das Gesicht. »Klar, machen wir«, sagte er zerknirscht, woraufhin die Holografie erlosch.

Dhark atmete tief durch. Er ahnte, wie schwer es Iondru und den Anarchisten fallen musste, stillzuhalten und sich seinen Anweisungen zu fügen. Dennoch stand er zu seinem Entschluss, diese Zivilisten aus den Kampfhandlungen herauszuhalten.

Er wandte sich Leon Bebir zu, der noch immer die Steuerung der POINT OF innehatte. »Lassen Sie es jetzt so aussehen, als beteiligte sich die POINT OF am Angriff der Verteidiger«, erläuterte er dem Zweiten Offizier noch einmal seinen Plan. »Und bringen Sie uns dabei so nahe wie möglich an das Quaderkonstrukt heran.«

»Wird erledigt«, gab Bebir unternehmungslustig zurück. Obwohl er den Ringraumer seit etlichen Stunden mit seinen Gedanken steuerte, war ihm keine Müdigkeit anzumerken.

Dhark stellte über Bordsprech eine Verbindung zum Flashdepot her.

Pjetr Wonzeff, der profilierteste Flashpilot der POINT OF, meldete sich sofort. »Die angeforderten sechs Flash sind startklar«, meldete er. »Alle Piloten und Außenteammitglieder sind vollzählig an Bord.«

Dhark nickte zufrieden. »Halten Sie sich bereit, Mister Wonzeff. Es kann jetzt jeden Moment losgehen!«

»Wir können es kaum erwarten«, gab dieser in aufgeräumter Stimmung zurück.

*

Aus dem »Maulspalt« des Plattraumers schossen mehrere energetische Projektile gleichzeitig. Eines traf den Quader, der etwa gleich groß wie der Verteidiger war und um diesen umherschwirrte, als wollte er ihn mit seiner bloßen Präsenz am Weiterflug zum Konstrukt hindern. Als das Geschoss den Quader traf und explodierte, zerfiel dieser nicht nur in zahlreiche kleine Segmente, sondern büßte sogar einen Großteil seiner Masse ein. Die verbliebenen Teile stoben zu den Seiten weg und flogen in chaotischen Bahnen umher.

Bebir, der mit der POINT OF zwischen den Verteidigerschiffen kreuzte, um hier und da in die Scharmützel einzugreifen, stieß mit dem Ringraumer jetzt zu einer Gruppe sternenförmiger Raumschiffe vor, die sich gerade eines ganzen Geschwaders unterschiedlich großer Quader erwehren mussten und ziemlich in Bedrängnis geraten waren.

Der KFS der POINT OF war eingeschaltet, und in den Waffenleitständen lauerte man darauf, in Aktion zu treten. Weil Rochard und Clifton von Dhark unlängst die Freigabe erhalten hatten, zögerten sie auch nicht lange, die Quader mit Nadelstrahl aufs Korn zu nehmen. Bud Clifton, der sich für die Waffensteuerung West verantwortlich zeichnete, und Jean Rochard, der entsprechend die Verantwortung für die WS-Ost trug, erhielten vom Checkmaster plötzlich die Aufforderung, während des Gefechts weitere Waffengattungen einzusetzen.

»Ich habe herausgefunden, dass die Quader auf Mix-2 ansprechen«, drang die Stimme des Bordgehirns aus den Schallfeldern der Leitstände. »Die Wirkung ist nur marginal, verschafft uns allerdings trotzdem einen leichten Vorteil.«

»Wie bist du denn daraufgekommen?«, wollte Rochard wissen und feuerte einen überlichtschnellen pinkfarbenen Strahl in die Flanke eines Quaders, der zuvor einen Arm eines der sternförmigen Raumer abgebrochen hatte, indem er von der Seite dagegen gekracht war. Der Schutzschirm des Schiffes war intakt geblieben und verhinderte, dass das Bruchstück wegdriftete.

»Versuch und Analyse«, beantwortete der Checkmaster die Frage des Chefs der Waffensteuerung Ost. »Die Wirkung von Mix-2 habe ich leider erst spät erkannt, da der Effekt, der erzielt wird, einem gesteuerten Vorgang der Quader gleicht. Mix-2 schwächt den strukturellen Zusammenhalt der kristallinen Gitter, sodass die Quader in winzige Teile zerfallen, wenn man anschließend von außen auf sie einwirkt.«

»Sie lösen sich dann also in Einzelteile auf, obwohl es von ihnen nicht gewollt ist?«, hakte Clifton nach.

»Korrekt«, bestätigte der Checkmaster. »Diese kleinen Segmente lassen sich anschließend mit Nadelstrahl leichter zerstören, da sie masseärmer sind. Es war zuerst nicht eindeutig, dass der Zerfall nach einem Mix-2-Treffer tatsächlich nicht von den Quadern selbst ausgelöst wurde. Inzwischen aber besteht kein Zweifel mehr, dass es sich genau so verhält. Mehrere Feldversuche haben mich zu dieser Einsicht gebracht.«

»Na prima!«, freute sich Rochard, der Mix-2 bereits aktiviert hatte. »Dann werden wir mal zusehen, dass deine neue Erkenntnis uns zum Vorteil gereicht!«

Clifton, der von Natur aus sehr jung wirkte, huschte ein freudiges Strahlen übers juvenil erscheinende Gesicht. Er hatte einen Quader mit Mix-2 beschossen, und als dieser nun gegen das Schutzfeld eines der Fremdschiffe prallte, auf das er sich hatte stürzen wollen, zerstob der Angreifer in zahlreiche kleine Segmente. Das milderte die Stoßwirkung des Treffers erheblich ab, sodass das Schutzfeld des betroffenen Raumers viel weniger belastet wurde und sich die Erschütterungen des Schiffskörpers in Grenzen hielten.

*

Dhark fand, dass Annamnam und dessen Verbündete insgesamt gute Arbeit leisteten, auch wenn ihre Ablenkungsmanöver sich nicht gerade durch Waghalsigkeit auszeichneten. Aber immerhin schafften sie es, die Quader zu beschäftigen und die feindlichen Verbände wie vom Commander gewünscht auseinanderzutreiben, ohne dabei allzu große Verluste zu erleiden.

Die fünf vom Checkmaster gesteuerten S-Kreuzer trugen ihr Übriges zum Gelingen dieses taktischen Täuschungsmanövers bei, und so schaffte es die POINT OF schließlich auch, ohne allzu sehr ins Visier der Quader zu geraten, bis in den Nahbereich des Konstrukts vorzudringen, wo die Besatzung eines Plattraumers gerade verzweifelt um ihr Leben kämpfte.

In den Waffensteuerungen nahm man die angreifenden Quader seelenruhig ins Fadenkreuz und beharkte sie mit Nadelstrahl und Mix-2.

Einmal gelang es sogar, die Wuchtkanone einzusetzen, als einer der Quader nicht schnell genug reagierte und das Röhrenfeld sich aufbauen konnte, sodass ihm eine lichtschnelle Tofiritkugel auf den Pelz gebrannt werden konnte. Der Quader wurde in zahlreiche kleine Segmente zersprengt, die mit Nadelstrahlensalven großflächig beharkt wurden.

Ein irrlichterndes Blitzgewitter aus vielen Explosionen erhellte den Schauplatz.

Immer mehr der kristallinen Gebilde, die an diesem Angriff beteiligt waren, gaben ihre Energie frei und vergingen in effektvollen Kaskaden.

Diese kurze Verschnaufpause reichte dem Kommandanten des Plattraumers aus, sein Schiff zu wenden. Während er nun sein gesamtes Waffenarsenal sprechen ließ und die herbeistürzenden Quader auf Abstand hielt, steuerte Bebir die POINT OF im Schatten dieses Abwehrschirms noch ein wenig dichter an das Quaderkonstrukt heran.

Als ein optimaler Abstand erreicht wurde, jagten in silbrig schimmernde Intervallfelder eingeschlossene Flash aus dem Ring der POINT OF hervor. Die zylinderförmigen Beiboote durchstießen den Kompaktfeldschirm ihres Mutterschiffs und rasten der Oberfläche des Konstrukts entgegen.

In den Waffenleitständen der POINT OF gab man jetzt alles, um den Plattraumer dabei zu unterstützen, die Quader auf Abstand zu halten, damit diese sich nicht auf die Flash werfen konnten. Und obwohl der Checkmaster die fünf S-Kreuzer an strategischen Punkten postiert hatte, gelang es einigen Quadern dennoch, dieses Bollwerk zu unterlaufen, indem sie sich zuvor in zahllose kleine Segmente aufspalteten. All diese chaotisch manövrierenden kleinen Flugkörper gleichzeitig abzuwehren, war schier unmöglich, und so entwischten einige. Kaum hatten sie die Verteidigerlinie durchbrochen, fügten sich die Segmente wieder zusammen und jagten mit irrwitzigen Beschleunigungswerten hinter den Flash her.

5.

»Jetzt kriegen wir also doch noch Besuch«, merkte Wonzeff trocken an, nachdem er kurz einen Blick auf den Monitor über seinem Kopf geworfen und die seine Kameraden und ihn verfolgenden Quader bemerkt hatte. Der hochgewachsene Pilot mit dem Kurzhaarschnitt saß entspannt da, während er die Schwarze Eins mit seinen Gedanken steuerte.

»Sie klingen nicht, als würden Sie das sonderlich bedauern«, kommentierte Amy Stewart, die »Rücken an Rücken« auf dem Sitz hinter dem Flashpiloten saß. Wie Wonzeff trug auch sie einen weißen W-Anzug, der eng an ihrem Körper anlag und ihrer schlanken, muskulösen Figur schmeichelte. Der transparente Helm war in den Kragen zurückgeklappt, auf den die blonden Strähnen des weiblichen Cyborgs knapp hinabreichten.

»Sie sind mit den Waffen der Schwarzen Eins vertraut, nehme ich an?«, fragte Wonzeff.

Stewart legte die Hände auf die Konsole vor sich. »Das dürfen Sie getrost annehmen«, bestätigte sie mit wohlklingender Altlagenstimme und schaltete sogleich die Wuchtkanone scharf.

Dass die Schwarze Eins mit dieser Zusatzwaffe hatte ausgestattet werden können, war allein der Tatsache geschuldet, dass dieser Flash aus Carborit und nicht wie gewöhnlich aus Unitall gefertigt worden war. Da dieser Baustoff erheblich leichter als das Superschwermetall Unitall war, hatte es sich angeboten, eine Wuchtkanone von zehn Millimetern Kaliber oben auf der Schiffszelle zu montieren, was optisch den Eindruck einer Rückenfinne erweckte.

Zuerst einmal synchronisierte sich Amy Stewart mit dem Teil der Gedankensteuerung des Flash, der für die Waffensysteme zuständig war. Sie justierte die Zielvorrichtung, brachte einen der heranjagenden Quader ins Fadenkreuz des Monitors und löste aus.

Der überlichtschnelle pinkfarbene Kampfstrahl fraß sich in die Struktur des Angreifers, und als dieser kurz darauf explosionsartig in seine Einzelteile zerfiel, wurden ihnen aus der Abstrahlantenne eines anderen Flash weitere Nadelstrahlen entgegengeschleudert. Die Segmente explodierten, als ihre Materie in reine Energie aufgelöst wurde.

Allerdings konnte der Angreifer zuvor noch ein paar Teilstücke abspalten, die jetzt sternenförmig aus der Explosionswolke hervorschossen.

Stewart erledigte drei der Kleinstsegmente, ehe diese sich mit einem anderen Quader verbinden konnten.

»Nicht schlecht«, lobte Wonzeff.

»Passen Sie besser auf!«, mahnte Stewart. »Der Flash von Jack Stout und Lati Oshuta wird gerade …«

Sie brachte ihren Satz nicht zu Ende, denn Wonzeff hatte bereits reagiert. Er warf die Schwarze Eins herum und raste in entgegengesetzter Richtung auf die brenzlige Situation zu, die sich hinter ihnen angebahnt hatte. Zwei Quader bedrängten Stouts Flash. Hartnäckig setzten sie dem Beiboot zu, und obwohl der Pilot alles versuchte, dem Quader mit einem unberechenbaren Zickzackkurs auszuweichen, durchdrang einer der Quader dennoch das Intervallum und krachte gegen den Zylinder.

Die kinetische Energie des Aufpralls fiel jedoch zu gering aus, um die Unitallhülle zu beschädigen, denn Stout war es im letzten Moment noch gelungen, den Flash in eine mitläufige Flugbahn zu versetzen, sodass das Beiboot lediglich touchiert wurde.

Wonzeff und Stewart brauchten sich nicht abzusprechen, um zu wissen, was jetzt zu tun war, um Stout und Oshuta beizustehen. Mit einem riskanten Flugmanöver jagte Wonzeff mit der Schwarzen Eins dicht an einem Quader vorbei, der sich ihm in die Flugbahn hatte stellen wollen, und brachte den Flash so nahe an einen von Stouts Angreifer heran, dass Stewart das Röhrenfeld der Wuchtkanone an ihn anheften konnte.

Die Steuerung des Quaders hatte sich anscheinend gemerkt, was dieses Röhrenfeld anrichten konnte, und versuchte, auszubrechen. Doch Stewart, die ins Zweite System gewechselt hatte, reagierte mit der Schnelligkeit eines Cyborgs und ließ die Röhrenverbindung nicht abbrechen.

Als die Tofiritkugel von zehn Millimetern Kaliber am Ende der Röhre mit Lichtgeschwindigkeit auf den Quader auftraf, zersprengte ihn die Explosion in eine Wolke aus winzigen Quaderteilen.

Denen setzte Stewart mit Nadelstrahlsalven energisch zu, sodass die Wolke rasch schrumpfte. Die Blitze der Explosionen, in denen die winzigen Teile vergingen, wetterleuchteten stroboskopartig in der Wolke umher.

Im nächsten Moment fiel der Schatten der POINT OF auf die Szene. Mix-2 regnete auf die noch verbliebenen überrumpelten Quader hernieder, schwächte den strukturellen Zusammenhalt der Kristallgitter und ließ die Gebilde auseinanderfallen. Den Rest erledigten die pinkfarbenen, überlichtschnellen Nadelstrahlen.

Im Schein der Explosionen nahmen die sechs Flash ihren Kurs wieder auf und jagten dem Konstrukt entgegen.

*

»Kommen Sie der äußeren Schicht des Konstruktes vorerst bloß nicht zu nahe!«, mahnte Amy Stewart.

Pjetr Wonzeff grinste. »Ich erinnere mich noch sehr genau, wie unsere Intervallfelder bei unserem ersten Kampf gegen die Quader reagiert haben«, gab er zurück. »Die Quader waren plötzlich in der Lage, in das Zwischenkontinuum einzudringen. Wir werden uns also hüten, irgendetwas zu unternehmen, bevor wir nicht wissen, ob die Außenhülle dieses Giganten ähnliche Eigenschaften aufweist wie sein Erbauer.«

Die sechs Flash bremsten ab und verharrten dann unmittelbar vor einer der aus der Wand ragenden Quaderformen des Konstrukts.

»Ich werde mal was ausprobieren.« Es war die Stimme von Rul Warren, die aus den Schallfeldern der Schwarzen Eins tönte. »Mein Co-Pilot Bram Sass ist damit einverstanden, dass wir dieses Risiko eingehen.«

»In Ordnung«, sagte Wonzeff, der als Erster Pilot die Leitung dieser Mission innehatte. »Beim geringsten Anschein, dass es Störungen gibt, zieht euch sofort zurück!«

»Klar. Bram und ich hängen schließlich an unserem Leben.«

Auf dem Bildschirm über ihren Köpfen konnten Stewart und Wonzeff jetzt beobachten, wie sich einer der unitallfarbenen Flash aus dem Verbund löste und langsam auf die Fläche zuflog, die sich nach allen Seiten hin weithin ausbreitete. Das Intervallfeld schmiegte sich wie eine silbrige, durchscheinende Haut um das zylinderförmige Beiboot.

In Zeitlupentempo brachte Warren den Flash dichter an die Ebene heran, und als das Intervallfeld Kontakt mit der Fläche hatte, stoppte das Beiboot.

Der Brennkreis außerhalb des Intervallums weitete und schloss sich, doch der Schub übertrug sich nicht auf den Flash, der wie festgeklebt an der Stelle verharrte.

»Was ist los?«, verlangte Wonzeff zu wissen.

»Es geht nicht mehr voran«, meldete Warren. »Weder können wir wie gewohnt durch feste Materie hindurchfliegen, noch dringt die Hülle des Konstrukts in unser Zwischenkontinuum ein.«

»Das Bauwerk interagiert mit den Intervallfeldern also auf entgegengesetzte Weise wie die Quader«, stellte Bram Sass fest. »Anstatt in das Zwischenkontinuum einzudringen, blockiert es die Schutzsphäre. Das ist ziemlich eigenartig.«

Warren kehrte mit dem Flash zu den anderen Beibooten zurück.

»Es ist uns also nicht möglich, mit den Flash in das Konstrukt einzudringen«, äußerte sich Stewart. »Wir müssen einen anderen Weg finden, um hineinzukommen.«

»Ich schlage vor, wir steigen aus.« Am Klang der Stimme erkannte Stewart, dass Kai Nunaat gesprochen hatte. »Irgendwo wird es einen Zugang geben. Zur Not schaffen wir uns selbst einen.«

Die fünf in den Flash mitgereisten Cyborgs sprachen sich kurz ab. Alle waren mit dem von Nunaat vorgeschlagenen Vorgehen einverstanden.

»Setzen Sie uns ab«, sprach Stewart Wonzeff über ihre Schulter hinweg an. »Wir melden uns, wenn wir abgeholt werden wollen.«

»In Ordnung. Wir halten Ihnen derweil die Quader vom Hals.« Wonzeff wies die Piloten an, die Intervallfelder abzuschalten und auf der Oberfläche zu landen.

Die spinnenbeinähnlichen Ausleger der Beiboote falteten sich daraufhin auseinander und die Intervallfelder erloschen. Vorsichtig und darauf bedacht, sofort zu reagieren, sollten sich Schwierigkeiten anbahnen, landeten die Piloten die Flash auf der rechteckigen Fläche der quaderförmigen Ausbuchtung und bildeten dabei einen Kreis.

Stewart stülpte den Helm ihres W-Anzugs über den Kopf und vergewisserte sich, dass ihre Waffen fest am Magnetgürtel hafteten. Dann schnappte sie sich den Multikarabiner, der am Sitz lehnte und stand auf.

Wonzeff, der seinen Helm inzwischen ebenfalls geschlossen hatte, bedachte Stewart mit einem knappen Kopfnicken. Anschließend wandte sie sich der Luke zu, die Wonzeff per Gedankensteuerung soeben aufgleiten ließ.

Mit einem eleganten Hüpfer sprang der weibliche Cyborg durch die Öffnung und schaltete den Antigravgürtel ein, der so gepolt war, dass Stewart sanft auf die Fläche hinabgezogen wurde.

Lati Oshuta, Bram Sass, Jes Yello, Val Brack und Kai Nunaat landeten fast zeitgleich mit den Stiefeln voran auf der Plattform. Hinter ihnen ragten die Beiboote auf, die wegen der langen, gegliederten Ausleger wie kauernde Insekten aussahen.

»Dann kann es jetzt ja losgehen«, sagte Oshuta per Helmfunk, nachdem die Cyborgs sich in der Mitte des Kreises gesammelt hatten.

Daraufhin stießen sich die Flash mit den Auslegern vom Untergrund ab und flogen dann mit eingeschalteten Brennkreisen davon.

Die Cyborgs sahen sich um. Von ihrem erhöhten Standort auf dem »Dach« des Quaderaufbaus aus bot sich ihnen ein guter Ausblick auf die Seitenwand des Konstrukts. Das Licht der beiden so unterschiedlichen Sonnen sorgte für ein schroffes Zwielicht mit sich kreuzenden Schlagschatten. Die Seitenfront mit den hochaufragenden Quadersegmenten erweckte den Anschein, als hielten sich die Cyborgs inmitten einer schlafenden Metropole auf. Eine Metropole, der etwas Unheilvolles anhaftete, das jeden Moment erwachen konnte.

*

Wonzeff stieß einen grimmigen Laut aus. »Wir bekommen schon wieder Besuch«, warnte er seine Kameraden über Funk.

»Habe ich auch gerade bemerkt«, erwiderte Bob Sylum. »Ein paar der Quader sind durchgekommen. Und sie halten unmittelbar auf uns zu.«

»Immer noch besser, als wenn sie unsere Cyborgs auf dem Kieker hätten«, kommentierte Hans Vultejus trocken.

»Danach sieht es gerade zum Glück nicht aus«, äußerte sich Jack Stout erleichtert. »Und das sollte auch so bleiben.«

»Besser, wir beschäftigen die Quader also ordentlich, damit sie nicht auf die Idee kommen, das Außenteam anzugreifen«, bestimmte Wonzeff. »Strengt euch also an. Locken wir diese Kristallteufel von unseren Leuten weg!«

»Dass die Quader inzwischen dieselben Eigenschaften entwickelt haben wie ihr Konstrukt, können wir wohl leider ausschließen«, ließ Rul Warren sich zu einer launischen Bemerkung hinreißen. »Anstatt einfach durch unsere Intervallfelder durchzukommen, würden sie wie Tennisbälle davon abprallen und abschwirren.«

»Konzentriert euch!«, mahnte Wonzeff. »Selbst wenn ein Flash die Kollision mit einem Quader übersteht, wird es für den Piloten in der Kabine ziemlich ungemütlich werden. Denkt daran, was mit Autofahrern vor der Erfindung des Sicherheitsgurtes während eines Frontalzusammenstoßes mit einhundert Kilometern pro Stunde passiert ist!«

Wonzeff, der vorausflog, steuerte die Schwarze Eins jetzt direkt auf einen der heranrasenden Quader zu. Die Szene erinnerte ihn an ein Autoduell mit zwei aufeinander zurasenden Fahrzeugen, bei dem derjenige Fahrer unterlag, dem als Erstes die Nerven durchgegangen waren und er ausgewichen war.

In diesem Fall hatte der Quader allerdings nichts zu verlieren. Im Gegenteil, es war sogar sein Ziel, es zu einer Kollision kommen zu lassen. Was immer dieses Teil steuerte, würde also einkalkulieren, dass der Kontrahent irgendwann beidrehen würde, und sich entsprechend darauf einstellen.

Wonzeff hatte die Waffensteuerung vom Pult des Co-Piloten auf seine Konsole gelegt, und während er die Schwarze Eins per Gedanken steuerte, löste er mit routinierten Griffen die Wuchtkanone aus. Zusätzlich ließ er den Nadelstrahlgenerator sprechen, dessen Zielerfassung auf Automatik geschaltet war.

Jetzt kam alles auf sein Reaktionsvermögen an, denn die Geschwindigkeit, mit der sich der Flash und der Quader aufeinander zubewegten, ließ nur ein kleines Zeitfenster offen, um die Wuchtkanone zum Einsatz zu bringen. Deren energetische Abschussröhre hatte zwar eine Reichweite von einer Lichtsekunde, war aber nur wirksam, wenn sie direkt am Ziel anhaftete. Und dies zu bewerkstelligen, war bei einem Gegner, der ständig hin und her huschte, nicht ganz leicht.

Konzentriert kniff Wonzeff die Augen zu schmalen Schlitzen zusammen. Kurz musste er daran denken, dass es nicht schlecht gewesen wäre, seinen Kameraden Harold Kucks auf dem Co-Pilotensessel sitzen zu haben. Den hatte Wonzeff jedoch an Bord der POINT OF zurücklassen müssen, damit Amy Stewart dessen Platz hatte einnehmen können.

Im selben Moment, als absehbar war, dass das Röhrenfeld den Kurs des heranrasenden Quaders kreuzen würde, feuerte Wonzeff die Tofiritkugel ab. Sie erreichte den Quader nur wenige Sekundenbruchteile, bevor auch die Schwarze Eins es tat. Der Gegner zersprengte in zahlreiche identische kleine Segmente, in die sich sofort Nadelstrahlen fraßen. So entstand in der Wolke ein Tunnel, durch den der Flash hindurchjagen konnte.

Vor den freigewordenen Energien der vielen kleinen Explosionen schützte das Intervallfeld. Vor den Quadersegmenten gab es – abgesehen von der Carborithülle – keinen Schutz. Und so riss es Wonzeff auf seinem Sitz kurz nach links, als die Schwarze

Eins von einem Miniquader gestreift wurde. Dieser Stoß entlockte dem erfahrenen Flashpiloten nur einen Freudenschrei, wie ihn ein Rodeosportler beim Zureiten eines widerspenstigen Pferdes ausstoßen würde.

Unterdessen zuckten aus der Abstrahlantenne kurz getaktete Nadelstrahlen, die die kleinen Kristallgebilde gleißen und vergehen ließen.

Wonzeff flog eine enge Schleife, um seinen Kameraden beizustehen. Er staunte nicht schlecht, als er auf dem Bildschirm über sich sah, wie die übrigen fünf Flash in halsbrecherischen Manövern die Quader umschwirrten und diese dazu verleiteten, ihnen nachzusetzen. Immer weiter entfernten sie sich dabei von der Stelle, wo die Cyborgs abgesetzt worden waren.

Für einen Moment machte es Wonzeff trotzdem stutzig, dass sich nicht ein einziger Quader abgesetzt hatte, um sich der Personen anzunehmen, die auf der Oberfläche des Konstrukts zugange waren. Entweder hatten die Quader nicht mitbekommen, dass ein Team abgesetzt worden war, oder es interessierte sie schlichtweg nicht, weil sie die kleinen Wesen in den weißen W-Anzügen nicht als gefährlich einstuften.

*

»Anscheinend werden wir von den Quadern ignoriert«, ließ Amy Stewart ihre Cyborg-Kollegen über Helmfunk wissen.

Alle sechs befanden sich im Zweiten System – dem Einsatzmodus, in dem sie von ihrem jeweiligen Programmgehirn gesteuert wurden – und rannten nebeneinanderher auf die Außenkante der rechteckigen Fläche zu, auf der sie abgesetzt worden waren. Die plane Ebene bildete einen geschlossenen Boden. Es gab nicht einmal einen kleinen Durchschlupf, um ins Innere des Konstrukts zu gelangen, weswegen die Cyborgs beschlossen hatten, sich an anderer Stelle nach einem geeigneten Einlass umzusehen.

»Vermisst du die Aufmerksamkeit des Feindes etwa?«, ging Lati Oshuta auf Stewarts Bemerkung ein.

»Unter mangelnder Beachtung leide ich in eurer Anwesenheit sicherlich nicht«, gab sie daraufhin scherzend zurück.

Die sechs Cyborgs stoppten ihren Lauf am Rand der Ebene und blickten um sich.

»Ich würde dich noch viel öfter ansehen, wenn ich nicht wüsste, dass du bereits vergeben bist«, witzelte Kai Nunaat.

»Euch ist hoffentlich klar, dass wir in ständigem Kontakt mit der POINT OF stehen?«, erhob Jes Yello die Stimme. »Lasst das Scherzen also besser bleiben.«

»Sie haben die ungeteilte Aufmerksamkeit der Zentralenbesatzung«, tönte Ren Dharks Stimme in den Helmen der Cyborgs auf. Ein leicht eisiger Unterton schwang darin mit. »Verhalten Sie sich also bitte entsprechend.«

Val Brack deutete die senkrecht abfallende Seitenwand des Quaders hinunter. Dort, wo der Block wie ein Gebäude aus der Außenhülle ragte, gab es einen Spalt. Das konnten alle Cyborgs dank ihrer verbesserten Sehkraft trotz der schlechten Lichtverhältnisse deutlich erkennen. Der umlaufende Spalt war breit genug, um einen Kraval hindurchzulassen.

»Wir haben einen Einstieg gefunden, Sir«, informierte Nunaat den Commander betont förmlich. Es war ihm ein wenig peinlich, dass er mit dessen Lebenspartnerin geschäkert hatte.

»Wir springen runter«, entschied Stewart und justierte ihren Antigravgürtel entsprechend. Ihre Kameraden nickten zustimmend.

Im nächsten Moment ließen sich die Cyborgs in die Tiefe fallen, die nur deswegen als Tiefe definiert wurde, weil die Antigravgürtel passend eingestellt worden waren. Stewart legte den Kopf in den Nacken und hielt beim Fallen nach den Flash Ausschau. Obwohl sie im Zweiten System über übermenschliche Sehkraft und Nachtsicht verfügte, konnte sie die zylinderförmigen Beiboote nur so eben gerade noch ausmachen, denn diese hatten sich bereits weit von dem Konstrukt entfernt. Es schien, als umtanzten sie mehrere der quaderförmigen Objekte, die vergeblich versuchten, sich ihnen anzunähern.

Pinkfarbene Blitze verrieten, dass Nadelstrahlen bei diesem Rendezvous zum Einsatz kamen. Punktuelle kleine Explosionen zeigten darüber hinaus, dass die Quader einige Verluste hinnehmen mussten.

Stewart hoffte inständig, dass die Flashpiloten diesen Einsatz nicht mit dem Leben bezahlen mussten. Die Quader waren wegen ihrer ungewöhnlichen physikalischen Eigenschaften ein ernstzunehmender Gegner.

*

Rul Warren schaffte es so gerade eben noch, mit dem Flash unter dem Quader wegzutauchen, der sich auf das Beiboot hatte stürzen wollen. Anschließend zwang er den Flash in eine steil aufsteigende Kurve und wich im nächsten Moment einem Segment aus, das sich in seine Flugbahn geworfen hatte.

Beide Angreifer setzten sich auf seine Fährte, jagten irrwitzig hinter ihm her.

Vergeblich versuchte Warren, seine Verfolger durch chaotisches Manövrieren abzuschütteln. Die Quader aber hetzten unverdrossen hinter ihm her. Alles, was er erreichte, war, dass der Feind ihn nicht einholte.

Es war allerdings nur noch eine Frage der Zeit, bis es den Quadern trotzdem gelingen würde.

»Ich gerate hier ganz schön ins Schwitzen!«, keuchte Warren. Tatsächlich schimmerten auf seinem rundlichen Gesicht bereits ein paar Schweißtropfen, und die Außenränder seiner leicht abstehenden Ohren glühten feuerrot.

»Da musst du allein durch!«, klang Wonzeffs Stimme über die Schallfelder in der engen Kabine auf. »Wir haben alle selbst gerade ziemlich zu tun!«

Warren, der eigentlich über ein ruhiges Temperament verfügte, strich sich mit der linken Hand über das bürstenkurze Haar, ein Zeichen beginnender Nervosität. Mit der rechten schoss er Nadelstrahlen auf seine Verfolger ab, die jedoch hektisch auswichen, sodass nur eine Ecke des größeren Quaders getroffen wurde. Prompt splitterten mehrere Segmente ab. Der getroffene Quader veränderte daraufhin leicht seine Form, während er die entstandene Lücke ausglich.

Warren zerbiss einen Fluch zwischen den Zähnen. Jetzt setzten ihm noch mehr Quadersegmente als zuvor nach!

Die Flash waren äußerst kompakt konstruiert. Für Erweiterungen aller Art war in den Beibooten daher kein Platz mehr vorhanden, wobei die Schwarze Eins eine Ausnahme darstellte. Der Flash, in dem Warren saß, verfügte über keinen KFS. Der Kompaktfeldschirm war ein Defensivprodukt der Galoaner, und die Terraner hatten dieses unter anderem für Ringraumer nutzbar gemacht. Einen entsprechenden Generator in die Flash einzubauen war aus Platzmangel unmöglich gewesen.

Ein KFS wäre Warren jetzt sehr hilfreich gewesen, um sich gegen die Angreifer durchzusetzen. So aber musste er sich nun anderweitig behelfen, wenn er überleben wollte.

Warren zuckte innerlich zusammen. Per Gedankensteuerung war ihm die Meldung ins Gehirn übertragen worden, dass von Backbord ein weiteres Quadersegment auf ihn zuraste. Eine Kollision war nicht mehr zu vermeiden.

Da Warren sich nicht anders zu helfen wusste, ließ er den Flash kurzerhand herumrollen, sodass der 1,20 Meter vom Rumpf entfernt projizierte Brennkreis in Richtung des Angreifers zeigte.

Im nächsten Moment stürzte der Quader in den Energiering. Der Flächenprojektor zog plötzlich gewaltige Energiemengen ab, als hätte Warren auf Lichtgeschwindigkeit beschleunigt, was er jedoch nicht getan hatte. Dann erlosch der Brennkreis und Warrens Flash schoss antriebs- und steuerlos durchs All. Die Spürer konnten den Quader, der in den Brennkreis geflogen war, allerdings nicht mehr orten. Offenbar hatte das gegnerische Objekt aufgehört zu existieren!

Warren wusste um die zerstörerische Wirkung des Brennkreises, aus diesem Grund hatte er diese Rollbewegung instinktiv durchgeführt. Das Ergebnis verblüffte ihn dennoch. Allerdings hatte er keine Zeit, sich über den Erfolg zu freuen, denn noch immer waren ihm drei Quadersegmente auf den Fersen. Und da er nun manövrierunfähig war, würde er für sie eine leichte Beute abgeben.

*

Jes Yello war der kleinste und dünnste der sechs Cyborgs. Während er an der Seite seiner Kameraden mit den Füßen voran durch den Spalt fiel, hatte er ganz und gar nicht den Eindruck, dass ihn die beiden Mauern, an denen vorbei er in die Tiefe glitt, beengen würden.

Die Wand des Quaderaufbaus im Rücken, betrachtete er prüfend die hohe Mauer vor sich, die allein durch die Stärke der Außenhülle gebildet wurde. Er glaubte faserige, kristalline Strukturen darin zu erkennen, die eng miteinander verwoben waren.

Yello neigte den Kopf und blickte an seinem Körper vorbei nach unten, um abzuschätzen, wie lange ihr Fall noch dauern würde und wohin dieser seine Kameraden und ihn letztendlich führen würde. Seine verbesserte Sehkraft ließ ihn tief unten das Fundament des Quaderaufbaus erkennen.

Ein Wulst umgab die Mauer, wo sie in eine bodenähnliche Ebene überging. Diese schien ebenso matt und farblos wie die Quader selbst.

Jetzt glitt die Unterkante der vor ihm liegenden Mauer an ihm vorbei und der Blick in den unter der Außenhülle liegenden Bereich wurde frei. Yello erkannte, dass seine Kameraden und er sich in einer Halle befanden, deren gewaltiges Ausmaß er noch nicht ganz abschätzen konnte.

Im nächsten Moment landeten die Cyborgs auf dem Begrenzungswulst. Der unebene Untergrund bot eine willkommene Gelegenheit, sich nach der Landung nach vorn zu werfen und den Hang hinabzurollen, um die Aufprallenergie abzuleiten, auch wenn diese dank der Sicherheitssysteme des W-Anzugs genaugenommen gegen null ging.

Rasch kam Yello wieder auf die Beine, bewegte ruhig den Kopf und nahm die Umgebung in sich auf. Dabei bediente er sich auch der Spürer des W-Anzuges, die allerdings nichts Erwähnenswertes orteten.

Die Halle war etwa einen halben Kilometer hoch und breitete sich in drei Richtungen kilometerweit aus. Wie auf einem Raster ausgerichtet, erhoben sich eckige Säulen, die eine Verbindung zwischen der Unterseite der Außenhülle und dem Boden herstellten. Die Hülle besaß noch weitere Durchbrüche für andere Quaderblöcke. Das Licht der Doppelsonnen fiel von dort in breiten Streifen in die Halle herein.

»Könnt ihr irgendwelche energetischen Emissionen ausmachen?«, fragte Bram Sass über Helmfunk.

Yello bestätigte, dass er es nicht konnte, und alle anderen taten es ihm gleich.

Amy Stewart deutete zur Seite. »Da hinten befindet sich eine abwärtsführende Rampe, wenn ich mich nicht täusche.«

Yello sah genauer in die angegebene Richtung. Es war nur ein verwaschener Schatten in der Dunkelheit, doch es war unverkennbar, dass es dort bergab ging.

»Es existieren also Zugänge zu den tieferliegenden Ebenen«, erkannte Kai Nunaat. »Das macht es uns leichter.«

»Am besten teilen wir uns jetzt sofort auf«, sagte Val Brack. »Jeder sucht eine Ebene ab, und wenn wir dort nichts finden, nehmen wir uns die tieferliegenden Bereiche vor.«

Stewart ordnete den Cyborgs Nummern zu, die den Ebenen entsprachen, die jeweils überprüft werden sollten.

Yello bekam die Eins. Er wartete, bis Nunaat das kleine tragbare Relais platziert hatte und sich dann den anderen anschloss, die die Rampe hinunterrannten. Als sie alle verschwunden waren, flitzte auch er los, um mit der Durchsuchung der obersten Ebene zu beginnen.

*

Rul Warren schloss mit seinem Leben ab. Ohne Antrieb war sein Flash nichts mehr als ein durchs All driftender Metallklumpen, den Unbilden des Weltraums und der Aggression des Feindes hilflos ausgeliefert. Für den Notfall verfügte die Antriebseinheit zwar über einen Hyperthermo-Modus, der einen zeitlich begrenzten Weiterbetrieb erlaubte, dessen Einsatz führte jedoch unweigerlich zur Überhitzung des Aggregats und schließlich zur Explosion des Beiboots. Warren würde also nicht sehr weit kommen.

Auch jetzt handelte der erfahrene Flashpilot mehr instinktiv als wirklich überlegt. Den Kopf in den Nacken gelegt, verfolgte er auf dem Bildschirm, was sich um den Flash herum abspielte.

Zwei der Quadersegmente waren in verschiedene Richtungen ausgebrochen und flogen jetzt mit steigender Geschwindigkeit in einer weiten Kurve von zwei Seiten auf die vorausberechnete Kursbahn des steuerlosen Beiboots zu. Dies alles ging mit einer Schnelligkeit vonstatten, die Warren kaum einen klaren Gedanken ermöglichte. Alles, was er in diesem Moment begriff, war, dass die Quader ihre Flugbahnen auf Kollisionskurs mit dem Flash gebracht hatten und beide ihn zeitgleich erreichen würden.

Diese Erkenntnis ließ Warren augenblicklich handeln. Während er den Helm seines W-Anzuges schloss, löste er mit einem konzentrierten Gedankenimpuls den Hyperthermo-Modus aus. Die Quader hatten ihn fast erreicht, doch der Energiestoß des Notantriebs ließ den Flash unvermittelt einen Bocksprung vollführen, der seine Flugbahn abrupt veränderte. Diese Abweichung reichte aus, das Beiboot aus dem Gefahrenbereich zu katapultieren.

Trotz ihrer enormen Wendigkeit blieb den Quadern keine Gelegenheit, auf die veränderte Situation zu reagieren, denn schon krachten sie ungebremst ineinander. Die Kollision spielte sich nur wenige Meter hinter dem davonrasenden Flash ab, und die Energien, die die Kristallgebilde beim Zusammenprall explosionsartig ausstießen, verliehen dem Beiboot einen Extraschub.

Sofort beendete Warren den Hyperthermo-Modus, der erst wenige Sekunden aktiv gewesen war. Die Hitzeentwicklung in den Maschinen stoppte.

Gehetzt hielt Warren nach den verbliebenen Verfolgern Ausschau und stellte fest, dass es nur noch einer war. Der jagte wie eine wütende Hornisse heran und durchstieß die kristalline Wolke, die die Kollision von den kollidierten Segmenten übriggelassen hatte. Wahrscheinlich nahm er etliche der Splitter dabei in sich auf, was ihn jedoch nicht in seiner Wendigkeit zu beeinträchtigen schien, denn die war nach wie vor enorm.

Warren fuhr sich erneut mit der Hand über das Stoppelhaar, darauf vorbereitet, den Hyperthermo-Modus noch einmal zu aktivieren, um dem drohenden Zusammenprall zu entgehen.

Ein Sensor irritierte ihn mit einer Meldung. Ein energetisches Strahlengemisch umflutete den Flash!

Diese kurze Ablenkung währte lang genug, um Warren zögern zu lassen und sein Schicksal zu besiegeln. Er kam nicht mehr dazu, den Hyperthermo-Modus per Gedankensteuerung zu aktivieren, denn in diesem Moment hatte der Quader ihn erreicht.

Durch das Intervallum hindurch krachte das Segment gegen den Flash. Warren wurde schlagartig in seinen Sitz gedrückt, als der Aufprall erfolgte. Der Andruckabsorber heulte auf, als er versuchte, die enormen Massenträgheitskräfte zu neutralisieren. Es riss den Piloten herum, und seine Schulter machte unliebsame Bekanntschaft mit der Konsole. Nur der W-Anzug mit seiner energieabsorbierenden Eigenschaft verhinderte, dass er sich die Schulter und das Schlüsselbein brach.

Der Stoß fiel allerdings weniger heftig aus, als Warren es erwartet hatte. Der Aufprall hätte den Flash wie eine hart angespielte Billardkugel wegschleudern und die Unitallhülle beschädigen müssen. Stattdessen lief der Kick vergleichsweise moderat ab. Der Flash trudelte unkontrolliert durchs All, aber eine Schadensmeldung blieb aus. Die Hülle schien unversehrt.

Als Warren nun zum Monitor aufblickte, sah er, dass der Flash von einer Wolke aus winzigen kristallinen Strukturen umgeben war. Der angreifende Quader war gänzlich zerfallen, wie es schien.

In diesem Moment begriff Warren, dass es sich bei dem energetischen Strahlengemisch, das den Flash kurz umflutet hatte, um Mix-2 gehandelt haben musste. Der Strom hatte den ihn verfolgenden Quader ebenfalls getroffen und dessen strukturelle Integrität zerstört. Von einer solchen Wirkung hatte der Checkmaster erst kürzlich berichtet.

Aber wer hatte Mix-2 abgefeuert?

Im selben Moment, da er sich diese Frage stellte, bemerkte Warren in etlichen Kilometern Entfernung den Ringraumer.

»Möchtest du an Bord von S-Kreuzer vier kommen?«, wurde er über Funk vom Checkmaster gefragt, der den Ringraumer steuerte.

Warren ließ seinen Flash rasch eine Analyse durchführen. Es freute ihn außerordentlich, als ihm angezeigt wurde, dass die kurzzeitige Überhitzung kaum Schaden angerichtet hatte. Der

Antrieb war allerdings noch immer inaktiv. Vermutlich hatten die Flächenprojektoren, die den Brennkreis erzeugten, irreparabel etwas abbekommen, als das Quadersegment darin verbrannte.

»In Ordnung«, sagte er zerknirscht. »Hol mich an Bord. Aber nur, um in einen funktionstüchtigen Flash umzusteigen. Schließlich bin ich für den Rücktransport von Mister Nunaat verantwortlich.«

*

Kai Nunaat war von Amy Stewart die Nummer sechs zugewiesen worden. Dies war hauptsächlich deswegen geschehen, weil Nunaat die Repeater bei sich führte, die benötigt wurden, um einen Kommunikationsweg mit der POINT OF offenzuhalten. Es war seine Aufgabe, die winzigen Signalverstärker in dem Konstrukt so zu setzen, dass eine Verbindung zum Mutterschiff gewährleistet war. Dabei sollte er so tief wie möglich in das Bauwerk eindringen.

Zu diesem Zweck hatte der Cyborg bereits vor dem Sprung in die Tiefe ein Relais auf der Quaderplattform hinterlassen. Einen weiteren Verstärker hatte er an den Wulst des Fundaments geheftet, bevor er zusammen mit seinen Kameraden auf die abwärtsführende Rampe zugelaufen war. Weitere Platzierungen sollten folgen.

Nunaat hielt sich nicht lange damit auf, den Bereich zu betrachten, in den er zusammen mit den übrigen Cyborgs gelangte. Es war Val Bracks Aufgabe, diese Ebene zu erkunden, denn dieser hatte die Nummer zwei erhalten. Stattdessen hielt Nunaat nach einem weiteren Abstieg Ausschau.

Diesmal war es Bram Sass, der einen entdeckte. Ein schneckenhausförmig gewundener Laufsteg führte nicht unweit der Rampe in die Tiefe.

Rasch heftete Nunaat einen Signalverstärker auf den Boden vor der Abwärtsspirale. Als der Cyborg, dessen Urgroßeltern in Grönland lebende Inuit gewesen waren, die dritte Tiefebene erreichte, blieb er kurz stehen. Während seine Kameraden vorauseilten, überprüfte er, ob auch ohne Relaiskette eine Funkverbindung nach draußen möglich wäre. Doch das war nicht der Fall. Wie die Experten an Bord der POINT OF im Vorfeld vermutet hatten, drangen die Funkwellen ohne entsprechende Vorrichtung nicht aus dem Inneren des Konstrukts heraus.

Nunaat beeilte sich, zu seinen Kameraden aufzuschließen. Amy Stewart, die diese Ebene absuchen sollte, hatte sich bereits abgesetzt. Auch diesmal dauerte es nicht lange, bis eine weitere Möglichkeit entdeckt wurde, in den darunterliegenden Bereich zu gelangen. Erneut wurde dies durch eine Rampe ermöglicht, die aber erheblich schmaler ausfiel als die auf der obersten Ebene.

Ohne seiner Umgebung allzu viel Aufmerksamkeit zu schenken, arbeitete sich Nunaat in kurzen Etappen bis zur sechsten Tiefebene vor, die er schließlich allein erreichte. Zwischendurch hatte er an strategisch günstigen Stellen immer wieder Signalverstärker zurückgelassen.

Zur sechsten Ebene hatte ein breiter Schacht hinabgeführt, in den Nunaat kurzerhand hineingesprungen war. Der Boden, auf dem er mit den Füßen landete, schien wellig zu sein.

Bevor Nunaat sich auf Erkundungstour begab, vergewisserte er sich, dass die Relaiskette auch wirklich wie gewünscht arbeitete. Er speiste den Video- und Audiostrom seines W-Anzugs ins Funkmodul und öffnete eine Phase. Es dauerte nur einen kleinen Moment, bis Ren Dharks Stimme im Helm des Cyborgs aufklang.

»Mister Morris meldet, dass wir Sie störungsfrei empfangen können, Mister Nunaat«, sagte der Commander. »Allerdings ist in der Bildkugel nur Dunkelheit zu sehen.«

»Das ist meine Schuld«, gab Nunaat verlegen zurück und schaltete schnell die an seinem Arm befestigte Stablampe ein. Sein Nachtsichtmodus hatte ihm ausgereicht, um sich in der nahezu vollkommenen Dunkelheit zu orientieren. Die Kamera allerdings, die zwar über einen Restlichtverstärker verfügte, hatte in dieser abgeschiedenen Tiefe jedoch außer Schwärze nichts aufgezeichnet.

Während Nunaat den Arm herumschwenkte, riss der Lichtkegel einen welligen Untergrund aus dem Dunkeln. Die langen, querverlaufenden Wülste wiesen alle denselben Wölbungsgrad und dieselbe Höhe auf. Als Nunaat dem Verlauf der Wellen mit den Blicken folgte, glaubte er, eine leichte Krümmung festzustellen. »Das sind riesige konzentrische Ringe«, erkannte er. »Ich frage mich, was sich in ihrer Mitte befindet.«

»Lassen Sie sich durch uns nicht aufhalten«, sagte Dhark.

Nunaat nickte knapp und sprintete los. Er wusste, dass man in der POINT OF nun zwischen den verschiedenen Ansichten der sechs im Konstrukt agierenden Cyborgs wählen konnte. Die Funkwellen der W-Anzüge wurden mithilfe der Verstärker nach draußen geleitet. Die Flash, die die Cyborgs hierhergebracht hatten und angewiesen worden waren, draußen im Weltraum in der Nähe des Riesenkonstrukts zu kreuzen, empfingen die lichtschnellen Funkwellen und schickten die Signale dann per To-Richtfunk in Nullzeit an die POINT OF weiter. So konnten Dhark und seine Führungsmannschaft in der Bildkugel fast ohne Verzögerung verfolgen, was die Cyborgs im Inneren des Konstrukts erlebten.

In Nunaats Fall hielt sich der Sensationsfaktor seiner Erforschung allerdings in Grenzen. In weiten Sätzen schnellte er von Wellenkamm zu Wellenkamm, wobei er gleich mehrere Dutzend der Wülste übersprang. Das übermenschliche Tempo, das er dabei an den Tag legte, ließ ihn die kilometerweite Strecke bis zum Zentrum der konzentrischen Kreise in denkbar kurzer Zeit überbrücken.

Dort angekommen, blieb er stehen und leuchtete den milchigen Quader, der dort aufragte und nur halb so groß wie der Cyborg war, mit dem Lampenlicht sorgfältig aus.

»Die Flächen sind glatt und fugenlos«, sagte er mit der neutralen Stimme eines Forschers, der nicht genau wusste, was er von seiner Entdeckung halten sollte. »Die Kanten sind ungebrochen.« Er überprüfte die Werte der Spürer, die in der Innenseite seines Klarsichthelms eingeblendet wurden. »Keinerlei energetische Auffälligkeiten. Offenbar aber kristallinen Ursprungs.« Unschlüssig zuckte er mit den Schultern. »Es sieht nicht so als, als wären hier irgendwelche tiefgreifenden Erkenntnisse über die Funktionsweise des Konstruktes zu gewinnen. Um eine Steuerkonsole scheint es sich auch nicht zu handeln.«

Er horchte, ob in der Zentrale der POINT OF eine anderslautende Einschätzung geäußert wurde. Doch das war nicht der Fall. Da er auch nicht aufgefordert wurde, irgendetwas mit dem Würfel anzustellen, wandte sich Nunaat ab und entfernte sich schnell von dem Objekt.

*

Pjetr Wonzeff stieß aus geschürzten Lippen Luft aus, als bliese er über den Lauf eines rauchenden Colts. Soeben hatte er ein weiteres Quadersegment mithilfe der Wuchtkanone der Schwarzen Eins in seine Bestandteile zerschmettert. Dies war nicht zuletzt auch deshalb so leicht gewesen, weil der Quader zuvor mit Mix-2 beschossen worden war.

Die winzigen Trümmer machten keine Anstalten, sich erneut zu einem Quader zusammenzufügen. Was immer diese kristallinen Gebilde zusammengehalten und hatte agieren lassen, schien unwiederbringlich dahin.

»Das war der letzte Quader in diesem Bereich«, meldete der Checkmaster über Funk. »S-Kreuzer vier werde ich jetzt anderweitig einsetzen. Aber ich habe ein Auge auf euch. Für den Fall, dass erneut Quader durchkommen, werde ich zur Stelle sein.«

»Danke für deine Hilfe«, sagte Wonzeff. »Ohne die hätten wir Rul und seinen Flash womöglich verloren.«

»Der wird gleich zu euch stoßen«, erklärte der Checkmaster. »Warren sitzt bereits in seinem Ersatz-Flash. Sobald er ins All hinausgeflogen ist, wird sich S-Kreuzer vier zurückziehen.«

Wonzeff brauchte nicht lange auf eine Nachricht von Rul Warren zu warten. Der Flashpilot meldete sich bereits eine halbe Minute später per Funk.

»Bist du in Ordnung?«, fragte Wonzeff, der sich die Aufzeichnung des Angriffs angeschaut hatte, die S-Kreuzer vier von dem Geschehen gemacht hatte. »Der Stoß, den dein Flash einstecken musste, sah ziemlich heftig aus.«

»Ich habe ein paar blaue Flecken davongetragen, sonst nichts«, gab Rul Warren zurück. »Der W-Anzug hat Schlimmeres verhindert.«

»Du hast ausgezeichnete Arbeit geleistet«, lobte Wonzeff. »Dank dir kennen wir nun eine weitere Schwachstelle der Quader: Sie mögen unsere Brennkreise nicht! Das kristalline Gebilde scheint beim Kontakt mit dem Brennkreis vollständig verbrannt zu sein.«

»Die Antriebseinheit des Flash war anschließend auch hinüber«, gab Warren zu bedenken. »In der Auseinandersetzung mit den Quadern wurde nur eine vorläufige Pattsituation hervorgerufen. Anschließend war ich im Grunde noch hilfloser als zuvor.«

»Warte ab, welche Erkenntnisse unsere Wissenschaftler aus diesem Vorfall gewinnen und was sie sich ausdenken werden, um eine effektive Waffe daraus zu entwickeln.« Wonzeff, der selbst ein waghalsiger Pilot war, empfand tiefen Respekt für Warrens kühnes Vorgehen. Er stieß ein kurzes raues Lachen aus. »Du hättest sehen sollen, wie beeindruckend dieses letzte dich verfolgende Quadersegment am Heck deines Flash zerschellte. Es sah aus, als hätte es sich plötzlich in eine Handvoll Mehl verwandelt, die jemand voller Zorn gegen eine Blechdose geschleudert hat.«

»Jedenfalls bin ich froh, dass ich noch lebe«, sagte Warren. »Wie ist es unseren Cyborgs denn inzwischen ergangen?«, wechselte er das Thema.

»Die Relaiskette steht«, sagte Wonzeff. »Wie es aussieht, ist das Außenteam bisher unbehelligt geblieben. Die Untersuchung des Konstrukts ist aber noch im vollen Gange.«

6.

Percival Brack, von seinen Kameraden kurz Val genannt, musste seine Laufgeschwindigkeit schon wieder drosseln, um eine Biegung zu nehmen. Im Grunde lief er jetzt parallel zu dem Gang, den er eben gerade hinaufgerannt war. Die Wand, die beide Gänge voneinander trennte, war nicht sehr stark und schien aus kristallinen Strukturen zu bestehen.

Brack neigte seinen Körper leicht zur Seite und bog im Laufschritt in eine rechtwinklige Abzweigung ein. Das Programmgehirn, das ihn steuerte, seit er ins Zweite System geschaltet hatte, hatte ihm bedeutet, dass er in einen ihm bereits bekannten Bereich vorstoßen würde, wenn er geradeaus weiterrannte, darum hatte er sich spontan entschieden, der Abzweigung zu folgen, die ihn in unbekanntes Gefilde führte.

Weit kam er allerdings nicht.

Der Gang endete plötzlich vor einer Wand.

Abrupt blieb der Cyborg stehen, und einmal mehr nahm er seine Umgebung genauer in Augenschein, wie er es zuvor an anderer Stelle bereits ausgiebig getan hatte. In der Sackgasse, in die er geraten war, sah es im Grunde nicht anders aus als an jedem beliebigen anderen Ort in diesem Irrgarten. Das Labyrinth bestand allerdings nicht nur aus verschachtelten Gängen, sondern auch aus freistehenden Blöcken, um die herum die Wege führten. In den Boden eingeschmolzen lagen flache, silbrige Bänder, die kreuz und quer verliefen und die Sinne zusätzlich verwirrten. Die Wände ragten bis zur hohen Decke auf und waren mit ihr verbunden.

Zu gerne wäre Brack jetzt auf einen erhöhten Punkt geklettert, um sich von dort einen Überblick über das Areal zu verschaffen. Aber das war nicht möglich, denn er war von begrenzenden Flächen, die bis zur Decke ragten, komplett eingeschlossen. Die einzige Möglichkeit, einen Lageplan zu erstellen, war, die Gänge abzulaufen und sich die Routen einzuprägen.

Ihm blieb keine andere Wahl, als auf seinem Kurs zurückzukehren, bis er eine Abzweigung erreichte, die er noch nicht genommen hatte.

Brack drehte sich um und sprintete los. Dank des etwa bohnengroßen Robotgehirns, das in seinen Kopf gepflanzt worden war, fand er sich bestens in dem Labyrinth zurecht. Weder Markierungen an den Wänden noch verstreute Brotkrumen oder endlos lange Schnüre waren vonnöten, um ihm den Rückweg zu weisen. Die Route war in seinem Programmgehirn abgespeichert.

Nach wenigen Augenblicken langte er bei der Gabelung an, die mit einem noch nicht vollzogenen Alternativweg aufwartete, und flitzte in den Tunnel.

In wenigen Sekunden lief er die verwinkelte Wegstrecke ab, machte erneut kehrt, als er in eine Sackgasse geriet, und folgte einer weiteren Alternativroute.

Nach etlichen Minuten blieb er unvermittelt stehen. Die von ihm abgelaufenen Irrwege reichten seinem Programmgehirn aus, die grundlegende Struktur dieses Irrgartens zu erfassen, der sich über die gesamte vierte Ebene erstreckte.

Er öffnete den Funkkanal, woraufhin Morris eine Verbindung zur Bildkugel und der Bordsprechanlage der POINT OF herstellte.

»Ich habe Grund zu der Annahme, dass ich mich in einer riesigen Leiterplatte befinde«, berichtete Brack. »Dem ersten Anschein nach handelt es sich bei diesem Gebilde um einen ausgeklügelten Irrgarten. Doch in Wahrheit stellen die Gänge lediglich die Freiräume zwischen den Bauteilen dar. Hier scheinen Verbindungen in den Boden eingelassen zu sein.«

Chris Shantons Stimme wurde über die Relaiskette in Bracks W-Anzug geleitet. »Lassen sich Energieströme in den Wänden oder den Leitungen anmessen?«

Brack trat dicht vor die Wand hin, vor der er angehalten war, und presste die Hand dagegen. Die hervorragenden taktilen Eigenschaften des Handschuhs ließen ihn ein kaum wahrnehmbares

Vibrieren spüren, das irgendwo hinter der Wand seinen Ursprung haben musste. Ohne seine Cyborg-Erweiterungen wäre ihm dieses feine Oszillieren allerdings kaum aufgefallen.

»Irgendetwas geht in diesen Wänden vor sich«, schilderte er seinen Eindruck. »Die Spürer schlagen allerdings nicht an. Die mutmaßlichen Verbindungen im Boden scheinen momentan keinerlei Energie durchzuleiten. Ich bin mir dennoch sicher, dass es sich um eine Schaltungsanlage handeln muss.«

»Können Sie erkennen, welche speziellen Vorgänge in dieser Leiterplatte verarbeitet werden?«, wollte Shanton wissen, den die Entdeckung des Cyborgs hörbar faszinierte.

Brack zuckte mit den Schultern. »Der grundlegenden Struktur nach wird es sich eher um eine gewöhnliche Anlage handeln. Die einzelnen Elemente gleichen sich, es scheint keine markanten Einzelstücke zu geben. Ich schätze, dass hier routineartige Abläufe verarbeitet werden. Es gibt auch kein Zentrum. Die weitläufigen Strukturen erscheinen weitestgehend homogen.«

»Haben Sie eine Schnittstelle oder eine Eingabevorrichtung entdecken können?«, hakte Shanton nach.

Brack ließ beiläufig den Blick schweifen. Seine erweiterten Sinne hatten die ganze Zeit über auf hohem Niveau gearbeitet. Hätten die ihn umgebenden Wände zu irgendeinem Zeitpunkt eine Abweichung auf den ewig glatten, gleichförmigen Oberflächen gezeigt, hätte er es sofort bemerkt.

»Negativ«, sagte er. »Dies hier ist ein hermetisch abgeschlossenes System, da bin ich mir sicher. Es gibt keine Vorrichtung, eine Verbindung herzustellen.«

Einen Moment lang herrschte Schweigen. Dann war die Stimme des Commanders zu hören. »Schließen Sie Ihre Erforschung ab, und dann widmen Sie sich bitte einem anderen Bereich des Konstrukts. Wir müssen unbedingt eine Abteilung finden, von der aus wir das Konstrukt manipulieren oder sogar gänzlich übernehmen können.«

Brack bestätigte. Eine halbe Minute rannte er noch in übermenschlicher Geschwindigkeit durch die Gänge und vervollständigte das Bild dieser Ebene. Wie nicht anders erwartet, bestärkte ihn das Gesehene nur in seiner Einschätzung, hier nicht das Gewünschte zu finden. Schließlich suchte er einen der Übergänge auf, um tiefer in die Anlage vorzudringen und dort die Untersuchung fortzuführen.

*

Lati Oshuta benötigte nur wenige Minuten, um auf der ihm zugewiesenen Ebene einen Bereich von fast zwölf Quadratkilometern abzusuchen. Mit dieser Geschwindigkeit war er um einiges schneller als seine Kameraden, die in derselben Zeit nur durchschnittlich neun Quadratkilometer schafften.

Dies lag jedoch nicht daran, dass Oshutas bionische Implantate leistungsstärker als die seiner Freunde gewesen wären. Vielmehr war der simple Aufbau der Ebene der Grund für sein schnelles Vorankommen. Aus dem Boden ragten flache Quader unterschiedlicher Breiten und Längen. Sie bedeckten großzügig verteilt den gesamten Boden und ragten auch aus der Hallendecke. Zwischen den Formen war genug Platz, sodass der quirlige Japaner, der stets gut gelaunt zu sein schien, nicht nur schnell vorankam, sondern sich allein durch aufmerksames Umherspähen einen umfassenden Überblick verschaffen konnte.

Zum Zentrum der Ebene hin nahm die Höhe der Quader allerdings sprunghaft zu, sodass die aus dem Boden ragenden Formen sich schließlich mit denen, die von der Decke hingen, vereinigten, um schließlich ein dichtes Konglomerat mit einem Durchmesser von mehreren Dutzend Kilometern zu bilden.

Nachdem Oshuta die Ebene einmal komplett abgelaufen war, ohne dabei aus der Puste zu geraten oder etwas Besonderes zu entdecken, widmete er sich dem unzugänglichen Bereich aus ineinander verschachtelten und verschmolzenen Quadern.

Unternehmungslustig wie er nach wie vor war, rannte er einmal um den Bereich herum. Er hatte die Umrundung erst zur Hälfte abgeschlossen, als sich einer seiner Spürer plötzlich meldete. Für einen flüchtigen Moment war die Signatur eines biologischen Organismus verzeichnet worden.

Oshuta machte eine Kehrtwende und eilte zu dem Punkt zurück, wo das Signal aufgefangen worden war. Dort stoppte er und suchte mit den Spürern den von eckigen Strukturen durchbrochenen Außenbereich des Konglomerats ab. Der Biospürer schlug jedoch kein zweites Mal an.

Um sicherzugehen, dass er keiner Täuschung erlegen gewesen war, verband er sich mit der Zentrale der POINT OF und bat, die von ihm gesendeten Aufzeichnungen nach Auffälligkeiten abzusuchen – eine Aufgabe, für die der Checkmaster nur die Dauer eines Lidschlages benötigte, obwohl er hauptsächlich mit der Steuerung der kämpfenden S-Kreuzer beschäftigt war.

»Wir können bestätigen, dass kürzlich eine Biosignatur erfasst worden ist«, sagte Hen Falluta. »Allerdings nur für den Bruchteil einer Sekunde.«

»Ich bin jetzt genau dort, wo diese Signatur von dem Spürer entdeckt wurde«, berichtete Oshuta. »Es wird aber nichts Entsprechendes mehr angezeigt.«

»Wäre es denkbar, dass es sich um ein Störsignal gehandelt haben könnte?«, fragte Ren Dhark.

»Wenn das der Fall ist, wäre es jedenfalls die erste Fehlmeldung während dieses Außeneinsatzes«, gab Oshuta zurück.

»Überprüfen Sie das!«, wies Dhark den Cyborg an. »Wir müssen in dieser Angelegenheit absolute Gewissheit haben!«

Lati Oshuta nickte gut gelaunt. »Aus diesem Grund bin ich ja hier«, sagte er lax.

Er trat einen Schritt auf den Bereich zu. Die ineinander übergehenden Quader von Boden und Hallendecke bildeten in der Peripherie des Konglomerats ein schwer einzusehendes, verschachteltes Konstrukt. Es gab etliche Lücken und Spalten, von denen viele groß genug waren, sodass Oshuta sich hindurchschieben konnte.

Für ein Lebewesen, das nicht entdeckt werden wollte, ein hervorragendes Versteck.

Da das Gebilde einen statischen, unverrückbaren Eindruck machte, griff Oshuta sich ein Herz und glitt mit der Schulter voran in eine Spalte. Schon nach wenigen Metern öffnete sich vor ihm ein quadratischer Raum, von dem in alle Richtungen und auch nach oben weitere Spalten unterschiedlicher Größe wegführten.

Oshuta entschied sich für den breitesten Durchlass und schob sich hinein. Erneut gelangte er nach kurzer Strecke in einen Freiraum. Dieser war höher als der vorherige, dafür aber schmaler.

Einige Minuten verbrachte Oshuta nun damit, die angrenzenden Hohlräume zu erkunden. Die Anzeige des Biospürers auf der Innenseite des Klarsichthelms ließ er dabei nicht aus den Augen. Das grüne Licht, das die Anwesenheit eines Bioorganismus anzeigen würde, blinkte jedoch nicht erneut auf. Dennoch gab er die Suche nicht auf.

Der Hohlraum, in dem er sich wenig später wiederfand, verfügte über eine durchgängige Stirnwand, in der es keine Spalte oder Schlitze gab. Das war neu. Offenbar ging es an dieser Stelle nicht tiefer in das Konglomerat hinein.

Oshuta bewegte sich daraufhin seitlich durch einen Durchlass, musste jedoch feststellen, dass die innenliegende Wand der sich anschließenden Kammer ebenfalls massiv war und keinen Durchschlupf aufwies. Ebenso verhielt es sich mit den folgenden Räumen.

Sie alle schienen um einen verschlossenen Bereich herum gelagert zu sein.

Da der Biospürer noch immer schwieg und Oshuta auch sonst auf keinerlei Anzeichen für die Anwesenheit eines wie auch immer gearteten Geschöpfes gestoßen war, kam er zu dem Schluss, dass ein Störimpuls ihn genarrt hatte.

Er wollte sich schon zum Gehen wenden, als sein künstlich verstärkter Blick in der Stirnwand eine minimale Auffälligkeit bemerkte.

Als er genauer hinsah, erkannte er, dass sich eine nicht einmal haardünne Fuge durch die Wand zog. Der Einschnitt zeichnete ein Rechteck mit abgerundeten Ecken in die Mauer.

Oshuta blinzelte indigniert. »Wenn mich nicht alles täuscht, habe ich hier gerade ein Schott entdeckt«, sagte er mit gedämpfter Stimme.

Obwohl er sich tief im zerklüfteten Randbereich des Konglomerats aufhielt, erreichten die Funkwellen dennoch den nächstgelegenen Verstärker und gelangten über die Relaiskette in die Zentrale der POINT OF.

»Ihre Augen müssen um einiges besser sein als die Kamera«, stellte Falluta fest. »Für mich sieht das wie eine solide glatte Mauer aus.«

Oshuta zeichnete mit dem Zeigefinger die Kontur in der Mauer nach. »Das ist ein Zugang«, war er jetzt noch mehr überzeugt als zuvor. »Durch ihn gelangt man in den dahinterliegenden, eingeschlossenen Bereich.«

»Gibt es einen Öffnungsmechanismus?«, fragte Falluta.

Oshutas Augen begannen leicht zu tränen, weil er die Wand so intensiv anstarrte. »Ich kann keinen entdecken«, sagte er. »Wenn es einen Mechanismus gibt, ist der noch besser in die Wand integriert als das Schott.« Er machte eine Probe aufs Exempel, drückte mit den Händen gegen das Rechteck und stemmte sich mit seiner ganzen kybernetisch verstärkten Körperkraft dagegen. Das Schott ließ sich jedoch keinen Millimeter bewegen. Er ballte die Fäuste und schlug mehrmals gegen das Rechteck. Hätte er gegen einen massiven Unitallblock geboxt, wäre das Resultat nicht anders ausgefallen. Er hatte die mutmaßliche Tür trotz seiner übermenschlichen Kraft nicht einmal in minimale Schwingungen versetzen können.

Oshuta fuhr mit den Fingern jetzt über die Wand, in der Hoffnung, womöglich eine Unebenheit zu erspüren, die seinem Blick entgangen war. Aber sein übersensibler Tastsinn konnte keine Auffälligkeiten feststellen.

Schließlich gab er es auf.

»Ich trete hier auf der Stelle«, sagte er unzufrieden. »Ich werde diese Tür wohl ohne Betätigung eines Mechanismus öffnen müssen.«

Dhark schaltete sich ein. »Ich halte es nicht für ratsam, mit Brachialgewalt vorzugehen«, mahnte er. »Bisher konnte sich der Landetrupp ungehindert in dem Konstrukt bewegen. Sobald Sie aber anfangen, die Anlagen zu beschädigen, könnte sich das schnell ändern. Es ist ziemlich wahrscheinlich, dass es innerhalb des Konstrukts ein Schutzsystem gibt. Bisher ist es nicht aktiv geworden, und ich ziehe es vor, es dabei zu belassen, wenn irgend möglich.«

»Was soll ich stattdessen tun?«, fragte Oshuta.

»Beordern Sie die anderen Cyborgs herbei«, trug Dhark ihm auf. »Vielleicht finden Sie gemeinsam eine Möglichkeit, das Schott zu öffnen.«

»Verstanden.« Oshuta stellte über Helmfunk eine Verbindung zu seinen Freunden her und unterrichtete sie über seine Entdeckung und wie sich Ren Dhark das weitere Vorgehen vorstellte.

*

In der Kammer wurde es ein wenig eng, nachdem alle sechs Cyborgs sich dort versammelt hatten. Zuletzt war Jes Yello eingetroffen, der aus der ersten Etage kommend die weiteste Strecke in die fünfte Ebene hatte zurücklegen müssen. Val Brack, der sein Stockwerk bereits durchgearbeitet hatte und in tiefere Ebenen vorgedrungen war, konnte berichten, dass es noch drei weitere Geschosse gab, bis es dann nicht mehr weiterging.

Da das Konstrukt aus zwei identischen Parallelkörpern bestand, gingen die Cyborgs davon aus, dass es in der zweiten Hälfte ähnlich aussah wie in dieser. Irgendwo im Freiraum zwischen diesen beiden Körpern musste der Generator stecken, der von dem Konstrukt verschlungen worden war.

Jetzt konzentrierten sich die Cyborgs zuerst einmal auf das Schott, das Oshuta entdeckt hatte. Die Wände und sogar die Decke und der Boden der Kammer wurden noch einmal gründlich abgesucht. Bis auf die Fuge in der Form einer rechteckigen Tür konnten sie keine weiteren Auffälligkeiten entdecken, und so gingen die Freunde schließlich dazu über, auch die angrenzenden Räume und Kammern unter die Lupe zu nehmen.

Nach einer Weile kehrte Amy Stewart zur Ausgangskammer zurück, in der sich jetzt auch Oshuta, Yello und Nunaat aufhielten. Die übrigen beiden Cyborgs erkundeten nach wie vor die umliegenden Kammern.

Oshuta zuckte enerviert mit den Schultern. »Wir können uns auf den Kopf stellen«, sagte er. »Eine Möglichkeit, diese Tür zu öffnen, werden wir trotzdem nicht finden.«

Nunaat nickte zustimmend. »Es hat keinen Sinn, noch mehr Zeit mit dieser sinnlosen Suche zu verschwenden.«

Stewart sah das genauso. Kurzentschlossen stellte sie eine Verbindung zur POINT OF her und bat Ren Dhark um Gehör. »Wir kommen hier einfach nicht weiter«, sagte sie. »Entweder wir brechen unsere Bemühungen ab, hinter diese Tür zu schauen, und fahren mit der Untersuchung des Konstrukts fort, oder wir greifen zu effektiveren Mitteln, dieses Schott zu öffnen.«

Dhark zögerte einen Moment mit der Antwort. »Gab es bisher irgendwelche Anzeichen dafür, dass eure Anwesenheit in dem Konstrukt eine Reaktion hervorgerufen hätte?«, fragte er dann.

Stewart warf einen Blick in die Runde. Die Cyborgs, die die Unterhaltung per Helmfunk mitverfolgen konnten, schüttelten einhellig den Kopf. Da die momentan nicht anwesenden Kameraden ebenfalls nichts von sich gaben, ging Stewart davon aus, dass denen diesbezüglich auch nichts aufgefallen war. »Es sieht nicht danach aus«, sagte sie daher. »Überhaupt scheint hier generell wenig los zu sein. Keine energetischen Emissionen – von dem schwachen Schimmer der Oberflächen hier einmal abgesehen –, keine Verschiebungen irgendwelcher Bauelemente, gar nichts.«

»Abgesehen von der flüchtigen Biosignatur gibt es keinerlei Auffälligkeiten«, warf Oshuta ein. Er bedachte das Schott mit einem grimmigen Blick. »Diese Tür lässt mich irgendwie daran zweifeln, dass mein Spürer bloß von einem Störimpuls genarrt wurde. Lebewesen brauchen Türen, um in verschlossene Bereiche zu gelangen, so viel steht fest.«

»Und sie benötigen Etagen und Ebenen, um sich in einem gigantischen Bauwerk wie diesem besser bewegen zu können«, warf Nunaat ein.

»Brauchen sie das?«, hakte Chris Shanton skeptisch nach. »In der Schwerelosigkeit des Weltraums relativieren sich oben und unten, also auch Etagen und Ebenen. Vielleicht schweben die Wesen ja durch das Konstrukt.«

»Oder sie verfügen so wie wir über mobile Antigravtechnologie«, erwiderte Oshuta. »Dann könnten sie einfach die Wände hinaufspazieren.«

»In dem Fall wäre der Begriff ›Wand‹ aber durch ›Boden‹ zu ersetzen«, mischte sich Artus ein. »Wände gäbe es dann nicht mehr.«

»Boden ist da, wo die Tür ist«, meinte Nunaat, »also genau hier, wo wir alle hier nicht ganz zufällig stehen.«

»Statistisch gesehen ist die Wahrscheinlichkeit hoch, dass ihr auf derselben Fläche steht, da Menschen dazu tendieren, andere Menschen nachzuahmen, und weil Menschen bei Gesprächen normalerweise einander gegenüberstehen. Wenn ihr jetzt auf einer anderen Fläche gestanden hättet, hättet ihr stattdessen diese als Boden definiert, was die anderen Flächen damit aber nicht zu Wänden macht, weil ihr theoretisch auch darauf stehen könntet«, erwiderte Artus.

»Da ist was dran«, räumte Nunaat ein, »aber die mutmaßliche Tür ist trotzdem hier. Zufall?«

Dhark holte einmal tief Luft. »Dieses Schott zu öffnen, hat jetzt Vorrang«, unterbrach er die Diskussion und kam damit wieder auf das eigentliche Thema zurück. »Ihre Sicherheit ist allerdings nicht weniger wichtig.«

»Wir werden schon auf uns aufpassen«, beschwichtigte Stewart. »Aber wir haben keine Zeit, um rücksichtsvoll vorzugehen. Wobei keiner von uns momentan weiß, wie ein rücksichtsvolles Vorgehen in diesem Fall überhaupt aussehen könnte.«

»Also gut«, sagte Dhark gefasst. »Ich erlaube hiermit ausdrücklich, dass ihr nach eigenem Ermessen vorgehen dürft. Seid trotzdem vorsichtig und bleibt auf Empfang!«

»Das werden wir«, sagte Stewart mit fester Stimme. Sie streifte den Multikarabiner von der Schulter und schaltete die Waffe auf Duststrahl. Das Schott bestand aus unbelebter Materie und würde sich in Staub aufzulösen, wenn es von dem olivgrünen Strahl getroffen wurde.

Stewart legte den Finger auf das Sensorfeld, doch bevor sie Druck darauf ausüben und feuern konnte, wich das von der Fuge umschlossene Rechteck von selbst ein Stück in die Wand zurück. Als folgte es einem mechanischen Ablauf, glitt die Türfüllung in einer fließenden Bewegung zur Seite weg.

»Die Tür öffnet sich eigenständig ohne unser Zutun!«, rief Oshuta überrascht.

Und dann fiel den Cyborgs vor Überraschung fast die Kinnlade herab.

*

Ein stämmiges, fahlweißes Wesen, zwischen dessen Schultern ein halbkugelförmiges Gebilde aufragte, schälte sich aus dem Dunkeln hinter der Öffnung. Unzweifelhaft eine humanoide Gestalt, die offenkundig einen W-Anzug trug, wie jetzt ersichtlich wurde. Stewart erkannte nun auch den Kopf unter dem geschlossenen Klarsichthelm. Sie sah in das stark sonnengebräunte, kantige Gesicht von Bram Sass, der ein breites Grinsen zur Schau trug. Seine buschigen Augenbrauen und das schulterlange dunkle Haar verliehen seinem Aussehen zusätzlich einen wilden ungestümen Ausdruck.

Völlig perplex ließ Stewart den Multikarabiner sinken. »Bram!«, rief sie ihren Kameraden über Helmfunk an. »Wo kommst du denn plötzlich her? Bist du das wirklich?«

Bram hob feixend die Arme. »Ich bin euer Kamerad, wie er leibt und lebt!«, sagte er unverdrossen. Er grinste noch immer, während er seine Freunde betrachtete. »Ihr schaut drein, als hättet ihr einen Geist gesehen!«

»Wie bist du auf die andere Seite des Schotts gekommen?«, fragte Oshuta mit unüberhörbarem Misstrauen in der Stimme.

Sass deutete vage hinter sich. »Ich bin durch einen Spalt in der Decke gekrochen, als ich eine der angrenzenden Kammern untersucht habe«, schilderte er. »Der ging in einen anderen Spalt über, und dann folgte eine Biegung, an der ich mich so gerade eben vorbeiquetschen konnte. Es ging noch eine Weile so weiter, bis ich plötzlich in einem größeren Gelass herauskam. Direkt neben mir entdeckte ich einen geschlossenen Türbogen. In den Rahmen ist eine Tastfeld eingelassen, und als ich das berührte, ist die Tür aufgegangen.« Erneut hob er die Arme. »Und hier bin ich!«

»Warum hast du uns nicht über Funk über deine Entdeckung unterrichtet?«, ärgerte sich Stewart.

»Ich konnte doch nicht ahnen, wohin dieser Spalt mich letztendlich führen wird«, rechtfertigte sich Sass. Er wollte über die Schwelle treten, aber Stewart bedeutete ihm mit einer Geste, zu bleiben, wo er war.

»Pass lieber auf, dass das Schott sich nicht schließt!«, sagte sie und streifte sich den Gurt des Multikarabiners wieder über die Schulter.

Sass stellte sich daraufhin in die Öffnung, weil er annahm, dass die Tür nicht zugleiten würde, wenn sich jemand in dem Durchgang aufhielt.

Währenddessen bat Oshuta den noch immer die angrenzenden Räume untersuchenden Brack, zu ihnen zu stoßen. Als die Cyborgs schließlich vollzählig versammelt waren, gingen sie gemeinsam in das Gelass.

Da sie sich jetzt auf der Seite des Durchgangs wussten, die mit einem Tastfeld zum Öffnen der Tür ausgestattet war, brauchten sie nun auch nicht mehr zu befürchten, dass das Schott sich wieder schließen könnte. Das tat es aber tatsächlich, kaum dass sie die Schwelle hinter sich gelassen hatten. Lautlos glitt das Türblatt an seinen Platz zurück.

Davon unbeeindruckt sahen sich die Cyborgs um, wobei die Lichter ihrer Stablampen umherhuschten, damit es in der Bildkugel der POINT OF auch etwas zu sehen gab außer den undeutlichen Umrissen der restlichtverstärkten Darstellung.

7.

Das Gelass unterschied sich in einem wesentlichen Punkt von den Bereichen, die die Cyborgs zuvor untersucht hatten: Es waren unzählige Bewegungen darin festzustellen.

Bisher hatte das Innere des Konstrukts einen statischen Eindruck vermittelt, ähnlich wie eine Maschine im Ruhemodus. Keine energetischen Emissionen, keine mechanischen Abläufe, nichts dergleichen war festzustellen gewesen. Die Cyborgs hätten dieses gewaltige Bauwerk für eine von ihren Erbauern längst aufgegebene Einrichtung halten können, wenn sie nicht gewusst hätten, wie aktiv dieses Parallelkonstrukt noch vor Kurzem gewesen war. Es hatte in unregelmäßigen Abständen einen Puls auf den Neutronenstern abgefeuert, dann unvermittelt seine Position verändert und schließlich eine andere große Maschine, den mutmaßlichen Generator, kurzerhand verschluckt. Umso rätselhafter war ihnen das Stillhalten des Konstrukts erschienen, das nicht einmal registriert zu haben schien, dass sich ungebetener Besuch in seinem Innern herumtrieb.

Staunend betrachteten die Cyborgs jetzt die Wände links und rechts und die Decke, die weniger an ein massives Gebilde erinnerten, sondern vielmehr an eine amorphe Masse, die sich in steter Wandlung befand. Dieser Effekt wurde von Milliarden kleiner matter Quader hervorgerufen. Sie rieben aneinander, während sie sich unaufhörlich verschoben. Sie glitten zu den Seiten, nach oben und unten, versanken aber auch in der Tiefe oder tauchten daraus hervor. Dies geschah in einer Geschwindigkeit, die den Bewegungen etwas Fließendes verliehen. Die Wände und auch die Decke schienen wie verflüssigt.

Nur der Boden, über den die Cyborgs schritten, war beständig. Er besaß allerdings eine Neigung, sodass zu vermuten war, dass sie nicht nur tiefer ins Innere des mehrere Quadratkilometer großen Konglomerats aus miteinander verschmolzenen Quadern vordrangen, sondern zusätzlich in die Zwischendecke hinabstiegen, die diese Ebene von der darunterliegenden trennte.

»Seht!«, sagte Stewart und deutete überrascht auf einen Wandbereich, aus dem sich die kleinen Quader auf einer großen Fläche jetzt wulstig emporwölbten. Sie schoben sich von den Seiten heran, um sich zu sammeln, wie es schien. Dabei bildeten sie eine mannshohe Form, einen Quader mit zahlreichen quaderförmigen Auswüchsen. Die Form hatte sich noch nicht vollständig herausgebildet, da begann sie auch schon, sich wieder aufzulösen, zerfloss in Abertausende winzige Quader, die zu allen Seiten wegdrifteten und ein hektisches Geschiebe und ein Auf und Ab in der Fläche hervorriefen.

»Was hat das zu bedeuten?«, fragte Jes Yello.

»Vielleicht wird in diesem Bereich noch gebaut?«, mutmaßte Sass.

»Oder die Quader versuchen sich an verschiedenen Konstruktionen und verwerfen sie wieder«, äußerte sich Lati Oshuta, der an der gegenüberliegenden Wand gerade ein ähnliches Phänomen beobachtete wie das, auf das Stewart sie aufmerksam gemacht hatte.

»Wir befinden uns womöglich also in einem Labor?«, warf Kai Nunaat eine Frage in den Raum, die jedoch unbeantwortet blieb.

Val Brack hielt sich in der Mitte des länglichen Gelasses auf, durch das sie sich langsam vorwärtsbewegten. »Meinen Berechnungen nach müssten wir uns jetzt auf das gedachte Zentrum dieses Parallelkörpers zubewegen«, informierte er die anderen.

*

Ren Dhark hatte den Ellenbogen auf die Hand seines vor der Körpermitte angewinkelten Arms gestützt und berührte mit den Fingern seine Lippen. Gemeinsam mit Hen Falluta, Chris Shanton und Arc Doorn stand er vor der Bildkugel und betrachtete sichtlich angespannt, was sich im Zentrum des Konstrukts abspielte. Das Programm der bildgebenden Sphäre hatte aus den verschiedenen Videoströmen, die die POINT OF mithilfe der Relaiskette aus dem ominösen Bauwerk erreichten, eine Gesamtansicht zusammengebastelt. Schatten huschten über die scheinbar fließenden Wände und die Decke.

Diese schlecht ausgeleuchteten Bereiche bewegten sich auch über den Boden. Sie entstanden immer dort, wo das Licht der Stablampen nicht hinreichte, sodass das Programm auf restlichtverstärkte Bilder oder selbst vorgenommene Ergänzungen zurückgreifen musste. Die Umgebung, durch die sich die Cyborgs bewegten, wirkte auf die Betrachter dadurch noch unwirklicher und rätselhafter.

Dhark empfand das Gelass sogar als latent bedrohlich. Die fluiden Bewegungen der Wände und der Decke bargen seiner Einschätzung nach eine Gefahr. Die Formen, die hier und da entstanden, um gleich darauf zu vergehen, bewiesen, dass die Millionen kleinen Quader durchaus in der Lage waren, komplexe Veränderungen hervorzurufen. Dhark zweifelte nicht daran, dass diese Quader weit aus den Wänden herauswachsen konnten, um die Cyborgs direkt anzugreifen oder zumindest zu bedrängen. Dass es dazu bisher nicht gekommen war, musste nicht bedeuten, dass es nicht in Kürze dennoch geschehen könnte.

Die Eindringlinge hatten bisher zwar keine Gewalt angewendet oder etwas zerstört, den Systemen des Konstruktes konnte es aber unmöglich entgangen sein, dass die Cyborgs das Schott geöffnet hatten und hindurchgegangen waren, um in das geheimnisvolle Gelass zu gelangen.

»Sie wirken angespannt, Commander«, ließ sich Falluta zu einer Bemerkung hinreißen.

Dhark nickte kaum merklich und spreizte den Zeigefinger dann leicht von seinen Lippen ab. »Es gefällt mir nicht, dass dieses Konstrukt noch nicht auf die Anwesenheit unserer Cyborgs reagiert hat«, sagte er.

Shanton fuhr sich mit der Hand über seinen Kinnbart. »Mir kommt es auch so vor, als würde dieses Bauwerk nur abwarten. Vielleicht wartet es auf einen günstigen Moment, um zuzuschlagen.«

»Dieses Gelass würde für eine Abwehrreaktion zumindest einen geeigneten Ort abgeben«, murmelte Doorn laut genug, dass die Umstehenden ihn dennoch hören konnten.

Dhark ließ die Arme sinken und sah konzentriert die Bildkugel an. »Es kommt mir vor, als verjüngte sich das Gelass zusehends«, bemerkte er. »Die Wände rücken näher zusammen und auch die Decke hat sich abgesenkt.«

»Die Cyborgs sind ziemlich schnell unterwegs«, wandte Falluta ein. »Bei diesem scheinbaren Zusammenrücken der Wände könnte es sich auch bloß um eine architektonisch bedingte Gegebenheit handeln und nicht um einen gesteuerten Vorgang. Das Gelass verjüngt sich in seiner Tiefe bloß.«

»Die Frage ist, warum es das tut«, warf Shanton ein.

Einen Moment lang standen die Männer da und beobachteten, was sich in der Bildkugel tat.

Die Cyborgs waren in einen Laufschritt verfallen, als wäre ihnen die beengende Umgebung nun selbst nicht ganz geheuer. Immer mehr verengte sich das Gelass, sodass es jetzt eher wie ein Tunnel erschien. Der wurde nach kurzer Zeit so schmal, dass die Cyborgs schließlich hintereinandergehen mussten. Stewart hatte sich an die Spitze gesetzt. Ihr folgten dichtauf Oshuta, Sass, Yello und Brack. Das Schlusslicht bildete Nunaat.

Die Cyborgs bewegten sich nun geduckt vorwärts, um mit den Helmen ihrer W-Anzüge nicht gegen die Decke zu stoßen und dabei womöglich mit den sich beständig verschiebenden Quadern in Berührung zu kommen.

Schließlich ließ sich ein Kontakt mit der fließenden Umgebung nicht mehr vermeiden. Dhark hätte es lieber gesehen, die Cyborgs hätten kurz innegehalten, um das weitere Vorgehen mit ihm zu besprechen. Doch Amy fand wohl, dass bereits genug Zeit vertan worden war und drang gebückt und mit dem Kopf voran immer weiter in den Schacht vor.

Sie zwängte sich an den Quadern vorbei, die unverändert ihren rätselhaften Aktivitäten nachgingen und sich an den Fremden nicht zu stören schienen.

Dhark wandte sich Grappa zu. Die übertragenen Funkwellen liefen zwecks Analyse auch über die Ortungsstation, damit Grappa rechtzeitig Bescheid geben konnte, sollten die Spürer der W-Anzüge erneut ein Biosignal empfangen.

»Wie ist der Status der Anzüge unserer Cyborgs?«, wollte er von dem Chef der Ortungsabteilung wissen.

»Normal«, antwortete Grappa. »Die Reibung an den Quadern ruft anscheinend nicht einmal eine statische Aufladung hervor. Weit werden unsere Kameraden aber wohl nicht mehr kommen«, fügte er an. »Miss Stewarts Umgebungssensoren zeigen an, dass sich die Tunnelwände in wenigen Hundert Metern voraus vereinen werden. Es geht für die Cyborgs dann nicht mehr weiter.«

Dhark furchte die Stirn, und er fragte sich, warum Amy ihren Weg fortsetzte, wenn sie doch erkannt haben musste, dass dieser in eine Sackgasse führte. Stattdessen kroch sie jetzt auf allen vieren, weil die Enge des Tunnels keine andere Fortbewegungsart mehr zuließ. Ihre Gefährten taten es ihr ohne Zögern gleich.

Dhark kam die Sache seltsam vor. »Warum kehren Sie nicht um?«, fragte er an das Außenteam gerichtet. »Sie laufen direkt in eine Sackgasse.«

Von »laufen«, konnte allerdings nicht mehr die Rede sein. Die Cyborgs robbten jetzt über den Boden.

»Wir sind kurz davor, das Zentrum dieses Parallelkörpers zu erreichen«, übernahm es Stewart, die Frage des Commanders zu beantworten. Ihre wohltönende Stimme in Altlage klang in keiner Weise überanstrengt oder gequält. Ihre bionischen Implantate ließen sie diese Tortur offenbar wie eine wenig anstrengende Übungseinheit erscheinen. »Jetzt umzukehren, würde keinen Sinn ergeben.«

»Sie haben sich in eine gefährliche Lage manövriert«, erhielt Dhark von Shanton jetzt Rückendeckung. »Sie sind von diesen Quadern förmlich eingeschlossen. Wenn man bedenkt, was die größeren Brüder dieser Gebilde uns hier draußen im All gerade für Schwierigkeiten machen, könnte man Ihr Vorgehen schon fast als leichtsinnig betrachten.«

Diesmal war es Oshuta, der antwortete. »Wenn es eine Möglichkeit gibt, dieses Konstrukt zu übernehmen und den Generator womöglich zu retten, dann werden wir ihn im Zentrum dieses Konstruktes finden und nirgendwo sonst.«

Stewart hatte das Ende des Kriechtunnels erreicht und hielt inne. Der Zug der Cyborgs kam hinter ihr zum Stehen. »In Ordnung«, sagte sie gefasst. »Gehen wir aufs Ganze!«

»Was hast du vor?«, fragte Dhark mit ungutem Gefühl.

Statt zu antworten, schob sich Stewart mit dem Kopf voran auf die trichterförmige Verengung zu. Ihr Helm tauchte in die sich bewegenden Quadermassen ein. Die Gebilde nahmen den Fremdkörper widerstandslos in ihrer Mitte auf, anstatt ihn abzustoßen. In der Bildkugel wurde nun dargestellt, was der weibliche Cyborg gerade sah. Außen am Klarsichthelm wischten zahlreiche der kleinen matten Quader entlang.

»Was tust du da?«, rief Dhark entsetzt. »Komm sofort zurück!«

Doch da steckte Stewart bereits bis zur Brust in dem Gewusel der Miniquader. Ein paar schlängelnde Bewegungen ihres Körpers später schauten nur noch ihre Stiefel aus dem unsteten Fließen hervor.

»Abbruch!«, befahl Dhark außer sich, zerbiss dann einen Fluch zwischen den Zähnen, als nun auch die Füße seiner Lebensgefährtin in den Quadermassen verschwanden. »Sie werden ihr nicht folg …« Dhark brach ab, denn in der Bildkugel war es unvermittelt schwarz geworden. »Was ist los?«, rief er besorgt.

»Der Funkkontakt ist abgebrochen«, informierte Morris ihn unglücklich aus der Funk-Z. Er war jetzt hektisch damit beschäftigt, eine Möglichkeit zu finden, die Verbindung zu den Cyborgs wiederherzustellen. Schließlich ließ er resigniert die Schultern hängen und schüttelte den Kopf, wie Dhark auf einem der Bildschirme in der Zentrale erkennen konnte. »Die Relaiskette erhält vonseiten unserer Kameraden keine Einspeisungen mehr, Commander. Ob wir umgekehrt bis zum Außenteam vordringen können, lässt sich nicht feststellen.«

Doorns Miene verfinsterte sich. »Verdammt!«, knurrte er. »Das kann nichts Gutes bedeuten!«

8.

Die geflügelte Kreatur war direkt vor ihm und hob die Klaue, um nach Lek zu schlagen. Der saß auf dem fremdartigen Sitz des forianischen Gleiters und konnte deswegen nicht ausweichen. Er hob hilflos die Hände vor sein Gesicht, um wenigstens das Helmvisier des lebensrettenden Raumanzugs zu schützen.

Da zwängte sich eine zweite Kreatur durch die Öffnung in der Frontscheibe des Gleiters.

Lek duckte sich, als ein klauenbewehrter Arm durch die beschädigte Frontscheibe des Gleiters nach ihm schlug. Die Klaue verfehlte Lek und erwischte die erste hindurchgedrungene Kreatur. Das Material der Frontscheibe war sicherlich nicht aus Glas, denn es bog sich und knirschte dabei wie durchsichtiges Metall. Die erste Kreatur schrie kurz auf, weil sie offenbar von der zweiten gekratzt wurde und sich dann an den spitzen Frontscheibensplittern verletzte.

Diese kurze Zeit der Ablenkung nutzte Lek. Er schaffte es endlich, aus dem Sitz herauszukommen, und griff nach seiner selbstgebauten Stabwaffe, die auf dem Boden lag. Er stieß sie durch das Loch in der Frontscheibe nach der Kreatur. Das schuppige, gut fünfzig Zentimeter große Wesen ließ von der Frontscheibe des am Boden stehenden Gleiters ab. Lek wollte den Stab zurückziehen, doch die Kreatur griff mit einer scharfen Klaue danach. Sie spannte ihre leicht durchscheinenden Flügel und benutzte sie, um sich von der zerstörten Frontscheibe des Gleiters hinauf in die Luft abzustoßen.

Lek griff nicht nach der Energiewaffe an seinem Gürtel. Er wollte nicht in diesem beengten Raum herumschießen und schlimmstenfalls den Gleiter beschädigen. Die bereits eingedrungene Kreatur war für einen zweiten Angriff wieder herangekommen. Sie fauchte. Lek duckte sich unter ihrem Schlag hinweg und bekam im letzten Moment Hilfe.

Kol Kolum, Leks Assistent, kam heran und stieß das spitze Ende seines improvisierten Speers in die Seite der Kreatur. Die schrie, schlug nach den Utaren und drängte sich an ihnen vorbei aus der geöffneten Seitenluke des Gleiters.

»Sie sind an den Flügeln empfindlich«, rief Kolum. Sein Helmvisier wies große Risse auf, doch es war bisher nicht gesplittert.

Lek hoffte, dass dies auch nicht allzu bald geschehen würde, denn immerhin wäre das ein Todesurteil für seinen Assistenten. Dieser würde ohne den Raumanzug in der fremden Atmosphäre nicht lange atmen können.

»Ich habe nicht vor, noch länger mit diesen Kreaturen zu tun zu haben, um sie genauer zu studieren«, sagte Lek. Seine Stabwaffe war weg.

Während Kolum wieder versuchte, die Eingangsluke des Gleiters gegen weitere eindringende Kreaturen zu verteidigen, wandte sich Lek der Steuerkonsole zu.

Kurz kontrollierte er, ob seine goldene Maschine noch immer neben dem Sitz stand. Sollte es sich wirklich um Balduren-Technologie handeln, würde dieses Artefakt alle Strapazen wert sein, da war sich Lek sicher.

Vor der mit Kristallen besetzten Steuerkonsole gab es einen Sitz, der offenkundig für die Körperform der Forianer gedacht war. Die leicht nach hinten geneigte Rückenlehne war nicht sonderlich geeignet, Lek in seinem Raumanzug ein bequemes Sitzen zu ermöglichen.

Er betrachtete die Steuereinheit des Gleiters – oder zumindest das, was Lek dafür hielt.

Decke und Boden des Gleiters bestanden aus einem violetten Metall, während die Steuereinheit des Gleiters ein glänzendes, ebenfalls metallisches Gehäuse besaß. Die Extremitäten eines Forianers waren bedeutend länger als die Arme des Utaren, sodass er nicht einmal an die Hälfte der in dem Bereich eingesetzten leuchtenden Kristalle herankam. Sie pulsierten schwach in unterschiedlichen Farben.

»Bring das Ding irgendwie in die Luft, Gre!«, rief Kol Kolum, als eine weitere Kreatur versuchte, durch den Eingang des Gleiters hereinzukommen. Einige von den Wesen, die womöglich aus dem zerstörten Zoo der Stadt entwischt waren, liefen über die Außenhaut des Gleiters. Dumpf waren ihre klauenbewehrten Extremitäten zu hören, wie sie hier und dort einzudringen versuchten.

Lek sah keinen Anhaltspunkt, wie dieses Gefährt gestartet werden konnte. Er griff nach einigen Kristallen und versuchte sie zu drücken. Ihre Farben wechselten, doch nichts weiter geschah. Lek fluchte auf Utarisch, als ihm eine Idee kam.

Ich bin zu klein, dachte er. *Die Forianer haben ihre Arme weiter oben am Körper und sie sind auch viel länger.*

Er zog die Beine an, erhob sich, sodass er nun auf der Sitzfläche stand, und griff nach einem der kristallenen Knöpfe, die weiter oben angebracht waren.

Wenn nur irgendjemand mit einer halben Hirnzelle die Kontrollen angebracht hat, sollte das Starten und Landen des Gleiters mit wenigen bequemen Handgriffen vonstattengehen, dachte Lek.

Er probierte mehrere kristalline Schaltelemente aus. Ihre Farben änderten sich, und ein Geräusch war zu hören. Eine schwache Vibration durchlief den Gleiter.

»Was immer du getan hast, es funktioniert!«, rief Kol. Der duckte sich gerade unter einem weiteren Angriff einer Kreatur weg.

Die schlug nach ihm und hielt sich mit ihrer anderen Klaue an der Eingangsluke des Gleiters fest.

Lek betätigte eine weitere Schaltung. Eine holografische Schnittstelle erschien vor ihm, doch er konnte sie nur schlecht sehen. Die Forianer sahen in einem leicht abweichenden Farbspektrum als die Utaren, und er hatte keine Zeit, jetzt herauszufinden, wie er die Darstellung optimieren könnte. Er betätigte einen Kristallknopf, der schwach leuchtete.

Ein Ruck ging durch den Gleiter, als er abhob.

Lek sah über seine Schulter, wie Kol einer Kreatur auswich und mit seiner Waffe nach den Flügeln des Wesens stach.

Der Gleiter flog nun, immer noch in der Waagerechten, einige Meter von der Plattform hoch und richtete sich aus, bevor er beschleunigte.

»Offenbar habe ich den Autopilot aktiviert!«, rief Lek und kletterte von dem forianischen Sitz hinunter.

Kol hielt die Arme einer der geflügelten Kreaturen mit seinen Händen umklammert und hinderte sie so davor, seinen Helm zu beschädigen. Lek zog auch jetzt nicht seine Energiewaffe, um seinen Assistenten nicht zu gefährden. Er sah sich nach einer alternativen Waffe um.

Die gut vierzig Zentimeter lange, aber etwas sperrige goldene Maschine, die er für ein Artefakt der Balduren hielt, stand nicht weit von ihm entfernt neben dem Sitz des Gleiterpiloten. Die wollte Lek allerdings keinesfalls als Schlaginstrument benutzen, denn ihr Wert war bisher noch nicht klar.

Sicherlich liegt er aber über dem meines Assistenten, dachte Lek.

Stattdessen packte er die selbstgebaute Stabwaffe, die Kol fallengelassen hatte, und schlug nach der Kreatur. Er traf ihren Rücken, doch das schien sie nicht sonderlich zu stören.

»Ihre Flügel!«, rief Kol Kolum dumpf. Da der Helmfunk seines Anzugs nicht mehr funktionierte, musste er deutlich lauter sprechen, um sich durch den geschlossenen Helm seines Raumanzugs hindurch verständlich zu machen.

»Ja, ja«, gab Lek entfernt zurück und stach mit der Waffe nach den leicht durchsichtigen Flügeln des Wesens.

Es kreischte und ließ sofort von Kol Kolum ab. Der kroch einige Schritte rückwärts, um Abstand zu dem Wesen zu gewinnen, während er versuchte, wieder auf die Beine zu kommen.

»Wo fliegen wir hin, Gre?«, fragte Kol Kolum. Er wusste nicht, dass der Mann, den er als Gre Grema kannte, eigentlich Lek hieß und nicht nur wegen Geldschulden in der Milchstraße gesucht wurde.

Lek war es lieber so. Er wusste nicht, was Kol gemacht hätte, wenn dieser es erfahren hätte, und er hatte nicht vor, es ihm zu sagen. *Immerhin sind wir jetzt in Maffei 1, weit weg von unserer Heimatgalaxis. Was zählt das jetzt schon?,* dachte er.

»Ich habe keine Ahnung«, sagte Lek ehrlich. »Ich habe irgendeinen Autopiloten aktiviert.«

Erneut war zu hören, wie die fremden Kreaturen auf der Außenhülle des Gleiters herumliefen und hier und dort kratzten.

Sie versuchen offenbar, sich einen weiteren Eingang zu schaffen oder aber irgendetwas zu beschädigen.

Lek war sich nicht sicher, wie intelligent die sie angreifenden Lebensformen waren und ob sie möglicherweise den großen Gleiter einfach nur für ein weiteres Tier hielten, das es wert war, angegriffen zu werden.

»Wo ist deine Waffe?«, fragte Kol, während er sich seinen Speer von Lek zurücknahm und zur Eingangsluke ging.

»Die steckt draußen in einem der fliegenden Biester«, sagte Lek.

»Verdammt!«, stieß Kol aus. »Wir brauchen jede Waffe, die wir kriegen können!«

»So war es auch nicht geplant«, gab Lek zurück und überlegte, ob er seinen Assistenten zur Ruhe ermahnen sollte. Doch er entschied sich dagegen. Kol würde sich von allein beruhigen.

Der Gleiter erzitterte plötzlich. Ein Alarmton war zu hören. Eine Kreatur außen am Gleiter schrie wütend auf.

»Möglicherweise hat sie sich an irgendetwas verletzt«, sagte Kol hoffnungsvoll.

»Wir werden sicherlich nicht rausgehen und uns das näher ansehen«, sagte Lek. Er wollte zur Einstiegsluke gehen und suchte an der Innenwand einen vergleichbaren Schalter wie jenen, mit der er die Luke von außen geöffnet hatte. Doch in diesem Augenblick drang eine weitere Kreatur durch das verbogene Frontfenster des Gleiters ein.

»Ich kümmere mich darum«, sagte Kol Kolum und lief los, den selbstgebauten Speer zum Angriff erhoben.

Lek warf noch einen besorgten Blick zur der goldenen Maschine, die auf dem Boden des Gleiters stand. Es war keine Zeit, sie in Sicherheit zu bringen. Er musste erst einmal die Zugangsluke des Gleiters verschließen.

Lek sah sich um und entdeckte ein Stück über sich, beinahe außerhalb seiner Reichweite, ein schillerndes Heptagon.

Er schlug seine Handfläche darauf. Ein Ton erscholl, doch nichts geschah.

Er berührte die Fläche erneut, und es ertönte diesmal aus einem anderen Winkel. Offenbar schien dies einen Unterschied zu machen, denn die Gleiterluke schloss sich nun.

Die Kreatur, die derweil versuchte, sich durch das geborstene Sichtfenster hereinzuzwängen, wurde mehrmals von Kols Speer getroffen und knurrte unzufrieden, dann ließ sie von ihrem Vorhaben ab und zog sich zurück. Offenbar hatte sie die Lust verloren.

*

»Alles in Ordnung?«, fragte Lek seinen Assistenten.

»Die Risse in meinem Helm sind bisher nicht schlimmer geworden«, sagte Kol. »Laut den Anzeigen meines Anzugs verliere ich immerhin keine Atemluft. Scheint noch alles zu halten.«

»Na immerhin«, sagte Lek und nahm mit beiden Händen das goldene Artefakt, das er den Forianern gestohlen hatte. Es schien nicht beschädigt zu sein, allerdings konnte er auch nicht erkennen, wie man es aktivierte, geschweige denn, ob es dafür vorgesehene Bedienelemente gab. Sofern überhaupt Bedienelemente auf der Oberfläche existierten, reagierten sie nicht auf ihn.

Es wurde still im Gleiter.

Kol sah sich erst einmal weiter misstrauisch um, entspannte sich dann aber sichtlich.

»Die Biester scheinen aufgegeben zu haben«, sagte er. »Sie verfolgen den Gleiter nicht weiter.«

»So scheint es zumindest«, stimmte Lek zu.

»Ob sie aus dem Zoo der Forianer stammten?«, fragte Kol.

Der Zoo war schwer beschädigt worden, nachdem Lek die goldene Maschine aus der unterirdischen Kammer entwendet hatte. Offenbar benutzten die Forianer dieses Artefakt, um Energie für ihre schwebenden Städte zu gewinnen. Nachdem die Energie fehlte, waren etliche Plattformen vom Himmel gestürzt. Die abstürzenden Trümmerteile hatten die ganze Umgebung verwüstet, und Chaos war ausgebrochen.

»Wer weiß das schon?«, gab Lek nicht sonderlich interessiert zurück und stellte das Artefakt vorsorglich in der Nähe der nun verschlossenen Ausstiegsluke ab.

Dann kletterte er erneut in den unbequemen Forianersitz in die Front des Gleiters und blickte zur geborstenen Windschutzscheibe hinaus.

Unter ihnen war zu sehen, dass der Gleiter sich über die Stadt hinweg von ihrem Startpunkt entfernte. In einiger Entfernung waren weitere fliegende Städte zu erkennen.

»Wohin sind wir wohl unterwegs?«, fragte Kol.

»Woher soll ich das wissen?«, fragte Lek. »Ich habe vermutlich irgendeine Art von Autopilot gestartet, der jetzt eine vorher einprogrammierte Route abfliegt. Ich werde garantiert nicht noch einmal versuchen, an der Steuerkonsole herumzuspielen und uns irgendwo herunterkommen lassen. Wohin wir auch fliegen, diese Technologie ist hoffentlich hochwertig genug, dass sie ohne größere Hilfe des Piloten auskommt.«

»Wollen wir es hoffen«, sagte Kol. Währenddessen nahm Lek die goldene Maschine wieder an sich. Er setzte sich auf den Boden und lehnte sich an den Gleitersitz, um sich ein wenig zu entspannen.

»Hast du inzwischen irgendeine Idee, was das Ding macht?«, fragte Kol.

»Nein«, sagte Lek. »Und du wirst es auch nicht anfassen, um damit herumzuspielen.«

»So wie du das machst?«, stichelte Kol.

»Ich teste höchstens eine begründete Hypothese«, gab Lek zurück. »Und jetzt würde ich empfehlen, sich auszuruhen und die wenige Zeit, die wir möglicherweise im Gleiter verbringen, zu nutzen, um sich zu entspannen.«

Kol Kolum brummte etwas Undeutliches als Antwort, das durch den Helm nicht klar zu hören war.

Sie saßen einen Moment ruhig da, bevor Kol begann, im Gleiter herumzulaufen.

»Sie ist noch da«, sagte er und holte die kleine Werkzeugkiste, die sie aus den Trümmern des Zoos hatten bergen können. Er reichte sie Lek.

»Gre, kannst du damit meinen Helmfunk nicht vielleicht wiederherstellen?«, bat er. »Ich kann es auch selbst versuchen, falls du zu erschöpft bist.«

Lek wusste nicht, ob sein Assistent ihn damit provozieren wollte, doch er sprang darauf an. »Natürlich kann ich das, egal wie erschöpft ich bin«, sagte er.

Ihm ging es weniger darum, dass er nicht schwach wirken wollte, als darum, dass Kol sich gefälligst nicht mit seinem im Raumanzug integrierten Translatorsystem beschäftigen sollte. Wenn seinem Assistenten auffallen würde, dass Lek bewusst den Translator von Kol so eingestellt hatte, dass dieser die Forianer zwar verstehen, aber nicht mit ihnen reden konnte, würde dieser das sicher nicht gutheißen. Lek hatte diese Fähigkeiten vorerst auf seinen eigenen Translator beschränkt, um selbst zu entscheiden, was die Forianer von ihnen erfahren sollten.

»Gib her!«, sagte Lek und stellte die goldene Maschine neben sich.

Er stand auf und ließ Kol sich vor sich hinsetzen.

Mithilfe der utarischen Werkzeuge öffnete er im Halsbereich von Kols Raumanzug ein kleines, dickeres Segment. Hier saß ein Teil der leicht erreichbaren Elektronik für die Nahbereichskommunikation.

Lek besah sich das Ganze und entschied, dass es nur eine Möglichkeit gab, eine gewisse Funktionalität wiederherzustellen. Er beschädigte bewusst ein Stück der Platine, um einen Kurzschluss zwischen zwei Bereichen zu verursachen.

Anschließend bat er Kol: »Sieh mal in den Optionen nach, was dir für Fehlermeldungen angezeigt werden. Ich befürchte, ich habe deine Langstreckenkommunikation gerade dauerhaft beschädigt, dafür müsste aber über die noch funktionierenden Komponenten in deinem Anzug jetzt die Kurzstreckenkommunikation mit meinem Raumanzug wieder möglich sein. Du solltest auch dafür sorgen können, dass deine eigenen Worte in deinem Helm bleiben.«

Kol sagte einen Moment nichts.

Dann hörte Lek die Stimme seines Assistenten in seinem eigenen Helm: »Es funktioniert.«

»Wenigstens muss ich jetzt nicht ständig darauf aufpassen, was du in deinem Helm sagst«, meinte Lek. »Auch wenn die Hälfte des Ganzen es sowieso nicht wert ist, dass man sich das anhören müsste.«

»Du kannst mich dafür ja auch stummschalten«, antwortete Kol.

»Ein weiterer Vorteil«, stimmte Lek zu und packte das Werkzeug zurück in das Behältnis. Die kleine Werkzeugkiste reichte er Kol. »Nimm das an die Magnethalterung deines Raumanzugs. Mit dem Balduren-Artefakt habe ich genug zu tragen, und wir könnten das Werkzeug noch benötigen.«

Kol antwortete nicht, führte die Anweisung aber aus.

Lek machte es sich wieder neben dem goldenen Artefakt auf dem Boden des Gleiters bequem und lehnte sich an. Er wollte sich ein wenig ausruhen und schloss die Augen.

»Da fliegt was«, unterbrach Kol Kolum ihn nun erneut und schreckte Lek auf. Er sah, dass sein Assistent auf dem unbequemen Sitz für den forianischen Piloten saß und hinausblickte. Lek stand auf und sah an seinem Assistenten vorbei. Tatsächlich war eine Gruppe Gleiter zu sehen, die offenkundig Kurs auf ihr Luftgefährt nahm.

»Sie nähern sich«, sagte Lek besorgt.

»Ob sie uns suchen?«, spekulierte Kol.

In diesem Augenblick waren die Gleiter herangeschwebt und flogen nur einige Hundert Meter über ihnen in die entgegengesetzte Richtung vorbei. Sie hatten ein hohes Tempo und schienen sich nicht für den Gleiter der beiden Utaren zu interessieren.

»Denke ich nicht«, meinte Lek trocken.

»Sie sind sicher unterwegs zu dem Chaos, das wir hinterlassen haben«, sagte Kol.

»Höre ich da Kritik in deinem Tonfall?«, fragte Lek.

»Nein, das war eine Feststellung.«

»Gut«, sagte Lek. »Denn immerhin haben wir hier möglicherweise ein bedeutendes Artefakt der Balduren. Stell dir nur vor, was wir damit alles tun könnten!«

»Im Moment nichts«, gab Kol zurück. »Wir benötigen erst mehr Ausrüstung, um nach Hause zu kommen.«

»Eines nach dem anderen«, sagte Lek, dem gefiel, dass sein Assistent zur Abwechslung einmal praktisch dachte. »Das klärt sich auch noch.«

Er hatte allerdings im Gegensatz zu Kol nicht vor, allzu bald nach Hause zu kommen. Dort erwarteten ihn nur ungeduldige Gläubiger, sondern auch Agenten der Galaktischen Sicherheitsorganisation sowie diverse andere Leute, denen er im Moment lieber nicht begegnen wollte.

Lek suchte automatisch alle offenen Funkfrequenzen ab. Kurz darauf begann ein Signal in seinen Translator eingespeist zu werden, das auf einem breiten Frequenzband lief und offenbar eine Sondersendung ohne jede Verschlüsselung zu sein schien. Er leitete das Signal weiter, sodass auch Kol es in dessen eigenem Helm hören konnte.

»Die Todeszahl hat sich noch einmal erhöht«, sagte der Forianer auf dem offenen Frequenzband. »Wie gutunterrichtete Angehörige des Militärs uns berichtet haben, wird angenommen, dass aufgrund der bisherigen Aggression der Südnation diese möglicherweise nun einen Anschlag durchgeführt hat.«

Lek merkte, wie er zufrieden lächelte. *Sie wissen möglicherweise überhaupt nichts von meiner und Kols Beteiligung an den Ereignissen,* dachte er.

»Bergungstruppen haben bisher noch nicht in Erfahrung bringen können, ob es sich um einen gezielten Angriff auf unsere Infrastruktur gehandelt hat«, fuhr der Sprecher fort. »Möglicherweise war das Ziel, eines der Gottesgeschenke. Bisher konnte es im Tempelkraftwerk nicht sichergestellt werden.

Wir bekommen unabhängige Berichte darüber, dass die Südnation Truppen an den Grenzen unserer Ostnation zusammengezogen hat.

Vertreter der Einigkeitspartei behaupten, dass dies lediglich eine Reaktion auf unsere eigene Mobilmachung sei, doch das Militär verweist auf den eindeutig zuerst von der Südnation geführten Schlag gegen uns.

Die anderen Nationen sind ebenfalls im Moment dabei, mobilzumachen, halten sich aber mit Äußerungen zurück, bis ihre eigenen Gutachter am Katastrophenort angekommen sind.«

»Die stehen vor einem Krieg«, sagte Kol.

»Ja, und sie wissen nicht, dass wir damit zu tun haben«, stellte Lek zufrieden fest.

»Nein, Gre«, korrigierte ihn Kol. »Mir geht es darum, dass sie sich vielleicht in einen planetaren – ach was, vielleicht sogar systemweiten Krieg! – verstricken könnten. Wer weiß, wie weit der Einflussbereich der Forianer reicht.«

»Das heißt nur, dass wir es leichter haben, von diesem Planeten zu entkommen«, hielt Lek dagegen. »Du musst das große Ganze im Blick haben.«

»Das habe ich«, behauptete sein Assistent, »denn in einem Krieg können wir umkommen. Wir haben kaum Ressourcen, um uns zu schützen.«

»Die haben wir sicherlich bald«, meinte Lek. »Sich darüber zu ärgern, was man jetzt nicht hat, bringt nichts.«

Kol stand auf und sah sich im Gleiter um. Lek hörte weiter der Stimme des forianischen Ansagers zu, doch wurde nur das Bisherige wiederholt. Es gab noch mehrere Hinweise, dass man sich zu Schutzräumen begeben sollte, und Angehörige des Militärs sollten sich bereitmachen, kurzfristig einberufen zu werden.

Lek schaltete schließlich ab. Es interessierte ihn nicht sonderlich. Was er wissen wollte, wusste er nun.

Kol lief hin und her, öffnete einige Kisten, die im Heck des Gleiters angebracht waren, und kam schließlich mit zwei großen, stoffähnlichen Planen wieder. Ihre schwarzviolette Farbe ähnelte der des Bodenmetalls.

»Die haben das hier zum Einwickeln von Metallstäben benutzt«, sagte er. »Sollten die Forianer auch an anderen Orten das gleiche Metall wie hier verwenden, macht uns so eine Plane in dieser Farbe wenigstens etwas weniger auffällig.«

»Wie sollen wir das denn *verwenden*?«, fragte Lek überrascht.

»Wir machen ein Loch in die Mitte, stecken den Kopf durch und werfen es uns über«, sagte Kol. »Das verbirgt uns optisch und verändert unsere Silhouette.«

»Das ist kein dummer Gedanke«, lobte Lek ihn. »Wir sind Zweibeiner, umgeben von fliegenden, unförmigen Dingern. Die Forianer bemerken uns möglicherweise nicht so leicht, wenn sie uns aus dem Augenwinkel sehen, sofern ihr peripheres Sehen so funktioniert wie bei uns.«

»Es ist einen Versuch wert«, sagte Kol und reichte Lek zwei Planen. »Außerdem solltest du das goldene Artefakt einwickeln. Es ist doch ein wenig auffällig, oder?«

»Ja«, stimmte Lek zu, der sich an die Meldung des Diebstahls des Artefakts durch die Südnation erinnerte. Er wollte keinesfalls, dass herauskam, wo das Gerät wirklich war.

Also nahm er die zwei Planen entgegen. In die eine schnitt er mit einem seiner Werkzeuge ein Loch hinein und steckte den Kopf hindurch, während er das goldene Artefakt fest in die andere Decke einwickelte.

Anschließend verschnürte er es mit einem Kabel gut. Das Kabel hatte aus einer Wandkonsole herausgehangen, die durch den Angriff der fremdartigen Kreaturen beschädigt worden war, und war leicht herauszureißen gewesen.

Als Lek fertig war, setzte er sich hin und lehnte sich erneut ein wenig an. Er wollte die Ruhe nutzen. Wer wusste, was ihn an ihrem Ziel erwartete? Den Handstrahler löste er von der magnetischen Halterung seines Gürtels und legte ihn auf das verschnürte Paket. So saß er bequemer und schloss die Augen.

9.

Sie flogen eine ganze Weile weiter, ohne dass etwas geschah. Lek war ein wenig eingedöst, als er bemerkte, dass der Gleiter sich leicht neigte. Er legte die goldene Maschine vorsorglich zur Seite und kletterte ein Stück den Forianersitz hinauf, um eine bessere Übersicht zu haben.

»Wir nähern uns einer großen Plattform mit zahlreichen Öffnungen an der Seite«, sagte Kol Kolum. Lek kletterte neben ihn. »Sieht aus wie ein Raumhafen«, ergänzte sein Assistent. »Dort, das sieht doch alles viel zu groß aus für einen Gleiter, oder?«

»Möglicherweise ja«, bestätigte Lek.

In diesem Moment erhob sich ein violettes, langgezogenes Raumschiff von einer seitlich angebrachten Landeplattform und stieg in den Himmel empor.

»Dieser Raumhafen ist offenbar die ganze Plattform«, stellte Lek fest. »Sie ist nur ziemlich groß.«

»Und wohl recht weit oberhalb der Planetenoberfläche«, sagte Kol. Er deutete hinaus. Die Ausmaße der Raumhafenplattform waren schlecht zu erkennen, da sie offenbar so weit in der Luft schwebte, dass sie von weißen Wolken umspielt wurde.

Ein Signalton ertönte aus der Steuerkonsole und der Gleiter begann einen Landeanflug in Richtung eines großen Bereichs, in dem einige Hundert Gleiter unterschiedlicher Größen und Modelle standen. Als sie sich dem Bereich näherten, öffnete sich eine Schleuse im Boden des Platzes. Der Gleiter flog hinein. Dahinter lag eine gewaltige Halle, in der Tausende Gleiter an langen Säulen aufgereiht hingen.

Ein zweiter Gleiter näherte sich ihnen. Ein weiterer Signalton von der Steuerkonsole ertönte, und ein Kristall leuchtete auf. Lek sah fasziniert, wie der zweite Gleiter sich an ihre Oberseite bewegte, dann konnte er ihn nicht mehr sehen. Ein lautes Geräusch war zu hören.

»Hat er angedockt?« fragte Kol.

»Ich denke ja«, murmelte Lek. »Vielleicht eine magnetische Verriegelung?«

Erneut blinkte der Kristall in den Kontrollen auf. Lek berührte ihn.

»Was tust du?«, rief Kol besorgt aus.

»Ich denke, das soll heißen, dass man das Bedienelement betätigen soll«, meinte Lek lediglich.

Es wurde stiller im Gleiter, als sie sich zu den aufgehängten Gleitern bewegten.

»Du hast den Antrieb abgeschaltet«, sagte Kol.

»Ja«, sagte Lek. »Wir werden, glaube ich, in einer gewaltigen Lagereinheit eingeparkt. Offenbar fliegen Forianer mit ihren Gleitern zu diesem höhergelegenen Raumhafen und geben ihre Fahrzeuge hier ab, wo sie anschließend gelagert werden.«

Ein Ruck ging durch den Gleiter, dann wurde es still. Sie sahen, wie der andere Gleiter, der sie anscheinend in dem Wandgerüst befestigt hatte, sich von ihrem Gleiter entfernte. Dann flog er aus dem Bereich, den sie durch das geborstene Frontfenster sehen konnten.

»Nun, sehen wir, ob wir im Raumhafen einen Weg von diesem Planeten herunter finden können«, sagte Lek. Er nahm die goldene Maschine in beide Hände, um sie bequemer tragen zu können, und ging zur Einstiegsluke des Gleiters.

Kol griff an ihm vorbei und betätigte den Öffnungsmechanismus. Sie traten beide einen Schritt zur Seite und warteten, dass die Luke sich öffnete.

Nachdem sie offen war, blickten sie misstrauisch in einen Korridor, der mit dem violetten Metall ausgekleidet war, das sie bereits von anderen forianischen Bauwerken kannten. Hier allerdings gab es ein deutliches grünes Band im Bodenbereich.

»Möglicherweise ein Leitsystem«, sagte Kol, »um den Leuten die Orientierung zu erleichtern.«

»Oder ein Designelement«, gab Lek zurück. »Finden wir es heraus.«

Kol nahm den Speer in beide Hände. Während Lek noch immer die etwas unhandliche, gut vierzig Zentimeter messende goldene Maschine der Balduren in den Händen trug, hatte Kol die Werkzeugkiste der Utaren an der Magnethalterung seines Gürtels angebracht. Sie hing an seinem unteren Rücken, um ihn nicht beim Laufen zu behindern. An der Magnethalterung seines eigenen Gürtels trug Lek den von ihm reparierten Handstrahler.

Lek aktivierte die Schalldämpfung seines Helms und stellte eine dauerhafte Nahfunkverbindung mit Kol her. So konnten sie sich ungehindert unterhalten, ohne dass ein vorbeifliegender Forianer sie hören konnte.

»Gehen wir«, sagte Lek und ging weiter voraus in den Korridor.

Eigentlich hätte er gerne Kol vorgeschickt. Doch er wusste, er musste ein gutes Beispiel für seinen Assistenten bieten, der es manchmal an Courage mangeln ließ.

Er ist oft zu zaghaft, da muss ich ihm mutig voranschreiten, dachte Lek. *Außerdem kann ich mir dann gegebenenfalls schon eine Übersicht meiner Umgebung verschaffen, bevor er irgendwelchen Unfug anstellt.*

Sie folgten dem grünen Streifen auf dem Korridorboden vorbei an einem guten Dutzend geschlossener Zugangsluken, vergleichbar mit jener, durch die sie soeben gekommen waren.

»Hier müssen Hunderte Gleiter angedockt werden können«, meinte Kol.

Sie folgten den farbigen Markierungen, bis der Korridor auf einen weiteren traf. An dieser Stelle liefen drei Korridore in einem zusammen. Auf dem Boden jedes der drei Korridore gab es jeweils ein farbiges Band. Diese Bänder liefen an der Kreuzung der Korridore in ein breiteres zusammen. Das vereinigte, einzelne Band führte Lek und Kol schließlich in eine Art Halle. Hier gab es Dutzende kleinere kuppelartige Bereiche. Wie einzelne Hütten standen sie in einigen Schritten Entfernung voneinander.

»Das sieht aus wie ein Dorf«, sagte Kol überrascht.

»Ich denke, es sind Wartebereiche«, gab Lek zurück. »Da die Forianer sich mittels Schallwellenmodulation unterhalten wie wir, sind das möglicherweise einzelne Räume, in denen jeder für sich warten kann. So kann jeder Gespräche führen, ohne die anderen zu stören oder dass man mit den Tollen aneinanderschlägt.«

»Wenn es eine Wartehalle ist«, sagte Kol, »dann sollte man von hier aus ja zu Raumschiffen gelangen können.«

»Meine Systeme empfangen forianische Stimmen«, unterbrach Lek seinen Assistenten. »Wir müssen aufpassen.«

Sie schlichen still weiter und lauschten auf die von ihren Sensoren aufgeschnappten und verstärkten Forianerstimmen.

Zwei Forianer schwebten in einiger Entfernung an ihnen vorbei und unterhielten sich. Einer der Forianer hatte einen eher glockenförmigen, breiten Körper mit einem schmaler werdenden Oberkörper, während das andere Exemplar die umgekehrte Form aufwies. Ihre an Flügel erinnernden langen Extremitäten, die aus der Körpermitte kamen, endeten in feinen fingerartigen Auswüchsen. Einer der beiden hielt darin ein Gerät. Die haarlose Haut der Forianer leuchtete in sich verändernden Farben und Mustern, bevor sie in einem der halbkugelförmigen Bereiche verschwanden.

Die beiden Wesen schwebten durch eine Öffnung, die nach Leks Meinung vorher gar nicht in der Kugel erkennbar gewesen war. Die Stimmen der Forianer wurden sofort unhörbar, als sich die Tür der Kugel schloss. Lek sah fasziniert zu, wie sich die Öffnung schloss, indem an den Rändern des Metalls die Luft kurz erzitterte und die Tür sich dann in einen hellgrünen, leicht transparenten Farbton entwickelte.

Sie entsteht nach einem kurzen Flirren der Luft einfach so!, erkannte der Utare. Obwohl er schon viel von der Fähigkeit der Forianer, Energie zu manipulieren, gesehen hatte, beeindruckte ihn dies noch immer.

»Es ist eine Sache, zu wissen, dass Materie und Energie eigentlich das Gleiche ist, und eine andere Sache, zu sehen, mit welcher Beiläufigkeit diese Wesen solche Technologie für etwas Simples wie Türen benutzen«, murmelte Lek.

»Wir können später die einheimische Technologie bewundern«, sagte Kol. »Wir müssen erst mal hier weg.«

»Das stimmt«, sagte Lek. »Wir sollten in eine dieser Kammern gehen.«

»Wieso das?«, fragte Kol erstaunt.

»Weil«, sagte Lek, während er sich umsah, ob irgendwo weitere Forianer herumschwebten, »wenn es sich wirklich um Wartebereiche handelt, es dort möglicherweise Rechnersysteme gibt.«

»Vielleicht eine Übersichtskarte«, sagte Kol, der begriff, worauf Lek hinauswollte.

»Genau«, sagte Lek.

Er ging zu einer der halbtransparenten Öffnungen der Kuppeln. Im Inneren bewegte sich nichts, also hoffte er, dass keine Forianer darin warteten.

Als sie sich der Tür näherten, löste sich der semitransparente Bereich einfach auf und ließ sie hindurch. Hinter ihnen materialisierte er sich erneut.

Der Warteraum war leer bis auf eine halbrunde Erhöhung, die für die Utaren ungefähr schulterhoch war. Diese Sitzbank schien aus dem gleichen Material zu bestehen wie der Boden. Hinter der Bank gab es an der Wand einen Bereich, der unterschiedliche Zeichen anzeigte.

Lek und Kol gingen um die Bank herum, die nun zwischen ihnen und dem Ausgang war, und betrachteten die Symbole.

»Der Translator hat Schwierigkeiten, mit den optischen Daten meines Anzugs etwas anzufangen«, sagte Kol. »Hat dein Anzug andere Ergebnisse? Immerhin ist dein Translator nicht beschädigt.«

»Nein«, sagte Lek nach einem Moment. »Mein Translator kann mit diesen Zeichenfolgen auch nichts anfangen. Möglicherweise sind es Piktogramme, aber das Gerät ist nicht dafür ausgelegt und die Datenbasis ist sehr klein. Leider gibt es ja kein Referenzmaterial zu den Forianern.«

Er drehte sich um und rief einen utarischen Fluch, bevor er sich sofort hinter der halbrunden Erhöhung duckte.

Kol reagierte geistesgegenwärtig und war sofort neben ihm.

Der Eingangsbereich hatte sich geöffnet, und zwei Forianer schwebten herein.

Lek hielt unwillkürlich den Atem an. Als ihm einfiel, dass sie ihn außerhalb seines Helms nicht hören konnten, ließ er die Luft heraus.

»Entschuldige, ich habe nicht ganz zugehört«, sagte der eine Forianer in diesem Augenblick. »Meine Aufmerksamkeit galt dem Gerät. Es kamen neue Meldungen rein.«

»Das ist schon in Ordnung, Zizi'vua«, sagte der zweite Forianer zum anderen. Lek erinnerte sich vage an den Namen, konnte ihn aber nicht zuordnen. »Du bist sicher ganz voller Sorge wegen Faata'kov. Er hat dich gefragt, ob ihr Leben spenden wollt, nicht wahr?«

Die beiden Forianer schwebten in den Raum, und die Tür bildete sich hinter ihnen neu.

Als sie sich dem schulterhohen Aufbau näherten, flirrte die Luft kurz, und dann bildeten sich zwei grünliche Sitzgelegenheiten aus reiner Energie, in die die beiden Forianer sich setzten.

Die Sitzgelegenheiten sahen für Lek ähnlich unbequem aus wie der Sitz im Gleiter, doch waren sie ideal an die Körperform der Forianer angepasst, die sich auf ihnen ein wenig zu entspannen schienen und ihre sich langsam durch die Luft bewegenden Extremitäten auf die dafür vorgesehenen Auswüchse des Sitzes ablegten.

»Das stimmt«, sagte Zizi'vua. »Ach, Kiri'fee, noch vor so kurzer Zeit war ich die Forianerin mit dem kräftigsten Farbenspiel der Welt, weil ich einen so angesehenen und intelligenten Gefährten gefunden hatte, und nun scheint alles ins Chaos abzusinken.«

»Dein Farbenspiel wird wieder fröhlicher werden«, sagte Kiri'fee. »Es geht deinem Gefährten doch gut, oder? Ihr werdet Leben spenden können.«

»Ja, ich bin froh, dass er den Angriff des Südens überlebt hat«, sagte Zizi'vua. »Aber jetzt muss das Labor sich bereithalten, falls der Kriegsfall eintritt. Dir ist doch klar, dass sie alle werden kämpfen müssen, denn nur wir können neues Leben spenden. Wir werden hierbleiben, und sie werden sterben …«

»Du hast Angst«, sagte Kiri'fee.

Eine Weile schwieg die andere Forianerin, bis sie schließlich sagte: »Ja. So einen Krieg hat es seit zweihundert Generationen nicht mehr gegeben.«

»Doch, den hat der Süden seinerzeit verloren. Darum ist es, wie es ist.«

»Wir haben mehr Tempelkraftwerke als sie«, sagte Zizi'vua.
»Das ist richtig. Aber das heißt nicht, dass dieser Krieg nicht noch schlimmer werden kann als der letzte. Du weißt, dass damals die Ältesten regierten, nicht die Jüngsten.«

»Du hast Angst, dass es ein großer Krieg wird?«, fragte Kiri'fee. »Einer, an dem alle Nationen beteiligt sind?«

»Ja, und stell dir vor, es werden die biologischen Kampfstoffe eingesetzt, die wir kennen«, sagte sie. »Wir können heute so viele Krankheiten heilen, aber ich weiß durch meine Arbeit im Labor, dass wir genauso viele neu erschaffen können. Der Süden steht uns in den Fähigkeiten, diese Technologie waffenfähig zu machen, in nichts nach.«

»Willst du deswegen weg?«, fragte Kiri'fee.

»Nein, das war der Wunsch von Faata'kov«, sagte Zizi'vua. »Er will, dass ich zu meiner Familie gehe und dort in Sicherheit bin, wenn nun ein Krieg losgeht.«

»Dann könnt ihr aber nicht in nächster Zeit Leben spenden«, sagte Kiri'fee.

»Das will Faata'kov sowieso nicht so bald«, meinte Zizi'vua.

»Was? Aber das ist doch … ist er etwa einer von denen, die eigentlich kein Leben spenden wollen?«

»Nein, so einer ist er nicht«, sagte Zizi'vua. »Er will schon, dass wir dem Gesang des Lebens einen weiteren Ton hinzufügen. Aber er sagt, er möge mich und schätze meine wissenschaftliche Expertise. Er redet gerne mit mir, und wenn wir Leben spenden, werde ich zum Wohle des neuen Lebens vergehen.«

»Er hat sicher nur Angst«, sagte Kiri'fee. »Das haben viele. Aber das ist unbegründet. Du solltest nur nicht zu lange seinem Ausweichen nachgeben. Sonst wirst du zu alt.«

»Ja, aber ein Krieg mit dem Süden ist ein unvorhergesehenes Ereignis«, sagte Zizi'vua. »Selbst für unsere Ostnation.«

»Es gibt immer irgendein unvorhergesehenes Ereignis«, sagte Kiri'fee. »Jetzt sind es die Spannungen mit dem Süden; früher war es der Handelskrieg mit dem Westen. Wenn wir uns darauf verlassen würden, dass alles gut ist in der Welt, dann wäre das Lied des Lebens lange verstummt und es gäbe die Forianer nicht mehr.«

»Du hast recht. Wie geht es dir? Spürst du etwas?«, fragte Zi-zi'vua.

»Nur ein wenig«, sagte Kiri'fee. »Ich hatte immer schon vor, nicht hier zu gebären, sondern auf meinem Heimatplaneten. Es wäre zwar eine Ehre, das neue Leben in unsere Herkunftswelt zu bringen, doch möchte ich meine Familie ehren, und du weißt, dass wir immer schon auf Poru'uk neues Leben erschaffen haben. Unsere Melodie gehört dorthin, seit unsere Vorfahren Poru'uk besiedelten.«

»Ihr wart schon immer bereit, in höhere Höhen zu steigen als wir«, sagte Zizi'vua. »Ich hoffe doch sehr, dass die Jüngsten alles richtig entscheiden.«

»Das werden sie sicher«, sagte Kiri'fee. »Mach dir nicht zu viele Sorgen. Es wird alles gut. Sie werden ein neues Tempelkraftwerk bauen und man wird einen Kompromiss finden. Mehr als ein kleiner Krieg wird das nicht.«

»Ich hoffe, du hast recht«, murmelte Zizi'vua. »Ich hoffe sehr, du hast recht. Dann fliegen wir aber gemeinsam?«

»Das tun wir, und ich würde mich freuen, wenn du bei der Geburt des neuen Lebens dabei bist«, sagte Kiri'fee. »Wir kennen uns immerhin schon lange.«

»Es freut mich, dass du mir das anbietest, und ich bin gerne dabei«, sagte Zizi'vua. »Ich werde deinen Nachkommen von dir erzählen.«

»Ich hoffe, nicht sehr viel«, sagte Kiri'fee und machte ein metallisch klingendes Geräusch, das der Translator nicht übersetzte. Möglicherweise handelte es sich um einen Ausdruck der Heiterkeit, da war sich Lek nicht sicher. »Denn ich will ja nicht, dass du so lange darauf warten musst, dass Faata'kov und du ebenfalls etwas zum Leben hinzufügt. Notfalls musst du ihn drängen.«

»Da hast du vielleicht recht«, sagte Zizi'vua. »Oh, siehst du? Es gibt eine Meldung zu unserem Flug nach Poru'uk. Wir können schon an Bord kommen.«

»Wir wollen uns beeilen«, sagte Kiri'fee. »Es wird sicher ein stark frequentierter Flug, weil viele kurzfristig den Planeten verlassen wollen, solange die Situation nach dem Anschlag des Südens so unklar ist.«

Sie erhoben sich von den aus Energie geformten Sitzen, die noch kurz wie verblassende Abbilder in der Luft erkennbar waren und dann verschwanden. Sie näherten sich dem Ausgang.

»Wir sollten ihnen folgen«, sagte Kol über den geschützten Kommunikationskanal zu Lek.

»Was?«, gab der zurück. »Wieso?«

Er hatte nicht ganz zugehört. Das Geschwafel der beiden Forianer über ihren Nachwuchs hatte ihn weniger beschäftigt als die mögliche Funktionsweise der sich aus Energie selbst bildenden Sitzgelegenheit. Lek fragte sich, ob der Sitz im Gleiter ebenfalls aus Energie bestanden hatte, nahm aber an, dass dem möglicherweise aufgrund von Sicherheitsaspekten nicht so war. Bei einem Absturz sollte der Pilot eines Gleiters nicht auch noch im wahrsten Sinne in der Luft hängen.

»Weil sie uns zu den Raumschiffen führen werden«, sagte Kol Kolum überzeugt und spähte hinter der Erhöhung hinterher. »Schnell jetzt!«

Er lief los.

10.

Lek folgte seinem Assistenten. Er musste Kol insgeheim recht geben: Das war eine gute Idee. Sollte Poru'uk, wo die beiden Forianerinnen hinwollten, ein fremder Planet sein, führte sie das geradewegs zu einem Raumschiff.

Bevor sich die Tür des Wartebereichs wieder schließen konnte, erreichten die Utaren sie. Ein Sensor schien die Anwesenheit der beiden zu registrieren und hielt die Tür offen.

Lek sah um die Ecke und folgte gemeinsam mit Kol den beiden langsam dahinschwebenden Forianern.

Die Utaren bogen um einen der halbrunden Wartebereiche und liefen auf dem parallelen Weg zu den Forianern. Sie hofften, so weniger leicht zu entdecken zu sein.

Bisher hatten die hiesigen Planetenbewohner den beiden wandelnden Planen keine Beachtung geschenkt, wobei Lek das nicht mit Sicherheit sagen konnte.

Strenggenommen wissen wir nicht mal, wie sie ihre Umgebung wahrnehmen, dachte er. *Es ist zu hoffen, dass sie uns nicht bemerken. Mehr als Hoffnung haben wir da aber nicht. Für Gewissheit fehlt uns erstmal die Datengrundlage.*

Lek und Kol folgten den beiden Forianerinnen, die soeben in einer Öffnung verschwanden, die sich in einem der halbrunden Warteräume geöffnet hatte. Als sie ihnen folgten, erkannte Lek, dass es keineswegs ein Warteraum war.

»Das ist bestimmt ein Antigravschacht«, sagte er, als sie hineinsahen und feststellten, dass die Forianer verschwunden waren. In der Mitte des Raumes gab es nichts bis auf ein grünliches Flimmern, das seine Farbe nun zu gelb änderte.

»Womöglich bedeutet der Farbwechsel, dass der Nächste eintreten kann?«, spekulierte Kol.

»Oder aber es heißt, dass es an einen anderen Ort geht«, sagte Lek. »Warte kurz. Wenn es wieder die Farbe wechselt, bedeutet es etwas anderes als: Der Nächste, bitte!«

Da einige Zeit nichts geschah, nickten sich die beiden Utaren zu und traten in das gelbliche Flimmern.

Lek spürte, wie er von einem Energiefeld gepackt wurde. Neben sich sah er, wie Kol gemeinsam mit ihm hinabschwebte, bevor sie in eine von drei möglichen Abzweigungen abbogen.

Lek hielt die goldene Maschine fest in beiden Händen. Er spürte, wie die Gravitationskräfte sanft an ihm zogen. Es fühlte sich an, als würde der Raumanzug sanft in eine Richtung gezogen und er würde gewissermaßen vorwärtsfallen. So fühlte es sich jedenfalls für seinen Magen an.

»Ich glaube, mein Magen rumort, weil ich zu lange nichts gegessen habe«, meinte Kol.

»Oder weil wir uns vorwärtsbewegen, indem vor uns die Schwerkraft verringert wird und wir damit vorwärtsgezogen werden«, sagte Lek fasziniert. Er hatte seinem Assistenten gar nicht richtig zugehört. »Es benötigt eine Form von Energiefeld um uns herum, das uns in Kombination mit einem zielgerichteten Antigravitationssystem vorwärtsfallen lässt.«

Kol schüttelte den Kopf und seufzte.

Da Lek hinter ihm schwebte, konnte er das zwar sehen, aber es war ihm egal.

Wie immer sieht mein Assistent nicht alles, obwohl er sich umsieht, dachte Lek. *Nur durch die Beobachtung eines Vorgangs kann man viel über die technische Funktionsweise lernen. Wer weiß, ob dieses Wissen nicht noch einmal wichtig für uns wird. Wer weiß, ob ich das hier nicht mal nachbauen kann!*

Dann gab es eine weitere Abzweigung und einen erneuten sanften Schub, der sie einsortierte. Schlussendlich war das Ende des Antigravschachts zu erkennen.

»Mach dich bereit«, sagte Lek. »Wir müssen sofort Deckung finden und uns verstecken, wenn viele Forianer anwesend sind.«

Kol nickte lediglich.

Lek wusste, dass er sich auf seinen Assistenten würde verlassen können. Im Gegensatz zu vielen seiner Vorgänger besaß Kol die Fähigkeit, Anweisungen zu befolgen. Nicht immer ganz zu Leks Zufriedenheit, aber schon an dieser Fähigkeit waren viele seiner Mitarbeiter immer wieder gescheitert.

Sie schwebten durch das Ende des Tunnels in einen kleinen runden Raum mit violett-grünen Metallwänden. Ein Segment, nur wenige Schritte von ihnen entfernt, wurde transparent und löste sich auf, als sie darauf zutraten.

Es gab den Blick frei auf einen gewaltigen Hangar, in dem ein Dutzend Landeplätze frei waren. Gute sechs weitere Landeplätze waren von großen Raumschiffen belegt. Einige von ihnen ähnelten dem gut dreihundert Meter langen Raumschiff, das Lek und Kol im Weltraum aufgesammelt hatte, nachdem sich das Keilschiff der Schwarzen Macht einfach aufgelöst hatte. Andere waren nur halb so lang, doch keines war kürzer als einhundert Meter. Die Außenhülle der meisten Raumschiffe war in einer mattgrünen Farbe gehalten, die an manchen Stellen etwas abgenutzt zu sein schien und dunkle Spuren aufwies.

Lek sah sich um und beeilte sich, hinter eine Reihe von großen Transportkisten zu kommen, die auf einem großen Rechteck standen. Er blickte in die Halle. Er sah vergleichbare Plattformen, die von Forianern herumgeschoben wurden, als würden sie nichts wiegen. Vermutlich handelte es sich bei den Plattformen um Maschinen, die ein Antigravfeld erzeugten und so das Gewicht der Kisten negierten.

Kol trat neben Lek. In der Halle schwebten Dutzende Forianer herum und niemand schien sonderlich auf sie zu achten, da jeder mit etwas anderem beschäftigt war.

»Die beiden Forianerinnen sind dort drüben«, sagte Kol. »Da, ich erkenne die grüne Schattierung der linken der beiden.«

»Da sind ganz schön viele Forianer«, sagte Lek.

Die Forianerinnen reihten sich in eine Gruppe von zwanzig anderen ein, die über einen Antigravlift eines der Raumschiffe betraten.

»Wir könnten uns an Bord schleichen und so nach Poru'uk kommen«, sagte Kol. »Wo auch immer das ist.«

»Das ist mir zu riskant«, entgegnete Lek. »Wir haben es da mit einer Überzahl zu tun.«

»Was schwebt dir vor?«, fragte Kol.

»Da drüben laden Forianer Ware aus einem Raumschiff aus«, sagte Lek. »Wir sollten versuchen, dort an Bord zu kommen. Wenn es entladen wird, ist weniger Personal an Bord, weil vermutlich einige Leute auf Landgang sind. Wir können also leichter ein Raumschiff stehlen.«

»Gut, probieren wir das Raumschiff dort«, sagte Kol und zeigte auf ein anderes, nicht weit von ihnen entfernt. »Dort gleitet eine Gruppe Forianer gerade weg. Nur wenige haben solche Antigravfrachtkarren bei sich. Vielleicht sind sie also fertig mit Abladen.«

»Riskieren wir es!«, stimmte Lek seinem Vorschlag zu.

Sie schlichen aus ihrer Deckung heraus.

Die Raumschiffe standen auf dem Boden der Halle, gehalten von gewaltigen, rötlich schimmernden Halterungen, die direkt aus dem Boden gewachsen zu sein schienen. Lek nahm an, dass dies auch zutraf, wo die Forianer doch Energie direkt in Materie umwandeln konnten.

Überall gab es Kisten, die herumstanden, und die Halle wirkte unaufgeräumt.

»Es kann doch nicht sein, dass hier so viel herumsteht, wo doch bisher alles so aufgeräumt war«, meinte Kol, dem das ebenfalls aufgefallen war. Sie schlichen zum nächsten Stapel an Kisten und nutzten ihn als Deckung, als ein Forianer an ihnen vorbei einen Antigravschlitten schob.

»Möglicherweise hat der Angriff aus dem Süden die Be- und Entladevorgänge großflächig durcheinandergebracht«, spekulierte Lek.

»Fang du jetzt nicht auch noch damit an, es so zu nennen«, meinte Kol.

Doch Lek grinste nur. »Sei froh, dass sie es nicht in unsere Tolle schmieren!«, hielt er dagegen.

Sie erreichten den Bereich unter dem Raumschiff, der als Eingang fungierte. Lek hatte eine Laderampe erwartet, doch musste er feststellen, dass über ihnen ein großes Loch im Rumpf war.

»Und wie kommen wir da hinauf?«, sprach Kol den Gedanken aus, der Lek gerade durch den Kopf ging.

»Wir probieren das einfach aus«, sagte Lek und ging mittig unter die Öffnung. »Wenn die Forianer derartig großzügig mit solchen energieintensiven Systemen umgehen, sollte eigentlich auch hier eines verbaut sein.«

In dieser Sekunde war ein kurzes Flimmern der Luft zu erkennen, und Lek wurde samt dem in seinen Händen befindlichen, verpackten goldenen Artefakt in die Höhe gehoben.

»Warte!«, rief Kol erstaunt aus und lief zu Lek, ohne groß darauf zu achten, ob jemand sie sah.

Als er in den Bereich des Energiefeldes trat, wurde auch Leks Assistent angehoben und langsam in das Innere des Raumschiffes emporgetragen.

Sie landeten in einem kleinen Raum, dessen Boden und Decke aus dem typischen violetten Metall der Forianer bestanden, das ohne jede Naht vollkommen glatt von den Wänden in die Decke überging. Es waren keine Paneele zu erkennen.

Das Energiefeld trug sie sanft einige Schritte neben die Öffnung im Boden des Raumes.

»Sehen wir mal, ob wir eine Kommandozentrale finden«, sagte Kol und schlich zur Tür aus dem Raum heraus. Ein grünliches Metallelement löste sich auf, als er sich ihm näherte, und gab so den Weg in einen Korridor frei.

»Nach links oder nach rechts?«, überlegte Kol laut. »Bei manchen Gesellschaften sind die Leitzentralen immer in Flugrichtung vorne, bei anderen hingegen in der Nähe des Antriebs.«

»Da der Gleiter seine Kontrollen in Flugrichtung vorne in der Bugsektion angebracht hatte, nehme ich an, dass es sich bei diesem Raumschiff ähnlich verhält«, warf Lek ein. »Also links.«

Also bog Kol nach links in den Korridor ab, und Lek folgte ihm. Der Korridor führte um eine weitere Ecke und mündete in einen achteckigen großen Raum voller hoher Kontrollkonsolen, auf denen schwach die kristallinen Bedienelemente leuchteten.

Zwei Forianer schwebten durch den Raum, von dem Lek vermutete, dass es die Zentrale sein könnte.

Lek sah zu Kol. »Wir müssen verhindern, dass sie Hilfe rufen«, sagte er. »Dann können wir mit dem Raumschiff hier entkommen.«

»Sobald wir sie rauslassen, werden sie uns verraten«, glaubte Kol.

»Dennoch werden wir sie nicht töten«, sagte Lek.

»Das meinte ich auch gar nicht«, begann Kol, doch Lek fuhr ungerührt fort: »Wir brauchen die beiden, damit sie uns erklären, wie ihre Technologie funktioniert und wie die Protokolle für Starts und Landungen lauten. Wir brauchen sie lebendig. Bedroh sie nur!«

»Ist gut«, sagte Kol lediglich und machte sich bereit, indem er seine Waffe in beide Hände nahm.

»Keine Bewegung«, rief Lek und ging zur mittleren Konsole, die zentral im Raum stand. Die beiden Forianer, die sich einer Konsole im vorderen Bereich des Raumes widmeten, drehten sich zu den beiden Neuankömmlingen. Sie sagten nichts. Lek legte das verschnürte goldene Artefakt neben die Konsole und zog seinen Energiestrahler von der Magnethalterung seines Anzuggürtels. Er hob die Waffe und richtete sie auf die Forianer.

»Wer seid ihr?«, fragte er.

»Was seid ihr denn?«, gab der eine Forianer zurück.

»Das geht euch nichts an«, sagte Lek. »Nennt uns eure Namen.«

»Mein Name ist Goza'fee und das ist Reete'hor«, sagte der linke der beiden Forianer und deutete mit einem seiner Arme auf sich und dann auf den Forianer neben ihm. Dabei wechselte seine rötliche Farbe zu einem tiefen Gelb.

»Wer von euch hat das Sagen?«, fragte Lek.

»Ich bin der Jüngere«, sagte Reete'hor. »Da du mit uns sprichst, Bodenläufer, nehme ich an, dass du ebenfalls der Jüngste bei euch bist?«

»Ich habe das Sagen«, gab Lek lediglich zurück. Er würde sich hier nicht auf Diskussionen zu tiefgründigen Fragen hinreißen lassen.

»Es ist erstaunlich, dass ihr unsere Sprache sprecht«, sagte Goza'fee.

»Und auch, dass sie uns verstehen«, fügte Reete'hor zu. »Das ist ungeheuerlich! Ich wusste nicht, dass der Süden schon so hochentwickelte autonome Maschinen besitzt.«

»Was?«, entfuhr es Lek.

»Ich denke, sie halten uns für Roboter«, warf Kol ein, was natürlich nur Lek hören konnte. Sein Translator war lediglich in der Lage, ihm das Gesprochene zu übersetzen, nicht seine Worte den Forianern mitzuteilen. Dafür hatte Lek ohne das Wissen seines Assistenten Sorge getragen.

»Wir sind keine Roboter«, gab Lek nun zu den Forianern zurück und trat auf sie zu. »Seht ihr? Wir sind Utaren in Raumanzügen!«

Er hoffte, dass sie sein Gesicht durch das Visier seines Helms würden sehen können und nicht etwa meinten, dass die Planen die Raumanzüge wären. Letztendlich war es aber egal, was diese Wesen dachten, solange sie taten, was Lek von ihnen verlangte.

Einer der Forianer kam ihm näher und beugte sich vor – offenbar, um besser sehen zu können.

Lek riss seine Energiewaffe hoch. »Das ist nahe genug«, sagte er.

»Ist das eine Waffe?«, fragte Reete'hor.

»Das ist sie, und sie wird dich vernichten, wenn du nicht machst, was ich sage«, erklärte Lek. »Genauso wie diese Waffe dort.« Er deutete auf den selbstgebauten Speer seines Assistenten.

»Was willst du, Bodenläufer?«, fragte Reete'hor.

»Das hier um uns herum ist doch ein Raumschiff, oder?«, hakte Lek nach.

»Ja«, bestätigte Reete'hor. »Wir pendeln normalerweise zwischen diesem Raumhafen und Poru'uk. Wir stammen beide von dort.«

»Dann will ich, dass ihr sofort startet!«, befahl Lek. »Jetzt!«

»Aber wir haben noch nicht die gesamte Mannschaft an Bord«, hielt Goza'fee dagegen. »Auch ist unser Laderaum leer, wir können jetzt nicht starten.«

»Ich denke nicht, dass derartige Überlegungen für die Bodenläufer relevant sind«, bemerkte Reete'hor.

»Da hast du recht«, sagte Lek. »Sind sie nicht.«

»Ist dir aufgefallen, dass die Farbe der Bodenläufer nie wechselt?«, fragte Goza'fee den jüngeren Reete'hor. »Möglicherweise sind sie sehr emotional erregt und durchdenken das nicht. Für uns wird es einen großen Schaden bedeuten, jetzt zu starten.« Der letzte Satz schien an Lek gewandt zu sein.

»Dennoch können wir nicht so einfach starten«, gab Reete'hor nicht nach. »Es würde großen Ärger für uns bedeuten.«

»Denkst du, das interessiert mich?«, fragte Lek. Er nahm an, dass das Herumfuchteln mit der Waffe keine sonderliche Wirkung auf jemanden haben würde, der nicht wusste, wozu das Gerät fähig war. Also würde er ihnen eine Demonstration geben.

Er nahm eine der seitlich von ihm stehenden Steuerkonsolen ins Visier und feuerte einen kurzen konzentrierten Energiestrahl aus Weißem Strom ab.

Lek war sich sicher, nur eine kleine Energiemenge abgefeuert zu haben, doch aus dem Strahler kam eine deutlich größere Menge an auf Hochgeschwindigkeit gebrachten Materiekügelchen als beabsichtigt.

Die getroffene Steuerkonsole explodierte regelrecht und ließ Lek taumeln.

Kol hielt sich an einer anderen Konsole fest, und die Forianer schrien besorgt auf. Ihre Farbe wechselte abermals zu einem tiefen Gelb, und sie kauerten sich, so sehr es ihre großen Körper zuließen, in eine Ecke der Kommandozentrale.

»Bitte, töte uns nicht!«, rief Goza'fee aus. »Wir müssen uns an die Start- und Landeprotokolle der Plattform halten. Das Raumschiff wird in diesem Moment festgehalten. Wir brauchen einen Moment, um zu starten!«

Lek kam umständlich auf die Beine und sah zuerst zum verschnürten goldenen Artefakt. Dem war nichts geschehen, was ihn sehr beruhigte.

»Gut«, sagte er. Seine Machtdemonstration schien Wirkung gezeigt zu haben, auch wenn die Explosion deutlich größer gewesen war als beabsichtigt.

»Willst du uns alle umbringen?«, ereiferte sich Kol.

»Das war keine Absicht«, sagte Lek über den Funkkanal, ohne dass der Translator übersetzte oder die Forianer ihn auch nur hören konnten. »Ich habe offenbar eine Möglichkeit gefunden, die Wirkungsweise des Handstrahlers zu verbessern, als ich ihn repariert habe.«

»Oder die Forianer haben daran herumgepfuscht«, meinte Kol.
»Vielleicht«, sagte Lek und sah zu dem verschnürten Artefakt. Er erinnerte sich, die Waffe auf dem Artefakt gelagert zu haben.
Was, dachte er, *wenn das goldene Artefakt wirklich in der Lage ist, Energie zu erzeugen? Kann es sein, dass es auf die Energiezellen in meiner Waffe reagiert hat?*
Er hatte jetzt keine Zeit, sich damit zu beschäftigen.
Die Arbeitskonsole sprühte erneut Funken, dann versiegte der Funkenregen. Ein Alarmton war zu hören.
»Schaltet endlich das Gejaule der Sicherheitssysteme ab!«, befahl Lek.
Goza'fee machte sofort, was man ihm sagte. Er hatte eine tiefgrüne Farbe angenommen, während seine flinken Auswüchse an den Enden seiner Extremitäten einige Kristalle an der Wandkonsole neben sich bedienten. Der Alarmton hörte auf.
»Was wollt ihr?«, fragte Reete'hor. »Seid ihr Diener des Südens?«
»Nein«, sagte Lek. »Wenn es euch beruhigt: Wir haben nichts mit dem Konflikt auf eurem Planeten zu tun. Wir wollen hier nur weg.«
Das war, von einem gewissen Standpunkt aus betrachtet, eigentlich die Wahrheit, dachte Lek.
»Also gut«, sagte Reete'hor. »Ich werde mich nun an die Raumhafenkontrolle wenden und um eine Starterlaubnis bitten. Dann können wir fliegen. Ist das in Ordnung?«
»Wenn du ihnen verrätst, dass wir hier sind, seid ihr beide tot, klar?«, ermahnte Lek ihn.
»Das habe ich verstanden«, sagte Reete'hor. »Ich bin nicht dumm. Also gut.« Er schwebte zu einer der mittleren Konsolen der Kommandozentrale, und seine Extremitäten legten sich auf einige der kristallenen Kontrollschaltungen. Ein holografisches Bild erschien in der Luft vor ihm. »Hier ist Reete'hor von der PRIESTER SIIT'AMA, ich bitte um Startfreigabe«, sagte er.
Eine Stimme war zu hören, die ebenfalls von den utarischen Translatoren übersetzt wurde.
»Laut Plan seid ihr erst für morgen vorgesehen«, sagte ein anderer Forianer.

»Das stimmt«, sagte Reete'hor. »Allerdings kamen neue Anweisungen von der Firmenzentrale. In Anbetracht der unsicheren Lage bezüglich des Angriffs des Südens werden nun große Mengen an Waren aus der möglichen Kampfzone fortgebracht. Wir müssen unsere Pläne leider ändern.«

»Verstehe, PRIESTER SIIT'AMA, der Angriff auf das Tempelkraftwerk hat uns alle erschüttert«, sagte der Forianer. »Ihr erhaltet die nächste Freigabe, die ich euch geben kann, geduldet euch bitte einen Augenblick. Wir wünschen euch einen sicheren Himmel.«

»Euch auch«, sagte Reete'hor und beendete die Verbindung. Er wandte sich an Goza'fee: »Ich will, dass du unsere Schleusen schließt und alle Systeme auf einen Start vorbereitest.«

»Aber es fehlen doch noch Leute«, sagte Goza'fee.

»Wir können das Raumschiff notfalls eine Weile zu zweit bedienen«, sagte Reete'hor. »Du hast doch in der Ausbildung gelernt, wie man es sogar notfalls mit Hilfssystemen allein nach Hause bringt, oder?«

»Ja«, sagte Goza'fee und wirkte auf Lek nicht sonderlich von sich überzeugt. Goza'fees Farbe wechselte in leichte Rotsprenkler, während er an einer Konsole Einstellungen vornahm

Ein Ruck ging durch das Raumschiff.

»Was war das?«, fragte Lek alarmiert.

»Das waren die Stützen des Raumhafens«, sagte Goza'fee. »Das Raumschiff ruht auf einer Stützkonstruktion, die dem Raumhafen gehört. Wir besitzen nur unzureichende Landestelzen, dafür ist das Gewicht des Raumschiffes einfach zu groß, und bei einem Frachter wäre dies auch Verschwendung. Dieses Raumschiff ist nicht dafür gedacht, *irgendwo* zu landen, sondern lediglich an wichtigen Orten, an denen eine vernünftige Infrastruktur existiert.«

»Wir schweben nun aus eigener Kraft«, sagte Reete'hor. »Startfreigabe wurde erteilt.«

»Ich will sehen, was passiert«, sagte Lek. »Gibt es Außenkameras?«

In der Mitte des Raumes erschien eine holografische Bildfläche. Zweidimensional war hier ein Bild einer Bugkamera zu sehen. Das Raumschiff erhob sich und flog langsam auf eine sich öffnende Schleuse am Ende der großen Halle zu. Die holografische Darstellung war in Leks Augen nicht sonderlich gut, erfüllte aber ihren Zweck und ermöglichte es den Forianern offenbar, die Bildschirme einzusparen. Sie durchflogen die Schleuse und gelangten in einen kleinen Tunnel. Hier bremsten sie ab, ließen ein anderes langgezogenes Raumschiff vor und flogen dann durch eine große Luke in ein Wolkenmeer hinein.

Nach einem kurzen Augenblick klärten sich die Wolken auf und die Sterne wurden sichtbar.

»Wir nähern uns der Stratosphäre«, sagte Reete'hor. »Wir haben nun offiziell den Planeten verlassen. Also, Bodenläufer, wo wollt ihr hin?«

»Fort von hier«, sagte Lek.

»Etwas genauer müsstest du dich aber festlegen«, hielt Reete'hor dagegen. »Wenn wir hier zu lange herumschweben, werden wir von der Raumverteidigung einer Nation sicherlich gefragt, was das soll.«

»Wir werden gerufen«, sagte Goza'fee.

»Nicht reagieren«, sagte Lek.

»Ich muss darauf antworten, es ist die Raumkontrolle der Plattform, die wir soeben verlassen haben«, sagte Reete'hor. »Es wäre verdächtig, es nicht zu tun.«

»Also gut«, knurrte Lek.

»Hier Raumhafen Shaav'il«, meldete sich dieselbe Stimme wie eben. »Frachter PRIESTER SIIT'AMA, ihr seid soeben sehr überstürzt gestartet.«

»Das ist richtig, wir haben wegen der jüngsten Ereignisse neue Anweisungen erhalten«, sagte Reete'hor.

»Das muss so überstürzt gewesen sein, dass ihr hier einige Mitglieder eurer Mannschaft zurückgelassen habt, die sich nun bei uns beschwert haben.«

»Das ist leider nicht anders möglich gewesen«, sagte Reete'hor. »Ich habe meine Befehle.«

»Befehle, die ich nach einer kurzen Anfrage bei eurer Frachtgesellschaft nicht bestätigt bekommen habe«, hielt der Forianer von der Raumkontrolle dagegen. »Ich denke, ihr lügt.«

»Ich … nein, ich …«, stammelte Reete'hor.

Lek hob seine Waffe. »Abschalten!«, befahl er. »Einfach die Verbindung beenden!«

»Aber …«, setzte Reete'hor an, doch dann schien er sich der Wirkungsweise von Leks Waffe zu entsinnen und beendete die Verbindung.

»Ich orte ein Geschwader Raumjäger, die vom Planeten aus starten«, meldete Goza'fee. »Ich denke, sie nehmen Kurs auf uns.«

»Denkst du das?«, meinte Reete'hor. Er wandte sich an Lek. »Das war ein Fehler. Die Farben sind sowieso alle sehr deutlich und deuten auf einen Krieg, seitdem der Süden ein Tempelkraftwerk des Ostens angegriffen hat. Man hält uns sicherlich für Spione oder Agenten des Südens oder was auch immer. Wir sind in Gefahr. Also, wohin sollen wir jetzt fliehen?«

»Verlassen wir erst mal das Sonnensystem«, schlug Kol Kolum vor.

»Ja«, sagte Lek, der als Einziger seinen Assistenten hören konnte. An Reete'hor gewandt fügte er hinzu: »Wir verlassen das Sonnensystem.«

»Und wie soll es dann weitergehen?«, fragte der Forianer.

»Mach einfach, was ich dir sage!«, maulte Lek, dem die vielen Fragen allmählich auf die Nerven gingen.

»Wir haben nur begrenzt Vorräte«, mischte sich nun auch noch Goza'fee ein.

»Und?«

»Das betrifft auch euch Bodenläufer. Wir werden nicht lange überleben.«

Lek seufzte. Die Forianer schienen wirklich begriffsstutzig zu sein. »Dann solltet ihr euch besser beeilen und in euren Sternenkarten einen geeigneten Planeten finden, auf dem wir landen können.«

»Außerhalb unseres Sonnensystems?«, hakte Reete'hor nach.

»Ja!«, schrie Lek. »Wie oft soll ich das denn noch wiederholen?« Er stand kurz davor, seine Energiewaffe noch einmal einzusetzen.

»Aber ...«, brachte der Forianer zögerlich hervor.

Lek seufzte erneut und richtete die Waffe auf Reete'hor. An Goza'fee gewandt sagte er: »Du scheinst mir der Schlauere von euch beiden zu sein. Soll ich deinen Freund hier erschießen? Quasselstrippen kann ich an Bord nicht gebrauchen.«

Goza'fee fuhr in seinem Sitz auf und machte ein metallisches Geräusch. »Aber er hat doch recht!«, rief er dann. »Du musst uns klare Anweisungen geben, sonst wissen wir doch gar nicht, wie du dir das Ganze vorstellst! Wir sind ein Frachter, kein wendiger Raumjäger. Wir müssen mehrere Schritte im Voraus planen.«

Das leuchtete Lek ein. »Also gut. Wir verlassen jetzt erst einmal das Sonnensystem und schütteln die Verfolger ab.«

»Und wie das?«, wollte Reete'hor wissen.

»Indem wir transitieren«, sagte Lek, als würde er mit einem Idioten reden. »Ganz einfach!«

»Ich weiß nicht, was das Wort bedeuten soll«, ließ Reete'hor ihn wissen.

»Ihr müsst doch irgendeine Form von überlichtschnellem Reisen beherrschen! Sonst würde es doch ewig dauern, wenn man von einem Sonnensystem zum anderen reist.«

»Wir verlassen unser Sonnensystem nicht«, sagte Reete'hor. »Wieso sollten wir?«

»Es gab durchaus derartige Versuche«, sagte Goza'fee. »Doch das ist viele Jahrhunderte her. Gemäß der Doktrin der Jüngsten ist das ausreichend, was wir haben. Wir ordnen unser System, und es ordnet uns.«

»So ist es«, stimmte Reete'hor zu. »Die Weisheit der Jüngsten hilft uns, klar zu sehen, und die Ordnung in uns und um uns spiegeln einander.«

»Aber das kann doch nicht wahr sein!«, sagte Lek. »Ihr besitzt keinerlei Technologie für überlichtschnelle Reisen?«

»Nein«, sagte Reete'hor. »Und wenn wir sie hätten, dann sicher nicht an Bord dieses Frachters. Die PRIESTER SIIT'AMA fliegt normalerweise nur zwischen Poru'uk und hier hin und her. Manchmal fliegen wir auch zu den Ringen. Das war's dann aber auch.«

»Die Raumjäger kommen schnell näher«, merkte Goza'fee an. »Sie versuchen erneut, uns zu rufen.«

»Ignorieren!«, wies Lek den Forianer an. »Maximale Beschleunigung, weg von dem Planeten!«

»Maximale Beschleunigung«, wiederholte Reete'hor. »Allerdings ist das hier ein Frachter, kein Kriegsschiff. Unsere Antriebssysteme sind für eine besondere Energieeffizienz für eine lange Flugdauer gebaut, nicht für beeindruckende Beschleunigungswerte.«

»Leite alle Energie in den Antrieb um!«, befahl Lek.

»Ich fliege bereits mit maximaler Beschleunigung in den Weltraum hinein«, sagte Reete'hor, »ohne ein Ziel anzusteuern.«

»Die Gleiter haben einen Verfolgungskurs gewählt«, sagte Goza'fee. »Sie beschleunigen.«

»Der Antrieb läuft auf maximaler Leistung und benötigt jetzt eine Weile, um uns auf die maximale Geschwindigkeit zu bringen«, sagte Reete'hor. »Was nun, blauer Bodenläufer?«

»Woher soll ich das denn wissen?«, knurrte Lek. »Ich bin davon ausgegangen, dass wir einfach auf Überlichtgeschwindigkeit beschleunigen oder wenigstens transitieren können und dann weg sind! Wieso wurde mir das vorenthalten?«

»Ich habe dich darauf hingewiesen, dass wir nicht einfach so starten können«, sagte Reete'hor, und es klang durch den Translator beinahe gleichgültig, was Lek noch wütender machte. »Aber du hast trotzdem darauf bestanden. Ich dachte, dass ihr lediglich euer unsichtbares Raumschiff erreichen wolltet, das sich doch bestimmt noch hier in der Nähe befindet. Wenn ihr doch Roboter im Dienste des Südens seid, wollt ihr eure Mission gewiss fortsetzen.«

»Was für eine Mission?«, gab Lek verwirrt zurück.

»Es war kurz vor dem Angriff: Ein Raumschiff tauchte auf und tarnte sich. Seitdem beschuldigen sich alle im Sonnensystem gegenseitig, Tarntechnologie zu besitzen und einen Angriff vorzubereiten. Das ist doch kein Zufall!«

»Ich glaube, die Details können wir auch später noch klären«, sagte Kol über den Helmfunk. »Wir sollten uns erst mal eine Übersicht über das Sonnensystem verschaffen.«

Lek nickte. »Das ist eine gute Idee«, sagte er zu seinem Assistenten. An die Forianer gewandt fügte er hinzu: »Zeig mir eine

Übersicht über euer Sonnensystem und auch, wo wir uns in Relation zu den Verfolgern befinden.«

»Wie du wünschst«, sagte Reete'hor, und in der Mitte der Kommandozentrale erschien nun anstelle des Bildes der Bugkamera eine Bilddarstellung des Sonnensystems.

»Das hier ist Juru'uk, der uns nächstgelegene Planet, von wo aus wir gestartet sind«, sagte Reete'hor und vergrößerte den Bildausschnitt ein wenig. Ein blinkender Punkt in relativer Nähe zu dem Planeten wurde angezeigt. »An dieser Markierung befindet sich unser Frachtraumer, die PRIESTER SIIT'AMA. Unsere Verfolger sind hier.«

Ein Dutzend kleinerer Punkte begann nahe des Planeten Juru'uk zu leuchten.

»Das Sonnensystem besitzt noch neun weitere Planeten, die nicht alle dauerhaft besiedelt sind, und einen, der seit Langem besiedelt ist: Das ist Poru'uk.«

Der Kamerawinkel änderte sich, und in den Fokus gelangte nun ein Planet mit einer leicht zur galaktischen Ebene verschobenen Achse. Dieser wurde markiert und Lek nahm an, dass es sich um Poru'uk handelte.

»Des Weiteren gibt es eine Reihe von Siedlungen im Zerol-Gürtel«, sagte Reete'hor. »Dieser Gürtel aus Asteroiden bildet den Rand unseres Sonnensystems und jenes Gebietes, das wir versuchen in Ordnung zu bringen.«

»Das ist also euer besiedeltes Territorium«, murmelte Lek. »Mehr nicht. Keine anderen Sternensysteme …«

»Nein, alle Versuche dahingehend sind vor vielen Generationen abgebrochen worden«, sagte Goza'fee. »Das ist alles, was wir dir anbieten können.«

»Was ist das?«, fragte Lek und deutete auf einen farbig markierten Bereich der Darstellung des Sonnensystems.

»Das ist ein Trümmerfeld«, erklärte Goza'fee. »Ein ausgedehntes Trümmerfeld einer lange vergangenen Schlacht zwischen den Welten des Zerol-Gürtels, den Kolonien auf Poru'uk und jenen auf Juru'uk. Es war ein großer Krieg, und dort liegen all die Trümmerteile. Sie haben eine relativ stabile Bahn im Sonnensystem und sollten großzügig umflogen werden.«

»Wenn sie sich so bewegen«, sagte Lek und machte eine Bewegung mit seiner Hand, »dann könnten wir doch vor ihnen entlang eine Kurve fliegen. Durch ihre Flugrichtung relativ zu uns und unseren Verfolgern müssen unsere Verfolger entweder eine noch größere Kurve fliegen als wir oder aber die Trümmer anderweitig umfliegen. Wir gewinnen möglicherweise etwas Zeit.«

»Diese Zeit wäre sehr wertvoll, um unseren Triebwerken die Möglichkeit zu geben, uns auf maximale Beschleunigung zu bringen«, stimmte Reete'hor zu. »Ich beginne jetzt das Manöver.«

»Die Verfolger passen ihren Kurs an«, meldete Goza'fee unmittelbar darauf.

»Ich muss nachdenken«, sagte Lek. Er deaktivierte die Außenkommunikation seines Raumanzugs, um sich mit seinem Assistenten unterhalten zu können, ohne dass die Forianer seine Worte würden hören können. »Ich fürchte, wir haben ein echtes Problem.«

»Nun, im Weltraum können wir noch viel weniger überleben als auf dem Planeten«, sagte Kol. »Sowohl auf dem Planeten als auch hier im Raumschiff sind wir auf unsere Raumanzüge angewiesen.«

»Wir könnten den Kurs fortsetzen und uns ihren zweiten besiedelten Planeten ansehen«, sagte Lek. »Wir könnten uns dort verstecken.«

»Die Atmosphäre dort wird sicherlich eher für Forianer als für uns geeignet sein«, sagte Kol.

»Dennoch ist es besser, sich dort zu verstecken als im Asteroidengürtel des Systems«, meinte Lek. »Wir brauchen weitere Ressourcen, um von hier zu fliehen.«

»Willst du etwa ein Raumschiff bauen, das eine Transition durchführen kann?«, fragte Kol erstaunt. »Ich will nicht respektlos erscheinen, aber vermagst du das?«

Lek schwieg und presste schließlich zwischen schmalen Lippen hervor: »Nicht ohne Weiteres.«

»Diese Option besteht nicht«, hielt Kol fest. »Wir müssen daher versuchen, eine friedliche Lösung zu finden, bei der wir die Hilfe der Forianer bekommen.«

»Wir können schlecht mit dem Balduren-Artefakt zu ihnen laufen und sagen, es täte uns leid«, erwiderte Lek. »Das werden sie uns nicht abnehmen.«

»Wir könnten uns darauf berufen, dass wir nicht wussten, was geschah«, meinte Kol. »Wir haben das Artefakt gefunden.«

»Und du hältst diese fliegenden Kreaturen für so beschränkt, dass sie uns das glauben werden?«, hielt Lek dagegen.

»Nein«, gab Kol zu. »Vielleicht nicht.«

»Bei unseren Verfolgern handelt es sich nicht nur um eine Staffel Gleiter«, meldete Goza'fee, »es nähert sich uns auch ein größeres Raumschiff«.

»Was für eines?«, fragte Lek.

»Ich bin mir nicht sicher«, gab der Forianer zurück. »Irgendein Schiff des Militärs.«

»Gibt es Raumanzüge für euch in diesem Raumschiff?«, fragte Lek nun Reete'hor.

»Die gibt es«, sagte dieser. »Willst du einen davon benutzen?«

»Mal sehen«, meinte Lek lediglich. Er wandte sich an Kol. »Du bleibst hier mit dem anderen Forianer. Wenn er versucht, uns irgendwie zu schaden, tötest du ihn.«

Letzteres sagte er so, dass es der Translator übersetzte. Er wollte, dass die Anweisung von den Forianern verstanden wurde.

Kol erwiderte nichts. Lek nahm an, dass sein Assistent begriffen hatte.

*

Reete'hor schwebte voraus und führte Lek hinaus auf den Gang.

»Dein Begleiter spricht nicht?«, fragte er an den Utaren gewandt.

»Er ist eher ein schweigsamer Geselle«, sagte Lek.

»Aber wieso spricht er denn nicht? Das wundert mich. Ihr zwei kommuniziert doch auch miteinander. Und vor allem will ich noch immer wissen, um was es sich bei euch handelt. Du sagst, du seist kein Agent des Südens. Wenn ich dir das glauben soll, bleibt die Frage, was du denn nun bist.«

»Das geht dich nichts an«, sagte Lek.

Der Forianer öffnete mit einer Bewegung seiner Extremität über ein kristallines Bedienelement eine Schleuse und führte Lek in einen kleinen Lagerraum. An den Wänden hingen lauter größere Paneele. Auf Lek wirkten sie wie überlappende Schuppenelemente aus Metall.

»Was ist das?«, fragte Lek.

»Das sind unsere Raumanzüge«, sagte Reete'hor. »Was soll es sonst sein?«

»Zieh einen an! Ich will sehen, wie sie funktionieren«, sagte Lek.

»Wie du willst«, gab der Forianer zurück. Er streifte eines der Geräte von der Wand ab und legte sich das halbrunde Stück an das, was Lek für seinen Hals hielt. Die Schuppenelemente lagen nun ähnlich einem Umhang über dem Rücken des Forianers. Reete'hor betätigte eine Schaltung am Hals, und ein grünliches Energiefeld breitete sich vom Rückenelement aus und bedeckte jedes freie Stück Oberfläche des Forianers.

»Jetzt ist der Anzug versiegelt, und ich atme das, was die Filtertechnologie des Anzugs zur Verfügung stellt«, erklärte Reete'hor. »Darf ich ihn abschalten? Ich empfinde das Gefühl, das diese Anzüge auf meiner Haut verursachen, als beengend.«

»Ja«, sagte Lek und kam zu dem, weshalb er eigentlich zu den Anzügen wollte. »Besitzen die Anzüge Tanks mit Atemluft für euch oder filtern sie lediglich euer Ausgeatmetes?«

»Beides«, bestätigte der Forianer. »Sie haben Primärstoffe in kleinen Tanks, damit können sie gezielt chemische Reaktionen erzeugen und die Filtersysteme mit dem, was man braucht, versorgen.«

»Ich benötige eine ganz bestimmte Mischung von Gasen«, ließ Lek ihn wissen. Er wollte seinen und den Anzug von Kol wieder auffüllen.

»Wenn du mir sagst, was du benötigst, können wir sehen, ob es aus den verfügbaren Komponenten extrahiert werden kann.«

»Gut«, sagte Lek und nannte die Zusammensetzung von für ihn und Kol verträglicher Atemluft.

Der Forianer begann unter den Blicken von Lek eines der Geräte zu modifizieren.

»Ich kann dir die Mischung geben, die du haben willst«, bot der Forianer an.

»Jetzt ist nur die Frage, ob ein passender Adapter für meinen Anzug gefunden werden kann«, sagte Lek.

»Adapter?«, hakte Reete'hor nach.

»Ja, etwas, das den Anschluss deines Systems zu meinem überbrückt«, erklärte der Utare und zeigte den Anschluss an seinem Raumanzug, indem er die Plane zur Seite schob.

»Oh, aber das geschieht doch praktisch von allein«, vermutete Reete'hor. Er zog einen kleinen Schlauch aus dem Rückenelement des Forianeranzugs und hielt diesen vor den Anschluss von Leks Anzug. Dann bildete sich eine kleine Energieverbindung.

»Ein Kraftfeld dämmt die Verbindung und bildet den Adapter«, sagte Lek erstaunt.

»Wie auch sonst?«, meinte der Forianer. »Alles andere wäre doch hochgradig ineffizient.«

»Wäre es«, murmelte Lek beeindruckt. Er hatte noch gar nicht über derartige Anwendungsmöglichkeiten für unbegrenzte Energie nachgedacht. Eine Gesellschaft wie diese faszinierte ihn immer mehr.

Die Verbindung wurde etabliert und die Übertragung begann. Als die Anzeigen in Leks Raumanzug ihm mitteilten, dass das Gasgemisch, das der Forianer ihm schickte, wirklich den gewünschten Parametern entsprach, begann er seinen Tank damit zu füllen.

Als seine Atemluft wieder aufgefüllt war, sagte er zu Reete'hor: »Wir gehen zurück in die Kommandozentrale.«

»Wie du es willst«, sagte Reete'hor.

*

Als die beiden wieder in der Zentrale ankamen, wies Lek seinen Assistenten an: »Geh mit Reete'hor. Er soll deinen Atemlufttank auffüllen.«

»Was, wenn er uns hintergeht?«, fragte Kol.

»Er hat mich nicht hintergangen, und ich bleibe mit meiner Waffe hier bei Goza'fee. Zudem sollte der Anzug eine Fehlermeldung ausspucken, wenn er versuchen sollte, ein Gasgemisch einzufüllen, das giftig für dich ist.«

Nachdem Reete'hor und Kol die Kommandozentrale verlassen hatten, fragte Lek an Goza'fee gerichtet: »Wo sind die Verfolger?«

»Sie sind noch ungefähr zehn Minuten von uns entfernt«, sagte der Forianer. »Ihre deutlich besseren Antriebe werden es ihnen ermöglichen, uns bald einzuholen.«

Leks Gedanken rasten.

Wie können wir das Ganze noch drehen?, dachte er. Er hatte sich schon oft aus brenzligen Situationen herausreden müssen, doch hier gab es ein Problem: Er wusste genau, was die Forianer wollten, auch wenn sie nicht wussten, dass er es hatte. Er war aber nicht bereit, es ihnen zu geben.

»Wenn ich das richtig verstanden habe«, sagte Goza'fee, »dann heißt es, ihr atmet.«

»Was?«, fragte Lek.

»Du sorgst dich um die Atemluftversorgung von dir und deinem Artgenossen«, sagte der Forianer. »Das heißt, ihr atmet. Das wiederum spricht dafür, dass ihr wirklich keine Roboter im Dienste des Südens seid. Mir stellt sich dann aber doch die Frage: Was seid ihr beide dann?«

»Das geht dich nichts an!«, maulte Lek. Er wollte lieber über sein direktes Problem nachdenken, als Gespräche mit dem Forianer zu führen.

»Ich bin ja nicht mehr der Jüngste«, sagte Goza'fee. »Aber das heißt nicht, dass ich nicht in der Lage bin, selbst Schlüsse zu ziehen. Seid ihr Lebewesen aus unserem Sonnensystem oder … aus einem anderen?«

In diesem Augenblick kam Reete'hor mit Kol zurück in die Kommandozentrale.

»Alles erledigt«, sagte Kol.

»Gut«, sagte Lek und ließ die Frage von Goza'fee unbeantwortet.

»Wir werden von den uns folgenden Raumschiffen gerufen«, sagte Reete'hor, als er zurück an der kristallinen Kontrollkonsole war.

»Was wollen die Verfolger?«, fragte Lek.

»Das weiß ich nicht, ich kann es nicht empfangen«, gab der Forianer zurück. »Ich kann lediglich mit den Sensoren erkennen, dass sie uns eine Nachricht senden wollen.«

»Was? Wieso kannst du die Signale nicht empfangen?«, forderte Lek ihn auf, das zu erklären.

»Du hast offenbar nicht nur die Kontrollkonsole des Kommunikationsoffiziers zerstört, sondern auch eine der relevanten Leitungen für die Fernkommunikation«, sagte Reete'hor und machte eine Bewegung mit einem seiner Tentakel in die Richtung der zerstörten Segmente. »Ich kann versuchen, die Funktionen auf meine Konsole umzuleiten, aber das wird einen Moment dauern. Bis dahin haben wir nur eine ineffiziente Nahbereichskommunikation, wie jene, die ich im Raumhafen benutzt habe.«

»Mach das!«, sagte Lek. »Sofort!«

»Wie du wünschst.«

»Du«, sagte Lek an Goza'fee gewandt. »Aktiviere die Schutzschirme des Raumschiffs und die Waffensysteme.«

»Schutzschirme?«, gab der Forianer zurück.

»Oh, bitte nicht …«, murmelte Kol.

»Ihr verfügt doch über unendlich viele Systeme mit Kraftfeldern«, sagte Lek etwas ungläubig. »Ihr habt doch sicher so was für eure Raumschiffe, um sie zu schützen.«

»Ja, für Kriegsschiffe besitzen wir Verteidigungsschilde«, erklärte Goza'fee. »Aber das hier ist ein Frachter. Unsere Schilde sind dazu geeignet, kleinere Asteroiden und Weltraumschrott abzuhalten, mehr nicht.«

»Habt ihr wenigstens Waffensysteme, um euch vor Dieben zu beschützen?«, fragte Lek. »Irgendwelche Offensivsysteme?«

»Wir besitzen eine Reihe Verteidigungswaffen, aber die sind auch primär zum Vernichten von Trümmerteilen und Schrott gedacht«, sagte Goza'fee. »Die Raumschiffe, die uns verfolgen, sind Militärschiffe und besitzen in jedem Fall bessere Waffen und Verteidigungssysteme als wir. Wir haben keine Chance gegen sie und können sie nicht angreifen.«

»Das ist mir egal. Aktiviere sofort die Waffensysteme!«, befahl Lek.

»Das wird er nicht«, widersprach Reete'hor und fügte dann zögerlich an seinen Artgenossen hinzu: »Dein Jüngster befiehlt es dir. Hast du verstanden?«

»Ja«, bestätigte Goza'fee.

»Ich habe mich offenbar undeutlich ausgedrückt«, sagte Lek. »Du wirst jetzt unsere Verteidigungssysteme aktivieren oder mein Freund hier wird dich aufspießen, klar?«

Er sah zu Kol und wies seinen Assistenten auf dem gesicherten Kanal an: »Geh zu ihm und verletze ihn. Aber nur wenig.«

»Das werde ich nicht machen«, entgegnete Kol. »Lek, wenn wir sie töten, sind wir aufgeschmissen und können das Raumschiff nicht bedienen! Wir brauchen ihre Kooperation.«

»Alles muss man selber machen«, knurrte Lek. »Aber hier kann ich es nicht, weil die Energiewaffe zu stark ist. Ich will die Forianer doch nur ein bisschen verletzt sehen. Wenn ich auf sie schieße, bekommen wir hier wahrscheinlich ein großes rauchendes Loch in der Bordwand. Also, geh zu ihnen und bedroh sie wenigstens!«

»Von mir aus«, sagte Kol und ging mit seiner Astwaffe zu Goza'fee.

»Was immer ihr auch tun werdet«, sagte Reete'hor. »Wir werden nicht auf die Streitkräfte der Nordnation schießen. Wir auf Poru'uk sind stolz auf unsere Herkunft, und auch wenn ich von den Blauen auf Poru'uk abstamme, habe ich größten Respekt für die Nordnation. Meine Mutter stammte von dort. Wir werden nicht auf die Raumschiffe der Nordnation feuern!«

»Niemals!«, bestätigte Goza'fee, obwohl Kol nun seine Astwaffe nahe an dessen Gesicht hielt, zumindest dem, von dem Lek annahm, dass es das Gesicht des Forianers war.

»Du wirst jetzt sofort die Schilde aktivieren und das Feuer auf unsere Verfolger eröffnen!«, schrie Lek. »Oder mein Freund hier tötet deinen Gefährten. Hast du mich verstanden?«

»Das werde ich sicher nicht tun«, sagte Kol über den Helmfunk.

»Dann sei es eben so«, erwiderte Reete'hor, der Kol nicht hören konnte. »Ich werde nicht das Feuer auf die Nordnation eröffnen.«

»Dann bist du nutzlos für mich«, sagte Lek und zielte mit seiner Handfeuerwaffe auf Reete'hor.

Der Forianer sagte nichts.

Kurz zögerte Lek.

»Gre«, sagte Kol. »Das bringt uns nicht weiter.«

»Du hast recht«, murmelte Lek. Er senkte die Waffe. »Dann müssen wir eben auf andere Weise mit unseren Verfolgern kommunizieren«, sagte er an den Forianer gewandt. »Habt ihr keine Notfallsysteme für den Fall, dass euer Funksystem ausfällt?«

»Ich bin noch dabei, die Kommunikation auf diese Konsole umzuleiten«, sagte Reete'hor. »Aber Kommunikation ist schwierig, weil die dafür notwendigen Empfangsrelais an unserer Außenhülle beschädigt sind.«

»Wieso das denn?«, fragte Lek. »Wieso sagst du das nicht?«

»Weil es nicht meine Aufgabe ist, mich um sie zu kümmern, und sie offenbar bei der Wartung im Raumhafen hätten repariert werden müssen«, hielt der Forianer dagegen. »Da es nicht meine Aufgabe ist, war mir das auch bis eben nicht bekannt.«

»Ihr wollt mir doch die Tolle abschneiden!«, knurrte Lek. »Können wir denn wenigstens irgendeine Form von Signal an die Verfolger senden?«

»Wir können periodische Signale senden, falls du das meinst«, sagte Reete'hor. »Dazu stehen uns einige Energieimpulse zur Verfügung.«

»Gibt es einen Code, den wir benutzen könnten, um mit den Verfolgern zu kommunizieren?«, fragte Lek. »Irgendeine Art von Notfallfolge von Impulsen, die man zur Kommunikation nutzen kann?«

»Die Schiffe ziehen jetzt gleich auf mit uns«, warf Goza'fee ein. »Das Geschwader umfliegt uns. Zwei Raumschiffe setzen sich über uns, zwei unter uns und zwei hinter uns.«

»Wir haben solche Codes«, sagte Reete'hor. »Ich bereite eine Nachricht vor.«

»Sag ihnen, dass sie Abstand halten sollen!«, befahl Lek. »Sag ihnen …«

»Eines der Raumschiffe versucht anzudocken!«, fiel ihm Reete'hor ins Wort.

»Verhindere es!«, wies Lek ihn an.

»Kann ich nicht. Sie haben sich am Schiffsrumpf festgehakt und schneiden sich einen Weg durch die Luftschleuse frei.«

»Schließe und versiegle alle Schotts von dort bis zur Kommandozentrale«, verlangte Lek. »Sofort!«

»Ist erledigt«, sagte Reete'hor. »Doch das wird sie kaum lange aufhalten.«

»So lange, wie es eben geht«, sagte Lek und schnappte sich das eingepackte goldene Artefakt. Er schob es hinter eine der Steuerkonsolen, sodass er sie als Deckung gegen alles und jeden, das durch die nun verschlossene Schleuse zur Kommandozentrale kommen würde, nutzen konnte.

»Duckt euch hinter diese Konsole!«, befahl Lek. »Sonst geratet ihr noch ins Kreuzfeuer.« Er wollte keinesfalls, dass die beiden möglichen Geiseln Schaden nehmen konnten, also wies er Kol an: »Geh du zu ihnen und sorg mit der Waffe dafür, dass sie nicht abhauen.«

»Gre, wir sollten verhandeln, wir können nirgendwo hin«, sagte Kol, während er zu den Forianern ging, die nun hinter einer anderen Konsole Deckung genommen hatten.

»Noch sind wir nicht tot«, sagte Lek. »Also ist alles noch offen. Na ja, nicht alles, aber einiges.«

Er dachte nach.

Ein lautes Krachen war zu hören. Lek sah an seiner Deckung vorbei. Der Lärm kam von der Schleuse zur Kommandobrücke. Offenbar war etwas an der Außenseite aufgesetzt worden.

»Was geschieht da?«, fragte Goza'fee.

»Sie haben einen Brecher aufgesetzt«, erklärte Reete'hor. »Gleich kommen sie zu uns herein.«

In diesem Augenblick wurde auf der Schleuse ein helles, gelbliches Feld sichtbar, als sich ein Energiefeld seinen Weg durch die Schleuse bahnte. Das violette Metall der Schleuse verblasste einfach, während sich das gelbliche Energiefeld hindurchschob und es aufzulösen schien.

Dann war die Schleuse offen.

Ein Forianer glitt herein. Er trug etwas, das ähnlich wie der Raumanzug aussah, den Reete'hor getragen hatte, allerdings erzeugte dieser hier einen kräftigen grünen Energieschild um den Forianer herum.

»Kein Stück weiter!«, brüllte Lek.

»Was geht hier vor?«, rief der Forianer zurück. »Was sind das für Kreaturen?«

»Die Bodenläufer halten uns als Geiseln gefangen«, gab Reete'hor zurück.

»Sind die beiden Kreaturen etwa Diener der Südnation?«, fragte der Forianer im Eingang.

»Nein«, sagte Lek, »und ich werde jeden töten, der hier einzudringen versucht, klar?«

Als Antwort wurde auf die Kontrollkonsole geschossen, hinter der sich Lek versteckte. Der Utare fluchte und sprang hinter einer weiteren Kontrollkonsole in Deckung, während seine bisherige Deckung sich unter dem Energiebeschuss in ihre Einzelteile auflöste. Lek feuerte einen schwachen Energiestrom aus seiner Waffe zurück. Der Impuls war jedoch erneut viel stärker, als er angenommen hatte, und sprengte ein Loch neben den Eingang zur Kommandozentrale. Panisch stellte er fest, dass er die goldene Maschine zurückgelassen hatte. Nun stand sie schutzlos und ohne Deckung da. Lek feuerte mit seiner Handwaffe einen weiteren Schwall Weißen Stroms. Milliarden weißlicher Kügelchen wurden energetisch auf Hochgeschwindigkeit gebracht. Lek zielte neben die Tür, und eine Explosion blendete ihn, als er eine Energieleitung traf. Als der Funkenregen nachließ, nutzte Lek sofort die Gelegenheit und griff nach der Maschine. Der Utare zog an ihr. Da er noch immer in der einen Hand die Waffe trug, riss er lediglich mit der freien Hand an der verschnürten goldenen Maschine der Balduren und löste damit versehentlich die darum gewickelte Plane. Die Maschine wurde dadurch sichtbar!

Ein Schuss aus grünlicher Energie schlug neben Lek ein, sodass er kurz die Maschine losließ. Sie rutschte dabei weiter aus ihrer Umhüllung.

»Halt!«, rief einer der Forianer.

Lek sprang sofort vor, packte einen Zipfel der Plane und riss sie weiter zu sich. Dann hatte er die goldene Maschine wieder bei sich.

»Was hast du da?«, fragte Reete'hor ehrfürchtig.

Erst jetzt begriff Lek, dass es Reete'hor gewesen war, der Halt gerufen hatte. »Das geht dich gar nichts an!«, gab er zurück.

»Doch, Bodenläufer, das geht uns was an!«, rief Reete'hor aus. »Nicht schießen!«

Er richtete seine Stimme nun an die Forianer im Eingangsbereich zur Kommandozentrale. »Er besitzt das Gottesgeschenk der Ostnation!«

Lek erschien es, als wäre es von einem Augenblick zum anderen vollkommen still in der Kommandozentrale.

»Bist du dir sicher?«, fragte einer der Forianer vom Eingang der Kommandozentrale.

»Ich bin mir sicher«, sagte Reete'hor. »Ich bin zwar seine Geisel, aber ich lüge nicht! Ihr habt es doch auch gesehen, oder?«

»Wir haben etwas gesehen«, kam es lediglich zurück. »Was es war, wissen wir nicht mit absoluter Sicherheit.«

Lek erkannte seine Gelegenheit. Von einem Moment zum anderen war es absolut klar.

Auch sein Assistent schien die Lösung zu sehen, doch er zog offenbar die falschen Schlüsse, denn er sagte: »Gre, sag es ihnen nicht!«

Doch Lek ignorierte ihn. Er wandte sich mit seinen Helmlautsprechern an die anwesenden Forianer: »Ja, ich habe hier eines der Gottesgeschenke, und ihr habt gesehen, was meine Waffe ausrichten kann! Ich werde es vernichten, wenn ihr nicht macht, was ich sage.«

»Nein, tu das nicht!«, rief der Forianer von der Tür. »Bitte!«

»Wir können das Schiff auch in Ruhe lassen«, rief der Forianer von der geöffneten Schleuse zurück. »Ihr könnt frei fliegen, wohin ihr wollt. Nur gebt uns das Gottesgeschenk wieder.«

»Sind sie also doch Agenten des Südens?«, fragte Goza'fee Reete'hor.

»Ich weiß es nicht«, gab der zurück. »Ich bin der Jüngste, aber ich weiß auch nicht alles, mein alter Freund.«

»Wir sind keine Agenten des Südens!«, rief Lek wütend aus. »Aber ich werde trotzdem dieses Artefakt vernichten, wenn ihr uns zu nahe kommt.«

»Wir verlassen das Raumschiff und besprechen alles Weitere per Funk, wenn du willst«, sagte der Forianer im Eingang zur Kommandozentrale.

»Die Kommunikation ist ausgefallen«, warf Goza'fee ein. »Wir können nicht per Funk mit euch kommunizieren.«

»Moment mal, eines nach dem anderen«, sagte Lek und wollte wieder die Kontrolle über die Situation gewinnen. »Wenn ihr macht, was ich sage, wird der goldenen Maschine nichts geschehen.«

»In Ordnung«, bestätigte der Forianer vom Eingang zur Kommandozentrale. »Was ist es, das du willst?«

Lek zögerte. Er spielte kurz mit dem Gedanken, sie fortzuschicken, doch das würde ihm nichts bringen. Da dieses Raumschiff keinen überlichtschnellen Antrieb besaß, musste er sich einen neuen Plan überlegen. Er benötigte Ressourcen, und die wichtigste ihm im Moment fehlende Ressource war Wissen.

»Ich will wissen, was es mit dieser Maschine auf sich hat«, sagte Lek. »Wo kommt sie her? Und gibt es noch mehr davon? Ich will jedes Detail erfahren.«

»Ich nehme an, du bist noch nie auf einer unserer Welten gewesen«, sagte der Forianer. »Du hast also keine Ahnung von der Geschichte Juru'uks.«

»Das stimmt«, sagte Lek. »Also beginn ganz grundsätzlich mit der Erklärung, so wie du es einem Kind erklären würdest.«

Der Utare kannte keine falsche Eitelkeit. Er wusste, dass es entscheidend sein konnte, jetzt alle Informationen aufzunehmen, die er bekommen konnte. Nur so würde es ihm gelingen, vielleicht noch eine Lösung für sein Problem zu finden.

Womöglich, dachte er, *besitzen die Forianer ja noch viel mehr Technologie der Balduren! Wer weiß, was ich hier noch alles erfahren werde!*

»Also gut«, sagte der Forianer. »Ich beginne ganz am Anfang.«

11.

Fünftausend Jahre zuvor

Teri'vii senkte seinen kräftigen Körper ein wenig tiefer und berührte den Boden von Juru'uk. Teri'vii sah hinab in das Tal vor sich. Neben ihm schwebte Illur'zuu.

»Was für ein Anblick«, sagte sein alter Freund und Weggefährte. »Wir sind nun schon viele Jahre im Dienste des Priesters Siit'ama, aber nun ist das alles *ein* Reich.«

»Ja«, sagte Teri'vii. Er genoss den Anblick auf das weite Tal. Soweit seine Sehorgane Bilder erfassen konnten, blickte er auf das Gebiet, das sie erobert hatten. »Vier Jahre des Kampfes, und endlich gibt es keinen Widerstand mehr. Von einem Talende bis zum anderen sind alle Stämme vereint unter der Herrschaft des Priesters Siit'ama.«

»Es war viel Arbeit«, stimmte Illur'zuu zu. »Aber wir haben es geschafft. Die Ketzerei ist beendet, dank deiner Kampfkünste.«

»Du hast daran durchaus deinen gerechten Anteil gehabt«, sagte Teri'vii. »Den solltest du nicht unterschlagen.«

»Ich denke, die Kosmischen Geister werden es dem Großen Geist mitteilen, auch ohne dass ich hier vor dir angebe«, meinte Illur'zuu und machte ein Geräusch, das Heiterkeit ausdrückte.

»Das werden sie sicher«, sagte Teri'vii.

»Hat dir Shaav'il schon Bescheid gegeben?«, fragte Illur'zuu. »Meine Tochter meinte, es ist bald so weit.«

»Ja, ich bin ehrlich gesagt ein wenig aufgeregt«, sagte Teri'vii. »Und auch traurig.«

Die letzten Worte flüsterte er beinahe so, dass sie kaum hörbar waren gegen den leichten Wind, der hier oben wehte, doch Illur'zuu hatte sie offenbar verstanden, denn er sagte: »Das verstehe ich gut.«

»Wirklich?«

»Ja, natürlich«, bestätigte der ältere Forianer. »Du verlierst nicht nur eine Frau, ich verliere eine Tochter.«

»Das stimmt«, sagte Teri'vii und spürte, wie sich ein wenig grünlicher Schimmer auf seiner Haut bildete. »Das habe ich beinahe vergessen.«

»Ich nicht«, meinte Illur'zuu. Das Farbspiel seiner Außenhaut zeigte Teri'vii, dass sich sein Weggefährte ein wenig über ihn lustig machte. Doch da war noch mehr. Die Farben zeigten auch ein wenig echte Sorge. Teri'vii schwieg und wartete, bis sein Freund endlich aussprechen würde, was ihn so belastete, dass er es selbst in einem solchen Moment der Heiterkeit durchscheinen ließ.

»Wir haben viele Stämme unter den gütigen Blicken des Priesters Siit'ama vereint«, sagte Illur'zuu schlussendlich.

Teri'vii trug, genau wie sein Freund, eine metallische Halskrause. An ihr waren drei kupferfarbene Elemente aneinandergebunden, die wie große Schuppen auf seinem Rücken herabliefen und ihn schützten. Jetzt allerdings waren sie etwas unbequem, weshalb er seine Position etwas veränderte.

»Und viele Stämme sind noch dort draußen«, sagte Teri'vii. »Eines Tages werden wir sie alle unter einem Banner vereinen.«

»Aber dann werde ich nicht mehr da sein«, wandte Illur'zuu ein.

Teri'vii musste sich beherrschen, dass seine Farben nicht verrieten, wie entsetzt er durch diesen Gedanken war. »Spürst du es schon?«, fragte er.

»Nein, noch nicht«, beruhigte Illur'zuu ihn. »Aber meine beiden Geschwister sind bereits tot, und ich denke nicht, dass ich noch viel Zeit haben werde.«

»Ich weiß nicht, ob ich bereit bin, dich und auch Shaav'il gehenzulassen«, sagte Teri'vii, nachdem die beiden eine Weile geschwiegen hatten.

»Shaav'il wird ein neues Leben in die Welt bringen, vielleicht sogar drei, wie es in meiner Linie üblich ist«, sagte Illur'zuu. »Das ist eine große Freude für mich, dass meine Tochter Shaav'il mit dir neues Leben spendet, und ich kann froh sein, dass meine Linie fortbesteht.«

»Es tut mir sehr leid, dass sie alles ist, was von deiner Linie bleibt«, sagte Teri'vii.

»Das muss es nicht. Wir haben den Stamm der Vaa dafür bezahlen lassen, dass sie uns angriffen. Nun dienen sie uns.«

Ein Forianer schwebte den Hügel zu ihnen hinauf.

»Wenn man von Sklaven spricht …«, murmelte Illur'zuu.

Als der Forianer näher herangekommen war, verneigte er seine Extremitäten in einer Ehrfurcht gebietenden Geste.

»Was willst du, Roa'vaa?«, fragte Teri'vii. »Du störst.«

»Das weiß ich, Herr«, sagte der Sklave vom Stamm der Vaa, und seine Farbe verriet, wie unwohl er sich in dieser Lage fühlte. »Doch ihr batet darum, sofort informiert zu werden, wenn etwas Ungewöhnliches geschieht.«

»Also?«, forderte Teri'vii den Sklaven auf, weiterzusprechen.

»Wir haben ein uns unbekanntes Metall gefunden.«

»Was?«, fragte Teri'vii erstaunt und kam von seiner sitzenden Ruheposition hoch. »Bring uns hin, sofort!«

*

Teri'vii und Illur'zuu folgten ihrem Diener. Die beiden Forianer dienten schon viele Jahre dem Priester Siit'ama und hatten als seine Kriegsherren unzählige benachbarte Stämme unterworfen. Einer davon war der Stamm der Vaa gewesen, dessen Überlebende nun zu den persönlichen Sklaventruppen von Teri'viis Familie gehörten. Der Sohn des ehemaligen Stammesführers der Vaa schwebte nun Teri'vii voraus, als sie zurück zur Grabungsstelle eilten.

Für den Priester Siit'ama sollte hier in diesem Tal ein Tempel entstehen. Es war ein ungeheuerliches Vorhaben, doch der Priester hatte gesagt, die Kosmischen Geister hätten ihn angewiesen, den Tempel zu bauen, zu Ehren des Großen Geistes, von dem sie alle abstammten.

Es war Gott selbst, der zum Priester sprach, und Teri'vii zweifelte keines seiner Worte an. Hatte er nicht selbst ein ums andere

Mal gesehen, wie Gott selbst durch Siit'ama gesprochen haben musste?

Der Priester wusste Dinge, die niemand sonst wissen konnte. Es war, als könnte er direkt die Farben eines jeden Forianers sehen, so sehr man sich auch bemühte, die intimsten Gedanken vor ihm zu verbergen.

Sie folgten Roa'vaa den Hang hinunter. Hier lagerten in dreißig Reihen mit jeweils vierzehn Zelten die Sklaven unter Teri'viis Kommando. Unter der Erde lagen einige der reinsten bekannten Gesteinsformationen. Eines der besonders widerstandsfähigen Gesteine wurde nun von den Vaa-Sklaven abgebaut, um für den Bau des neuen Tempels verwendet zu werden, der einige Hundert Kilometer den großen Fluss hinunter lag.

Als sie sich dem Lager näherten, war für Teri'vii bereits deutlich zu hören, dass etwas geschehen sein musste: Das regelmäßige Klirren der Grabwerkzeuge seiner Sklaven war verstummt. Dafür hatte sich eine gewaltige Traube an Sklaven um eine der Gruben geschart, die wie gewaltige Risse in die Landschaft getrieben worden waren. Wie Wunden in der Erde sahen sie aus, doch in einer dieser Wunden war nicht der helle Stein zu sehen, den sie suchten, sondern etwas golden Schimmerndes.

Die Sklaven wichen sofort alle ein Stück zurück und machten Teri'vii und Illur'zuu Platz. An der kupferfarbenen Rückenrüstung, die die beiden Forianer trugen, war selbst für jene, die sie nicht sofort erkannten, ersichtlich, dass sie keine Sklaven waren, sondern Diener des Priesters Siit'ama.

»Es sieht aus wie Gold, Herr«, sagte Roa'vaa, als sie in den Riss herabschwebten und auf einer goldenen Fläche landeten, die mehr als sechs Forianer breit und drei Forianer lang war. »Aber es ist keines.«

»Es ist keines?«, echote Teri'vii. »Wie meinst du das?«

»Wir haben versucht, das Gold zu extrahieren, da wir wissen, dass es einen guten Preis für die Gilde der Lichtmacher gibt. Sie brauchen das Gold, um die Drähte für ihre kleinen Taschensonnen zu erstellen«, sagte Roa'vaa und holte die in einer seiner Extremitäten befindliche kleine Taschensonne vor. Er aktivierte sie, und ihr warmer goldener Lichtschein spiegelte sich in dem Gold, auf dem sie standen. »Doch es gelang uns nicht, auch nur ein Stück des Goldes zu entfernen.«

»Zudem ist es viel zu glatt«, sagte Teri'vii. »Es sieht bereits bearbeitet aus.«

»So fanden wir es vor, Herr«, sagte Roa'vaa. »Wir haben kein Stück daraus lösen können. Es ist noch immer so makellos, wie es war, als wir begannen. Ich hoffe, es war in Ordnung, euch zu stören.«

»Das war es«, murmelte Teri'vii. »Ich will, dass ihr weitergrabt.« Er landete auf dem Boden und fuhr mit einer seiner Extremitäten über die goldene Oberfläche. »Es ist leicht gewölbt. Ich frage mich, ob hier eine Statue oder ein Gebäude liegt. Roa'vaa, ich will, dass du veranlasst, dass dies alles hier freigelegt wird. Was immer es ist, grabt es aus!«

»Jawohl, Herr«, sagte der Sklave und färbte sich in einer Geste der Demut rot.

Teri'vii stieg wieder empor, gefolgt von Illur'zuu, während Roa'vaa die Sklaven anwies, ihre Arbeit fortzusetzen. In den anderen Gruben wurde weitergegraben und hier besorgte man neues Werkzeug, um das Gold effektiver herauszuarbeiten. Es erforderte einige Anpassungen bei den Arbeitsschritten, doch Teri'vii war sich sicher, dass sich Roa'vaa darum würde kümmern können. Er vertraute dem Sklaven. Der Sohn seines alten Feindes war ein guter Diener geworden.

Während er den Sklaven bei der Arbeit zusah, eilte ein Bote auf einem Tolta zu ihm. Der Tolta zog im letzten Augenblick seine großen kräftigen Flügel ein und landete, heruntergezogen von seinem eigenen Gewicht, dicht neben Teri'vii und seinem Freund Illur'zuu. Die Kreatur war dreimal so groß wie der ausgewachsene Forianer, der vom Rücken des Reittiers schwebte und dabei seine Extremitäten benutzte, um an den spitzen Schuppen, die aus der Flanke des Tolta wuchsen, entlang zu navigieren.

»Herr, ich habe eine Botschaft für euch« sagte er. »Eure Gefährtin ist so weit. Sie will euch sehen.«

»Ich nehme dein Reittier«, entschied Teri'vii, während er merkte, wie sich seine Farbe in ein unschickliches, aufgeregtes Grün verwandelte.

»Grüß sie von mir«, sagte Illur'zuu, während Teri'vii direkt auf den Rücken des Tolta hinaufstieg.

Oben angekommen hakte er seine Extremitäten in die dafür vorgesehenen Halterungen ein und gab dem Tolta durch einen kräftigen Schlag in die Seite zu verstehen, dass er abheben sollte. Die Kreatur brüllte auf und flog in den Himmel.

*

Es dauerte nicht lange und die Landschaft, die unter Teri'vii vorbeizog, änderte sich, als er die Ausläufer der Hauptstadt sah. Sie war, wie viele der alten Städte, in die Seite eines Berges geschlagen, sodass die Raubtiere den schwebenden Forianern nicht in ihre Höhlen folgen konnten.

Er lenkte den Tolta in eine der dafür vorgesehenen Höhlen und kettete ihn an, bevor er sich beeilte, zu sich nach Hause zu kommen.

Dort stellte er fest, dass er zu spät war: Seine Gefährtin hatte sich bereits verpuppt.

Teri'vii schwebte zum Kokon und legte eine seiner Extremitäten darauf.

Ich werde dich vermissen, dachte er. Es war immer schön mit dir.

Ein Vertreter der Gilde der Lichtmacher war anwesend, sagte aber nichts. Er hatte bereits eines seiner Geräte angeschlossen. Die Gilde – einst gegründet, um das Bauen von kleinen lichtmachenden Maschinen zu vereinheitlichen – hatte sich zu einer mächtigen Institution im Reich entwickelt. Ihre kleinen Maschinen drangen nach Teri'viis Meinung in immer mehr Bereiche des alltäglichen Lebens ein.

Auch hier, im privaten Bereich seiner Wohnhöhle, gab es seit vielen Jahren nun kleine Kästen, in denen Drähte dafür sorgten, dass man eine Spur des Lebens im Kokon aufnehmen konnte. Der Kasten machte ein gleichmäßiges Geräusch, alle paar Sekunden. Es war der Herzschlag seiner Gefährtin, und er würde schwächer werden, bis er ersetzt wurde durch zwei oder drei neue Töne.

Teri'vii saß einen Moment bei seiner verpuppten Gefährtin und wartete. Er lauschte dem gleichmäßigen Ton, von dem die Gilde der Lichtmacher behauptete, dass es der Ton war, den ihr Denken erzeugte. Teri'vii war skeptisch, was das anging. Konnte man wirklich mittels eines Stücks Metall beweisen, dass ein Forianer dachte und lebte?

»Man sagte mir, dass du eilig hergekommen bist«, sagte eine vertraute Stimme.

Teri'vii sank zu Boden und hörte auf zu schweben, als in diesem Augenblick der Priester Siit'ama zu ihm hineinglitt. Teri'viis kupferfarbene Rückenrüstung klirrte dabei leicht.

Der Priester glitt neben ihn. Er trug einen goldenen Ring um seinen Hals, der ihm von den Kosmischen Geistern überreicht worden war, die dem höchsten Gott der Forianer dienten. »Erhebe dich, Teri'vii. Du hast mir gut und lange gedient. Du brauchst nicht vor mir zu kriechen wie ein Sklave oder ein junger Forianer, der noch keine lange Strecken gleiten kann.«

Teri'vii kam der Aufforderung nach.

Als er wieder auf die Höhe des Priesters glitt, fragte dieser: »Ist alles mit deiner Gefährtin in Ordnung?«

»Ja, leider verpasste ich den Moment ihrer Verpuppung.«

»Das ist schade, aber ihr werdet euch wiedersehen, wenn ihr beide nach eurem Tod von den Kosmischen Geistern in den Schoß Gottes getragen werdet.«

»Ich freue mich darauf«, sagte Teri'vii.

»Mir wurde zugetragen, dass du in die Stadt gekommen bist«, wechselte der Priester nun das Thema. »Wie geht es mit der Grabung voran? Fandet ihr den weißen, unnachgiebigen Stein für den neuen Tempel?«

Teri'vii sah zum Vertreter der Gilde der Lichtmacher. »Ich würde lieber privat mit dir sprechen, Priester«, sagte er.

»Sicher, gehen wir zurück zu den Ställen. Du willst bestimmt so bald wie möglich zurück zur Mine.«

Sie verließen den Raum.

*

Als sich die beiden Forianer den Ställen mit den Tolta näherten, sagte Teri'vii: »Wir fanden Gold.«

»Große Mengen?«, erkundigte sich der Priester neugierig.

»Sehr große, doch es ist härter als anderes Gold und wirkt bearbeitet.«

»Was?«, entfuhr es dem Priester Siit'ama überrascht. »Ist es ein vergrabener Schatz?«

»Ich weiß es nicht. Es war viel Gold, und es war zu glatt, zu rein, um dort natürlich gewachsen zu sein. Es erinnerte mich an den Tempel im Norden, zu dem ich dich ein ums andere Mal brachte.«

»Was du dort sahst, solltest du nie erwähnen«, sagte der Priester tadelnd.

»Aber es ist wichtig«, beharrte Teri'vii. »Ich sah dort goldene Maschinen, ein Gold wie jenes, das du um den Hals trägst und von dem ich annehme, dass es härter ist als das Gold der Drähte in den Maschinen der Lichtmacher.«

»Du denkst, dass ein Zusammenhang besteht«, vermutete der Priester.

»Das tue ich.«

»Es ist möglich«, sagte Siit'ama. »Die Kosmischen Geister schenkten uns wertvolle Gottesgeschenke. Sie alle waren aus Gold. Möglicherweise fandet ihr eines.« Er schwieg einen Moment, bevor er hinzufügte: »Ich begleite dich zurück zur Grabung. Ich will es sehen.«

»Natürlich«, sagte Teri'vii.

Er ließ seinen persönlichen Tolta vorbereiten und traf den Priester in der Luft über der Stadt. Nebeneinander glitten sie auf den Rücken ihrer Tolta zurück zur Grabung. Was normalerweise eine gute Tagesreise gewesen wäre, war so nun in kurzer Zeit zurückzulegen. Als sie bei der Grabung ankamen, begrüßte sie Roa'vaa. Er ließ sich zu Boden gleiten, als er den Priester erkannte, und verblieb ehrfürchtig dort unten, bis ihn Siit'ama aufforderte, hochzukommen.

»Was gibt's Neues?«, fragte Teri'vii.

»Wir haben einen Höhleneingang gefunden, Herr«, sagte Roa'vaa. »Illur'zuu wollte, dass wir nach euch schicken lassen, denn er will mit einigen Sklaven als Begleitung in die Höhle vordringen.«

»Dann sind wir ja gerade richtig gekommen«, sagte der Priester. »Bring uns zu ihm.«

Roa'vaa verfärbte seine Außenhaut, um die Anweisung zu bestätigen.

Zwei Sklaven eilten heran und nahmen die Tolta entgegen, um sie zu den Ställen zu bringen, während der Priester und Teri'vii von Roa'vaa durch das Lager zur Mine geführt wurden. Dort hatte man eine Rampe errichtet. An deren Ende war im goldenen Metall ein Eingang zu erkennen.

Teri'vii sah, dass Illur'zuu am Eingang der Höhle mit einigen Sklaven bereits die Ausrüstung aufgereiht hatte.

»Ihr beide begleitet mich, die Sklaven bleiben hier«, sagte der Priester zu Teri'vii und Illur'zuu. Beide machten durch die Farben ihrer Haut klar, dass sie verstanden hatten, und folgten dem Priester.

Sie nahmen von den bereitstehenden Sklaven zwei kleine Lampen. Diese von der Gilde der Lichtmacher hergestellten Kästen besaßen jeweils eine Seite, aus der das Licht eines hellglühenden Drahtes durch eine geschliffene Kristallscheibe hinausschien. Anders als bei einer Fackel bekam man so einen ausrichtbaren, gleichmäßigen Lichtkegel.

Sie nahmen die Lichter mit und leuchteten sich und dem Priester den Weg, als sie immer weiter in das Innere der goldenen Höhle gingen.

Teri'vii hätte Illur'zuu gerne erzählt, dass seine Frau Shaav'il schon verpuppt war, doch traute er sich nicht in Anwesenheit des hohen Priesters über derartige Trivialitäten zu sprechen.

Der Priester war nicht nur ihr Herrscher, sondern auch von den Kosmischen Geistern ausgewählt, für Gott selbst zu sprechen. Er kam aus einem Kloster im Norden. Manch böse Stimmen behaupteten, dass dort die eigentliche Macht des Reiches lag, doch Teri'vii glaubte ihnen nicht.

Er folgte dem ruhigen Schweben des Priesters in einen langen, windungslosen Korridor entlang, der immer tiefer ging. Schlussendlich öffnete sich der Korridor in eine weite Halle. In der Halle gab es eine schmale Galerie. Die halbrunde obere Hälfte des Raumes war dunkel, als die Forianer eintraten.

In der Mitte des Raumes schwebte etwas, das Teri'vii an eine Kugel aus Wasser mit einer unruhigen Oberfläche erinnerte. Doch anders als Wasser sonderte es Welle um Welle aus Licht ab.

In der Kammer schwebten weitere Gegenstände, die kleinere schwächere kugelförmige Bereiche um sich hatten.

»Was ist das, Priester?«, fragte Teri'vii.

»Das ist eine Schatzkammer der Kosmischen Geister«, erklärte dieser. »Wir haben noch nie eine gesehen, die so voller Geschenke und mit so einem kräftigen Geschenk im Zentrum ist.«

»Was ist das im Zentrum, das dort umgeben von Wasser schwebt?«, fragte Illur'zuu.

»Das ist kein Wasser, es ist Energie«, sagte der Priester. »So wie die Gilde der Lichtmacher Strom nutzt, um Metall zum Leuchten zu bringen, ist das dort die Wirkung von Energie.«

Teri'vii war sich nicht sicher, dass er es ganz verstand. Der Priester schien aber zu wissen, wovon er sprach, also wollte er vor diesem nicht dumm erscheinen. »Natürlich«, murmelte er also.

Siit'ama berührte mit einer seiner Extremitäten sein goldenes Halsband. Auf dem wurden Symbole sichtbar. Nun erschienen von weiter unterhalb der Galerie helle goldene Plattformen, die sich wie die Glieder einer Kette aneinanderreihten. Sie bildeten eine Brücke zum Inneren der Halle.

Die drei Forianer benutzten diese Brücke, um in die Mitte des Raumes zu schweben. Teri'vii war sich zwar sicher, dass er den Weg auch so geschafft hätte, doch sein Freund Illur'zuu war alt und die Muskulatur bei ihm ließ langsam nach. Es war unwahrscheinlich, dass dieser den Druck im Inneren hätte halten können, um so eine weite Strecke so hoch zu fliegen.

Als sie sich dem Ganzen näherten, berührte der Priester mit einer seiner Extremitäten das Energiefeld. Ein Blitz aus Energie schoss in ihn hinein und ließ die goldene Kette hell leuchten.

Ehrfürchtig wichen Teri'vii und Illur'zuu zurück.

Die Farbe des Priesters veränderte sich. Fremdartige Farben, die Teri'vii noch nie auf der Haut eines Forianers gesehen hatte, wurden sichtbar. Der Priester sprach: »Ich habe eine Stimme vernommen. In meinem Kopf spricht einer der Kosmischen Geister zu mir und verkündet Gottes Wort. Von nun an will ich als Großer Geist für ihn sprechen. Berührt auch ihr das Energiefeld.«

Teri'vii sah zu seinem Freund. Er hatte wenig Lust, das Feld anzufassen, nachdem er die Energieentladung gesehen hatte. Es erinnerte ihn zu sehr an die Blitze, die aus manchen Maschinen der Gilde der Lichtmacher kamen, und diese Blitze taten weh. Dennoch folgte er der Anweisung des Priesters.

Er spürte eine Entladung. Vage vernahm er ein Gefühl in seinem Verstand, als wäre dort ein ihm fremder Gedanke. *Ist es das Flüstern der Kosmischen Geister?,* fragte er sich.

»Ihr werdet einen Tempel um diese Kammer errichten«, sagte der Priester. »Alle sollen die Stimmen der Kosmischen Geister vernehmen, wenn sie uns das Wort Gottes verraten.«

»Ich konnte nur ein Flüstern hören«, sagte Teri'vii. »Konntet ihr die Worte vernehmen?«

»Das konnte ich«, sagte der Priester, und Teri'vii wagte nicht zu fragen, was die Kosmischen Geister ihm gesagt hatten.

Der Priester schwebte an ihnen vorbei. Illur'zuu schien weniger Skrupel zu haben als Teri'vii und berührte das Feld noch einmal. Er schrie auf. Der Priester drehte sich um. Teri'vii sah entsetzt, wie sein Freund sich bei der erneuten Berührung verfärbte und zu Boden glitt. Er rührte sich nicht mehr.

*

Jahre später

»Bis zu seinem Tod wurde der Priester als Großer Geist bezeichnet – als derjenige Forianer, der von den Kosmischen Geistern gesegnet war und dem sie gestatteten, so oft mit ihnen zu kommunizieren, wie sie wollten«, sagte Turu'vaa. »Alle anderen Forianer starben, wenn sie versuchten, ein zweites Mal mit dem Feld in Berührung zu kommen. Doch heute wissen wir es besser, nicht wahr?« Er schwebte auf der Galerie im Inneren des Tempelkraftwerks entlang. Neben ihm glitt seine Schülerin dahin.

»Das stimmt«, sagte Tilaa'avi. »Die zeitgenössischen Forianer nahmen an, dass sie von den Kosmischen Geistern geprüft werden. Dabei hat in Wirklichkeit das System beim ersten Mal eine Art von genetischem Abdruck genommen, und beim zweiten Mal wurde derjenige erkannt und eine Abwehr aktiviert.«

»Doch wieso nicht beim Priester?«, fragte Turu'vaa seine neue Schülerin.

»Weil der Priester über ein Kontrollgerät verfügte«, gab sie selbstsicher zurück.

»Das stimmt«, bestätigte Turu'vaa. »Was geschah dann?«

»Unter der Führung des Großen Geistes, wie man den Priester von nun an nannte, eroberte sein Stamm einige Hundert kleinere Fürstentümer und Reiche, die schlussendlich zum Bündnis der Nordnation wurden«, fuhr die junge Forianerin fort. »Doch leider starb er, wie es alle Forianer tun. Er war offenbar doch nicht so sehr von den Kosmischen Geistern gesegnet.«

»Ja«, stimmte Turu'vaa zu. Seine Schülerin liebte es, kleine Spitzen auszuteilen. Er schätzte dies als ein Zeichen ihres wachen Verstandes.

»Nach den folgenden Kriegen, in denen es darum ging, wer der neue Große Geist wird, wurde der Tempel schließlich verschlossen. Es dauerte etwas mehr als dreihundert Jahre, bis der Tempel von meinem Meister wieder freigelegt wurde. Seitdem nutzen wir ihn, um das gesamte Bündnis der Nordnation mit Energie zu versorgen.« Die Forianerin wirkte zufrieden mit ihrer Ausführung.

»Hunderte Forianer starben bei dem Versuch, von dem Energiefeld ausgewählt zu werden«, sagte Turu'vaa. »Es sollte uns eine Lehre sein, diese Technologie nicht zu unterschätzen. Ohne ein entsprechendes Artefakt ist es unmöglich, damit zu interagieren, ohne den sofortigen Tod zu riskieren.«

»Das ist wahr«, sagte Tilaa'avi. »Übrigens … glaubst du, ich bestehe die Aufnahmeprüfung für die Gilde der Lichtmacher?«

»Ich denke, ja«, gab er nach einer Kunstpause zu. Ihre sorgenvollen Flecken auf der Haut verschwanden. »Du bist geeignet, in unsere Reihen aufgenommen zu werden und die Energieversorgung zu sichern.«

»Hab vielen Dank«, sagte sie. »Ich … es ist nicht selbstverständlich, dass du mich ausbildest. Manche sagen, es sei eine Verschwendung, eine Forianerin mit in die Gilde zu nehmen, weil das uns beigebrachte Wissen viel kürzer genutzt wird als bei einem Forianer.«

»Du wirst einen Gefährten finden und den Forianern dienen, indem du etwas hinzufügst«, sagte er. »Bis dahin dienst du uns allen im Tempelkraftwerk.«

Es war eine neutrale Antwort, denn er wollte mit seiner Schülerin nicht zu weit in alltagspolitische Debatten abdriften. Er sah grundsätzlich keinen Widerspruch darin, dass Tilaa'avi ausgebildet wurde und dennoch in wenigen Jahren als Gefährtin eines Forianers neues Leben schenken würde. Sicherlich würde ein Forianer der Gilde mehr Jahre dienen können als eine Forianerin, doch ging es bei dieser Arbeit vor allem um die kognitiven Fähigkeiten, und die brachte sie mit.

Ich könnte genauso gut morgen tot zu Boden sinken, dachte Turu'vaa. *Dann wäre auch all die Zeit, die man in mich investiert hat, verloren. Wobei ich bei meiner Arbeit hier vermutlich eher durch einen Fehler im Umgang mit einem der Gottesgeschenke sterbe. Hoffentlich bin ich dann wenigstens ein lehrreiches Beispiel wie der legendäre Illur'zuu.*

Turu'vaa sah zum Energiefeld im Tempel. Sie hatten erfolgreich einige der energiefelderzeugenden Gegenstände aus dem Tempel holen können und damit kleinere Anlagen errichtet, doch keine kam dieser hier nur entfernt nahe.

»Du sprachst von zwei Fragen …«, sagte er zu seiner Schülerin.

»Das ist wahr«, sagte sie, und kurz huschten gelbliche Flecken über ihre Haut, als sie ihre Gedanken sammelte.

Turu'vaa schwieg und ließ sie ihre Gedanken sammeln, während sie auf den Ausgang des Hauptraumes des Tempelkraftwerks zuschwebten.

»Glaubst du, dass es die Kosmischen Geister wirklich gibt?«, stellte sie die entscheidende Frage.

»Viele in meinem Jahrgang glauben durchaus an sie«, sagte er. »Auch die Bewohner der Ostnation glauben es. Es heißt, die Ostnation habe eine Allianz gebildet und es gebe Bestrebungen, eine Südwestallianz zu bilden. Sie wollen ein Gegengewicht zu unserem Bündnis, denn der Süden hat bisher kein einziges Tempelkraftwerk entdeckt.«

»Ja, sie glauben, dass sie von Gott nicht geschätzt werden und die Kosmischen Geister darum dort keines hinterlassen haben«, antwortete Tilaa'avi. »Andere behaupten aber, wir sollten die Tempelkraftwerke so nicht nutzen, es sei Frevel und Gott habe das nicht gewollt. Die Kosmischen Geister würden irgendwann wütend über uns kommen. Ich will wissen, was du denkst, Turu'vaa.«

Sie glitten durch den goldenen Korridor hinaus in das Tempelgebäude, das auf der Kammer errichtet worden war. Von hier aus gelangten sie zu einem großen Vorplatz.

»Siehst du dort oben Poru'uk?«, fragte Turu'vaa und antwortete nicht direkt auf die Frage.

»Ich sehe ihn. Er ist der helle Punkt am Himmel neben dem Bild des Torak-Reiters.« Sie hob eine Extremität und deutete dorthin.

»Genau«, bestätigte Turu'vaa. »Du weißt, dass wir in Kürze eine Sonde dorthin schicken werden?«

»Das weiß ich.«

»Dann wirst du sehen, was ich schon immer geglaubt habe: Die Kosmischen Geister leben nicht auf Poru'uk und auch Gott lebt dort nicht«, erklärte Turu'vaa. »Wir haben ihn uns als mächtigen Forianer vorgestellt, der mit seinen Tentakeln die Geschicke des Universums lenkt, und die Kosmischen Geister sind seine hilfreichen Diener. Dabei schufen wir ihn nach unserem Ebenbild, um uns Sicherheit zu geben, wo wir keine haben.

Wir wissen nichts Absolutes, wir sind nur in der Lage, selbst Informationen zu sammeln und uns der Wahrheit anzunähern. Wir glauben an das Wirken seiner Kosmischen Geister, weil es angenehmer ist zu glauben, dass alles Gute in unserem Leben unser eigenes Werk ist und alles Schlechte ihr Wirken, um einem großen Plan zu dienen. Ich denke, wir sind allein und selbstverantwortlich. Das ist hart und für mich vermutlich mehr als für dich.«

»Wieso das?«

»Weil du einen Zweck für dein Leben bereits in dir trägst: Du kannst neue Forianer in diese Welt bringen und die Melodie des Lebens um Töne bereichern. Ich muss einen Zweck in dieser Welt suchen. Ich bin froh, ihn als Hüter des Tempelkraftwerks gefunden zu haben.«

»Doch wenn die Tempelkraftwerke nicht von den Kosmischen Geistern stammen, wenn nicht Gott sie uns hinterlassen hat«, fragte Tilaa'avi, »woher stammen sie dann?«

»Wir wissen es nicht«, gab Turu'vaa zu. »Falls sich auf Poru'uk ebenfalls Tempelkraftwerke befinden, könnte es ein natürliches Phänomen sein. Wir wissen durch die Fossilien auf unserer Welt, dass es Leben vor uns gab, das nie ein Forianer gesehen hat. Vielleicht sind diese Anlagen ihr Werk, vielleicht ein natürliches Phänomen, das wir nicht begreifen. Ich will nicht mal ausschließen, dass es eine Grundlage für Gott und die Kosmischen Geister gibt.« Er seufzte und ließ seine Gefühle durch die Farben auf seiner Haut sichtbar werden.

»Es tut mir leid, ich kann dir keine befriedigenden Antworten geben, denn ich besitze nur viele Fragen und befürchte, dass nur wenige von ihnen beantwortet werden, bevor ich eines Tages sterbe.«

Tilaa'avi schwieg eine Weile, während sie auf dem Platz blieben.

»Vielleicht werden wir uns nicht allzu bald in drei Machtblöcken gegenüberstehen«, sagte sie dann, »einem Bündnis der Nordnationen, einer Südwestallianz und einem Bündnis des Ostens. Dann werden wir mit drei Machtblöcken endlich eine Möglichkeit haben, uns zu einigen und letztlich unter einem Banner geeint zu sein, und wer weiß, wo dann das Ende unserer Anstrengungen liegt? Wir könnten gemeinsam herausfinden, was es mit den Kosmischen Geistern auf sich hat.«

»Ja, vielleicht«, murmelte Turu'vaa.

12.

Dezember 2074

»Durch die Forschungsdurchbrüche von Turu'vaa und seiner späteren Gefährtin Tilaa'avi gelang es, weitere Tempelkraftwerke zu entdecken«, erklärte der Forianer, der sich ihnen als Hori'zia vorgestellt hatte. Er trug einen Schutzanzug, und das Energiefeld umflirrte ihn. Er war in die Kommandozentrale hereingeschwebt und hatte Lek eine Zusammenfassung der Ereignisse gegeben. »Durch Turu'vaas Arbeit fanden wir heraus, dass die Tempelkraftwerke nicht nur ein wenig Energie liefern konnten, sondern unendliche Mengen! Es gelang uns, insgesamt dreizehn Kammern zu finden.

Das Goldene Zeitalter, benannt nach den Kraftwerken, begann aber erst nach dem Großen Krieg, an dessen Ende es vier Nationen auf der Welt gab. Die vier Machtblöcke führten viele Kriege um die Tempelkraftwerke. Später brach die große Epidemie aus. Seitdem herrschen die Jüngsten und haben es geschafft, Frieden zu halten.«

»Und wieso ist dieses eine Gottesgeschenk so wichtig, wenn ihr doch dreizehn Tempelkraftwerke habt?«, fragte Lek. Ihn interessierten die historischen Details eher weniger, auch wenn Kol ihn zum wiederholten Mal gebeten hatte, eine Nachfrage zu stellen.

»Während die Süd- und Ostnation jeweils fünf Tempelkraftwerke besitzen, hat die Westnation zwei und wir in der Nordnation lediglich eines.«

»Dann betrifft euch als Nordnation dieses Gottesgeschenk hier doch gar nicht«, hielt Lek dagegen. »Es stammt, soweit ich verstanden habe, aus dem Territorium der Ostnation.«

»Die dreizehn Tempelkraftwerke sind seit ihrer Entdeckung Teil von uns. Auch wenn wir uns darum streiten, sogar Kriege führen, so bleibt dies doch unsere interne Angelegenheit. Wir dulden es nicht, dass ein Außenstehender auch nur eines der Gottesgeschenke entwendet.«

»Genau genommen müsstet ihr mir eigentlich dankbar sein. Ihr seid vier Nationen, müsst aber dreizehn Tempelkraftwerke unter euch aufteilen. Die Rechnung geht offensichtlich nicht auf. Wenn ihr mir aber eines der Gottesgeschenke überlasst, könnt ihr die verbliebenen zwölf gerecht unter euch aufteilen und das Kriegsbeil für immer begraben.«

»Du meinst also, wir sollen einem Dieb, dessen unbedachtes Handeln Tausenden Forianern das Leben gekostet hat, einfach so ein Gottesgeschenk überlassen?«, konterte Hori'zia.

»Die Vorteile liegen doch auf der Hand«, fand Lek.

»Wir wissen aber nicht, was in ein paar Jahren, Jahrzehnten oder Jahrtausenden sein wird. Was, wenn wir uns in dreizehn Nationen aufspalten? Der Rat der Jüngsten hat auch die Zukunft im Blick und daher entschieden, dass die Tempelkraftwerke niemals verändert werden dürfen. Nur dann ist gewährleistet, dass die, die noch geboren werden, die gleichen Entwicklungschancen haben wie die, die schon geboren wurden.«

»Ihr habt aber doch auch andere Energiequellen, oder?«, fragte Lek, den die internen Konflikte der Forianer nicht interessierten. Seiner Meinung nach sollten sich die hiesigen Bewohner dann eben den neuen Bedingungen anpassen und forschen, anstatt ihr ganzes Volk von Fremdtechnologie abhängig zu machen.

»Natürlich«, antwortete Hori'zia, »doch keine, die vergleichbare Macht entfesseln kann wie dieses Gottesgeschenk. Der Norden besitzt die meisten Kolonien auf Poru'uk, und nur unsere überlegene Luftwaffe ermöglicht es uns, sicher zu sein, dass weder die Süd- noch die Ostnation uns angreifen wird. Die Forianer des Gürtels sind ein eigener Machtblock, der sich nicht für uns interessiert und mit seinem Sitz im Rat der Jüngsten zufrieden ist.«

»Der Rat der Jüngsten hat also bei euch das Sagen?«, hakte Lek nach. »Er ist das höchste Gremium eures Volkes?«

»Das ist richtig«, bestätigte Hori'zia. »Er führt uns seit der Epidemie.«

»Was hat es mit dieser Epidemie auf sich?«, fragte Kol an Lek gerichtet. Da er nicht selbst mit den Fremden reden konnte, löcherte er diesen mit Fragen.

Der Angesprochene seufzte und gab dieser Frage nach, auch wenn sie ihn nicht so sehr interessierte. *Vielleicht gibt Kol dann ja erst mal Ruhe,* dachte er und fragte: »Epidemie?«

»Oh ja, ihr wisst ja nichts davon«, sagte Hori'zia. »Es gab vor vierhundert Jahren eine schwere Seuche. Diese traf uns gerade im zweiten Großen Krieg zwischen dem Norden und dem Westen. In diesem Krieg gewann der Westen eines der Tempelkraftwerke des Nordens. Ost- und Südnation hielten am Ende des Konflikts jeweils fünf Kraftwerke. Zu dieser Zeit breitete sich eine schreckliche Seuche unter den Forianern aus, die vor allem die Älteren betraf.«

»Nur die Älteren?«, fragte Lek.

»Ja, sie wurden schwach und starben zu Tausenden. So entwickelte sich unter einem unserer großen Philosophen aus dem Norden die Idee, dass die Jungen herrschen sollten, denn die Alten konnten jeden Tag sterben. Die Philosophie fand auch Anhänger in den anderen Nationen, und schlussendlich gelang es den Jüngeren durch einen Putsch in der Westnation, die Gesellschaftsordnung zu ändern. Der Westen zwang den Norden in eine Allianz, und dadurch gelang es ihnen, Reformen in den verbliebenen Nationen anzustoßen.

So wurde schlussendlich der Rat der Jüngsten gegründet, denn nur die Jüngsten, die ein gewisses Alter nicht übersteigen durften, waren sicher vor der Seuche.«

»Aber warum habt ihr entschieden, ausgerechnet die Jüngsten herrschen zu lassen?«, fragte Lek.

»Weil sie die Einzigen waren, die Kontinuität in den Entscheidungspositionen gewährleisten konnten«, erklärte Hori'zia. »Jeder ältere Forianer konnte jederzeit durch die Krankheit sterben, und dann musste jemand Neues in eine Entscheidungsträgerposition eingearbeitet werden. Dies kostete Zeit und sorgte für viele Konflikte, da sich die neuen Entscheidungsträger nicht immer an das gebunden sahen, was ihre Vorgänger veranlasst hatten. Nur durch die Diktatur der Jüngsten gelang es, Stabilität herbeizuführen.«

»Doch jeder Jüngste wird irgendwann ein alter Forianer, oder?«, wandte Lek ein.

»Das ist der traurige Lauf der Dinge«, stimmte ihm Hori'zia zu. »So scheidet er automatisch aus dem Dienst aus und wechselt in einen niederen Rang. Dort weiß er aber schon, was zu tun ist, und hat zudem Verständnis für die Befehle seines Vorgesetzten, weil er weiß, wie schwer dessen Aufgabe ist. So kann aber auch jeder wissen, wie lange jemand noch eine Tätigkeit ausüben wird, wenn man nur das Alter eines Forianers kennt.«

»Das gibt nun mal Stabilität«, fügte Reete'hor hinzu. »So lebt es sich sicherer für alle.«

»Wir hatten auch seitdem keinen Krieg mehr«, bestätigte Goza'fee.

»Darum müssen wir das Artefakt zurückbekommen«, sagte Hori'zia. »Der Norden wird möglicherweise nach den jüngsten Provokationen des Südens einen Krieg beginnen, der viele Millionen Leben kosten wird.«

»Das müssen wir verhindern«, sagte Kol an Lek gewandt. »Bedenke, die haben keine überlichtschnelle Reisemöglichkeit. Wir stecken hier fest.«

»Ja, ist schon gut«, murmelte Lek an seinen Assistenten gewandt und wechselte dann wieder auf die Außenlautsprecher seines Raumanzugs, um sich an die Forianer zu wenden: »Dann will ich, dass ihr mich zum Rat der Jüngsten bringt.«

»Was?«, fragte Kol. »Wieso?«

»Warte ab«, wies Lek seinen Assistenten an. *Er muss ja nicht immer gleich alles erfahren,* dachte er.

»Es ist sicherlich möglich, ein Treffen zu arrangieren«, sagte Hori'zia. »Ich muss dies nur kurz mit meinem jüngsten Offizier besprechen. Einen Moment.« Er schwieg nun und schwebte stumm in der Luft.

Lek nahm an, dass der Forianer über einen gesicherten Kanal mit dessen Vorgesetztem sprach.

»Was hast du vor?«, fragte Kol erneut.

»Ich will dem Rat ein Angebot machen«, sagte Lek. »Wenn wir hier schon festsitzen, können wir auch sehen, ob man sich nicht handelseinig wird.«

»Was haben wir denn bitte zu bieten, das sie nicht haben?«, fragte Kol skeptisch.

»Wissen«, sagte Lek.

Hori'zia schwebte nun zu Lek, dessen Hand noch immer den Strahler hielt.

»Bitte senke deine Waffe«, sagte der Forianer. »Wir werden dich mitnehmen, ebenso wie deinen Artgenossen. Du musst uns nur das Artefakt übergeben und …«

»Nein«, widersprach Lek. »Ich werde die Waffe senken, aber das Artefakt übergebe ich erst, wenn wir wieder auf eurem Planeten sind.«

Hori'zia schwieg einen Moment. Ob er nachdachte oder Rücksprache hielt, wusste Lek nicht, doch dann stimmte der Forianer zu: »Na gut. Dann kommt mit, Bodenläufer.«

»Wir fliegen nicht mit der PRIESTER SIIT'AMA?«, erkundigte sich Lek.

»Nein, das Frachtschiff ist doch viel zu langsam und beschleunigt gemächlicher als unser Abfangkreuzer«, erklärte Hori'zia. »Ihr werdet bei uns mitfliegen und direkt zum Rat geleitet. Das Gottesgeschenk darf keinesfalls beschädigt werden, und das kann ich deutlich leichter in einem Abfangkreuzer gewährleisten als in einem Frachtschiff.«

»Also gut«, sagte Lek. »Geh voran.«

Er befestigte seine Waffe an der Magnethalterung seines Gürtels und nahm das goldene Balduren-Artefakt in beide Hände, um es sicher zu tragen. Den Rest der Plane wickelte er vorher ab, um es besser greifen zu können. Kol, den Speer in beiden Händen, lief neben ihm.

*

Lek und Kol folgten Hori'zia durch die Öffnung aus der Kommandozentrale in den violetten Korridor. Dort wartete eine Reihe anderer Forianer mit Waffen in den Extremitäten, die sie auf die

Utaren richteten, dann jedoch sinken ließen. Sie wirkten misstrauisch, aber man ließ sie hinter Hori'zia passieren.

Der führte sie den Korridor entlang um mehrere Abzweigungen zu einer Luftschleuse. An dieser war offenbar der Abfangkreuzer angedockt. Durch die Luftschleuse gelangten sie in das Raumschiff, das sich vom Inneren her nicht sonderlich vom Frachtschiff unterschied, aus dem sie soeben gekommen waren.

Hier schwebte Hori'zia vor ihnen her und führte sie schlussendlich zu einem leeren Raum.

»Was soll das?«, fragte Lek.

»Wir haben keine Quartiere für Besucher, also werdet ihr im Frachtraum warten«, sagte Hori'zia.

»Nein, wir werden in der Kommandozentrale mit ansehen, wie wir landen«, entschied Lek. Er wollte weitere Informationen über die Technologie der Forianer sammeln, und durch Zusehen konnte er eine Menge lernen. Zudem befürchtete er, dass man sie hier einsperren würde, um ihnen dann bei einer späteren Gelegenheit die goldene Maschine einfach abzunehmen.

Hori'zia sagte nach einer längeren Pause, in der er sich womöglich erneut mit seinem Vorgesetzten beraten hatte: »Na gut. Folgt mir.«

Er schwebte in den Korridor und die beiden Utaren folgten ihm durch eine weitere Abfolge von Gängen. Es gab keinerlei Markierungen, die Lek geholfen hätten, den Weg zurückzufinden.

*

Hori'zia führte die beiden Utaren in einen Raum, der der Kommandozentrale der PRIESTER SIIT'AMA weitgehend glich. Der auffälligste Unterschied war nur, dass hier ein gutes Dutzend Forianer an den Konsolen mit kristallenen Bedienelementen schwebten und diese mit ihren Extremitäten bedienten.

»Das ist Zuru'ama, der Kommandant des Abfangkreuzers«, sagte Hori'zia.

Einer der Forianer schwebte zu ihnen herüber.

»Das also sind die Bodenläufer, die für all das Chaos verantwortlich sind?«, fragte Zuru'ama.

»Das sind sie wohl«, sagte Lek.

»Ha, es spricht!«, rief Zuru'ama aus. »Du bleibst hier, Hori'zia, und lässt deinen Schutzschirm aktiv. Falls sie versuchen, die Kontrolle über das Schiff zu übernehmen, erschießt du sie, klar?«

»Aber das Artefakt …«, brachte der angesprochene Forianer heraus, doch der Kommandant unterbrach ihn.

»Es gibt andere Energiequellen, und diese Kreaturen sind möglicherweise eine weitaus größere Bedrohung als ein erneuter Krieg zwischen den Nationen unserer Welt«, sagte Zuru'ama. »Sie könnten die Vorboten einer Invasionsflotte sein!«

»Ich versichere dir«, sagte Lek, »das sind wir nicht.«

»Es würde mich auch sehr überraschen, wenn dies ein Vorbote freimütig zugeben würde«, sagte Zuru'ama. Er wandte sich an den Piloten des Schiffes.

»Bring uns, so schnell es geht, zurück nach Juru'uk. Setz dich außerdem mit dem Jüngsten General in Verbindung. Ich will wissen, ob wir direkt zum Rat der Jüngsten fliegen können.«

»Sofort«, bestätigte der angesprochene Forianer.

»Der Jüngste Kommandant des Raumschiffes ist besorgt«, erklärte Hori'zia an Lek gewandt. »Bisher hat noch nie ein Gottesgeschenk länger den Planeten verlassen. Es heißt, der Süden hat Tests mit einem seiner Artefakte durchgeführt, doch sie verfügen auch über fünf.«

»Wir nähern uns dem Planeten«, meldete der Pilot.

»Uns nähert sich allerdings auch ein Geschwader«, sagte ein anderer Forianer.

»Auf den Schirm«, wies Zuru'ama seine Leute an.

Auf dem holografischen flachen Bildschirm im vorderen Bereich der Kommandozentrale erschien ein halbes Dutzend Raumschiffe, die schnell näher kamen. Ein roter Rand erschien und zeichnete die Silhouetten der Raumschiffe nach, um sie besser gegen den Planeten abzuheben.

»Sie rufen uns«, sagte einer der Forianer.

»Was wollen sie?«, fragte Zuru'ama.

»Sie fordern uns auf zu erklären, was geschehen ist«, erklärte sein Kommunikationsoffizier. »Sie haben vom Süden aus gesehen, dass wir einen Frachter verfolgt haben, den wir nun zurückgelassen haben. Sie fordern uns auf, genau zu erklären, warum wir hier sind.«

»Wir sind hier rechtmäßig«, sagte Zuru'ama. »Die Verträge besagen klar, dass der Weltraum jenseits der Demarkationsgrenze keiner Nation gehört, und deswegen ist unser Aufenthalt hier legitim. Wir sind nicht im Weltraum über ihrem Teil des Planeten. Wir sind ihnen keine Antwort mehr schuldig.«

»Verzeih, Kommandant«, sagte der Kommunikationsoffizier. »Aber das sehen sie anders. Sie nehmen eine Abfangformation ein.«

»Wir könnten ihnen sagen, dass wir das Artefakt an Bord haben und auf dem Weg zum Rat der Jüngsten sind«, schlug Lek vor. »Sie werden kaum riskieren, uns anzugreifen, oder?«

»Nein, Bodenläufer«, sagte Zuru'ama. »Sie würden uns nicht angreifen. Aber wir können es uns nicht erlauben, ihnen diese Information zu geben.«

»Wieso nicht?«, wollte Lek wissen.

»Weil sie uns das Gottesgeschenk abnehmen könnten«, sagte Zuru'ama. »Nachdem unsere Armeen bereits mobilisiert sind, warten sie doch nur darauf, uns in so einem schwachen Moment zu überwältigen und zu bestehlen!«

Bestehlen?, dachte Lek amüsiert. *Wenn man es richtig nimmt, gehört dieses Artefakt doch gar nicht der Nordnation.*

»Sie aktivieren ihre Waffensysteme«, sagte der Ortungsoffizier.

»Schilde hoch, alle Energie in die Waffensysteme«, sagte Zuru'ama. »Antrieb auf volle Leistung. Kommunikationsoffizier, ich will, dass du genau das sagst, was ich dir jetzt vorgebe.«

»Jawohl«, bestätigte dieser.

»Wir sind Angehörige der Raumstreitkräfte des Nordens und befinden uns im unabhängigen Raumterritorium zwischen den Welten«, sagte Zuru'ama. »Jeder Versuch, unseren Kurs abzuändern oder unseren Weiterflug zu verlangsamen, wird als kriegerischer Akt gewertet. Wir werden dem mit sofortiger und absoluter Waffengewalt begegnen.«

»Ist gesendet«, bestätigte der Kommunikationsoffizier.

»Gut«, sagte Zuru'ama. »Nun warten wir. Sind wir in der Erfassung der Langstreckensensoren einer Nation?«

»Durch die momentane Position des Planeten sind wir direkt im Erfassungsbereich der Ostnation«, sagte einer der Forianer zum Kommandanten. »Es sieht aus, als hätten sie eigene Truppen im All und würden sich das genau ansehen.«

»Darauf hoffe ich«, gab Zuru'ama zurück. »Sehen wir mal, wie sehr die Südnation Wert auf das Einhalten der Verträge legt, wenn es ihnen keinen Vorteil bringt.«

»Wir erreichen die Raumformation der Raumschiffe des Südens«, sagte der Ortungsoffizier.

»Reagieren sie auf uns?«, fragte Zuru'ama.

»Sie bewegen sich kein bisschen«, gab der Ortungsoffizier zurück. »Es ist reichlich Platz in ihrer Formation, um unseren Flug ungehindert fortzusetzen.«

»Sie rufen uns«, sagte nun der Kommunikationsoffizier. »Sie sagen, es war ein Missverständnis und sie wollten lediglich sichergehen, dass alles in Ordnung ist. Immerhin könnte ja ein Notfall vorliegen.«

»Ich wette, dass sie das glaubten«, meinte Zuru'ama. Er klang in Leks Ohren ironisch. Zuru'ama fuhr fort: »Aber es nützt alles nichts: Bedank dich förmlich und setz ungehindert den Kurs fort. Falls sie nach dem Gottesgeschenk fragen, ignoriere das. – Waffensysteme abschalten, Schilde runter. Wir wollen doch nicht aussehen, als wären wir die bockigen Toltas, oder?«

»Nein«, bestätigte der Kommunikationsoffizier. »Das wollen wir auf keinen Fall.«

»Gut, dann jetzt direkt zurück, maximale Beschleunigung beibehalten«, wies der Kommandant an.

Lek stand schweigend da und beobachtete, wie der Forianer an den Steuerkontrollen diese bediente. Er versuchte ein Gefühl dafür zu bekommen, welche Kontrollen wofür waren. Es war nicht unbedingt einfach, aber er hatte nach einiger Zeit ausgemacht, dass einige Elemente für bestimmte Funktionen zu sein schienen.

Dann unterbrach der Funkoffizier Leks Gedanken, als dieser sagte: »Wir haben Nachricht vom Jüngsten General bekommen. Wir dürfen direkt zum Rat der Jüngsten fliegen.«

»Das freut mich zu hören«, sagte Zuru'ama. »Setz also direkten Kurs auf Pokivia.«

»Pokivia?«, fragte Lek an Hori'zia gewandt.

»Das ist der Sitz des Rates der Jüngsten«, erklärte er. »Die Stadt Pokivia liegt auf einem neutralen Territorium auf einer künstlichen Insel im Meer der Scharfen Winde. Jede Nation grenzt an dieses Meer, und so wurde innerhalb des Meeres ein neutrales Gebiet errichtet, Pokivia. Die Stadt beherbergt den Rat.«

»Also herrscht der Rat nicht allein über eure Welt?«, fragte Lek. »Ich wollte mit dem Herrn dieser Welt reden, und wenn der Rat auf einem Gebiet sitzt, das allen und niemandem gehört, ist er kaum die höchste Instanz, oder?«

»Da irrst du dich, Bodenläufer«, sagte Hori'zia. »Der Rat ist ganz im Gegenteil das höchste Gremium, das die Forianer je besessen haben. Er setzt sich aus den Vertretern der Jüngsten jeder Nation zusammen und repräsentiert damit alle Nationen. Selbst die Forianer des Gürtels sind dort vertreten, auch wenn sie selten von ihrem Stimmrecht Gebrauch machen.«

»Wir müssen unbedingt mehr über das politische System erfahren«, sagte Kol. »Sonst gehen wir hinterher in Ränkespielen unter, die wir nicht verstehen.«

»Da hast du recht«, antwortete Lek ihm per Funk. An Hori'zia gewandt fügte er hinzu: »Wie bestimmen die Nationen, wer als ihr Jüngster zum Rat geht?«

»Das unterscheidet sich von Nation zu Nation«, sagte Hori'zia. »Wir im Norden lassen die Jüngsten unserer Nation einen Eignungstest machen. Basierend auf diesem werden die qualifiziertesten Jüngsten letztlich nach Pokivia entsandt.«

»Und die anderen Nationen?«, fragte Lek.

»Der Süden wählt sie per Los aus«, sagte Hori'zia. »Kannst du dir das vorstellen? Sie lassen den Zufall entscheiden! Kein Wunder, dass sie solche Barbaren sind.«

»Und die anderen Nationen?«, fragte Lek.

»Der Osten wählt seine Repräsentanten aus den Jüngsten über ein System, das sie die Diktatur der Mehrheit nennen, während der Westen immer die Jüngsten nimmt. Jedes einzelne Jahr.«

»Also wechseln sie ständig?«, fragte Lek.

»Ja, aber das tun die anderen ja auch«, sagte Hori'zia. »Nur nicht ganz so schnell. Man sagt immer, dass die Vertreter des Westens es nicht wert sind, sich ihre Namen zu merken.«

»Eintritt in die Atmosphäre«, meldete einer der Forianer. »Wir haben bereits eine Landeerlaubnis für Pokivia.«

»Dann sollten wir dort niemanden warten lassen«, sagte Zuru'ama.

13.

Lek beobachtete begeistert, wie auf dem Bildschirm des forianischen Raumschiffes nach dem Atmosphäreneintritt zu sehen war, wie sie immer tiefer auf ein gewaltiges Meer herabsanken. Das dunkelblaue Wasser wogte hin und her und inmitten dessen war deutlich eine Konstruktion zu sehen, die nicht natürlichen Ursprungs war.

»Das sieht mehr aus wie eine Festung oder ein gelandetes Raumschiff«, sagte Kol neben Lek, der seinem Assistenten zustimmen musste.

Pokivia schien wie ein gewaltiger grünlicher Kristall aus dem Meer zu wachsen. Die Oberfläche war undurchsichtig. Die Maße waren gewaltig, hier befand sich eine eigene autonome Kleinstadt.

»Das ist kein Metall, oder?«, fragte Lek Hori'zia. »Ist es aus Energie geschaffen?«

»Nein, das wäre nicht ohne ein Tempelkraftwerk aufrechtzuerhalten«, erklärte der Forianer. »Dafür ist die Struktur zu gewaltig. Wir reden von einer Stadt, in der mehr als vierzigtausend Forianer ihren Dienst für den Rat der Jüngsten verrichten. Sie ist aus Kristall. Kristalle können gezielt zum Wachsen gebracht werden, und mit genügend Zeit konnten wir so auf einem besonderen Fundament hier diese Stadt errichten.

Es ist eine beinahe archaische Bautechnik, die unsere Vorfahren benutzten, als sie noch in Höhlen an den Hängen von Bergen lebten.

Damals benutzten wir das Kristallwachstum, egal zu welcher Forianernation wir gehörten. Es erschien also nur passend, diesen uns vereinenden Baustil hier anzuwenden, wo doch Pokivia auch ein Zeichen der Einigkeit der Forianer sein sollte.«

An der Seite der Stadt öffnete sich ein kleiner Bereich, als ein ganzes Element durchsichtig wurde. *Offenbar gibt es doch Bereiche, in denen sie Kraftfelder einsetzen,* dachte Lek.

Das Raumschiff, in dem sie sich befanden, flog durch die Öffnung in einen großzügigen Hangar, in dem bereits einige weitere Raumschiffe standen.

»Da du dich so gut mit den Bodenläufern verstehst«, sagte Zuru'ama zu Hori'zia, »werde ich dir die Aufgabe übergeben, bei ihnen zu bleiben. Für die Sicherheit von Pokivia sorgen die stadteigenen Truppen, aber wir wollen sichergehen, dass jemand von unseren Leuten in der Nähe des Gottesgeschenks bleibt.«

»Natürlich«, sagte Hori'zia, und für einen kurzen Augenblick veränderten sich seine Farben. »Ich werde sichergehen, dass unsere Interessen gewahrt bleiben.«

Interessant, dachte Lek. *Trotz aller Bekundungen, dass diese Stadt und der Rat für die Einigkeit der Nationen stehen, trauen sie offenbar nicht mal dem Rat zu, dass dieser sich an die etablierte Verteilung der Gottesgeschenke hält. Vielleicht lässt sich das ja noch ausnutzen.*

»Ladehalterung ist aktiviert«, sagte einer der Forianer zu Zuru'ama. »Antrieb ist deaktiviert. Eine Delegation des Rates erwartet dich an der Schleuse.«

»Dann wollen wir sie nicht warten lassen«, sagte Zuru'ama. »Los, Hori'zia, bringen wir ihnen die Bodenläufer!« Anschließend warnte er Lek: »Und du, wehe du lässt das Artefakt fallen, klar?«

Dieser sagte nichts darauf, sondern folgte den vorausschwebenden Forianern.

*

Die Forianer führten die beiden Utaren durch einige Gänge des Raumschiffes zu einer Schleuse. Dort erwarteten sie mehrere Bewaffnete. Sie trugen ähnliche kraftfelderzeugende Schutzanzüge wie Hori'zia.

»Wir nehmen die Bodenläufer hier in Gewahrsam«, sagte einer der Forianer.

»Das ist in Ordnung«, erwiderte Zuru'ama. »Allerdings werden sie von einem meiner Leute begleitet.«

»Das ist nicht nötig«, hielt der andere entgegen.

»Doch, ist es«, sagte Zuru'ama. »Der Bodenläufer verfügt über ein wertvolles Gottesgeschenk aus einem Tempelkraftwerk. Hori'zia wird gewährleisten, dass dem Gottesgeschenk nichts geschieht. Ich will keinesfalls die Kompetenz der Truppen des Rates infrage stellen, sondern lediglich Hilfe anbieten, indem ich einen Forianer abstelle, der bereits im Umgang mit den Fremden geschult ist.«

»Das halte ich mal für eine Übertreibung«, murmelte Kol, doch nur Lek konnte ihn hören. Er musste seinem Assistenten allerdings zustimmen.

»Solange es uns nützt, endlich mit dem Rat reden zu können«, sagte Lek zu seinem Assistenten über den verschlüsselten Funkkanal, »sollen die sich ruhig gegenseitig misstrauen.«

»Also gut«, entschied der Forianer, der die hiesigen Truppen zu repräsentieren schien. »Er bleibt bei ihnen. Folgt uns jetzt.«

Er schwebte durch die Schleuse, und Lek, Kol sowie Hori'zia folgten ihm. Einige der bewaffneten Forianer schlossen sich an, sodass sie die drei in ihre Mitte nehmen konnten. Insgesamt war es ein Dutzend Forianer, das sie nun umschwebte und, wie es Lek vorkam, die Gäste misstrauisch beäugte.

Sie wurden durch eine Reihe von Korridoren geführt. Nichts um sie herum ließ an die kristalline Struktur denken, die sie draußen gesehen hatten. Hier drinnen dominierte das gleiche violette Metall, das sie bereits aus anderen Einrichtungen der Forianer kannten.

Sie wurden durch lauter leere Korridore geleitet.

»Für eine Kleinstadt ist es hier ganz schön ausgestorben«, fand Kol Kolum.

»Ich denke, sie führen uns bewusst über einen Umweg, damit wir möglichst niemandem begegnen«, sagte Lek. »Ich bin mir ziemlich sicher, dass wir in einem großen Bogen gehen.«

»Nun, für sie sind wir eine nicht einzuschätzende Bedrohung«, sagte Kol. »Es ist also nicht unsinnig, so eine Vorsichtsmaßnahme zu ergreifen.«

»Es ist sogar gut«, sagte Lek. »Das bedeutet, dass wir wirklich mit einer relevanten Institution sprechen können. Wenn der Rat der Jüngsten nicht wichtig wäre, würden sie keine derartigen Maßnahmen ergreifen.«

»So kann man das natürlich auch sehen«, meinte Kol. »Weißt du schon, was du zu den Forianern sagen willst?«

»Ich habe mir etwas überlegt«, bestätigte Lek.

Er wollte das allerdings jetzt nicht mit seinem Assistenten diskutieren. Kol war in seinen Augen oft zu zögerlich, und er wollte sich mit erhobener Tolle ihrem Schicksal stellen. Er war zuversichtlich, dass er die Forianer würde überzeugen können, so wie er sonst immer wieder neue Auftraggeber gefunden hatte, die ihn dafür bezahlt hatten, das zu tun, was Lek sowieso tun wollte: forschen.

Die Forianer eskortierten sie schlussendlich in einen kleinen Saal, in dem Blumenkübel aus einem blauen Kristall standen, die für die Utaren hüfthoch waren. In den Kübeln wuchs ein graues Gras, das sich von allein sanft hin und her bewegte, obwohl laut den Sensoren in Leks Raumanzug kein Lüftchen in dem Saal wehte.

»Ihr beiden«, sagte einer der Forianer zu Lek und seinem Assistenten, »werdet im Saal nur sprechen, wenn ihr gefragt werdet. Ihr werdet das Gottesgeschenk behutsam auf dem Boden abstellen, und sollte einer von euch versuchen, etwas zu tun, das wir als Angriff werten, wird man euch vernichten. Habt ihr verstanden?«

»Das haben wir«, bestätigte Lek. »Allerdings bin nur ich von uns beiden in der Lage, mit euch zu sprechen. Mein Freund hier versteht euch aber.«

»Gut, dann behalte deinen Freund gefälligst gut im Blick«, sagte der Forianer. Er wandte sich zu einer Öffnung in der Wand, die sich nun auftat, indem sich ein Segment einfach auflöste.

Die Gruppe aus bewaffneten Forianern eskortierte die beiden Utaren und Hori'zia in einen großen weitläufigen runden Saal, dessen gestufte Sitzränge weit die Wände hinaufragten. Lek schätzte, dass gut einhundert Forianer im Saal auf den Rängen saßen. Ein leichtes Schimmern trennte die Plattform im Zentrum des Saals vom Rest des Raumes.

»Das ist ein Energieschild«, sagte Kol.

»Ich nehme an, sie trauen uns noch weniger, als wir dachten«, sagte Lek und grinste. Er war froh, es nicht mit Idioten zu tun zu haben.

Nur wer vorsichtig genug ist, kann auch weitreichende Entscheidungen treffen. Mit Idioten kann ich nicht arbeiten, dachte er.

Die beiden Utaren traten zusammen mit Hori'zia auf die Plattform in der Mitte des Saales. Die forianischen Wachen blieben auf der anderen Seite des Energieschildes und stellten sich zwischen die Plattform und den untersten Rang.

Lek stellte wie gefordert das goldene Artefakt auf den Boden, blieb aber direkt neben ihm stehen. Er war noch nicht ganz bereit, es aufzugeben.

»Ich grüße euch, Bodenläufer«, sagte eine Stimme. Ein Forianer in den höheren Rängen sprach offenbar in ein kleines, verstecktes Mikrofon.

»Wir grüßen auch dich«, sagte Lek. »Mit wem habe ich die Ehre?«

»Ich bin heute der Jüngste Sprecher«, stellte sich der Forianer vor.

»Das heißt, du hast keinen Namen?«, fragte Lek irritiert.

»Das bedeutet, für die heutige Sitzung bin ich in der Funktion des Jüngsten Sprechers. Ich bin kein Individuum und habe kein Stimmrecht, sodass die Zahl der Stimmberechtigten eine ungerade ist. Meine Stimme ist heute nicht die meine, sondern die des Rates. Verstehst du das?«

»Das verstehe ich«, sagte Lek nachdenklich. »Also gut. Ich bin Gre Grema von den Utaren.«

»Gre Grema, wir wollen unser Eigentum zurück«, sagte der Jüngste Sprecher. »Die Ostnation hat einen Eilantrag gestellt, damit sie ihr Artefakt zurückbekommt. Wir wollen darüber verhandeln. Ebenso wollen wir klären, was ihr seid. Das ist für uns wichtig zu klären, um abwägen zu können, ob ihr schuldig seid, Diebstahl begangen zu haben.«

»Jüngster Sprecher«, sagte Lek und verneigte sich leicht. »Das ist mein Assistent Kol Kolum.«

Er wies seinen Assistenten an, das Artefakt aufzunehmen. Kol musste seine Waffe ablegen, um es zu tragen. Über den gesicherten Funkkanal sagte Lek: »Halt es fest und verteidige es mit deinem Leben. Sollten sie versuchen, es uns wegzunehmen, schieße ich mit meiner Waffe darauf.«

»Ich würde darum bitten, mit dem Schießen zu warten, bis ich es loslasse«, sagte Kol trocken. »Die Waffe hat sich in letzter Zeit als effektiver erwiesen, als es gut für uns war.«

»Natürlich«, sagte Lek daraufhin und fügte in Gedanken hinzu: *Wenn es sich ermöglichen lässt.*

»Was soll ein Utare sein?«, fragte der Jüngste Sprecher.

»Es ist eine hochentwickelte zweibeinige Lebensform, von der ihr hier zwei Exemplare stehen seht«, erklärte Lek. »Wir stammen allerdings nicht aus eurem Sonnensystem und nicht mal aus eurer Galaxis. Wir kamen mit unserem Raumschiff hierher.«

»Wo ist euer Raumschiff nun?«, fragte der Jüngste Sprecher. »Wir sahen es im System erscheinen und verschwinden.«

»Unser Schiff wartet«, bluffte Lek. »Es ist nur an einem anderen Ort.«

»Ihr seid also intelligentes Leben von jenseits des Sonnensystems«, rief jemand von den Rängen herein. »Das beweist die Theorien, dass wir nicht allein sind.«

»Ruhe bitte!«, verlangte der Jüngste Sprecher. »Beachtet die Ordnung des Rates.«

»Natürlich«, kam es kleinlaut zurück.

»Was ist euer Ziel hier, Bodenläufer?«, fragte der Jüngste Sprecher.

»Wir sind hier, um euch unsere Hilfe und Technologie anzubieten«, sagte Lek. »Wir können euch helfen, das volle Potenzial eurer Technologie zu entdecken. Wir können euch helfen, ihre volle Macht zu entfesseln und die Grundfesten eurer Welt damit neu zu schaffen. Ihr habt hier die Macht zu wahrer Größe.«

»Welche Macht soll das sein, die wir noch nicht nutzen?«, wollte der Jüngste Sprecher wissen.

»Ich stelle euch eine ultimative Waffe in Aussicht«, sagte Lek. »Die Möglichkeit, unter der Herrschaft des Rates endlich ein absolutes Gleichgewicht auf dieser Welt zu haben. Der Rat ist doch im Moment nur ein externes Gremium, das davon lebt, dass alle Nationen ihn tolerieren und seine Beschlüsse umsetzen. Ihr habt keine Macht jenseits dieser Festung. Aber das kann ich ändern, wenn ihr es wünscht!«

Ein Raunen ging durch den Saal, als einige der Forianer mit ihren Nebenleuten Kommentare austauschten. Das Durcheinander war zu viel für Leks Translator, der all die Wortfetzen nicht angemessen erfassen und voneinander trennen konnte. Der Translator zeigte lediglich eine Fehlermeldung im Inneren von Leks Helm an.

»Genug!«, sagte der Jüngste Sprecher. »Wir wünschen nicht, dass dieses Thema weiter ausgeführt wird, weil es gegen die Gesetze eben jener Institution gerichtet ist, vor der ihr nun steht. Die goldenen Gottesgeschenke dürfen wie zum Beispiel im Falle der Tempelkraftwerke für die Energiegewinnung genutzt werden, doch ihre Verwendung als Kriegswaffe wäre ein zivilisatorischer Bruch, den wir uns nicht erlauben wollen. Sicherlich weiß ich, dass einige im Saal hier und jetzt die Anfrage an mich senden, zu bedenken, dass die gewonnene Energie durchaus legal für die Kriegsführung zu nutzen ist, und das ist richtig. Energie ist wertneutral und ihre Herkunft nicht zu bestimmen, also widersprechen sich diese Grundsätze nicht. Solange du, Bodenläufer, aber nicht vorhast, uns einen Weg zu zeigen, wie wir die Energie noch effizienter benutzen können, haben wir kein Interesse an deinem Angebot. Wir wollen die Maschine zurück, denn sie ist es, die den größten Wert für uns besitzt.«

»Aber ihr versteht nicht!«, rief Lek. »Ich kann euch helfen, diese Technologie zu entschlüsseln, und ihr könntet größere Macht erlangen, als ihr sie euch je vorgestellt habt!«

»Dieses Gremium ist darauf bedacht, die Balance der Mächte auf dieser Welt aufrechtzuerhalten«, entgegnete der Jüngste Sprecher. »Wir streben nicht nach Macht. Um unsere Technologie zu verbessern, musst du nicht im Besitz eines der wenigen, wirklich wertvollen und für unsere Infrastruktur integralen Gottesgeschenke sein. Verstehst du das, Bodenläufer?«

»Das verstehe ich sehr gut«, sagte Lek und zog seine Waffe. *Sie lassen mir wirklich keine andere Wahl,* dachte Lek. An Kol gewandt fügte er hinzu: »Wir müssen etwas improvisieren. Mach genau, was ich sage!«

Lek wusste: Er musste schnell handeln. Bisher hatte er immer einen Weg gefunden, die Leute dazu zu bekommen, ihm zu geben, was er wollte. Man musste ihnen Waffen oder Macht versprechen, doch diese Wesen hier besaßen sowohl Waffen als auch eine unendliche Energiequelle. Ihre Werte unterschieden sich aber offenbar so sehr von denen, die Lek gewohnt war, dass er sich nicht sicher war, ob er mit ihrem Konzept des Gleichgewichts wirklich zurechtkam.

Was nützt ein Gleichgewicht der Kräfte auf dem Planeten, wenn man die Zeit nicht nutzt, um es zu verschieben?, dachte er. Er brauchte Zeit, darüber nachzudenken, und Zeit, einen Ausweg zu finden. Die würde er sich jetzt verschaffen, bevor sie die Gelegenheit hatten, ihm das Gerät wegzunehmen.

»Gre, was hast du vor?«, fragte Kol, doch Lek wandte sich schon wieder an den Jüngsten Sprecher, als er seine Waffe auf Kol und das Artefakt richtete: »Ihr werdet mir geben, was ich will, oder ich zerstöre das Artefakt. Ich bin dazu in der Lage. Fragt Hori'zia!«

»Er besitzt eine furchtbare Energiewaffe«, bestätigte der Forianer, der nun selbst seine Waffe gezogen hatte und auf Lek richtete. »Wenn du es vernichtest, dann werde ich dich vernichten«, sagte Hori'zia zu dem Utaren gewandt.

»Das ist mir gleich, verstanden?«, rief Lek wütend. »Vorher vernichte ich das Gottesgeschenk. Also macht besser, was ich sage!«

Der Jüngste Sprecher schwieg einen Moment, der Lek vorkam wie eine Ewigkeit. Offenbar beriet er sich, ohne dass Lek davon etwas hören konnte.

»Nenne deine Forderungen und wir überlegen es uns«, sagte der Jüngste Sprecher schließlich. »Sollten sie zu unverschämt sein und nicht den Wert aufwiegen, den du vernichten willst, werden wir ablehnen.«

»Gre, bitte, wir brauchen die Kooperation dieser Wesen, weil wir in ihrem Sonnensystem feststecken!«, rief Kol Lek in diesem Moment in Erinnerung.

»Ich will ein Labor«, sagte Lek an den Jüngsten Sprecher gerichtet. »Und ich will eine Anlage zur Erzeugung von Atemluft. Sie muss autonom sein und geeignet, unterschiedliche Gasgemische in größeren Mengen herzustellen. In diesem Labor will ich mit dem Artefakt alleingelassen werden!«

*

Der Jüngste Sprecher lehnte sich zurück.

»Wir sollten sie jetzt und hier vernichten«, sagte eines der Ratsmitglieder auf dem gesicherten Kanal, den der Bodenläufer nicht hören konnte.

»Es ist das Recht der Ostnation, dieses Gottesgeschenk zurückzubekommen«, meldete ein anderes Ratsmitglied an. »Wir fordern, dass unser Eigentum von dieser Kreatur zurückgegeben wird. Sollte es durch die Entscheidungen dieses Rates zerstört werden, wollen wir Kompensation, und wir interessieren uns nicht dafür, von welcher Nation wir einen Ersatz für das Gottesgeschenk bekommen. Wir verlangen aber unser Gottesgeschenk oder zumindest *eines* zurück!«

»Die Ostnation hat eine verständliche Position«, sagte der Jüngste Sprecher. »Ich bin hier als Stimme des Rates, und der Rat ist gespalten. Er vermag nicht, mit einer Stimme zu sprechen. Darum schlage ich einen Kompromiss vor.«

»Wir hören«, sagte ein anderes Ratsmitglied.

»Ich schlage vor, dass wir der Forderung des Wesens nachgeben«, sagte der Jüngste Sprecher.

»Das ist eine Ungeheuerlichkeit!«, empörte sich ein Ratsmitglied der Ostnation. »Wir lassen uns nicht auf eine derartige Erpressung von einer minderen Lebensform ein, die nicht mal gleiten kann!«

»Wir unterstützen das Gesuch des Sprechers«, sagte der Vertreter des Zerol-Gürtels. Es wurde still. Die Vertreter des Gürtels sagten selten etwas in der Vollversammlung. »Wir denken, dass wir auf diese Weise Zeit gewinnen können, um zu sehen, wie mit den Fremden zu verfahren ist. Ihr Hiersein wirft grundsätzliche Fragen auf.«

»Welche denn?«, blaffte ein Vertreter der Südnation.

»Wo kamen sie her?«, fragte der Vertreter des Gürtels. »Wie viele gibt es dort noch von ihnen? Warum stahlen sie eines unserer Gottesgeschenke?«

»Die Vertreter des Gürtels sind doch alle religiöse Spinner«, sagte ein Vertreter der Ostnation. »Ihr glaubt auch alle noch, dass die Kosmischen Geister zu euch sprechen und keine Erfindung unserer Vorfahren sind. Ihr glaubt, dass sie Gottes Wort verbreiten und Gottes Wort nicht in Wirklichkeit einfach nur unsere ureigene Erfindung ist.«

»Theologische Fragen sind hier und jetzt nicht zu erörtern«, sagte der Jüngste Sprecher. »Dazu ist dieser Rat auch kaum das geeignete Gremium. Die blaue Kreatur erwartet unsere Antwort, also muss der Rat sich einigen, sonst kann ich als Stimme des Rates keine verkünden.«

»Wir unterstützen den Vorschlag«, sagte die Ostnation. »Es ist unser Gottesgeschenk, und wir halten es für eine gute Idee, Zeit zu gewinnen, um zu entscheiden, wie wir mit den fremden Wesen verfahren.«

»Der Süden unterstützt mit knapper Mehrheit auch den Vorschlag«, sagte einer der Jüngsten des Südens. »Wenn wir auch mehr daran interessiert sind zu erfahren, was es mit den Wesen auf sich hat. Allerdings haben wir eine Bedingung.«

»Bitte, nennt sie«, sagte der Jüngste Sprecher.

*

Lek leckte sich ungeduldig über die Lippen.

»Was dauert das so lange?«, erklang Kols Stimme über den Helmfunk.

»Wir haben entschieden«, sagte der Jüngste Sprecher schließlich. »Wir werden euch mit einem Raumschiff ausstatten, das in einer unserer Ladebuchten steht. Dieses Raumschiff hat keinen funktionierenden Antrieb, ist aber in der Lage, euch die Gasgemische herzustellen, die du willst. Zudem gibt es dort Räumlichkeiten, die du und dein Begleiter nach eurem Willen nutzen könnt.«

»Das freut mich zu hören«, sagte Lek.

»Betrachte es als Übergangslösung«, sagte der Sprecher. »Wir haben keineswegs vor, dir das Gottesgeschenk für immer zu überlassen. Es ist Eigentum des Ostens und wird es immer bleiben.«

»Darüber wird noch zu reden sein«, sagte Lek ausweichend.

»Zudem wirst du als Nächstes vor eine Gruppe von Reportern geführt werden und verkünden, dass du und dein Artgenosse die Diebe des Gottesgeschenks seid und es sich in eurem Besitz befinde.«

»Das werde ich sicherlich nicht tun«, sagte Lek.

»Dann werden wir unsere Sicherheitsleute anfordern und dich entwaffnen lassen«, sagte der Jüngste Sprecher. »Sollte es dir gelingen, das Gottesgeschenk zu zerstören, wird es dir um deinetwillen hoffentlich gelingen, dich auch selbst zu töten. Es wäre das bessere Schicksal, als wenn dich unsere Sicherheitskräfte zu fassen bekommen. Viele von ihnen stammen aus dem Osten.«

Der blufft doch, dachte Lek, entschied sich aber, die Gelegenheit zu ergreifen und somit wenigstens ein wenig Zeit mit dem Artefakt zu gewinnen.

»Also gut, ich stelle mich jeder Frage eurer Reporter«, sagte er.

»Gut, du wirst erklären, dass du der Dieb seiest und uns damit die Gelegenheit geben, die Wogen zu glätten und das unruhige Farbenspiel des Ostens und des Südens zu beruhigen, sodass es nicht zu einem Krieg kommt«, sagte der Jüngste Sprecher.

»Sicher«, sagte Lek und senkte seine Handfeuerwaffe ein wenig.

»Dann geh nun«, erwiderte der Sprecher. »Wir bereiten alles vor. Die Sitzung hier wird vorerst vertagt.«

Hinter Lek und Kol öffnete sich eine Vertiefung im Boden. Lek, die Waffe noch immer schussbereit in der Faust, sah vorsichtig hinein. Die Öffnung erinnerte ihn an den Fahrstuhl, den sie im Raumhafen genommen hatten. Er sah zu seinem Assistenten. »Sehen wir, wohin uns das bringt«, sagte er.

Kol und er traten in den Fahrstuhl und ließen Hori'zia zurück.

Sie wurden von der Energie erfasst und flogen durch einen Schacht an einigen Abzweigungen vorbei durch eine weitere Öffnung in der Seitenwand. Diese brachte sie in einen schmucklosen, beinahe leeren Raum, dessen nackte metallische Wände leicht grünlich schimmerten.

Hinter ihnen schloss sich das Loch in der Wand wieder, durch das sie der Energiefahrstuhl gebracht hatte.

Sie warteten eine Weile nervös.

»Was hast du vor, ihnen zu sagen?«, fragte Kol.

»Die Wahrheit«, sagte Lek, »soweit sie sie vertragen. Wir müssen sie dazu bekommen, uns zu helfen, diese Technik weiter zu erforschen.«

»Um nach Hause zu kommen«, meinte Kol, »oder?«

»Ja, natürlich«, sagte Lek und dachte: *Auf gar keinen Fall.*

»Es wird ein großer Schock sein, wenn wir ihnen erzählen, was wir alles über das Universum wissen«, sagte Kol. »Wir sollten uns auch richtig entschuldigen, weil wir das Artefakt geklaut haben.«

»Wir haben es nicht geklaut, nur entwendet«, meinte Lek. »Für ein höheres Gut.«

»Wenn du glaubst, dass sie das auch so sehen«, sagte Kol.

Er kam nicht dazu, mehr zu sagen, weil sich in diesem Moment eine Öffnung in dem Raum auftat. Fünf Forianer schwebten in den Raum. Vier von ihnen hatten kleine Geräte in ihren Extremitäten. Der fünfte Forianer schwebte neben Lek und Kol, während die anderen vier im Halbkreis Aufstellung nahmen.

Lek ließ die Waffe sinken, steckte sie aber nicht weg.

»Diese beiden Bodenläufer sind es, die das Artefakt gestohlen haben«, sagte der Forianer, der zu ihnen geschwebt war. »Als Jüngster Sprecher bin ich froh, dass ihr als Vertreter der vier Nationen hier seid, um euren Presseagenturen zu berichten. Es freut mich auch, dass die ständigen Vertretungen der Presseagenturen hier in Pokivia sich auch in diesem Fall ihr eigenes Bild machen, sodass das Vertrauen in den Rat stark bleibt. Nun hört, was die fremde Lebensform zu sagen hat.«

Er schwebte zur Seite. Die anwesenden Forianer sahen zu Lek.

»Also gut«, sagte er. »Ich bin Gre Grema und habe die Maschine an mich genommen.«

»Was bist du?«, fragte jemand.

»Ein Utare«, erklärte Lek. »Dies ist eine hochentwickelte Lebensform, die nicht aus eurer Galaxis, sondern einer benachbarten stammt.«

»Er spricht unsere Sprache gut«, sagte einer der Forianer zum anderen und wandte sich dann erneut an den Utaren: »Wieso seid ihr hier?«

»Ich und mein Assistent kamen mit dem schwarzen Keilschiff hierher, das ihr sicherlich alle vor einigen Tagen beobachten konntet. Wir sind hier gestrandet.«

»Was wollt ihr hier?«, fragte ein anderer Forianer.

»Spricht der Artgenosse nicht?«, wollte der daneben wissen.

»Vielleicht ist der dumm und kann unsere Sprache noch nicht«, überlegte ein weiterer Forianer.

»Wir sind hier, um euch mit dieser Technologie zu helfen«, sagte Lek und ignorierte die Frage danach, wieso er die Sprache sprechen konnte und sein Begleiter nicht. Einerseits gefiel ihm, dass sie ihn für klüger hielten als Kol, und andererseits wollte er ihnen nicht den Vorteil geben zu verstehen, dass er über ein Translatorsystem verfügte. Wer wusste schon, ob sie diese Information nicht noch gegen ihn verwenden würden.

»Wir benötigen keine Hilfe«, meinte einer der Forianer. »Vor allem nicht von einem Dieb. Du hast, sagt der Jüngste Sprecher, das Gottesgeschenk aus dem Tempelkraftwerk des Ostens geklaut?«

»Das haben wir, ja«, sagte Lek nach einer kurzen Pause. Kol protestierte, doch Lek ignorierte seinen Assistenten. »Wir haben es entdeckt, aber nicht in böswilliger Absicht entwendet.«

»Sondern, was war euer Ziel?«, fragte ein anderer Forianer.

»Euch zu helfen, das volle Potenzial dieser Technologie zu erkennen«, sagte Lek.

»Was wäre das? Was ist es, was wir nicht wissen?«

»Wir können euch zeigen, wie ihr diese Technologie benutzt und Antriebe baut, mit denen es euch möglich ist, in die Tiefen des Weltraums zu gelangen«, sagte Lek. »Wir können euch helfen, euer Sonnensystem zu verlassen und Tausende Systeme binnen kürzester Zeit zu besuchen!«

»Warum sollten wir das tun?«, fragte einer der Reporter.

»Was?«, fragte Lek irritiert.

»Was bringt uns das Universum?«, fragte der Reporter. »Wir haben doch schon einen Platz im Universum. Sicherlich wissen wir, dass es da draußen andere Planeten gibt, aber dort gibt es nur Neukombinationen aller Elemente, die wir auch in unserem System haben. Manche Welten haben dieses oder jenes Element mehr als eine Welt bei uns, aber am Ende gibt es dort nichts, was es hier nicht gibt, oder? Es gelten doch dieselben physikalischen Gesetze, die wir hier erforschen können.«

»Zudem gibt es hier genug Probleme, die zu lösen sind«, meinte ein anderer.

»Hier ist noch einiges zu ordnen«, pflichtete ihm ein weiterer bei.

Lek war sprachlos.

»Sag was!«, meinte Kol zu ihm.

»Ich weiß nicht, was«, gab Lek zu. »Diese Anspruchslosigkeit … nein, dieser Mangel an Vorstellungskraft ist … unbegreiflich«, murmelte er. Erst dann bemerkte er, dass er noch immer die Außenlautsprecher aktiviert hatte.

»Du magst das nicht gutheißen, Bodenläufer, aber wohin hat dich deine Vorstellungskraft gebracht?«, fragte einer der Forianer. »Steckst du nicht hier fest? Wo ist dein Raumschiff?«

»Gibt es noch mehr von euch? Wollen sie uns angreifen?«, fragte ein anderer.

»Ihr könntet mit Millionen Lebewesen handeln«, sagte Lek. »Niemand könnte euch gefährlich werden. Ihr könntet Zivilisationen dort draußen finden und versklaven, ihr könntet leben wie der Gott und seine Kosmischen Geister, den ihr so verehrt.«

»Du beantwortest unsere Frage nicht«, sagte einer der Reporter.

»Ja, es gibt noch viel mehr wie mich, und es wäre klug, nicht schutzlos zu sein«, sagte Lek. »Ihr wärt ein gefundenes Fressen für Angreifer aus anderen Systemen.«

»Also wollt ihr uns angreifen?«, fragte einer der Forianer.

»Nein!«, rief Lek aus. »Ach, bringt mir ein paar Wissenschaftler, damit ich mit jemandem sprechen kann, der nicht völlig beschränkt ist!«

»Nun, du hast uns bestohlen, also scheinst auch du nicht so sonderlich klug zu sein«, sagte einer der Reporter. »Wieso steckst du hier überhaupt fest? Warum bist du mit dem Gottesgeschenk nicht einfach in deinem Raumschiff geflohen?«

»Ja, und warum hast du die unzähligen Leben vernichtet, als du in der Ostnation das Artefakt gestohlen hast?«, fragte ein anderer Forianer. »Es war ein gewaltiges Chaos, und selbst jetzt fehlt das Gottesgeschenk in unserer Energieversorgung! Die Reaktoren, die wir besitzen, sind nichts im Gegensatz zu einem Tempelkraftwerk!«

»Wieso gibst du uns unseren Besitz nicht zurück?«, fragte einer der anderen Forianer.

»Ich werde das Artefakt nicht hergeben«, bellte Lek nun. »Ihr dämlichen, fliegenden …«

Weiter kam er nicht, weil Kol dazwischenrief: »Es reicht, Gre! Wir brauchen ihre Kooperation! Wir sind allein und völlig aufgeschmissen!«

Lek hielt inne und atmete durch. Er fragte ihn über Funk: »Was soll ich deiner Meinung nach tun?«

»Erzähl ihnen vom Großen Geist. Wir können ihnen erklären, woher die Artefakte kommen.«

»Und was bringt das? Sie glauben ihre Märchen doch selbst nicht mehr.«

»Darum geht es nicht, es geht um ihre Geschichte, ihre Vergangenheit. Wir können ihnen helfen, sie zu entschlüsseln. Ist die Wahrheit nicht wichtig?«

»Die Wahrheit über die Vergangenheit ist doch nicht so wichtig wie das Entdecken neuer Dinge«, knurrte Lek, doch er seufzte und sagte dann: »Also gut. Was soll ich deiner Meinung nach sagen?«

»Ich kann nicht mit ihnen reden«, sagte Kol nachdenklich. »Aber ich kann dir vorsagen, was du von dir geben sollst. Ich benutze die Nahbereichskommunikation, um dir einen Text zu senden.«

»Als wäre ich ein Schauspieler«, brummte Lek. »Also los.«

Wenige Sekunden vergingen, dann erschienen die ersten Worte als Projektion in Leks Helm.

Wenn uns das umbringt, werde ich das Kol so lange in die Tolle schmieren, bis wir tot sind, dachte Lek. *Auch wenn das dann nicht mehr lange sein wird ...*

»Es war nicht meine Absicht, eure Intelligenz zu beleidigen«, sagte Lek. »Wir sind Forscher, die aus einer anderen Galaxis zu euch gekommen sind. Wir kommen als Forscher zu euch und wollen euch helfen zu verstehen, was es mit eurem Gott auf sich hat, der dem Großen Geist dieses Geschenk machte.«

»Was wisst ihr über unsere Geschichte?«, fragte einer der Reporter neugierig.

»Euer Priester Siit'ama wurde doch als Großer Geist bezeichnet, oder?«, fragte Lek.

»Das wurde er. Er galt als der Stellvertreter der Kosmischen Geister. Sie haben Gottes Willen verkündet und uns seit jeher beobachtet«, sagte einer der Reporter.

»Er kommunizierte mit dem Artefakt«, sagte Lek. »So sagen es eure Geschichten. Der Priester kommunizierte mittels des Artefakts, aber nicht mit eurem Gott und den Kosmischen Geistern, sondern womöglich mit den Balduren! Das sind die Erbauer der goldenen Anlagen!«

Vielleicht redete er auch nur mit einem ihrer Rechnersysteme, dachte Lek. *Aber das müssen sie nicht wissen.*

»Was wisst ihr über unsere Tempelkraftwerke und die Gottesgeschenke?«, fragte nun ein anderer Forianer.

Lek merkte, dass sie an seinen Lippen hingen.

Kol scheint durchaus ein Talent für solche Reden zu haben, dachte er. *Erstaunlich, was mancher Utare so aus der Tolle schüttelt, wenn er unter Stress steht.*

»Wir wissen, dass ihre Erbauer vermutlich einem Sternenvolk angehörten, das wir als Balduren kennen«, sagte Lek.

»Kennt ihr sie?«, rief einer der Reporter.

»Seid ihr ihnen begegnet?«, wollte ein anderer wissen.

»Wir beide sind ihnen noch nicht begegnet«, gab Lek zu, als der entsprechende Text in seinen Helm projiziert wurde. »Wir haben nur unterschiedliche Hinterlassenschaften von ihnen gefunden. Sie waren eine technologisch weit fortgeschrittene Zivilisation, die unvorstellbare Wunder vollbringen konnte, die für weniger mit physikalischen Gesetzen vertraute Lebensformen sicherlich wie Magie gewirkt haben. Doch sie verschwanden, und wir wissen nicht genau, wieso. Aber es ist nicht ausgeschlossen, dass sie sich noch immer dort draußen in den Tiefen des Raumes aufhalten. Das All ist gewaltig, und es ist möglich, dass sie nur das Interesse an dem im Verhältnis doch winzigen Bereich des Alls verloren, in dem wir uns aufhalten.«

Stille herrschte.

Lek fuhr fort: »Wenn es uns gelingen würde, mit euch Raumschiffe zu entwickeln, die euch den Weg in die Weite zwischen den Sternen ebnen können, könntet ihr ihnen folgen.«

»Wie willst du sie finden?«, fragte einer der Forianer.

»Wenn sie hier waren und euch die goldenen Artefakte hinterließen, dann wird es noch mehr Spuren von ihnen geben«, sagte Lek.

»Vielleicht sind eure Balduren die Vorlage für unsere Kosmischen Geister«, meinte einer der Forianer.

»Oder wir haben uns die Geister nur ausgedacht, um die Technologie einer Hochzivilisation zu erklären, die sich hier auf Juru'uk entwickelt hat und die hier auch wieder untergegangen ist«, sagte ein anderer.

»So oder so, dieser Bodenläufer verspricht zu beantworten, woher die Tempelkraftwerke stammen«, sagte ein dritter.

Lek war sich sicher, dass die Begeisterung der Forianer zunahm.

Kol legte mit weiteren Zeilen nach.

»Mit Raumschiffen, die schneller als das Licht sind, könnt ihr weitere Sternensysteme bereisen und mehr über die Erbauer der Tempelkraftwerke herausfinden«, erklärte Lek. »Ihr könntet in Erfahrung bringen, wie eure Vergangenheit mit ihrer verbunden ist.«

Kol scheint diese fliegenden Viecher durchschaut zu haben, dachte Lek anerkennend. *Sie fressen mir jetzt buchstäblich aus der Hand.*

Er wollte improvisieren und den Moment nutzen, doch dann erschien im Text der Hinweis von Kol: »Warte. Gib ihnen Zeit. Sag jetzt nichts.«

»Ich muss mit dem Rat sprechen«, sagte der Jüngste Sprecher nun. »Diese Sitzung ist beendet. Die Reporter haben genug Antworten bekommen. Ich denke, der Rat wird euch in euren Bestrebungen unterstützen wollen.«

»Das ist zu hoffen«, sagte einer der Reporter. »Ist dies nur deine Meinung, Jüngster Sprecher, oder die des Rates?«

Der Jüngste Sprecher schien erst jetzt wieder an seine Rolle zu denken und sagte: »Es ist ein Versehen gewesen. Ich wollte nicht meine persönliche Meinung wiedergeben und werde nun lediglich den Rat unterrichten, damit wir beraten, was wir tun werden.«

Den haben wir auf unserer Seite, dachte Lek. *Die Unterstützung des Rates bekommen wir bestimmt, und so kommen wir aus dem Sonnensystem heraus. Wenn Kol sich weiter so klug anstellt im Umgang mit den Forianern, repariere ich seinen Translator. Dann kann er selbst mit ihnen reden.*

Nur wenig später erhielt Lek die erhoffte Antwort: Der Rat der Jüngsten sagte ihm volle Unterstützung zu. Lek sollte nun eine Technologie entwickeln, die die Forianer über die Grenzen ihres Sonnensystems hinausbringen würde.

14.

Otto Octavius ballte beide Hände zu Fäusten, nachdem er die Folterkammer in Begleitung seiner Leibwächter verlassen hatte. Er ging einen Korridor entlang. In ihm kochte pure Wut!

Julius Martius lebt!, ging es ihm durch den Kopf. *Wer hätte das gedacht ... dieser Verräter! Glaubt wohl, dass er sich gegen mich, Rex Octavius und Sol invictus, erheben kann! Dieser Narr!*

Der Legionär zu seiner Rechten sah den unumschränkten Herrscher von Terra Nostra sichtlich befremdet an.

Otto Octavius erkannte sofort, was die Ursache war.

Offenbar hatte sich der Legionär das Gesicht des Rex Octavius genau angesehen – und zwar in exakt jenem Moment, als der Diktator seine Züge nicht unter Kontrolle gehabt hatte. Das Ergebnis schien den Legionär schockiert zu haben. So hatte er sich den erhabenen Imperator der Römer nicht vorgestellt.

»Sieh mich nicht so an!«, sagte Octavius.

»Verzeih mir, erhabener Sol invictus!«, gab der Legionär zurück.

Sol invictus, die unbesiegbare Sonne – so nannte man den Herrscher der Römer nun, da Sol wieder in alter Pracht und Herrlichkeit schien und das wärmende Sonnenlicht die Zentralwelt der Römer langsam, aber sicher, wieder in das verwandelte, was sie vor der Invasion der Schwarzen Macht gewesen war: eine bewohnbare Welt.

Einst hatten die terranischen Vorfahren der Neuen Römer, die vor mehr als zweitausend Jahren durch Worgun von der Erde aus in die ferne Galaxis Orn gebracht worden waren, ihr neues Zentralgestirn mit ihrem angestammten Sonnengott Sol identifiziert. Sol, der wahrhaft allmächtig sein musste, denn er schien auf der Erde ebenso wie auf dieser neuen Welt.

Dass dem nicht so war, fanden die Bewohner von Terra Nostra natürlich heraus, als sich ihre Wissenschaft unter dem Einfluss der Worgun schnell weiterentwickelte. Aber die alten Mythen hatten unabhängig von ihrer oft fehlenden naturwissenschaftlichen Grundlage ihre Kraft über die Jahrtausende bewahrt. Das war auf Terra Nostra nicht anders, als man es in der Geschichte Terras beobachten konnte. Oft geschah das im Augenblick größter Gefahr oder des unabwendbar scheinenden Untergangs.

Als die Schwarze Macht in das Sonnensystem von Terra Nostra eingedrungen war und ihre ultimativen, letztlich unerfüllbaren Forderungen gestellt hatte, war so ein Moment gewesen, der Menschen zu Gläubigen machte. Die Schwarze Macht hatte ihre Drohung wahrgemacht und Sol zum Erlöschen gebracht.

Die anschließende Katastrophe hatte Terra Nostra in seine bisher schwerste Krise gestürzt. Aber jetzt schien sich alles zum Guten gewendet zu haben, und die Menschen glaubten, dass Otto Octavius dafür verantwortlich war – der einzige Römer, der einen direkten Draht zur Schwarzen Macht zu haben schien.

Obwohl Otto Octavius selbst völlig ahnungslos in Bezug auf die Gründe war, die zum plötzlichen Abzug der feindlichen Raumschiffe und der Reaktivierung Sols geführt hatten, ließ sich der Diktator von der Welle aus Hoffnung und Dankbarkeit gerne tragen. Er widersprach einfach nicht, wenn diese glückliche Wendung des Schicksals seinem Einfluss zugeschrieben wurde. Warum auch? Er profitierte davon. Die Römer liebten und verehrten ihn. Und doch gab es diesen Abgrund von Verrat, auf den er gestoßen war.

Es war ein Abgrund, der seine schlimmsten Befürchtungen noch übertroffen hatte.

»Du bist Zeuge eines Augenblicks meiner Schwäche geworden, Legionär!«, sagte Otto Octavius dann.

»Welche Schwäche sollte der erhabene Sol invictus denn haben?«, fragte der Legionär.

Otto Octavius blieb stehen, und die Entourage aus Leibwächtern und Beratern, die ihn umgab, tat es ihm gleich.

Octavius drehte sich um und ließ den Blick schweifen. Inzwischen hatte er sich längst wieder vollkommen in der Gewalt.

Dann deutete er mit dem ausgestreckten Arm zurück, den Korridor entlang, den sie gekommen waren. »Die Wahrheit ist: Auch ein Sol invictus hat Augenblicke der Schwäche. Ich habe euch die Sonne zurückgebracht! Wer hat je mehr für Terra Nostra getan? Und doch musste ich gerade miterleben, wie ein Senator unter der Folter gestand, meine Feinde mit Informationen versorgt zu haben! Ich werde den Namen dieses Senators nicht mehr unnötig aussprechen, denn er soll aus dem Gedächtnis unserer Zivilisation gelöscht werden und nichts soll mehr an ihn erinnern. Auch seine Niedertracht und sein Verrat sollen ihm nicht im Nachhinein noch Ruhm einbringen. Als er mir die Namen derer verriet, die mich hintergehen und meinen Sturz planen, um selber die Macht an sich zu reißen, war ich erschüttert.«

Otto Octavius machte eine Pause und alle, die in seiner Nähe standen, sahen ihn jetzt angespannt an und warteten, was nun geschehen würde.

Jeder von ihnen wusste, wie unberechenbar der Herrscher Terra Nostras in solchen Augenblicken sein konnte. Ein unbedachtes Wort an falscher Stelle oder vielleicht nur ein als respektlos empfundener Blick konnten ausreichen, um seinen tödlichen Zorn zu erregen.

Immer wieder hatte er Personen aus seinem engsten Umfeld aus nichtigen Anlässen umgebracht oder umbringen lassen.

»Ich brachte Terra Nostra die Sonne zurück«, fuhr Otto Octavius fort, »und das soll nun der Dank sein? Verrat und Niedertracht? Das wird Sol invictus niemals akzeptieren!«

Bei der letzten Bemerkung war nicht klar, wen er mit Sol invictus in diesem Zusammenhang meinte: den römischen Gott der Sonne – oder sich selbst.

Otto Octavius' Körperhaltung entspannte sich nun wieder etwas.

Die Paranoia, die ihn in letzter Zeit immer wieder phasenweise vollkommen beherrschte, schrumpfte auf ein Maß zusammen, das es ihm zumindest wieder ermöglichte, kühle, rationale Entscheidungen zu treffen. Er hatte die Wirkung seiner Worte auf seine Begleiter bemerkt und das gab ihm jetzt ein Gefühl der Sicherheit.

Sollte sich jemand, der es geschafft hatte, die Macht auf Terra Nostra an sich zu reißen und den die Massen den »Sol invictus« nannten, vor ein paar Verrätern fürchten?

Ich werde es ihnen zeigen!, dachte Otto Octavius. *Jeder, der auch nur an Verrat gedacht hat, wird das bereuen! Dafür werde ich sorgen!*

*

Otto Octavius betrat den Senatssaal. Der Diktator Terra Nostras hatte eilends eine neue Sitzung einberufen. Nicht jeder, der noch an der letzten Zusammenkunft dieser Art teilgenommen hatte, würde auch diesmal dabei sein. Beispielsweise fehlte der Verräter Sixtus Flavius, der ihm unter der Folter die Namen seiner Mitverschwörer genannt hatte, im erlauchten Kreis der Senatoren. Dafür waren Octavius' engste Unterstützer anwesend: Raumflottenkommandant Balbinus und Quintus, der Kommandant der Stadtgarde von Nova Roma, sowie Valentinus, der Anführer der Prätorianergarde.

Die ersten Senatoren ließen sich jetzt auf ihren Plätzen nieder.

Die Reihen dieses erhabenen Gremiums werden sich noch weiter lichten, so nahm es sich Otto Octavius vor. So lange, bis keine Gefahr mehr bestand, dass sich irgendjemand gegen den regierenden Rex aufzulehnen wagte.

»Ich brauche Schreibzeug!«, rief Octavius. »Analoges Schreibzeug! Pergament und einen Stift. Kein technisches Modul, keine Datenfolie, keine Kommunikationstechnologie!«

Quintus wies einen seiner Männer an, alles zu besorgen, was Octavius verlangte.

Analoge Datenspeicherung in Form von Buchstaben auf Pergament hat einen großen Vorteil im Vergleich zu jeder fortgeschrittenen Technologie, dachte Otto Octavius. *Geschriebene Worte lassen sich nicht datentechnisch ausspionieren, es sei denn, man bekommt das Dokument selbst in die Hände ...*

»Die Sicherheitslage ist unter Kontrolle«, wandte sich nun Centurio Claudius Valentinus an Otto Octavius. Valentinus befehligte die aus eintausend Elitelegionären bestehende Prätorianergarde. Auf deren Unterstützung war Octavius in gewisser Weise angewiesen, ebenso wie auf die Unterstützung durch Quintus' sechstausend Soldaten umfassende Stadtgarde. Ohne die beiden und die bewaffneten Kräfte, die sie befehligen, wäre es für Octavius wahrscheinlich kaum möglich gewesen, sich gegen den latenten Widerstand innerhalb des Senats und der Raumflotte an der Macht zu halten.

In letzter Zeit hatte Octavius zwar damit begonnen, sich eine Garde von Robotersoldaten zuzulegen, aber die war noch nicht stark genug, um sie gegen die anderen bewaffneten Kräfte aufzuwiegen.

»Es sind vorsorglich noch ein paar zusätzliche Verhaftungen durchgeführt worden«, fuhr Valentinus fort. »Die üblichen Verdächtigen. Wahrscheinlich ist überhaupt niemand darunter, der wirklich zu den Verschwörern gehört oder auch nur Kontakt zu ihnen hat. Aber wir müssen Stärke zeigen.«

Octavius nickte. »Und vor allem müssen wir zeigen, dass wir die Lage unter Kontrolle haben.«

Und außerdem kann es nicht schaden, etwas Angst zu verbreiten, überlegte der Diktator. *Furcht und Ehrfurcht hängen eng miteinander zusammen. Um Letzteres zu erhalten, muss man Ersteres als Mittel einsetzen.*

*

Inzwischen waren alle Senatoren im Senatssaal eingetroffen. Zumindest all jene, die nicht entweder in den katastrophalen Wirren, die durch die Deaktivierung Sols ausgelöst worden waren, ihr Leben gelassen hatten oder anschließend ein Opfer der Verfolgung jedmöglicher Opposition geworden waren, die Otto Octavius initiiert hatte.

Der erhabene Imperator saß an einem Tisch und schrieb mit einem herkömmlichen Stift Namen auf ein Stück Pergament, das im Übrigen kein echtes Pergament, sondern ein Imitat aus hochwertigem Kunststoff war. Es waren Namen, deren Träger jetzt die ganze Härte von Otto Octavius' Vorgehen gegen die tatsächliche oder auch nur vermeintliche Opposition zu spüren bekommen würden. Manche dieser Namen hatte Senator Sixtus Flavius unter der Folter preisgegeben. Andere kamen nur deshalb auf die Liste, weil sie Otto Octavius seit Langem im Weg waren oder er ihnen schlichtweg nicht traute.

Als er fertig war, rollte Octavius das Dokument zusammen und versiegelte es. Dieses Siegel war nicht ganz so klassisch, wie es bei den terranischen Vorfahren der Neuen Römer praktiziert worden war. Octavius nutzte kein Wachs oder dergleichen, sondern ein Siegel, das mit neu-römischer Hochtechnologie gespickt war und auf mehrere telemetrische Merkmale von Quintus reagierte.

Nur er konnte das Siegel lösen.

Nur er konnte erfahren, wer auf der Liste stand und unverzüglich zur Hinrichtungsstätte auf Golgatha geführt werden sollte.

Nur er konnte wissen, wer vielleicht sogar sofort zu töten war, weil nach Octavius' subjektiver Einschätzung die Gefahr zu groß war, die von der entsprechenden Person ausging.

Es war eine Art grausamer Loyalitätstest.

Wenn Quintus jemanden auf der Liste ausließ und verschonte, dann war der Kommandant der Ersten Legion der Stadtgarde ebenfalls ein Verräter, und es wäre dann entsprechend mit ihm zu verfahren gewesen.

Otto Octavius ergriff jetzt das Wort, nachdem er sich von seinem Platz erhoben hatte.

»Hört, was euer Imperator zu sagen hat!«, rief er. »Hört die Worte des Rex Octavius.«

Innerhalb von Augenblicken war es totenstill im Senatssaal. Sämtliche Ausgänge waren von Quintus' bewaffneten Männern besetzt.

Otto Octavius machte eine Pause und ließ den Blick schweifen. In der Rechten hielt er das versiegelte Dokument mit den Namen der Todgeweihten.

Rechts von sich bemerkte er Balbinus, den Kommandanten der neu-römischen Raumflotte. Balbinus wirkte etwas unruhig, auch wenn er das sichtlich zu verbergen versuchte.

Dann glitt Octavius' Blick die Reihen der Senatoren entlang. Auch unter ihnen herrschten Unruhe und Nervosität. Und einige von ihnen hatten in der Tat Grund, sich unwohl zu fühlen, denn sie würden den Tag nicht überleben.

Andere hatten es vorgezogen, gar nicht erst zu der eiligst einberufenen Senatssitzung zu erscheinen, weil sie einer Verhaftung zuvorkommen wollten.

Quintus wird euch finden, da bin ich mir ganz sicher!, dachte Otto Octavius. *Es gibt kein Entkommen! Für niemanden!*

»Ich habe diese Sitzung einberufen, um die verehrten Senatoren über ein paar meiner nächsten Maßnahmen zu informieren«, erklärte Otto Octavius dann. »Die jüngsten Entwicklungen haben leider ein paar unangenehme Entscheidungen unumgänglich gemacht. Aber ich gehe davon aus, dass ich bei allem die volle Unterstützung des Senats habe. Denn ich tue nichts anderes, als die Ordnung auf Terra Nostra und im Imperium aufrechtzuerhalten. Das ist bei allem, was ich tue, immer das übergeordnete Interesse.«

»Der Segen der Götter für den lebendigen Sol invictus!«, rief daraufhin Senator Drusus Salius. Er erhob sich dabei von seinem Platz und unterstrich seinen Ausruf mit einer übertrieben wirkenden Geste. Da er sich dabei ungeschickterweise selbst auf die Toga trat und das Senatorengewand dabei verlor, wirkte er in dieser Situation eher tölpelhaft.

Otto Octavius erkannte darin sofort eine voreilige und übertriebene Unterwerfungsgeste – und so etwas war ihm natürlich von vornherein verdächtig.

Hier und da stimmten andere Senatoren in diesen Huldigungsruf ein, der wohl eher aus purer Angst als aus tatsächlicher Bewunderung geboren wurde. »Sol invictus! Es lebe der Sol invictus!«, konnte man mehrfach hören.

Senator Drusus Salius hob seine durch Ungeschick zu Boden gerutschte Toga wieder auf und warf sie sich provisorisch über die Tunika, die er darunter trug, um seine äußerliche Würde als Senator zumindest einigermaßen wiederzuerlangen.

Otto Octavius war nicht sonderlich erbaut darüber, dass man ihn unterbrochen hatte. Aber gegen die Huldigungen konnte er sich kaum wehren. Manchmal war es leichter, Feinden entgegenzutreten als Freunden, von denen auch noch etliche falsch waren.

Senator Drusus Salius brachte nun die Versammlung durch ein paar etwas geschickter wirkende Gesten wieder zur Ruhe. »Uns erreichen die Gesuche von Verzweifelten um Unterstützung«, fuhr Salius dann fort. »Dass die Sonne wieder scheint, feiern wir als dein Werk. Aber das hat Folgen! Die Eismassen, die sich während der Zeit auf der Oberfläche Terra Nostras gebildet haben, schmelzen jetzt: Der gesamte Planet durchläuft noch einmal eine Phase eines dramatischen Klimawechsels. Hier und da ist es bereits zu Tragödien gekommen. Die Menschen in den besonders betroffenen Gebieten brauchen jetzt unsere Hilfe. Sie brauchen insbesondere jetzt *deine* Hilfe, Imperator.«

Hier und da erhob sich zustimmendes Gemurmel. Tatsächlich schien Salius nicht der einzige unter den Senatoren zu sein, der mit dem Problem konfrontiert war.

»Man wünscht sich in vielerlei Hinsicht ein stärkeres Eingreifen der staatlichen Macht von Terra Nostra«, fuhr der Senator dann fort. Er verneigte sich. Diesmal hielt er seine Toga geschickter, sodass sie nicht bis auf den Boden kam und sich das Missgeschick, das ihm vorhin unterlaufen war, nicht noch einmal wiederholen konnte. »Ich bin überzeugt davon, dass der Mensch gewordene Sol invictus die Nöte dieser Menschen verstehen wird.«

Eine Pause der absoluten Stille entstand jetzt. Senator Salius setzte sich auf seinen Platz.

Otto Octavius ergriff wieder das Wort. »Ich werde mich der Reihe nach allen Problemen und Anliegen der Römer widmen«, versprach er, »aber bevor ich mich den Folgen der klimatischen Veränderung durch die Reaktivierung unserer Sonne zuwenden kann, gibt es ein paar andere Probleme, die Priorität haben. Es gibt einen Abgrund an Verrat mitten unter uns. Auch Mitglieder dieses Hohen Hauses sind daran beteiligt. Ein Mann, der euch allen gut bekannt sein dürfte, da er lange diesem Gremium angehörte, hat seine Beteiligung an diesem schändlichen Verrat schließlich eingestanden und die Namen weiterer Verschwörer verraten.«

Octavius machte erneut eine Pause.

Er ließ den Blick schweifen.

Seine Züge waren zu einer versteinerten Maske geworden.

»Römer!«, stieß er dann hervor. »Senatoren von Terra Nostra! Sachwalter des Imperiums! Was habe ich euch getan, dass einige von euch zu dem Schluss gekommen sind, mich auf diese Weise hintergehen zu müssen? Was, um der Götter willen, wollt ihr mir vorwerfen, außer dass ich euch die Sonne zurückgebracht habe, die uns von der Schwarzen Macht geraubt wurde!

Bei Jupiter, ich erwarte keinen Dank, und ich erwarte auch keine Belohnung!

Aber was ich erwarten kann, ist Gefolgschaft und Treue im Dienst an den Römern von Terra Nostra! Was ich erwarten kann, ist die Abwesenheit von Verrat und Niedertracht! Das ist nicht zu viel verlangt. Nicht zu viel gegenüber euch – und nicht zu viel gegenüber den Göttern!

Ihr nennt mich Sol invictus, weil ich euch die Sonne zurückgebracht habe, aber wenn diejenigen unter euch, die diesen Namen aussprechen, gleichzeitig verräterische Umsturzpläne schmieden oder Verräter draußen in den Kolonien unterstützen, mit Informationen versorgen und ihnen wertvolle Hilfe leisten, ohne die die Pläne dieser Rebellen niemals aufgehen könnten, dann klingen eure Worte nur wie Hohn. Ihr verhöhnt mich und die Götter, wenn ihr den Namen ›Sol invictus‹ im Mund führt und gleichzeitig zu Verrätern werdet.«

»Verräter müssen streng bestraft werden«, meldete sich nun Senator Salius noch einmal zu Wort. »Aber in manchen Orten auf Terra Nostra steht den Menschen das Wasser im wahrsten Sinn des Wortes bis zum Hals. Sie brauchen unsere Unterstützung! Jetzt!«

»Sie werden meine Unterstützung bekommen«, versicherte Otto Octavius ihm. »Sobald die Verräterbrut vernichtet und vollkommen ausgerottet ist, werde ich mich mit aller Kraft den Problemen zuwenden, die wir im Augenblick aufgrund der jüngsten Entwicklungen nun mal auf Terra Nostra haben. Probleme, die im Übrigen fast schon wie Lappalien wirken, wenn man sie mit den Problemen vergleicht, die unser Planet zu bewältigen hätte, wenn die Invasorenflotte der Schwarzen Macht geblieben und Sol dauerhaft verloschen wäre.«

Otto Octavius reckte den Arm empor. In seiner Faust war die Rolle mit dem versiegelten Dokument, in dem er die Namen der Todgeweihten aufgeschrieben hatte. Wieder einmal.

Die Todesurteile, die schon vollstreckt worden waren, ließen sich kaum noch zählen. Das gute alte römische Recht war auf Terra Nostra von Otto Octavius quasi außer Kraft gesetzt worden, wenn es darum ging, politische Gegner zu bekämpfen. Octavius war Richter und Henker in einem. Und die Ungewissheit und die Furcht, die er auf diese Weise zu erzeugen vermochte, waren seine wichtigsten Verbündeten beim Kampf um die Erhaltung seiner Macht.

»Seht hier, Senatoren von Terra Nostra! Hier stehen sie drauf, die Namen der Verräter! Jeder von ihnen ist des Todes. Sie werden ergriffen und entweder sofort getötet oder nach Golgatha geschleppt, um gekreuzigt zu werden – je nachdem, wie akut die Gefahr ist, die von ihnen ausgeht. Einige derer, die auf dieser Liste stehen, sind hier anwesend. Andere haben es vorgezogen, hier nicht zu erscheinen, aber man wird auch sie fangen und zur Strecke bringen. Ich übergebe jetzt dir, teurer Quintus, diese Liste. Verfahre so, wie es dort steht und es meinem Befehl entspricht! Aber warte das Ende dieser Sitzung ab. Der Senat von Terra Nostra ist eine heilige Institution und soll nicht mit Blut besudelt werden.«

Quintus trat vor. »Ja, mein Imperator. Es sei so, wie du sagst.« Er nahm das Dokument an sich.

Die Senatoren begleiteten Octavius' Handlungen mit Jubel. Ein Jubel, der bei einigen der Anwesenden wohl eher der Furcht und der Ungewissheit entsprang als tatsächlicher Begeisterung. Ganz sicher, nicht selbst auf der Liste zu stehen, konnte sich hier schließlich niemand sein.

»Du hast nicht einmal in die Liste hineingeschaut, teurer Quintus, bevor du den Befehl angenommen hast«, raunte Octavius dem Kommandanten zu. Die Senatoren bekamen von diesem Gespräch nichts mit. Dazu war der allgemeine Tumult zu laut, der im Moment im Saal herrschte.

Legatus Tiberius Quintus erwiderte Otto Octavius' durchdringenden, prüfenden Blick. Der Kommandant der Ersten Legion war einer der Wenigen, die diesem Blick standhalten konnten. »Wer immer darauf stehen mag, hat zweifellos den Tod verdient, Rex Octavius.«

»Du hättest selbst auf der Liste stehen können, Quintus.«

»Dann hätte ich den Befehl ausgeführt, als ob es sich um einen x-beliebigen anderen Verräter gehandelt hätte.«

»Das ist wahre Loyalität.«

»Ich hoffe nicht, dass es daran jemals einen Anlass zum Zweifel gab.«

»Wenn dem so gewesen sein sollte, so ist er spätestens jetzt ausgeräumt, Quintus.«

»Ich diene einzig und allein dem Imperator Terra Nostras, dem lebendigen Sol invictus, der uns allen die Sonne zurückbrachte. Wie kann man denken, dass man da auf der falschen Seite stehen könnte?«

»Eine gute Frage, Quintus … eine sehr gute Frage.«

*

Unterdessen legte sich der Tumult im Senatssaal wieder. Und bevor jemand wie Senator Salius vielleicht diese Situation dazu ausnutzen konnte, um die Aufmerksamkeit auf Themen zu lenken, die ihm am Herzen lagen, ergriff Octavius wieder das Wort: »Wie ich erfahren musste, ist der Planet Kaeso ein Zentrum der Rebellion gegen den rechtmäßigen Rex von Terra Nostra. Statthalter Catilina ist ein Aufrührer. Daran kann kein Zweifel mehr bestehen und die Zeiten, da ich Gnade habe walten lassen, sind nun endgültig vorbei!«

Im nächsten Moment war es im Senatssaal so still, dass man eine Stecknadel hätte fallen hören können. Die Anwesenden wagten es kaum zu atmen. Sie alle kannten Octavius inzwischen gut genug, um zu wissen, was nun bevorstand: Es würde irgendeine Grausamkeit verkündet werden.

»Balbinus, du bekommst hiermit den Befehl, sofort mit deinem Flottenverband nach Kaeso aufzubrechen. Wie ich schon sagte: Dieser Planet ist das Zentrum von Verrat geworden. Statthalter Catilina hat mich auf schändlichste Weise hintergangen.

Und er scheint viele Bewohner von Kaeso mit seinen schändlichen, destruktiven Gedanken infiziert zu haben. Es muss hier ein Exempel statuiert werden.«

»Wie du befiehlst, Imperator«, antwortete Balbinus. »Wie weit soll dieses Exempel denn gehen?«

»Ich würde sagen, jeder, der zurzeit auf Kaeso lebt, verdient den Tod. Die Bevölkerung hat sich dem Statthalter letztlich angeschlossen. Warum sollte man sie schonen? Das soll ein Zeichen sein. Wer sich den Aufständischen anschließt, wird ohne Gnade vernichtet. Außerdem, Balbinus«, fuhr Octavius dann nach einer kurzen Pause fort, »will ich, dass du mir den Kopf von Catilina bringst. Ich will, dass du den Kopf von Catilina hierher in diesen Saal bringst und mir präsentierst. Leg ihn mir vor die Füße. Hast du mich verstanden?«

Balbinus schluckte.

»Ich fragte, ob du mich verstanden hast, Balbinus!«

»Ich habe dich verstanden, Rex Octavius. Es soll geschehen, was du sagst.«

Balbinus wirkte so, als wollte er noch etwas sagen. Er öffnete den Mund, aber es kamen keine Worte über seine Lippen. Auch wenn er den Befehl sofort angenommen hatte, so schien es da doch noch irgendwelche Vorbehalte oder Einwendungen zu geben.

»Ist noch irgendetwas, Balbinus?«, fragte Octavius, der für solche Dinge einen sehr sicheren Instinkt hatte.

Die Blicke der beiden Männer begegneten sich für einen Moment.

Balbinus schluckte. »Nein«, behauptete er.

»Dann solltest du keine Zeit verlieren, Balbinus. Wie das Verhör von Sixtus Flavius gezeigt hat, ist das Spionagenetz unserer Feinde weit gespannt.«

»Ja, mein Imperator.«

»Es reicht vermutlich sogar bis in diesen Saal. Du musst also damit rechnen, dass man auf Kaeso bereits bei deiner Ankunft über diesen Befehl informiert ist und es Gegenwehr gibt.«

»Ich mache mich sofort auf den Weg«, versprach Balbinus, drehte sich um und verließ mit eiligen Schritten den Senatssaal.

Otto Octavius sandte ihm einen nachdenklichen Blick hinterher. *Auch für dich wird dieser Einsatz eine Loyalitätsprobe werden, Balbinus,* dachte er dabei.

Octavius erinnerte sich noch gut daran, wie Balbinus Catilina, den Statthalter von Kaeso, gegen die Vorwürfe verteidigt hatte, die von Octavius vorgebracht worden waren. Der Diktator hatte das nicht vergessen.

In gewisser Hinsicht hatte ihm dieser letzte Aufenthalt auf der Kolonialwelt Kaeso die Augen geöffnet: Ihm war klar geworden, dass er noch viel misstrauischer sein musste – misstrauischer und vorsichtiger. Er durfte niemandem vertrauen und sich bei niemandem sicher sein. Auch und gerade nicht bei denen, von denen er glaubte, dass sie zu einhundert Prozent auf seiner Seite standen. Die Welt war voller Trugbilder, Täuschungen und doppelter Böden. Octavius fragte sich in diesem Moment, wie weit die Verbundenheit zwischen Balbinus und Catilina wohl reichte.

Auf jeden Fall wirst du dich entscheiden müssen, wem deine Loyalität gilt, dachte Octavius. *Mir oder Catilina?*

Dann ging ein Ruck durch den Körper des Diktators. Er wandte sich wieder den anwesenden Senatoren zu.

»Die Sitzung des Senats ist hiermit geschlossen«, erklärte er dann. »Das bedeutet nicht, dass wir alle Probleme besprochen hätten, die im Augenblick auf eine Lösung warten. Insofern mögt ihr damit rechnen, dass in Kürze weitere Sitzungen einberufen werden. Und dies, wie schon das letzte Mal, auch sehr kurzfristig. Manche von euch werden dann nicht mehr dabei sein. Aber den anderen sage ich: Die Säuberung von Verrätern wird uns nur stärker machen.«

*

Die Senatoren verließen nun den Saal. Auf manche von ihnen warteten bereits in den Korridoren in unmittelbarer Nähe des Senatssaals Quintus' Legionäre und Roboter, um sie festzunehmen. Der Lärm des Tumults drang zum Teil durch die geöffneten Ausgänge des Saals bis zu Octavius' Ohren. Das Strafgericht des Imperators über die Verräter hatte begonnen.

Und zumindest auf Quintus schien Verlass zu sein.

Etwas später begab sich Octavius in einen abgeschirmten Nebenraum, der sich ganz in der Nähe des Senatssaals befand. Dieser Raum war vollkommen abhörsicher und mit Kommunikationskanälen ausgestattet, die gegen jede bekannte Spionagetechnologie geschützt waren.

Natürlich gab es keine absolute Sicherheit. Niemandem war dies so bewusst geworden wie Octavius. Man musste immer mit dem Schlimmsten rechnen und durfte auf gar keinen Fall den Einfallsreichtum seiner Feinde unterschätzen.

Der Diktator stellte eine geschützte Verbindung zu Tullius Victus her, dem Kommandanten der LUPA CAPITOLINA.

»Ave, Rex Octavius«, sagte Tullius Victus, als sein Gesicht in der kleinen Bildkugel erschien. »Du hast Befehle für mich, mein Imperator?«

»Es geht um Balbinus«, eröffnete Octavius. »Ich gab ihm den unmissverständlichen Befehl, den Verräterplaneten Kaeso zu bestrafen und mir den Kopf des Statthalters Catilina zu bringen. Für den Fall, dass Balbinus scheitern sollte, will ich, dass du mir zwei Köpfe bringst: den von Balbinus und den von Catilina.«

»Das bedeutet, dass ich in diesem Fall den Kommandanten der Flotte töten soll«, vergewisserte sich Tullius Victus.

»So ist es«, bestätigte Octavius.

»Ich werde tun, was du sagst, Imperator.«

15.

Generaloberst Frederic Huxley ließ kurz den Blick durch die gewaltige Halle schweifen, die nichts anderes als ein gigantischer Hangar für Ringraumer war. Die Worgun-Station, zu der dieser Hangar gehörte, befand sich inmitten des Planeten Onda in der Galaxis Orn.

Huxley und seine Mannschaft verfolgten einen außerordentlich ambitionierten Plan, der mithilfe der in dieser Halle befindlichen Ringraumer in die Tat umgesetzt werden sollte: die Rückkehr des Forschungsraumers CHARR in die Milchstraße beziehungsweise nach Nal, wie die Heimatgalaxis der Menschheit von den Worgun genannt wurde.

Im Moment befand sich die schwer beschädigte CHARR irgendwo in den Tiefen der Galaxis – ohne Möglichkeit, selbst in die Milchstraße zurückfliegen zu können. Sie sollte daher in Einzelteile zerlegt werden, die dann in den Ringraumern in der Halle dieser Worgun-Station für den Rückflug in die Heimatgalaxie verstaut werden sollten.

Zehn Ringraumer waren für einen Koppelflug notwendig, mit dem die unvorstellbar große Distanz zwischen der Galaxis Orn und der heimatlichen Milchstraße innerhalb moderater Zeit überwunden werden konnte.

Im Moment wurden immer noch Container, Maschinen und sonstiges Werkzeug in die Ringraumer verladen. Huxley und die anderen Mitglieder der Mannschaft überwachten natürlich jeden Schritt genau.

Die eigentliche Arbeit verrichteten jedoch die zahllosen Worgun-Roboter der tief unter der Planetenoberfläche gelegenen Station auf Onda. Ein Heer unermüdlicher Roboter, das vom Hyperkalkulator der Station gesteuert wurde.

Mitten in die voranschreitenden Arbeiten waren dann die neurömische Innenpolitik und der sich anbahnende Bürgerkrieg innerhalb des Imperiums geplatzt. Wie aus dem Nichts waren Ovoid-Ringraumer im hiesigen Sonnensystem aufgetaucht. Die Worgun-Station von Onda hatte immer wieder eine wichtige Rolle in der Geschichte der Galaxis Orn gespielt und im Zentrum heftiger Kämpfe gestanden. Insofern war es nicht verwunderlich, dass man sich nun an sie erinnerte, da es um die Macht auf Terra Nostra ging.

Abgesehen von Huxley und seiner Mannschaft befanden sich zurzeit die Kommandanten von zwei römischen Flottenverbänden in der Worgun-Station: Geschwaderkommandant Appius Tiberius sowie Admiral Julius Martius. Beide standen Otto Octavius kritisch gegenüber und hätten es am liebsten gesehen, wenn seine Herrschaft so schnell wie möglich beendet werden würde. Die Frage war allerdings, ob man bereit wäre, einen offenen Aufstand zu wagen, und wenn ja, wann der beste Zeitpunkt dafür wäre.

Lee Prewitt, der Erste Offizier der CHARR, wandte sich an Huxley: »Sir, glauben Sie, dass alles, was hier im Moment vor sich geht, möglicherweise negative Auswirkungen auf unsere Pläne haben könnte?« Prewitt sprach leise, sodass von den Römern niemand etwas mitbekommen konnte.

»Ehrlich gesagt, weiß ich das nicht, Mister Prewitt«, gestand Huxley.

»Wir haben ja auch schon Bekanntschaft mit Otto Octavius und seiner Diktatur machen dürfen«, fuhr Prewitt fort. »Ich glaube, es wäre für die gesamte Galaxis Orn ein Segen, wenn dieser Wahnsinnige möglichst schnell gestürzt werden würde.«

»Das liegt wohl nicht in unserer Hand«, meinte Huxley nachdenklich. »Schließlich sind wir keine Römer …«

»Aber wir könnten sie unterstützen, wenn sie sich zum Aufstand entschließen«, gab Prewitt zu bedenken.

»Das könnten wir«, bestätigte Huxley. »Wenn wir die CHARR hätten …«

Bislang hatte Huxley gegenüber den Römern eisern über den Grund für seine Anwesenheit in der Galaxis Orn geschwiegen.

Und er nahm sich vor, dies auch in Zukunft zu tun. Niemand sollte davon erfahren, dass es sein Ziel war, die CHARR zurück in die Milchstraße zu bringen.

Soweit er wusste, hatten weder Gisol noch Tiberius Martius etwas von den zehn S-Kreuzern in dieser Halle erzählt. Es sollte keinesfalls der Eindruck entstehen, dass diese Ringraumer ebenfalls zu Gisols oder Tiberius' Geschwader zählen würden, denn das taten sie nicht. Sie waren eine Leihgabe des Hyperkalkulators der hiesigen Worgun-Station, um die CHARR zu bergen.

Insofern durften sie nun nicht einfach zweckentfremdet werden.

Huxleys Blick fiel auf Gisol, den Worgun, der ein paar Schritte entfernt mit Segal und Balkoroy sprach. Segal war aufgrund seiner giraffenartigen Gestalt kaum zu übersehen, auch wenn er mit gestrecktem Hals lediglich 1,82 Meter hoch war. Die drei unterhielten sich schon eine ganze Weile, wie Huxley aufgefallen war. Er wollte sich gerade zu ihnen gesellen, als Gisol ihn aufforderte, ihn zu begleiten. Huxley gab seinem Ersten Offizier ein Zeichen, mitzukommen.

*

Mit einem Pullman erreichten Gisol, Huxley und Prewitt diejenige Halle, in der Tiberius und Martius sie bereits erwarteten. Vierundzwanzig Ovoid-Ringraumer standen hier auf ihren Teleskopbeinpaaren. Elf davon gehörten Tiberius; dreizehn hatte Admiral Martius mitgebracht.

»Ich habe soeben Neuigkeiten von Terra Nostra erfahren«, erklärte Letzterer, kaum dass Huxley und Gisol von den Sitzkugeln heruntergestiegen waren.

»Ich nehme kaum an, dass es sich um gute Nachrichten handelt«, gab Gisol zurück.

»Octavius hat Senator Sixtus Flavius verhört«, erklärte Admiral Julius Martius mit ernster Miene. »Unter Folter hat dieser eine Reihe von Namen genannt. Quintus hat eine umfangreiche Todesliste bekommen. Jetzt finden offenbar zahlreiche weitere Verhaftungen und Hinrichtungen statt. Manche der betroffenen Senatoren wurden nicht einmal nach Golgatha gebracht, sondern sofort ermordet, weil sie angeblich ein zu großes Sicherheitsrisiko darstellten. Überall herrscht das blanke Entsetzen auf Terra Nostra.«

»Otto Octavius ist nichts heilig«, stellte Tiberius fest. »Nicht der Gott, mit dessen Namen er sich rufen lässt, und wohl noch viel weniger eine Institution wie der Senat oder gar die Grundsätze des römischen Rechts.«

»Es gibt noch weitere schlimme Nachrichten«, fuhr der Admiral fort. »Balbinus ist mit seiner Flotte auf dem Weg nach Kaeso.«

»Kaeso?«, echote Gisol. »Da sind ein paar Ala-Minen, aber jener Planet ist nicht gerade der Nabel von Orn.«

»Nein, aber Statthalter Catilina muss Octavius bei dessen letztem Aufenthalt dort furchtbar gedemütigt haben, und jetzt soll Balbinus ihm dessen Kopf bringen. Und damit nicht genug! Die ganze Bevölkerung soll vernichtet werden!«

»Das … ist selbst für den Rex Octavius ungewöhnlich grausam«, stellte Tiberius fest.

»Meiner festen Überzeugung nach muss jetzt versucht werden, Octavius zu stürzen«, verkündete Admiral Martius. »Falls das nicht gelingt, dann sehe ich ehrlich gesagt kaum eine Zukunft für Terra Nostra.«

Appius Tiberius hob den Blick. Das Gesicht des Geschwaderkommandanten wirkte undurchdringlich. Natürlich war Tiberius klar, dass sein Gegenüber ihn zu einer Entscheidung drängen wollte. »Du verfügst offenbar über gute und zuverlässige Informationskanäle nach Terra Nostra«, wich er dann zunächst einmal aus.

»Meine Verbindungen sind exzellent, aber wenn das so weitergeht, wird Octavius irgendwann den gesamten Senat mehr oder weniger ausgerottet haben. Er hat ihn jetzt schon so dezimiert und eingeschüchtert, dass dieses Gremium im Moment wohl kaum noch eine Rolle im Machtgefüge Terra Nostras spielt. Die Unterstützung, die man zurzeit von dort erwarten kann, dürfte eher marginal ausfallen.«

»Ja, das denke ich auch«, murmelte Tiberius.

»Tiberius, du musst dich entscheiden«, sprach Admiral Martius sein Anliegen jetzt direkt aus. »Jedes Taktieren hat jetzt keinen Sinn mehr. Dieser Wahnsinnige muss gestoppt werden – und zwar solange es noch geht. Sonst gibt es bald keine Römer mehr im Sol-System. Das Zeitfenster für einen möglichen Umsturz ist meiner Analyse nach sehr eng. Wir dürfen keine Minute mehr verlieren.«

»Ja, das mag sein.«

»Und wenn irgendjemand glaubt, sich vielleicht einfach so hindurchlavieren zu können, dann glaube ich, könnte sich das als tödlicher Irrtum für den Betreffenden erweisen. Octavius schreckt nicht davor zurück, selbst engste Freunde zu ermorden, wenn er dafür einen Grund sieht. Er tötet sogar vollkommen ohne Grund, nur um genug Angst und Schrecken zu verbreiten, damit man ihm folgt.«

Tiberius atmete tief durch. »Ich habe ebenfalls neue Informationen von Terra Nostra«, erklärte der Geschwaderkommandant dann.

»Ich nehme stark an, dass deine Quellen bestätigen können, was mir gemeldet wurde«, stellte Julius Martius fest.

»Ja, im Großen und Ganzen decken sich meine Informationen mit den deinen.«

»Vielleicht entstammen sie sogar teilweise aus denselben Quellen.«

»Möglich.«

»Tiberius, du musst jetzt eine Entscheidung treffen, auf welcher Seite du stehen willst. Sich herauszuhalten, ist keine Option. Manchmal muss man den richtigen Augenblick wählen, um etwas zu vollbringen. Und manchmal ist ein Vorhaben nur zu einem ganz bestimmten Zeitpunkt überhaupt möglich. Dies ist so ein Zeitpunkt.«

Appius Tiberius nickte leicht. Der Ausdruck von Nachdenklichkeit in seinen Zügen machte nun tatkräftiger Entschlossenheit Platz. Er straffte seine Körperhaltung. »Ich stehe auf deiner Seite, Admiral Martius.«

Martius bedachte Tiberius mit einem prüfenden Blick und nickte dann. »Um ehrlich zu sein, habe ich von dir nichts anderes erwartet«, gestand er. »Wir werden sofort aufbrechen. Es darf keine Minute kostbarer Zeit mehr verloren werden.«

Tiberius wandte sich an Huxley. »Was ist mit dir, Huxley?«, fragte er. »Um ehrlich zu sein: Wir können jeden Verbündeten gebrauchen. Falls dein Angebot also noch steht …«

»Das tut es, aber dieser plötzliche Aufbruch verträgt sich nicht mit unseren eigenen Plänen. Wir werden daher nicht dabei sein können.«

»Schade«, gestand Tiberius. »Ich habe dich und deine Mannschaft in der kurzen Zeit schätzen gelernt, Huxley.«

»Die Umstände sind nun mal, wie sie sind, Tiberius. Im Moment haben wir nicht einmal ein Raumschiff zur Verfügung. Wir wären also kaum eine Hilfe.«

»Ich weiß, ich nehme dir das auch nicht übel. Im Übrigen seid ihr ja auch keine Römer. Und vielleicht ist es ohnehin das Beste, wenn unser Imperium aus sich selbst heraus die Kraft findet, sich von diesem Ungeheuer namens Otto Octavius zu befreien.«

»Mag sein«, sagte Huxley zurückhaltend.

Er sprach auch jetzt nicht über den eigentlichen Grund, weshalb sich seine Mannschaft hier auf Onda aufhielt. Es war besser, wenn darüber nichts weiter bekannt wurde. Schließlich musste man damit rechnen, dass nicht nur Männer wie Tiberius und Martius ihre Spione im unmittelbaren Umkreis von Otto Octavius installiert hatten, sondern auch umgekehrt Octavius über entsprechende Quellen aufseiten seiner Gegner verfügte. Ein weiteres Mal wollte Huxley nicht zur Zielscheibe des Usurpators werden, zumal er als Kommandant der CHARR nach wie vor Verantwortung für seine Mannschaft trug. Er durfte nicht so entscheiden, als wäre er allein.

Huxley bemerkte, dass sein Erster Offizier etwas angespannt wirkte. Lee Prewitt gefiel es offenbar ganz und gar nicht, dass man den Römern nicht helfen konnte. Standen die Terraner dann denn nicht wie Feiglinge da? Auch wenn Prewitt die Sicht von Huxley teilte – dieser Aspekt der Angelegenheit ging ihm wohl einfach gegen den Strich. Und da Huxley seinen Ersten Offizier sehr gut kannte, konnte er Prewitt die Gedanken am Gesicht ablesen.

Prewitt atmete tief durch, um sich im wahrsten Sinn des Wortes etwas Luft zu machen.

Er wollte gerade etwas sagen, aber jemand anderes kam ihm zuvor.

Gisol, der Worgun in Gestalt des Terraners Jim Smith, mischte sich jetzt nämlich ein: »Ich denke, da sich dein Verband ja jetzt mit Admiral Martius' Flotte zusammentut, kommt genügend Schlagkraft zusammen, um zumindest die Bevölkerung von Kaeso zu retten.«

»Das denke ich auch«, stimmte Tiberius zu.

»Ihr bekommt außerdem einen weiteren Verbündeten«, erklärte Gisol. »Ich habe mit dem Hyperkalkulator dieser Station Kontakt aufgenommen. Er würde mir fünf Ringraumer zur Verfügung stellen. Es sind nur S-Kreuzer, keine Ovoid-Ringraumer, aber immerhin! Denn wie hier gerade schon richtig festgestellt wurde, braucht ihr jeden Verbündeten. Und wenn es hart auf hart kommt, dann könnte es sehr knapp werden.«

»Willkommen in unseren Reihen«, sagte Martius.

Gisol wandte sich an Huxley. »Segal und Balkoroy wollen mich begleiten.«

»Du hast schon mit ihnen gesprochen?«

»Ja.«

»Was ist mit Juanita Gonzales?«, fragte Huxley.

»Sie sollte bei deiner Mannschaft bleiben und mit den anderen nach Nal zurückkehren, sollte mir etwas passieren.«

»Das wird sie nicht erfreuen ...«

»Ich werde mit ihr sprechen.«

*

Segal reckte den giraffenartigen Hals, als er zusammen mit Balkoroy jene Hangarhalle betrat, in der die neunundzwanzig Ringraumer jener Flotte versammelt waren, die nun bald aufbrechen würde: elf Ovoid-Ringraumer unter dem Kommando von Tiberius, noch einmal dreizehn unter dem Kommando von Admiral Martius und dazu die fünf S-Kreuzer, die das Stationsgehirn Gisol zur Verfügung gestellt hatte.

Überall konnte man sehen, wie jene Römer, die ihr jeweiliges Schiff verlassen und die Worgun-Station von Onda betreten hatten, nun wieder zurück zu ihren Schiffen eilten. Manche von ihnen bewegten sich im Laufschritt. Es sollte jetzt wirklich keine Zeit mehr verloren werden.

Balkoroy, dessen humanoider Körper ungefähr die Größe eines durchschnittlichen terranischen Mannes hatte, blickte mit seinen insektoid wirkenden Facettenaugen zu Segal auf und richtete das spitz zulaufende, mit einem furchterregenden Raubtiergebiss ausgestattete Maul empor.

»In manchen Situationen ist es sicher von Vorteil, wenn man alles aus der Höhe betrachten und die Übersicht behalten kann!«

Segal senkte etwas den Kopf. Seine vier überaus beweglichen Kunststoffarme, die so implantiert waren, dass sie aus seiner Schulterregion herausragten, bewegten sich etwas, als würde er sie dazu benutzen, das Gleichgewicht zu halten, wenn er den Kopf senkte.

»Wo bleibt denn unser Kommandant?«, fragte Segal.

»Ich denke, Jim Smith hat noch etwas zu erledigen.«

Balkoroy bleckte die Zähne auf eine Weise, die an das Gähnen eines Terraners erinnerte.

Segal streckte einen seiner implantierten Kunststoffarme aus. »Welcher von den fünf S-Kreuzern wird denn unser Flaggschiff werden?«, fragte er dann.

»Jedenfalls war jetzt keine Zeit, auf die Außenhülle noch irgendeine Beschriftung aufzutragen. Allerdings … ›EPOY‹ hat nur vier terranische Buchstaben. Und ganz gleich, welches Schriftsystem man nun auch verwenden mag: Es dürften wohl nie wesentlich mehr sein. Das wäre also durchaus zu schaffen gewesen. Schließlich haben alle S-Kreuzer eine Roboterbesatzung.«

»Woher willst du wissen, dass er das Schiff EPOY nennen will?«, fragte Balkoroy.

Segal stieß dabei einen Laut aus, der an das Wiehern eines Pferdes erinnerte.

»Entschuldigung«, sagte Segal.

»Ich nehme an, das war kein Geräusch, das durch deine Sprachimplantate erzeugt wurde«, stellte Balkoroy fest.

»Nein, das war ein Geräusch, das die Flinkrenner, deren Körperlichkeit ich nun mal bei meiner letzten Verwandlung angenommen habe, hin und wieder ausstoßen. Normalerweise gelingt es mir, dies zu vermeiden. Aber zurück zu meiner Frage, die du mir noch nicht beantwortet hast: Wie kommst du darauf, dass der Name des Schiffes, auf das wir uns jetzt begeben werden, auch EPOY lauten wird?«

»EPOY VII, um genau zu sein«, erklärte Segal. »Seine Schiffe hießen alle EPOY – nach der wichtigsten Welt der Worgun. Und jetzt fletsche deine imposanten Zähne nicht so, als wäre ich deine nächste Mahlzeit, Balkoroy!« Segal streckte einen seiner Kunststoffarme aus und zeigte auf eines der Schiffe. »Das da ist unser Flaggschiff. Es steht ganz außen, wie es uns beschrieben wurde. Außerdem stimmt die Kennung überein.«

»Was macht die Gruppe von Römern bei dem S-Kreuzer?«, wollte Balkoroy wissen.

Segal schürzte die Lippen seines giraffenartigen Mauls, die eigentlich dazu geschaffen waren, Blätter von Büschen und Bäumen zu zupfen. Aber diese Lippen eigneten sich auch hervorragend dazu, eine sehr ausdrucksstarke Mimik zu erzeugen. »Um ehrlich zu sein, das habe ich mich auch schon gefragt«, gestand der Worgunmutant.

Er hatte das halbe Dutzend Römer auch schon bemerkt, das in unmittelbarer Nähe der Außenschleuse jenes S-Kreuzers wartete, dem Gisol vermutlich den Namen EPOY VII geben würde.

Als Balkoroy und Segal wenig später die Gruppe erreichten, trat einer von ihnen vor und nahm Haltung an. »Centurio Antonius Clodius«, stellte sich der Römer vor. »Meine Männer und ich sind von Geschwaderkommandant Tiberius abgeordnet worden, um eine reguläre Bemannung eures Flaggschiffs sicherzustellen.«

»Ich bin überrascht«, sagte Segal. »Weiß Jim Smith darüber Bescheid?«

»Ich gehe davon aus, dass dies besprochen wurde.«

Segal verschränkte zwei seiner Kunststoffarme miteinander. »Nun, *ich* bin darüber nicht informiert worden«, erklärte er dann.

»Dazu war dann wohl aufgrund der Eile, die jetzt geboten ist, keine Zeit«, antwortete Antonius Clodius. »Wir werden in Kürze vermutlich Kampfsituationen ausgesetzt sein, und dann ist es ratsam, dass alle Gefechtsstände besetzt werden können.«

»Soweit ich weiß, stehen in allen S-Kreuzern genügend Roboter zur Verfügung.«

»Roboter sind nicht dasselbe wie … richtige Bordoffiziere.«

»Es sind Worgun-Roboter«, hielt Segal dagegen.

»Das ist richtig.«

»Manchmal sind die sogar besser.«

Ein kühles Lächeln erschien jetzt in Antonius Clodius' Gesicht. »Manchmal …«, echote er.

»Ich verstehe«, gab Segal zurück. *Tiberius schickt uns also ein paar Aufpasser an Bord,* zog der Worgunmutant dann in Gedanken sein ganz persönliches Fazit. Allerdings war das Argument, das Antonius Clodius vorgebracht hatte, nicht so einfach von der Hand zu weisen.

»Wo ist übrigens Kommandant Jim Smith?«, fragte Clodius dann.

»Ich gehe davon aus, dass er in Kürze hier auftauchen wird«, erklärte Segal. »Er hat noch eine private Angelegenheit zu regeln, bevor wir aufbrechen. Wir können aber schon an Bord gehen.«

*

Unterdessen sprach Gisol mit Juanita Gonzales.

»Du willst mich nicht mitnehmen?«, fragte sie fassungslos.

»Ich möchte, dass du bei Huxley bleibst.«

»Ich könnte dir helfen und von großem Nutzen sein!«

»Hör zu, Juanita …«

»Ich habe eine hervorragende Kampfausbildung, das weißt du!«

»Das weiß ich. Aber uns steht vermutlich eine Raumschlacht bevor und kein Straßenkampf.«

»Kannst du wissen, was euch bevorsteht? Otto Octavius soll gestürzt werden. Niemand kann wissen, was sich daraus ergibt oder in welche Situationen diejenigen geraten können, die sich daran beteiligen.«

»Juanita, ich …«

»Du weißt, dass ich noch ein paar andere Talente habe, die bei so einer Operation sehr nützlich sein könnten. Meine Fähigkeit der psychischen Unsichtbarkeit beispielsweise.«

»Ich möchte, dass du mit Huxley nach Nal zurückkehrst, sollte mir etwas zustoßen«, schnitt Gisol ihr das Wort ab. »Ich möchte wissen, dass du in Sicherheit bist. Sonst kann ich nicht frei agieren.«

»Ich verstehe dich nicht … ich könnte …«

»Nein«, sagte Gisol unmissverständlich.

Juanita sah ihn an. Sie atmete tief durch und schien nun zu begreifen, dass diese Frage wohl längst entschieden war. »Es hat vermutlich keinen Sinn, dich von deiner Überzeugung abzubringen«, stellte sie dann fest.

Er lächelte verhalten. »Nein, da hast du wohl recht. Ich muss jetzt aufbrechen. Die Flotte soll jeden Moment die Station verlassen und man wartet auf mich.«

»Wer wird das Kommando des Verbandes übernehmen?«

»Admiral Martius. Er hat den höchsten Rang innerhalb der römischen Flotte.«

»Ich hoffe, dass er euch nicht in eine aussichtslose Schlacht führt.«

»Der Zeitpunkt, um Otto Octavius zu stürzen, ist günstig. Wenn wir diese Gelegenheit nicht ergreifen, wird sich so schnell keine weitere ergeben. Es ist aber nicht ungefährlich und es kann gut sein, dass ich nicht zurückkehre …«

»Dann will ich hoffen, dass wir uns wiedersehen«, sagte Juanita Gonzales. Sie schien nun endgültig eingelenkt zu haben, auch wenn ihr Gisols Entscheidung nicht gefiel.

Gisol lächelte. »Du solltest der EPOY VII und ihrer Mannschaft Glück wünschen, Juanita!«

Sie hob die Augenbrauen. »EPOY VII?«, echote sie. »Das meinst du nicht ernst, oder?«

»Was denkst du denn! Natürlich meine ich das ernst. Das Einzige, was mich an der Sache wirklich ärgert, ist, dass die EPOY VII nur ein S-Kreuzer ist und nicht über Wuchtkanonen verfügt.« Er zuckte mit den Schultern. »Aber ein besseres Schiff konnte ich auf die Schnelle nicht bekommen.«

»Du weißt, was mit den anderen Raumern passiert ist, die du EPOY genannt hast …«

»Aber ich lebe noch. Der Name EPOY bringt gewissermaßen Glück.« Und bevor Juanita dies als Steilvorlage für einen weiteren Einwand benutzen konnte, fügte er rasch hinzu: »Aber Glück sollte man besser nicht herausfordern. Und jetzt muss ich wirklich los.«

Sie umarmte ihn zum Abschied und flüsterte: »Wehe, du kommst nicht zurück, Jim …«

*

Als Gisol in der Zentrale des S-Kreuzers EPOY VII ankam, hatten alle längst ihre Posten eingenommen. Dass außer der Robotermannschaft auch noch ein halbes Dutzend Römer an Bord waren, war mit Tiberius abgesprochen. Begeistert war Gisol anfänglich nicht gerade gewesen, aber die Argumente, die Tiberius vorgebracht hatte, hatten schließlich überwogen.

Gisol nahm den Platz des Kommandanten ein.

In der Bildkugel in der Mitte der Zentrale war im Augenblick Admiral Martius zu sehen.

»Wir werden jetzt aufbrechen und dann Kurs auf Kaeso nehmen«, sagte dieser. »Und dann wollen wir hoffen, dass die Götter auf unserer Seite sind … Otto Octavius ist zu einem Monster geworden, dessen Herrschaft keinen Tag länger dauern darf. Wenn wir scheitern, könnte das den Untergang der römischen Zivilisation in der Galaxis Orn bedeuten.«

Martius' Ansprache war damit beendet. Mehr als eine kurze Einstimmung auf die kommende Operation sollte es auch nicht sein. Abgesehen davon nutzte er diesen kurzen Auftritt natürlich auch dazu, um die Hierarchie klarzustellen. Das Oberkommando führte der römische Admiral und sonst niemand.

»Kommandant, ich könnte die Steuerung übernehmen, wenn du wünschst«, meldete sich nun Centurio Antonius Clodius zu Wort, nachdem er sich zuvor kurz vorgestellt hatte.

Aber Gisol hatte andere Pläne. »Die übernehme ich selbst«, entschied der Worgun.

»Ganz wie du willst.«

Gisol ließ den Blick in der Zentrale umherschweifen. Balkoroy und Segal befanden sich in seiner Nähe.

»Wenn du etwas Gutes tun willst«, wandte er sich dann wieder an den Centurio, »könntest du bei sämtlichen Waffensystemen der fünf S-Kreuzer eine Überprüfung durchführen. Der Bordrechner wird dir dabei behilflich sein.«

»Wird erledigt, Kommandant«, bestätigte Clodius.

»Ich nehme an, dass wir unsere Waffen in Kürze brauchen werden. S-Kreuzer sind nicht ganz der Standard, den ich gerne hätte, aber mit etwas Geschick werden wir unseren Beitrag zur Bekämpfung von Otto Octavius schon einbringen.«

Gisol fiel ein junger Römer auf, dessen Haare einen deutlichen Rotstich aufwiesen. An dessen Tunika trug dieser das Emblem römischer Raumflottenoffiziere. Er gehörte zu der Gruppe von sechs Raumflottenangehörigen, die zusammen mit Clodius an Bord gekommen waren, und stand jetzt etwas unschlüssig da. Irgendwie schien er nicht so recht zu wissen, was zu tun war.

»Wer bist du?«, fragte Gisol.

Ehe der Angesprochene antworten konnte, ergriff Clodius das Wort: »Das ist Marcellus Remus, ein Ortungsspezialist. Du solltest die Ortung von ihm besetzen lassen – anstatt von einem Roboter.«

»Es sind *Worgun*-Roboter, die hier Dienst tun«, stellte Gisol klar. »Und meiner Erfahrung nach sind diese überaus zuverlässig.«

»Du solltest dir meinen Vorschlag noch einmal überlegen«, beharrte Clodius.

Im ersten Augenblick schien es so, als wäre die Sache für Gisol entschieden. Aber dann ging ein plötzlicher Ruck durch seine terranische Jim-Smith-Gestalt. Einer spontanen Laune folgend, hatte Gisol seine Meinung offenbar geändert. Er wandte sich an Remus: »Dann übernimm du die Ortung. Zeig mir, dass du es besser kannst als ein Worgun-Roboter.«

*

Wenig später starteten die Ringraumer aus Martius' Flotte. Die Ovoid-Ringraumer aus den Verbänden von Martius und Tiberius waren mit einem doppelten, sich in der Mitte überlappenden Intervallfeld ausgestattet. Die fünf S-Kreuzer unter Gisols Kommando besaßen nur ein einfaches Intervallum.

Gisol hatte die Navigation der EPOY VII höchstpersönlich per Gedankensteuerung übernommen. Das wollte er sich auf gar keinen Fall abnehmen lassen. Die vier weiteren S-Kreuzer ließ er vom Hyperkalkulator der EPOY VII steuern, der dafür sorgte, dass jedes Flugmanöver mit Gisols Flaggschiff synchronisiert wurde.

Von ihren Intervallfeldern umgeben, durchdrangen die insgesamt neunundzwanzig Ringraumer die feste Materie der Stationswand und der planetaren Kruste von Onda.

Von dort aus erhoben sie sich durch die Atmosphäre des Planeten Richtung Weltraum.

»Uns wurden die Koordinaten des Kaeso-Systems als Zielkoordinaten für den gesamten Verband übermittelt«, meldete der Worgun-Roboter, der die Funkzentrale besetzte.

»Verstanden«, murmelte Gisol.

In der Bildkugel wurde eine Übersicht eingeblendet, die das System des römischen Kolonialplaneten Kaeso zeigte. Der Sektor, in dem Admiral Martius' Flotte eintreffen sollte, befand sich wenige Lichtsekunden von Kaeso entfernt und war in der Darstellung deutlich markiert worden.

»Alles klar«, meinte Gisol mehr zu sich selbst, als dass er sich an irgendjemanden unter den in der Zentrale der EPOY VII Anwesenden gewandt hätte.

»Wenn unsere Informationen über Balbinus und seine Flotte stimmen, dann dürften wir das Kaeso-System vor ihm und seinem Verband erreichen«, meldete jetzt Remus, der die Ortungsstation bediente.

»Dann werden wir sie dort gebührend empfangen«, erklärte Gisol grimmig.

16.

Neunundzwanzig Ringraumer fielen im anvisierten Raumsektor aus dem Hyperraum.

Admiral Martius blickte mit unbeweglichem Gesicht in die Bildkugel in der Zentrale seines Flaggschiffs LAURONS. Eine schematische Übersicht des Systems zeigte die Position der Flotte, die sich wenige Lichtsekunden vom Rand eines Sonnensystems entfernt befand. Bis Kaeso war es nur ein Katzensprung.

»Ortung?«, fragte dann der Admiral. »Irgendwelche Anzeichen für die Anwesenheit von Balbinus' Schiffen?«

»Negativ, Admiral«, meldete der Ortungsoffizier. »Es gibt auch keine charakteristischen Erschütterungen der Raumstruktur. Hier haben in den letzten Stunden keine Transitionen stattgefunden abgesehen natürlich von unserer eigenen. Aber die kann unser Hyperkalkulator zuverlässig herausrechnen.«

»Dann haben wir es also tatsächlich geschafft, vor Balbinus hier zu sein«, stellte Martius fest. »Gut so. Funker?«

»Ja, Admiral?«

»Stell eine Verbindung zu Statthalter Catilina her. Ich wünsche, ihn zu sprechen.«

»Jawohl, Admiral.«

Es dauerte nur Augenblicke, und in der Bildkugel erschien die Projektion von Aulus Sergius Catilina, dem Statthalter von Kaeso.

»Ave, Martius!«, sagte dieser. »Es freut mich, dich wohlauf zu sehen. Ich dachte, du seist im Kampf gegen die Schwarze Macht gefallen.«

»Ave, Catilina!«, antwortete Martius. »Das dachten viele. Doch jetzt ist nicht die Zeit für große Erklärungen. Eine Flotte unter Balbinus ist auf dem Weg zum Kaeso-System … Ihr Auftrag lautet: Vernichtung der gesamten Bevölkerung. Abgesehen davon hat Otto Octavius seinen Befehl an Balbinus noch mit einem barbarischen Detail angereichert. Er will ausdrücklich deinen Kopf, Catilina. Und das meint er keineswegs im übertragenen Sinn, sondern das ist durchaus wörtlich zu verstehen. Wir sind hier, um die Bevölkerung von Kaeso zu schützen. Octavius' Terrorherrschaft muss beendet werden, und die Verhinderung dieses Massakers ist der erste Schritt, seine Schreckensherrschaft zu beenden.«

»Du willst den Sol invictus stürzen!«, staunte Catilina. »So nennt man Octavius schließlich, seit er den Römern angeblich die Sonne zurückbrachte.«

»Wer mich kennt, weiß, dass ich im Allgemeinen furchtlos veranlagt bin«, erklärte Martius.

»Furchtlos genug, um einen lebenden Gott zu stürzen?«

»Furchtlos genug, um einem grausamen Tyrannen das Handwerk zu legen, dem so viel Göttlichkeit anhaftet wie einem übelriechenden Schweißfuß. Die Frage ist, ob du dich uns anschließen willst, Catilina? Appius Tiberius ist bereits auf meiner Seite. Es könnte sein, dass im Laufe der Zeit noch weitere hinzukommen.«

»Damit würde ich nicht unbedingt rechnen, werter Martius«, wandte Catilina ein. »Octavius gilt nach wie vor vielen als der Retter vor der Schwarzen Macht. Und auch wenn die Senatoren ihn hassen – das gemeine Volk liebt ihn anscheinend.«

»Ich habe nie behauptet, dass es einfach wird, Catilina. Kann sein, dass der Weg, den wir beschreiten, geradewegs in den Tod führt. Aber um Terra Nostras Willen sehe ich keine andere Möglichkeit. Ich bin kein Rebell aus Überzeugung, sondern aus Verzweiflung.«

»Verzweiflung?« Catilina machte eine wegwerfende Handbewegung. »Glaub mir, davon haben wir genug hier auf Kaeso! Und damit will ich dir deine Frage auch gleich beantworten: Natürlich schließen wir uns dir an. Wir haben gar keine andere Wahl, denn unsere Lage ist tatsächlich verzweifelt. Dass Balbinus auf dem Weg hierher ist, wissen wir. Und wir kennen auch seinen Auftrag. Dass jetzt plötzlich deine Flotte hier auftaucht, um Octavius' Schlächter aufzuhalten, grenzt an ein Wunder und eröffnet uns zumindest eine kleine Überlebenschance.«

»Berichte mir, wie die Lage ist«, verlangte Martius.

»Ungefähr einhunderttausend Römer leben hier auf Kaeso«, erklärte Catilina. »Und die wären Balbinus' Angriff nahezu vollkommen schutzlos ausgeliefert gewesen.«

»Wie viele Ringraumer stehen unter deinem Kommando, Catilina? Du trägst ja schließlich auch den Titel eines Admirals.«

»Gar keine, Martius. Es gibt auf Kaeso und im gesamten System kein einziges Kampfschiff mehr. Bei seinem letzten Besuch hat Octavius sämtliche Ringraumer mitgenommen. Nur zivile Frachter sind zurückgeblieben, die aber nicht über nennenswerte Verteidigungswaffen verfügen. Jedenfalls nichts, womit man Kampfschiffe besiegen könnte. Die Waffensysteme an der planetaren Oberfläche hat Octavius bei seinem letzten Besuch größtenteils abtransportieren lassen. Wir haben nichts, womit wir uns wehren könnten. Soll ich dir sagen, wie unsere Vorbereitung auf die erwartete Ankunft von Balbinus' Flotte aussieht?«

»Sprich«, verlangte Martius, der wohl insgeheim gehofft hatte, dass Catilina ihm vielleicht ein paar zusätzliche Ringraumer zur Verfügung stellen würde. Aber damit war wohl nicht mehr zu rechnen.

»Die Römer von Kaeso ziehen sich W-Anzüge an und flüchten in die tieferen Schächte der Ala-Minen. Einen anderen Weg haben wir nicht mehr gesehen, um wenigstens etwas Schutz zu haben.«

»Ich kann mir die Lage auf Kaeso jetzt lebhaft vorstellen«, sagte Martius. Sein Tonfall ließ in keinster Weise Resignation erkennen. Das Gesicht blieb beinahe unbewegt.

In diesem Augenblick meldete sich der Ortungsoffizier der LAURONS. »Admiral, es sind soeben dreißig Ovoid-Ringraumer aus dem Hyperraum gefallen.«

»Das muss Balbinus' Flotte sein«, war Martius überzeugt und wandte sich an Catilina: »Dreißig Ringraumer! Das ist weniger, als ich befürchtet habe.«

»Dreißig Ovoid-Ringraumer reichen vollkommen aus, um die Bevölkerung von Kaeso auszurotten«, erklärte Catilina.

»Das wohl«, stimmte Admiral Martius zu. »Aber es zeigt auch, dass Balbinus mit der Möglichkeit einer Gegenwehr offenbar gar nicht gerechnet hat, sonst wäre er mit einem größeren Verband gekommen. Wir werden tun, was wir können, Catilina. Sorge dafür, dass sich die Bevölkerung so tief wie möglich in die Ala-Minen zurückzieht. Vielleicht können wir eine Katastrophe verhindern.«

»Die Götter mögen mit dir sein, Martius!«

»Ich weiß nicht, ob das reichen wird, Catilina …«

*

Admiral Martius beendete das Gespräch mit dem Statthalter von Kaeso und gab Befehl zum sofortigen Angriff.

Die Flotte der neunundzwanzig Ringraumer, mit denen Martius inzwischen in das Kaeso-System eingeflogen war, rasten nun mit Sublichteffekt Balbinus' Verband entgegen, bildeten eine Formation und griffen sofort an.

Dass es sich wirklich um Balbinus' Einheiten handelte, war kurz zuvor ortungstechnisch bestätigt worden. Die Signatur von Balbinus' Flaggschiff konnte eindeutig identifiziert werden. Es war die GERMANICUS. Auch die von der Funkzentrale empfangenen Kommunikationsdaten ließen keinen Zweifel daran, mit wem man es zu tun hatte.

Das Feuer wurde mit weitreichenden Strahlenwaffen eröffnet. Die Flotte des Balbinus war gerade erst transitiert. Daher waren die Intervallfelder noch ausgeschaltet. Der Beschuss mit überlichtschnellen Nadelstrahlen traf direkt auf das Unitall der Außenhülle.

Zweihundertzehn Sekunden lang vermochte die Außenhülle eines Ringraumers konzentriertem Nadelstrahlbeschuss standhalten. Aber selbst wenn der beschossene Raumer durch ein Manöver dem Angriff nach einiger Zeit auszuweichen vermochte, war das Unitall an den getroffenen Stellen daraufhin anfällig für Duststrahlen, die anorganische Materie zu Staub zerfallen ließen.

Eine Kombination aus Nadel- und Duststrahlbeschuss war also das Mittel der Wahl.

Wenn aber der Zerfallsprozess des Unitalls eingesetzt hatte, sobald die Nadelstrahlen das blauviolette Metall in Energie umzuwandeln begannen, war der Kollaps nicht mehr aufzuhalten. Die Reaktion übertraf dann energetisch gesehen jede Art von nuklearer Kettenreaktion.

Zwei der Ovoid-Ringraumer aus Balbinus' Flotte wurden auf diese Weise überrascht, als sie mehrere von Admiral Martius' Schiffen in die Mangel nahmen und nicht entkommen ließen. Der Feind hatte einfach nicht mit einem Angriff gerechnet und flog ein unkoordiniertes Ausweichmanöver.

Die beiden Ovoid-Ringraumer aus Balbinus' Geschwader wurden zu sich aufblähenden, künstlichen Atomsonnen, die schnell wieder verloschen. Nicht einmal Trümmer blieben von ihnen, so heftig war die energetische Reaktion.

»Zwei Einheiten vernichtet, mehrere weitere beschädigt!«, meldete der Ortungsoffizier der LAURONS.

»Eine gute Eröffnung«, stellte Admiral Martius nüchtern fest. *Aber auch nicht mehr,* setzte er in Gedanken hinzu.

Das eigentliche Gefecht begann jetzt erst. Und das war niemandem so klar wie Admiral Martius.

»Admiral, wir werden beschossen!«, meldete unterdessen der Taktikoffizier. »Intervallfeld ist stabil. Die Gegenseite nimmt Gefechtsformation an.«

In der Darstellung der Bildkugel war deutlich zu sehen, dass die Raumer aus Balbinus' Flotte jetzt eine Formation gebildet und sich auf die Gefechtssituation eingestellt hatten. Mit verschiedensten Strahlenwaffen wurde jetzt auf beiden Seiten gefeuert. Insbesondere Mix-4 kam zum Einsatz, um die gegnerischen Intervallfelder zu schwächen und möglichst zum Zusammenbruch zu bringen.

Ein Bereich in der Bildkugel zeigte Martius an, welche Art von Strahlenwaffen im Augenblick gerade vorwiegend eingesetzt wurden.

Im Moment war das vor allem eine Kombination aus Mix-4 und Nadelstrahlen.

Sobald durch den Mix-4-Beschuss das Intervallum eines Ringraumers genügend geschwächt war, konnte man versuchen, mit

Nadelstrahlen das ganze Schiff zu vernichten. Allerdings hielt niemand minutenlang still, sodass auch Dust zum Einsatz kam.

In der Bildkugel der LAURONS war zu sehen, wie das an verschiedenen Stellen der Raumschlacht versucht wurde – sowohl von Verteidigern als auch Angreifern.

In einem Fall hatte es nun Erfolg: Die ZORN DES MARS, ein Ovoid-Ringraumer aus Martius' Geschwader, wurde auf diese Weise beschossen. Das doppelte Intervallum brach zusammen. Die ZORN DES MARS versuchte dem anschließenden konzentrierten Beschuss mit Nadelstrahlen auf den unitallenen Außenmantel durch ein schnelles Manöver auszuweichen. Aber offenbar gab es bereits Schäden an den Antriebsaggregaten, sodass dies nur eingeschränkt möglich war.

Zwei Ringraumer aus Balbinus' Flotte unternahmen nun einen schnellen Vorstoß und unterstützten die bisherigen Angriffe mit einem koordinierten Wuchtkanonen-Beschuss. Die ZORN DES MARS explodierte. Sie wurde förmlich zerrissen, und glühende Trümmer flogen anschließend durch das All. Wie Sternschnuppen verglühten sie. Die beiden Raumer aus Balbinus' Geschwader, die den schnellen Vorstoß gewagt hatten, zogen sich umgehend wieder zurück.

Natürlich wurden sie von den Schiffen aus Martius' Flotte umgehend unter Beschuss genommen. Mix-4-Strahlen sollten auch in diesem Fall für eine Schwächung der jeweiligen Intervallfelder sorgen, während man hoffte, mit Nadel- und Duststrahlen für eine Vernichtung des Gegners zu sorgen. Aber die Treffer waren zu ungenau. Und dem konzentrierten Nadelstrahlbeschuss, der die unitallene Außenhülle durchdringen sollte, wichen die Einheiten der gegnerischen Flotte geschickt aus. Die Nadelstrahlentreffer auf der jeweiligen Außenhülle dauerten einfach nicht lange genug, um die gewünschte Wirkung zu erzielen.

Selbst der Einsatz von Wuchtkanonen auf diese beiden Schiffe ging ins Leere.

»Da stimmt etwas nicht!«, stellte Admiral Martius stirnrunzelnd fest.

Der Ortungsoffizier meldete sich. »Die Gegenseite setzt Gringer ein!«, meldete er.

Dieses konstantenneutrale Störfeld verzerrte die Ortung und die Sichtverhältnisse bei Fremdschiffen.

»Sofort mit Bifer neutralisieren!«, befahl Martius.

»Befehl ausgeführt!«, kam die Meldung.

In der Bildkugel wurde die Ausdehnung des Gringer-Feldes angezeigt, und das Bordgehirn der LAURONS hatte inzwischen auch ermittelt, welche der gegnerischen Einheiten der Ursprung dieses Störfeldes war: Es ging von der GERMANICUS aus, dem Flaggschiff von Balbinus.

»Notrufe der GLADIUS und der INVICTUS!«, meldete unterdessen die Ortung. »Schwere Schäden nach intensivem Beschuss. Intervallfelder sind zusammengebrochen. Gegenwehr kaum noch möglich … Evakuierung der Überlebenden wird ...«

Diese Notrufe waren gerade noch vor der Aktivierung von Gringer eingetroffen.

Danach war die Schiff-zu-Schiff-Kommunikation stark gestört.

Der Ortungsoffizier sprach nicht weiter. Im nächsten Moment leuchteten zwei Explosionen in der Bildkugel auf, die so grell und lichtintensiv waren, dass ihre Helligkeit automatisch abgeblendet werden musste.

Sowohl die GLADIUS als auch die INVICTUS existieren nicht mehr.

»Gestatte mir eine Bemerkung, Admiral«, meldete sich der Taktikoffizier zu Wort.

»Wenn du mir sagen willst«, erwiderte Martius, »dass wir gerade im Begriff sind, diese Schlacht zu verlieren, dann muss ich dieser Einschätzung leider zustimmen.«

Der Anfangserfolg des Überraschungsangriffs war verraucht.

Balbinus' Flotte zeigte nun ihr ganzes militärisches Können.

Admiral Martius ließ sich in der Bildkugel eine schematische Positionsübersicht anzeigen, die deutlich machte, wie dramatisch die Lage war.

Über die Funkzentrale kamen jetzt keine Schadensmeldungen mehr von den anderen Schiffen aus seiner Flotte herein. Der aktivierte Gringer verhinderte das. Aber über die Ortung konnte ein ziemlich vollständiges Lagebild ermittelt werden.

Mehrere Schiffe waren kaum noch einsatzfähig, bei anderen lagen mittelgroße Schäden vor.

Die PUGIO war manövrierunfähig und dümpelte durch das All. Das Intervallfeld war zusammengebrochen, und ein Teil der Mannschaft war mit Beibooten entkommen, bevor auch die PUGIO zerstört wurde.

»Die Götter scheinen nicht auf unserer Seite zu sein«, stelle Martius finster fest.

*

Die fünf S-Kreuzer unter Gisols Kommando waren unterdessen von Balbinus' Schiffen etwas abgedrängt worden. Kurz hintereinander waren dann gleich zwei S-Kreuzer durch Volltreffer mit Wuchtkanonen zerstört worden, nachdem sie zunächst unter eine Kombination von massivem Strahlenfeuer aus Mix-4, Dust- und Nadelstrahlen gesetzt worden waren.

Ohnmächtige Wut hatte Gisol erfasst. Aber es ließ sich nichts dagegen machen.

»Die gegnerischen Schiffe sind uns überlegen«, stellte Clodius kühl fest.

Gisol wünschte sich in diesem Moment, diesen Kerl und dessen Begleiter nie an Bord gelassen zu haben. Aber das war nun erstens nicht mehr zu ändern, und zweitens erhöhte es die Schlagkraft der EPOY VII und ihre Begleiteinheiten tatsächlich immens, da man immerhin alle wichtigen Stationen besetzen konnte und nicht nur auf die hyperkalkulatorischen Fähigkeiten des Bordgehirns angewiesen war. Alle wichtigen Funktionen, darunter die Waffensteuerung, waren in die Zentrale verlegt worden.

»Es scheint durch synchronisierten Beschuss mit Mix-4 und Nadelstrahlen an mindestens zwei weiteren Einheiten der Gegenseite erhebliche Schäden zu geben«, meldete jetzt Marcellus Remus von der Ortungsstation aus. »Es könnte sein, dass wir bei einer der gegnerischen Einheiten die Wuchtkanone getroffen haben.«

»Dann sollten wir hoffen, dass sie nicht mehr funktionsfähig ist«, sagte Segal. Der Worgunmutant hatte einen Teil der Waffensteuerung übernommen. Seine vier Kunststoffarme bedienten die Konsole.

In diesem Augenblick leuchteten zwei Glutbälle in der Bildkugel auf. Ein dritter folgte kurz danach.

»Das waren drei unserer S-Kreuzer«, stellte Balkoroy trocken fest. »Wenn ich die eingeblendeten Daten richtig interpretiere, ist auch S-Kreuzer Nummer vier bereits stark beschädigt und nur noch bedingt einsatzbereit.«

Im nächsten Moment leuchtete ein weiterer atomarer Glutball auf.

»Ich glaube, über die Einsatzbereitschaft des letzten verbliebenen S-Kreuzers brauchen wir nicht mehr zu diskutieren«, meinte Segal. »Die waffentechnische Überlegenheit macht sich immer mehr bemerkbar!«

»Sollen wir vielleicht die Hände in den Schoß legen und gar nichts tun?«, brauste Gisol auf. Er war sichtlich gereizt. Die ganze Schlacht lief bei Weitem nicht so, wie er es gerne gehabt hätte. Aber da war er wohl nicht der Einzige. Tiberius und Martius waren mit Sicherheit auch nicht zufrieden.

»Ich stelle hier ein paar eigenartige Manöver auf Seiten unserer Gegner fest«, meldete jetzt Marcellus Remus. »Ich kann nicht ausschließen, dass es aufgrund des Einsatzes von Gringer und Bifer möglicherweise doch zu Störungen der Ortung kommt. Jedoch würde ich eine eingehende taktische Analyse empfehlen. Mein Gefühl sagt mir, dass die irgendetwas vorhaben ...«

»Dein Gefühl?«, fragte Gisol gereizt. Er wandte sich an Antonius Clodius: »Vielleicht wäre es doch besser gewesen, einen Roboter diese Arbeit machen zu lassen. Der hätte uns jedenfalls nicht in dieser Situation mit irgendwelchen Gefühlen belästigt.«

»Ich habe mir die Daten auch angesehen«, erklärte Centurio Antonius Clodius. »Da könnte etwas dran sein. Taktische Analyse durch den Bordrechner erbeten!«

»Ich würde sagen, das sind verschwendete Ressourcen«, meinte Gisol. »Die genaue Kalibrierung und Synchronisation unserer Waffen hat Vorrang. Das ist schließlich das Einzige, womit wir etwas erreichen können, da uns ja Wuchtkanonen an Bord fehlen.«

»Er könnte recht haben«, mischte sich jetzt Segal ein. »Ich verstehe zwar von solchen Dingen nichts, weil ich kein taktisch geschulter Flottenkommandant bin. Aber ich versuche mich einfach mal in unsere Gegner hineinzuversetzen ... Und für jemanden, der sich mit einem so ungewöhnlichen Körper wie diesem hier zu arrangieren hat, ist das nicht allzu schwer ...«

Gisol runzelte die Stirn. Sein Jim-Smith-Gesicht wirkte etwas ratlos. »Worauf willst du hinaus?«

»Das ursprüngliche Ziel der anderen Seite ist doch die Vernichtung der Bevölkerung von Kaeso.«

»Richtig.«

»Es würde mich sehr wundern, wenn sie das nicht doch noch versuchen würden – trotz der Anwesenheit einer römischen Rebellenflotte und unserer Wenigkeit.«

Wie zur Bestätigung von Segals Verdacht meldete sich jetzt noch einmal Marcellus Remus zu Wort: »Es gibt Durchbruchversuche. Ein gegnerischer Ovoid-Ringraumer beschleunigt in Richtung Kaeso!«

»Verfolgung aufnehmen!«, sagte Gisol unmissverständlich. »Sofort!« Das war nicht nur ein Befehl an die Mannschaft, sondern vor allem auch eine Anweisung über die Gedankensteuerung an die Schiffssysteme.

»Schade«, meinte Clodius. »Wenn der synchronisierte Einsatz unserer Strahlenwaffen noch etwas länger angedauert hätte, wäre vielleicht die Zerstörung einer Feindeinheit möglich gewesen ...«

»Dies hier hat Priorität!«, stellte Gisol klar.

»Das wollte ich auch keineswegs infrage stellen«, meinte Clodius.

Gisol warf dem Römer einen kurzen Blick zu. »Das hätte mich auch sehr gewundert. Schließlich warst du es doch, der mich auf die Möglichkeit hingewiesen hat, dass die andere Seite ein taktisches Manöver plant.«

Gisol beschleunigte die EPOY VII mit maximalen Werten.

Der ausgebrochene Feindraumer hatte natürlich einen gewissen Vorsprung, und es würde schwierig werden, ihn rechtzeitig zu stellen, um zu verhindern, dass er die Planetenoberfläche und die Siedlungen auf Kaeso angriff.

Da es dort so gut wie überhaupt keine Verteidigungsanlagen mehr gab, ging ein Angreifer so gut wie überhaupt kein Risiko ein. So tief sich die Bevölkerung von Kaeso auch in die Ala-Minen eingraben mochte: Ein paar Wuchtgeschosse aus dem Orbit reichten schon aus, um ein Massaker anzurichten. Es gab keinerlei Schutz für die Menschen von Kaeso – es sei denn, der EPOY VII gelänge es, den feindlichen Ringraumer irgendwie abzufangen und an seinem Vorhaben zu hindern.

»Wissen wir, um welches Schiff aus Balbinus' Geschwader es sich handelt?«, fragte Gisol.

Marcellus Remus nickte. »Es ist die SULLA. Kommandant ist ein gewisser Gaius Severus, ein Karrierist und Opportunist.«

»Du kennst ihn persönlich?«, fragte Gisol verwundert.

»Nein, aber man hört so einiges.«

»Die Raumflotte ist eine Brutstätte für Gerüchte aller Art«, stellte Clodius fest. »Wahrscheinlich sind genauso viele davon falsch wie der Wahrheit entsprechend oder doch zumindest einen wahren Kern besitzend. Jedenfalls sollten wir Severus nicht unterschätzen und denken, dass er seine Position ausschließlich aufgrund seiner guten Beziehungen und seiner unkritischen Haltung innehat. Davon abgesehen hat er ja auch das eindeutig überlegene Schiff.«

*

Die EPOY VII erreichte die SULLA erst, als diese sich bereits anschickte, in einen Orbit um Kaeso einzuschwenken. Gisol und seine Mannschaft verloren keine Zeit, sondern griffen sofort an. Mit einer Kombination aus Mix-4 und Nadelstrahlen feuerte die EPOY VII auf die SULLA.

Die Reaktion erfolgte umgehend.

»Achtung, starker Mix-4-Beschuss!«, meldete Marcellus Remus. »Das Intervallfeld hat noch eine Stärke von sechzig Prozent.«

»Wir müssen näher ran!«, meinte Gisol.

»Dann werden wir aber auch dem feindlichen Beschuss stärker ausgesetzt«, gab Clodius zu bedenken.

»Das dürfte nicht zu vermeiden sein!«, glaubte Gisol.

»Wenn ich die Daten richtig analysiere, dann fährt man auf der SULLA gerade die Geschütztürme mit den Wuchtkanonen aus und macht sie bereit«, stellte Segal fest. Er schürzte dabei die Lippen seines giraffenartigen Mauls auf eine Weise, die ausdrückte, dass er das als ein schwerwiegendes Problem ansah. Allerdings bekamen die anderen davon nichts mit, da dieses Mienenspiel weit oberhalb ihrer Sichthöhe stattfand.

»Ja, aber die Wuchtkanonen werden nicht auf uns ausgerichtet«, stellte Marcellus Remus jetzt fest.

»Das kann nur bedeuten, dass sie das Massaker einleiten wollen!«, glaubte Balkoroy. »Es scheint ihnen wichtiger als alles andere zu sein. Selbst ihre eigene Verteidigung scheint demgegenüber eine geringere Priorität zu besitzen.«

»Das ist durchaus nachvollziehbar«, sagte Centurio Clodius.

Balkoroy wandte den Kopf in Richtung des Römers und verzog sein Maul auf eine Art, die wie eine Mischung aus Gähnen und Zähnefletschen wirkte. Niemand der Anwesenden wusste natürlich, welche soziale Konnotation mit dieser Mimik verbunden war. Balkoroy war hier schließlich der Einzige seiner Art. Aber es schien wohl so, als würde der Halwiraner auf diese Weise sein Unverständnis signalisieren. »Nachvollziehbar?«, echote er.

»Natürlich«, sagte Clodius. »Otto Octavius duldet keinen Verrat. Da ist er vollkommen gnadenlos. Aber dasselbe gilt für den Fall, dass eine Mission scheitert. Vielleicht ist Scheitern für ihn sogar die schlimmste Form von Verrat. Jemandem, der einen Befehl von Octavius nicht ausgeführt hat, ist nicht zu empfehlen, dem Imperator noch einmal unter die Augen zu treten – selbst dann, wenn der Betreffende die Gründe für den Fehlschlag gar nicht selbst zu vertreten hat.«

»Dann werden wir alles tun müssen, um die SULLA von ihrem Plan abzuhalten!«, hielt Gisol fest. Er beschleunigte nun per Gedankensteuerung die EPOY VII mit Höchstwerten und raste geradewegs auf die SULLA zu.

»Das ist ein Kollisionskurs!«, rief Clodius.

»Es ist die einzige Möglichkeit!«, entgegnete Gisol. Er wirkte sehr kontrolliert.

Alles auf eine Karte setzen, so sagt man bei den Terranern, dachte der Worgun. *Der Feind ist uns in jeder Hinsicht überlegen. Er hat Wuchtkanonen, er hat mehr Energie, er hat ein starkes Intervallfeld und stärkere Waffen. Unter dem Strich bedeutet das, dass wir in einem normalen Gefecht chancenlos sind, weil wir von allem weniger zur Verfügung haben als unser Gegner. Also werden wir das ausgleichen müssen – durch die kinetische Energie unserer Flugbewegung!*

Gisol hielt es nicht für nötig, irgendjemanden genauer einzuweihen. Dafür war seiner Ansicht nach keine Zeit. Es musste jetzt alles sehr schnell gehen.

Die Intervallfelder beider Schiffe waren inzwischen bereits auf ein bedenkliches Niveau abgesunken. Der gegenseitige Mix-4-Beschuss hatte seine beabsichtigte Wirkung entfaltet. Allerdings konnte die SULLA dieses Gefecht sehr viel länger durchstehen. Das Intervallum der EPOY VII würde früher zusammenbrechen.

»Du legst es auf eine Kollision an!«, stellte Clodius noch einmal fest. »Ich begreife jetzt …«

»Das bezweifle ich«, murmelte Gisol.

»Beide Intervallfelder – oder was gleich noch von ihnen übrig ist – werden kollidieren und zusammenbrechen. Und zwar in annähernd demselben Moment! Das ist der springende Punkt!«

Gisol sah Clodius kurz an. »Anscheinend taugt die Ausbildung bei der römischen Flotte doch etwas.«

Eine Erschütterung durchlief das Schiff, als beide Intervallfelder miteinander kollidierten.

»Intervallum bricht zusammen!«, meldete Remus.

»Ja, aber nicht nur unseres«, lautete Segals Kommentar.

»Hy-Kon-Einsatz!«, befahl Gisol dem Bordrechner.

Man musste nahe an den Feind herankommen – auf zweihunderttausend Kilometer –, um Hy-Kon einsetzen zu können. Opalisierendes Licht zeigte die Veränderung der Raumstruktur, die durch das Hy-Kon-Feld erzeugt wurde. In der Bildkugel war zu sehen, wie ein in sieben Segmente aufgeteilter Ring entstand. Als er die SULLA berührte, verschwand sie im nächsten Augenblick im Nichts. Sie war in den Hyperraum versetzt worden und rückstandslos verschwunden.

»Du hast darauf gesetzt, dass die SULLA die Ausrichtung ihrer Wuchtkanonen nicht ändert«, stellte Clodius fest. »Sie waren auf Kaeso ausgerichtet … Wenn man sie auf uns gerichtet hätte, dann …«

»Warum hätte der Kommandant der SULLA sie auf uns richten sollen?«, unterbrach ihn Gisol. »Er wollte seinen Auftrag erfüllen und rechnete mit dem baldigen Zusammenbruch unseres Intervallums, sodass man uns sehr einfach hätte zur Strecke bringen können.«

»Ja, aber wenn sie ihre Wuchtkanonen auf uns gerichtet hätten, dann …«

»… gäbe es die EPOY VII nicht mehr«, vollendete Gisol. »Das ist mir sehr wohl bewusst.«

In diesem Moment gingen starke Erschütterungen durch den S-Kreuzer. Das Licht flackerte einen Moment, die Energieversorgung schien vor dem Zusammenbruch zu stehen. Selbst die Anzeige der Bildkugel war für einen kurzen Augenblick nicht zu sehen.

»Mehrere Volltreffer und große Schäden!«, meldete Marcellus Remus. »Ein Ovoid-Ringraumer aus Balbinus' Verband ist in unsere unmittelbare Nähe transitiert und hat sofort das Feuer eröffnet! Wuchtkanonentreffer in der Energieversorgung. An mehreren Stellen Treffer durch Nadelstrahlbeschuss. Da wir kein Intervallfeld mehr haben und kaum Energie für ein Ausweichmanöver, dürfte es in Kürze zu Hüllenbrüchen kommen. Möglicherweise sogar zu einer Reaktion des Unitalls!«

»Die Geschützsteuerung reagiert nicht mehr«, meldete Segal. »Möglicherweise liegt das daran, dass die Energieversorgung ein bestimmtes Niveau unterschreitet.«

Gisol wirkte wie versteinert, als er die lange Reihe von Schadensmeldungen zur Kenntnis nahm.

Notaggregate wurden aktiviert. Die Lebenserhaltungssysteme konnten noch aufrechterhalten werden, aber ansonsten dümpelte die EPOY VII manövrierunfähig durch das All.

Die Anzeige in der Bildkugel veranschaulichte ihre Position. Es wurde vom Bordrechner eine Extrapolation der augenblicklichen Schiffsbewegung vorgenommen.

Das Ergebnis war ernüchternd.

Selbst wenn das plötzlich aufgetauchte feindliche Schiff den Beschuss sofort einstellte, war das Schicksal des S-Kreuzers und seiner Besatzung anscheinend besiegelt.

Die EPOY VII dümpelte Kaeso entgegen. Aber der Ringraumer würde dort nicht in eine stabile Umlaufbahn einschwenken, sondern abstürzen.

Die Antigravsysteme des S-Kreuzers reagierten nicht mehr. Mithilfe von Antigravaggregaten hätte man ansonsten den Absturz und den anschließenden Aufprall auf die Planetenoberfläche abfangen und normalerweise sogar eine weiche Landung hinbekommen können. Aber zum Betrieb dieser Aggregate war das Energieniveau zu niedrig. Außerdem schien die Systemsteuerung teilweise abgestürzt zu sein. Ehe man diese wiederhergestellt hatte, war es vermutlich zu spät.

»Vielleicht ist jetzt der Zeitpunkt gekommen, dass wir uns W-Anzüge anlegen sollten«, meinte Gisol dann schließlich mit finsterem Gesicht. »Es könnte sein, dass wir das Schiff schnellstens verlassen …«

»Das gegnerische Schiff hat den Beschuss eingestellt«, erklärte jetzt Marcellus Remus. »Es handelt sich der Signatur nach um die SCIPIO.«

»Ich vermute mal, die lassen uns jetzt in aller Ruhe sterben, weil wir sowieso nichts mehr ausrichten können«, glaubte Segal.

»Kein feiner Zug«, meinte Balkoroy. Ein grollender, dunkler Laut kam aus den Tiefen seines Raubtiermauls hervor.

»Ich sage nur die Wahrheit«, stellte Segal klar.

»Unsere Notrufe wird man kaum oder nur verstümmelt empfangen«, bemerkte Clodius. »Die Gegner haben ein Gringer-Feld erzeugt, um unsere Ortung zu stören, was durch den Einsatz eines Bifer neutralisiert wurde. Aber unsere Mitstreiter versuchen ihrerseits, den Feind mit Gringer zu verwirren. Da sowohl wir als auch der Feind ständig die Algorithmen ändern, erschwert das die Synchronisation. Und das behindert nun mal die Kommunikation.«

»Es soll kein Notruf abgesetzt werden«, entschied Gisol. »Martius' Flotte ist auf zwanzig Einheiten geschrumpft, Balbinus verfügt noch über fünfundzwanzig – und da ist die SCIPIO noch nicht mitgezählt, da sie im Moment nicht ins Kampfgeschehen eingreift. Mit anderen Worten: Die andere Seite ist in der Überzahl.«

Ein Blick in die Bildkugel zeigte jetzt, dass sich die SCIPIO von der EPOY VII entfernte.

Gisol hatte eigentlich erwartet, dass die Wuchtkanonen der SCIPIO auf die Planetenoberfläche ausgerichtet worden wären. Aber das war nicht der Fall. Er ließ sich die genauen Daten anzeigen. Die optische Sensorik der EPOY VII schien noch in Ordnung zu sein.

»Ein Ovoid-Ringraumer nähert sich mit hoher Geschwindigkeit!«, meldete jetzt Marcellus Remus von der Ortungsstation. »Es ist die IMPERIUM ROMANUM!«

In der Bildkugel wurde jetzt eine größere taktische Übersicht gezeigt.

»Dann hat die IMPERIUM ROMANUM die Schlachtformation verlassen«, stellte Gisol fest.

»Ja, sie ist offensichtlich gekommen, um die SCIPIO zu vernichten und die Bevölkerung von Kaeso zu retten« stellte Clodius fest.

Gisol nickte leicht. Geschwaderkommandant Appius Tiberius war jemand, dem man die nötige strategische und taktische Übersicht angesichts einer komplexen Gefechtslage zutrauen konnte. Dieser hatte die Transition der SCIPIO offenbar bemerkt und die richtigen Schlüsse daraus gezogen – auch, was die daraus resultierende erneute Bedrohung der Bevölkerung von Kaeso anging.

Jetzt flogen die SCIPIO und die IMPERIUM ROMANUM aufeinander zu. Die SCIPIO wiederholte nicht den Fehler der SULLA, die den Vernichtungsbefehl gegen die Bevölkerung von Kaeso absolut priorisiert hatte. Dieser hatte den letztendlich erfolgreichen Angriff der EPOY VII ja erst möglich gemacht. Der Kommandant der SULLA hatte die EPOY VII aufgrund ihrer offensichtlichen technischen Unterlegenheit wohl unterschätzt. Diesen Irrtum wollte die Besatzung der SCIPIO vermeiden. Und angesichts eines in jeder Hinsicht gleichstarken Gegners war das auch naheliegend.

Beide Ovoid-Ringraumer hatten im Verlauf des bisherigen Gefechts nur geringe Schäden davongetragen und waren in jeder Hinsicht voll einsatzfähig.

Sobald sie füreinander in Schussweite gerieten, wurde das Feuer aufgenommen. Zuerst erfolgte die übliche Kombination aus gegenseitigen Angriffen mit Strahlenwaffen. Das vorrangige Ziel war es zunächst, das Intervallum des Gegners zu schwächen und gleichzeitig dem gegnerischen Beschuss durch möglichst geschickte und unvorhergesehene Flugmanöver auszuweichen, um dann in einem günstigen Moment die Wuchtkanonen einzusetzen – oder das Hy-Kon, für den Fall, dass man nahe genug an den Gegner herangekommen war, womit man aber in dieser speziellen Konstellation kaum rechnen konnte.

Der tödliche Gefechtstanz zweier Kampfschiffe begann.

Mit einer schnellen Entscheidung war nicht zu rechnen. Es konnte sich eine ganze Weile hinziehen. Für die Mannschaft der EPOY VII war das allerdings ein Problem.

Das manövrierunfähig geschossene Wrack taumelte in den Orbitalbereich von Kaeso hinein. Aber mit einem stabilen Orbit war für die EPOY VII nicht zu rechnen.

»Wir erreichen in Kürze den Bereich der Stratosphäre von Kaeso«, erklärte Marcellus Remus. »Die Systeme des Bordrechners sind nur noch teilweise in Betrieb, aber es reicht für eine Extrapolation unseres Kurses gerade noch aus.«

»Wenn man unseren torkelnden Fall ins Nichts als Kurs bezeichnen will …«, murmelte Gisol finster.

In der Bildkugel wurde die Prognose des Bordrechners veranschaulicht. Der Kurs glich einer abwärts führenden Spirale.

Die aus dem Weltraum betrachtete Kugel des Planeten Kaeso war in der Bildkugel zu sehen. Der besondere Marmor, den es nur dort gab, ließ diese Welt rosa schimmern. Drei kleine Monde umkreisten den Planeten. Eine Kollision mit einem von ihnen schloss die Simulation glücklicherweise mit hoher Wahrscheinlichkeit aus.

»Es gibt noch ein paar Variablen«, sagte Marcellus Remus. »Je nachdem, wie der Eintrittswinkel in die Atmosphäre ist, werden wir entweder lebendig verschmort oder erst am Boden zerschellen. Wir haben kein Intervallum mehr, um uns zu schützen, und keine Antigravaggregate, um den Sturz abzubremsen. Der Schmelzpunkt von Unitall liegt zwar bei 46.750 Grad Celsius, was nicht einmal im Inneren heißer Sterne erreicht wird – insofern wird die EPOY VII nicht einfach verglühen –, aber da der Großteil der Systeme ausgefallen ist, könnte es hier drinnen so heiß werden, dass wir das nicht überleben können. Und was den Absturz auf die Oberfläche angeht …«

»Ohne Antigrav, Andruckabsorber und Intervallum liegt die Überlebenschance vermutlich bei null Prozent«, meinte Segal.

»W-Anzüge anlegen und rechtzeitig aussteigen«, sagte Gisol. »Eine andere Möglichkeit gibt es vermutlich nicht.«

»Und dann darauf hoffen, dass Appius Tiberius und die IMPERIUM ROMANUM das Gefecht in einem Zustand überstehen, der eine Rettungsaktion erlaubt«, ergänzte Segal.

*

»Intervallum bei siebzig Prozent!«, meldete der Ortungsoffizier der IMPERIUM ROMANUM.

Appius Tiberius blickte zur Bildkugel in der Zentrale seines Flaggschiffs, das gerade ein Manöver durchführte, das in der römischen Raumflotte *tinea decursione* genannt wurde: das Manöver der Motte. Terranische Motten waren mit den Kleidern der ersten, von den Worgun nach Terra Nostra gebrachten Römer von der Erde auf die neue Heimatwelt in der Galaxis Orn gelangt und hatten sich dort weiter vermehrt. Wie auf der Erde täuschten Motten ihre Fressfeinde durch ein scheinbar chaotisches Flugmanöver. Sie ließen sich mitunter einfach fallen. Dadurch verloren zum Beispiel mit Infraschallsonar ausgestattete Fledertiere ihre Beute zeitweilig aus dem Bereich ihrer Wahrnehmung und die Angriffe gingen ins Leere.

Natürlich konnte man sich im freien All nicht einfach fallen lassen, schließlich herrschte hier Schwerelosigkeit. Stattdessen musste man Schubdüsen und Antriebsaggregate benutzen. Das Prinzip aber blieb dasselbe: eine unvorhergesehene, scheinbar chaotische Flugbewegung.

»Beschuss geht zu neunzig Prozent ins Leere«, meldete der Ortungsoffizier. »Zielgenaue Mix-4-Bestrahlung konnte aufrechterhalten werden. Niveau des gegnerischen Intervallums unter fünfzig Prozent.«

»Wuchtkanonen: Feuer!«, befahl Tiberius.

Die IMPERIUM ROMANUM landete mehrere Volltreffer. In der Bildkugel war zu sehen, wie sich die SCIPIO langsam, aber sicher in einen atomaren Glutball verwandelte. Die Strahlungswerte stiegen rapide. Dieser Gegner war ausgeschaltet.

Tiberius befahl maximale Beschleunigung. Die IMPERIUM ROMANUM musste sich möglichst schnell ein Stück von dem explodierenden gegnerischen Schiff absetzen, um eigene Schäden zu vermeiden.

»Ortung! Liegen neue Informationen zu dem havarierten S-Kreuzer vor?«, fragte dann der Kommandant einen Ortungsoffizier.

»Die Besatzung hat den S-Kreuzer mit W-Anzügen verlassen. Temperatur an Bord hat inzwischen einhundert Grad Celsius überschritten.«

Tiberius stellte eine Bordsprechverbindung zum Flashdepot her. »Hier spricht der Kommandant. Flashgeschwader ausschwärmen und die Überlebenden des S-Kreuzers einsammeln.«

*

Etwas später begrüßte Tiberius die Geretteten in der Zentrale seines Flaggschiffs, der IMPERIUM ROMANUM. Der Ringraumer war unterdessen bereits längst wieder auf dem Weg zurück zum Schlachtgeschehen. Schließlich durfte man Admiral Martius' Flotte nicht im Stich lassen. Es stand schon schlimm genug um die Rebellen.

Balbinus' Ringraumer waren dabei, nach und nach die Oberhand zu gewinnen, was angesichts der zahlenmäßigen Überlegenheit auch kein Wunder war. Darüber hinaus gingen sie taktisch sehr geschickt vor. So konzentrierten sich Balbinus' Schiffe vor allem darauf, immer wieder die LAURONS, Admiral Julius Martius' Flaggschiff, zu attackieren, denn natürlich war ihnen klar, welch zentrale Bedeutung dieser Raumer für den gesamten Verband hatte.

Das Ziel war es offensichtlich, der Befehlsstruktur der Rebellen den Kopf abzuschlagen.

»Beschleunigung erreicht jetzt Maximalwerte«, meldete der Erste Offizier unterdessen. »Wir werden in Kürze wieder Feindberührung haben.«

Appius Tiberius wandte sich nun den Geretteten zu. Gisol, Balkoroy und Segal standen dort neben Clodius und den fünf weiteren Römern, die an Bord der havarierten EPOY VII gewesen waren. »Es freut mich, dass es offenbar keine Verluste gab«, sagte der Geschwaderkommandant. »Angesichts der Tatsache, dass es sich bei dem Angriff auf die überlegene SULLA mehr oder minder um ein Himmelfahrtskommando handelte, ist das schon mehr als erstaunlich.«

Er widmete Segals giraffenartiger Gestalt noch einmal einen kurzen Extrablick. »Erstaunlich ist im Übrigen auch die Anpassungsfähigkeit von W-Anzügen, was die Gestalt ihrer Träger angeht, wie ich aus gegebenem Anlass feststellen muss«, fügte er dann hinzu, bevor er fortfuhr: »Wir befinden uns im Moment auf dem Weg zurück ins Schlachtgeschehen. Ob ihr also mit eurem Aufenthalt an Bord der IMPERIUM ROMANUM tatsächlich ein gutes Los gezogen habt, wird sich erst noch herausstellen.«

Tiberius deutete zur Bildkugel, die eine aktuelle Positionsübersicht der einzelnen, an der Raumschlacht beteiligten Einheiten zeigte. »Man braucht nicht einmal eine taktische Schulung der römischen Raumflotte durchlaufen zu haben, um zu erkennen, dass die Dinge alles andere als günstig für uns stehen.

Und die Bemerkung, die ich gerade darüber gemacht habe, dass es sich bei dem Angriff auf die SULLA um ein Himmelfahrtskommando gehandelt hat, sollte keineswegs eine Kritik darstellen.

Wir können dankbar sein, dass die SULLA auf diese Weise gestoppt wurde, denn schließlich verteidigen wir ja auch die Bevölkerung von Kaeso. Und von der wäre wohl kaum jemand übriggeblieben, hätte man der SULLA einfach so das freie Schussfeld überlassen.«

Gisol machte jetzt einen Schritt nach vorn. »Mit Verlaub, Tiberius, wir sind dabei, die Schlacht zu verlieren. Früher oder später wird Balbinus den Sieg davontragen, und dann hat es gar keine Bedeutung mehr, was mit der SULLA passiert ist, denn dann wird sich Balbinus höchstpersönlich nach Kaeso begeben, um den mörderischen Befehl zu vollenden, den Octavius ihm gegeben hat.«

Tiberius zuckte mit den Schultern. »Man kann zu den Göttern beten, aber sie lassen sich selten zu etwas zwingen, Jim Smith«, stellte er klar.

»Manchmal vielleicht aber doch, Tiberius.«

»Was meinst du damit?«

»Tiberius, ich habe einen Plan. Wenn wir so weitermachen, verlieren wir die Schlacht mit Sicherheit, aber mit meinem Plan hätten wir eine Chance!«

»Was ist das für ein Plan?«, fragte der Geschwaderkommandant stirnrunzelnd.

»Als Erstes brauche ich eine verschlüsselte Verbindung zu Admiral Martius.«

»Die andere Seite hat Gringer eingesetzt. Wir neutralisieren das zwar mit Bifer, aber unsere Verbündeten setzen ebenfalls Gringer ein, um den Gegner zu verwirren.«

»Ich weiß, Tiberius. Und das macht die Kommunikation sehr schwierig, zumal wir es immer noch nicht geschafft haben, unsere eigenen Felder untereinander so zu synchronisieren, dass wir eine stabile Phase haben.«

»Genau darauf wollte ich hinaus. Mehr als knappe Nachrichten sind mit unserer derzeitigen Taktik nicht möglich.«

»Wir müssen Martius dazu bringen, dass er Gringer kurz abschaltet. Eine andere Möglichkeit gibt es nicht.«

»Wenn er das tut, wird er augenblicklich zur Zielscheibe. Das könnte das Ende bedeuten, Jim Smith!«

»Es wäre nur für einen Moment. Einen Moment, der ausreicht, um eine verschlüsselte Botschaft zu übertragen. Das Risiko ist überschaubar. Allerdings muss diese Botschaft unverstümmelt bei Martius ankommen, damit alles funktionieren kann, wie ich mir das vorstelle.«

Tiberius schwieg zunächst. Auf seiner Stirn hatte sich eine tiefe Furche gebildet. Er schien über Gisols Worte nachzudenken, war sich aber wohl noch nicht so ganz schlüssig darüber, wie er darauf reagieren sollte.

»Tiberius«, ergriff Gisol dann erneut das Wort. »Wenn wir so weitermachen und meinen Plan nicht wenigstens versuchen, dann ist das Ende absehbar. Wir werden weder die Bevölkerung von Kaeso retten noch Otto Octavius stürzen. Ja, wir können am Ende vielleicht nicht einmal uns selbst retten! Die Terraner nennen so etwas ›alles auf eine Karte zu setzen‹, und genau das schlage ich vor.«

»Und wie denkst du, können wir Martius dazu bringen, Gringer kurz zu deaktivieren?«

»Indem wir ihm ein Signal senden. Kein normales Kommunikationssignal auf irgendeiner Funkfrequenz oder so etwas. Das wird gestört. Es muss einfach ein auffälliges Zeichen sein, das von der Ortung registriert wird und Martius dazu veranlasst, das Richtige zu tun. Ein Zeichen, das ihn denken lässt, dass er eine Botschaft zulassen muss – trotz des Risikos.«

»Und wie sollte ein solches Zeichen konkret aussehen?«, fragte Tiberius. Er schien Gisols Gedanken nicht grundsätzlich abzulehnen.

»Ich hätte da einen Vorschlag zu machen«, äußerte sich nun Marcellus Remus.

»Dann sprich!«, forderte Tiberius ihn auf.

»Wie wäre es mit einem sehr energiereichen Impuls im Radiobereich? Ich rede nicht von einem Kommunikationssignal, denn das würde so gestört, dass Admiral Martius damit nichts anfangen könnte. Aber ein hochenergetischer Impuls im Radiowellenbereich müsste durchkommen. Und es müsste auch sofort identifizierbar sein, woher er kommt. Dieser Impuls würde keinerlei Information enthalten, die verstümmelt oder gestört werden könnte. Aber das Ganze würde …«

»… auf Martius so wirken, als würde da jemand sehr deutlich an die Tür klopfen und rufen: ›Wir müssen dir was sagen!‹«, schloss Tiberius. »Das ist doch wohl der Sinn der Aktion, wenn ich das richtig verstanden habe.«

»Genau so ist es«, bestätigte Marcellus Remus. »Martius wird den richtigen Schluss ziehen und darauf kommen, was wir wollen. Sobald Gringer deaktiviert wird, schicken wir die Botschaft umgehend ab – und das war es! Ein paar Augenblicke Störungen in der Ortung werden nicht so schwer ins Gewicht fallen, denke ich.«

Tiberius atmete tief durch. »Das können wir versuchen«, sagte er. »Aber zuerst will ich wissen, was das für ein Plan sein soll, Jim Smith, damit ich beurteilen kann, ob der überhaupt eine Chance hat, die Situation zu verändern!«

17.

»Viel Glück, Jim Smith!«

Diese Botschaft von Kommandant Tiberius erreichte Gisol, nachdem der Worgun in dem Flash Platz genommen hatte, der ihm für die bevorstehende Mission zur Verfügung gestellt worden war. Noch befand sich der Flash im Hangar der IMPERIUM ROMANUM, zusammen mit einem Dutzend weiterer Beiboote, die nur darauf warteten, dass es endlich losging. Wenn sie dann erst einmal den Ringraumer hinter sich gelassen hatten, würde ohnehin kein Kontakt mehr möglich sein, da nach wie vor Gringer im Einsatz war, der die Schiff-zu-Schiff-Kommunikation störte.

Gisols Plan war bislang gut angelaufen.

Zumindest nach seiner eigenen Beurteilung.

Der hochenergetische Radioimpuls hatte Admiral Martius in der LAURONS tatsächlich dazu bewogen, den Gringer für einen Moment abzuschalten. Und so war die Übertragung von Gisols verschlüsselter Botschaft möglich gewesen. Martius' Antwort hatte es noch einmal erforderlich gemacht, den Gringer kurz auszuschalten. Für ein paar Augenblicke hatte ein geschützter Kommunikationskanal zwischen der LAURONS und der IMPERIUM ROMANUM bestanden.

»Dein Plan grenzt an Wahnsinn, Jim Smith«, hatte Gisol die Worte des Admirals noch im Ohr, und wahrscheinlich traf es den Kern der Sache auch ziemlich genau. »Aber er könnte gelingen. Also sollte man dir einen Flash zur Verfügung stellen …«

Und jetzt ging es los.

Der Plan war riskant. Aber Gisol war überzeugt davon, dass er die Wende in dieser Schlacht bringen konnte. Mit eingeschaltetem Intervallum flogen die Flash nun durch die Unitallwandung des Hangars ins freie All.

Da die Kommunikation nach wie vor durch den Gringer-Einsatz stark behindert wurde, kam es umso mehr darauf an, dass jede Aktion zeitlich genau abgestimmt war.

Martius hatte die zweite Unterbrechung des Gringer dazu genutzt, an alle Einheiten entsprechende Befehle zu senden.

Die Schiffe der Rebellenflotte begannen nun zu einem bestimmten Zeitpunkt sehr koordiniert, das Feuer zu eröffnen. Ein wahrer Hagelsturm wurde jetzt durch verschiedene Waffensysteme gleichzeitig ausgelöst. Strahlenwaffen kamen ebenso zum Einsatz wie die Wuchtkanonen der Ovoid-Ringraumer. Unter normalen Umständen wäre ein solches Sperrfeuer selbstmörderisch gewesen, denn es führte natürlich zu einem erhöhten Ressourcenverbrauch an Energie und Munition. Davon abgesehen musste man davon ausgehen, dass bei einem derartigen Breitbandfeuer letztlich der Großteil der Schüsse einfach ins Leere ging.

Der Sinn, den dieses Manöver hatte, bestand darin, für die kleine Gruppe von Flash, die soeben die IMPERIUM ROMANUM verlassen hatten, den Weg freizuschießen. Es musste verhindert werden, dass irgendjemand Gisol und den anderen Flashpiloten in die Quere kam. Das Feuer musste so lange aufrechterhalten werden, bis diese ihr Ziel erreicht hatten.

Und dieses Ziel tauchte sehr bald auf dem Bildschirm auf, den Gisol in seinem Flash über sich hatte.

Es war die BRUTUS – im Übrigen nicht nach dem Adoptivsohn Cäsars benannt, der sich während der Iden des März seinen Mördern angeschlossen hatte, sondern nach dessen gleichnamigem Vorfahren, der rund sechshundert Jahre zuvor die römische Königsherrschaft beendet hatte.

Die BRUTUS unterstand nach den Informationen, die Gisol vorlagen, einem gewissen Tertius Lydius, der das Kommando über die BRUTUS erst vor Kurzem übertragen bekommen hatte – und zwar nach Octavius' Machtergreifung.

Mehrere Schiffe aus Martius' Flotte, die sich in der Nähe der BRUTUS befanden, konzentrierten ihr Feuer jetzt auf die BRUTUS. Dabei wurde vor allem Mix-4 eingesetzt. Man wollte das Intervallfeld der BRUTUS kollabieren lassen, was auch nach kurzer Zeit gelang. Mit einem so plötzlichen, konzertierten Überfall hatte der Feind nicht gerechnet, zumal es sich bei der BRUTUS keineswegs um ein Schiff handelte, auf dem irgendwelche Kommandobefugnisse des gesamten Verbands konzentriert gewesen wären.

Jetzt stellten Martius' Schiffe von Mix-4 auf Nadelstrahl um.

Die Mannschaft der BRUTUS versuchte, ein Ausweichmanöver zu initiieren. Dennoch kam es an mindestens einer Stelle zu einem mehr als zweihundertzehn Sekunden langen, konzentrierten Dauerbeschuss mit Nadelstrahlfeuer, sodass eine gewaltige Explosion ein Loch in die unitallene Außenhülle riss. Atemluft entwich als kondensierender Nebel ins All.

Die BRUTUS verfügte ebenfalls über Flash, die inzwischen zur Verteidigung ausgeschleust worden waren. Schließlich stand man nach dem Zusammenbruch des Intervallums erst einmal ziemlich schutzlos da. Aber die ausgeschleusten Flash kamen gar nicht erst dazu, ihren Angriff zu fliegen. Einige der gegnerischen Beiboote, die Gisol gefolgt waren, wurden von seinen Mitstreitern mit gezieltem Feuer abgeschossen, bevor diese dann ebenfalls dem ins Innere der BRUTUS vordringenden Worgun folgten.

Gisol ließ seinen Flash durch die Gänge rasen. Wann immer er feste Wände durchdringen musste, deaktivierte er kurz den Brennkreis des Beibootes, das ihm zur Verfügung gestellt worden war.

Die anderen Flash von der IMPERIUM ROMANUM folgten ihm dichtauf.

*

Schließlich erreichten Gisol und seine Mitstreiter die Zentrale der BRUTUS. Dort befanden sich die Führungsoffiziere des Schiffs bereits auf der Flucht. Sie versuchten offenbar, über die Ringtransmitter auf der umlaufenden Galerie zu flüchten.

Gisol verließ seinen Flash.

Die Römer, die mit ihm in die BRUTUS eingedrungen waren, taten dasselbe. Zusätzlich zum Piloten war jeder Flash auch noch mit einem bewaffneten Legionär besetzt. Diese verließen jetzt ebenso wie die Flashpiloten die Beiboote.

Die Piloten übernahmen die Konsolen, während die Legionäre ihre Waffen zur Galerie richteten.

»Stehen bleiben!«, rief einer von ihnen hinauf.

Aber das war natürlich vergebens. Die Mannschaft der Zentrale hatte die Ringtransmitter bereits passiert und das Schiff verlassen.

»Die Transmitter sind bereits wieder deaktiviert worden«, stellte Marcellus Remus fest, der zusammen mit Centurio Antonius Clodius zu Gisols Begleitern gehörte. »Die sind auf und davon, Jim Smith!«

Gisol hatte sich inzwischen an eine der Steuerkonsolen in der Zentrale begeben.

Seine linke Hand war zu einer Faust geballt. Er öffnete sie. Ein Datenkristall kam zum Vorschein. Er schimmerte leicht in dem gleichmäßigen Kunstlicht, das in der Zentrale der BRUTUS herrschte. An einer dafür vorgesehenen Schnittstelle setzte Gisol den Datenkristall ein.

»Bereitmachen!«, rief er dann. »Präpariert die Granaten und postiert euch an den Transmittern!«

Nachdem die Römer die mitgebrachten Granaten aus den Flash geholt hatten, eilten die Männer zur Galerie hinauf und postierten sich in unmittelbarer Nähe der Transmitter.

Insgesamt drei Transmitterzugänge befanden sich auf der die Zentrale umlaufenden Galerie. Sie waren oval, etwa drei Meter hoch und 1,50 Meter breit, und wirkten scheinbar wie Nischen in der Wand, die von einer eigenartigen Sphäre ausgefüllt wurden. Wenn man direkt vor einem der Durchgänge stand, hatte man den Eindruck, dass das Innere von beinahe transparenten Kacheln ausgekleidet war, hinter denen Drähte sichtbar wurden.

An jedem der Durchgänge standen nun mehrere mit Granaten ausgestattete Römer.

Clodius postierte sich ebenfalls an einem der Durchgänge. In der Rechten hielt er eine Granate, die jetzt jeden Moment zum Einsatz kommen sollte.

»Alles bereit!«, meldete Clodius.

Auch Marcellus Remus hatte seinen Posten eingenommen. Am dritten Transmitter stand ein weiterer Legionär mit einer Granate.

Clodius blickte in den Transmitterdurchgang hinein. Der Boden funkelte kristallin. Wenn jemand in den Transmitter trat, schien er darauf zu schweben. Oben in der vermeintlichen, sich aus der Wand hervorwölbenden Nische, die aber in Wahrheit nur eine optische Täuschung war, schwebte eine metallisch schimmernde Kugel, aus der goldene Sensoren herausragten.

Clodius und die anderen Römer wirkten hochkonzentriert. Von diesem Einsatz hing jetzt alles ab. Der verrückte Plan von Gisol alias Jim Smith war vermutlich die einzige Chance, die sie noch hatten, um dieses Gefecht zu bestehen und die Bevölkerung von Kaeso vor dem sicheren Untergang zu retten.

Gisol verharrte einen Moment an der Konsole. Dann nahm er ein paar Schaltungen vor.

Sein Blick entspannte sich leicht.

»Jetzt!«, rief er.

Die Ringtransmitter auf der Galerie wurden aktiviert.

Genau in diesem Moment warfen die Römer ihre Granaten durch die Einstiegsöffnungen.

Die Transmitter deaktivierten sich kurz darauf, nur um wenig später erneut eingeschaltet zu werden. Dieser Vorgang wiederholte sich mehrfach im Abstand weniger Augenblicke.

Immer dann, wenn die Transmitterfelder aktiv waren, wurden weitere Granaten in den ovalen Eingang geworfen. Diese Granaten schienen zunächst zu Boden zu fallen, dann hatte man für einen winzigen Augenblick den Eindruck, dass sie auf den kachelartigen Feldern schwebten und schließlich den kristallin schimmernden Boden berührten, ehe sie verschwanden, um dann an ihrem Bestimmungsort zu materialisieren.

Schließlich aktivierten sich die Transmitter nicht mehr. Offenbar hatte die Gegenseite eine Sperre eingerichtet, die Gisol nicht umgehen konnte. Er nahm den Datenkristall wieder an sich. Noch bevor sich seine Hand um den Kristall schloss, veränderte sie sich für einen kurzen Moment. Der Datenkristall verschwand in Gisols Körper. Keiner der anwesenden Römer bekam davon etwas mit.

Dass Jim Smith keineswegs ein Terraner, sondern ein Worgun war, wussten die Römer inzwischen. Trotzdem vermied Gisol jegliche Verwandlung in Anwesenheit anderer – mochte es sich nun um Terraner oder Römer handeln. Im nächsten Augenblick war der Kristall verschwunden. Die Hand von Jim Smith unterschied sich in nichts mehr von der Hand jedes gewöhnlichen Terraners. Immerhin konnte Gisol als Worgun einen Gestaltwandel wieder rückgängig machen – im Gegensatz zu Worgunmutanten wie Segal, der deshalb nach seiner letzten Verwandlung für immer an die giraffenartige Gestalt eines Flinkrenners gebunden sein würde.

Gisol wandte sich seinen Mitstreitern zu.

Die Römer waren inzwischen bereits wieder von der Galerie heruntergekommen.

»Und jetzt nichts wie weg hier!«, sagte er.

*

Alle, die an dieser Kommandooperation teilgenommen hatten, stiegen wieder in ihre Flash und verließen mit diesen so schnell wie möglich die BRUTUS.

Gisol ließ sich auf dem Bildschirm über sich eine Positionsübersicht zeigen, dazu die Ortungsdaten.

Schon nach wenigen Augenblicken war klar, dass sich in dieser Raumschlacht etwas Entscheidendes verändert hatte: Mindestens ein Dutzend Schiffe aus Balbinus' Geschwader dümpelten ohne erkennbaren Einfluss eines Navigators durch das All.

Admiral Martius' Schiffe verstärkten jetzt das Feuer. Die Ringraumer aus Balbinus' Geschwader waren diesen Angriffen fast hilflos ausgeliefert. Die ersten von ihnen explodierten bereits. Andere waren schon nach wenigen Treffern nur noch manövrierunfähige Wracks.

Das Blatt hatte sich gewendet, wie man deutlich sehen konnte.

Martius' Flotte war drauf und dran, diese Schlacht zu gewinnen, während Balbinus' Verband immer stärker dezimiert wurde.

Der Anblick von explodierenden Raumschiffen und glühenden Trümmerteilen weckte in Gisol durchaus gemischte Gefühle. Er dachte an eine Epoche seines eigenen, gemessen an terranischen Verhältnissen sehr langen Lebens, die schon lange zurücklag und auf die er keineswegs nur stolz war. Man nannte ihn nicht ohne Grund auch »Gisol, den Schlächter« …*

Gisol flog mit den anderen Flash zurück zur IMPERIUM ROMANUM. So schnell es ging, begab er sich dann zusammen mit Clodius und Remus zur Zentrale.

Als sie dort eintrafen, begrüßte Tiberius die Rückkehrer.

»Ein Plan, der an Wahnsinn grenzt – aber erfolgreich war«, stellte Tiberius fest. »Ich gratuliere dir zu deinem taktischen Geschick, Jim Smith.«

»Ich bin niemand, der glaubt, ein Held zu sein«, erwiderte Gisol zurückhaltend.

»Jedenfalls sind wir froh, dass ihr wohlbehalten zurückgekehrt seid«, äußerte sich Segal und senkte dabei den langen Hals mit dem vergleichsweise kleinen Kopf. Die Lippen formten dabei einen Ausdruck, der sich durchaus mit einem menschlichen Lächeln in Verbindung bringen ließ. *Aber das ist vielleicht auch überinterpretiert,* dachte Gisol.

Tiberius wollte etwas sagen, doch eine Meldung des Ortungsoffiziers der IMPERIUM ROMANUM kam ihm zuvor.

»Die GERMANICUS versucht, sich mit maximalen Beschleunigungswerten von uns zu entfernen«, stellte der Offizier fest. »Sieben weitere Einheiten aus seinem Verband verhalten sich ähnlich.«

Tiberius blickte zur Bildkugel, wo sich gerade die Anzeige veränderte und eine Übersichtsprojektion erschien.

»Die wollen das System verlassen«, bemerkte der Kommandant der IMPERIUM ROMANUM.

»Dazu haben sie auch allen Grund«, erklärte Gisol. »Die Schlacht dürfte so gut wie verloren sein.«

»Wir haben noch achtzehn intakte Ovoid-Ringraumer«, sagte Tiberius. »Na ja, mehr oder weniger intakt. Schäden sind durchaus zu verzeichnen. Ein derartiges Gefecht geht an niemandem spurlos vorbei.«

---

* Siehe REN DHARK Sonderband 24, »Gisol, der Schlächter«

Wenig später meldete sich die Funkzentrale. Der gegnerische Gringer war nicht mehr messbar. Daher konnte der Bifer deaktiviert werden. »Wir haben wieder normale Kommunikation. Es kommen Notrufe einiger Einheiten aus Balbinus' Geschwader herein, die den Kampf aufgegeben haben – und eine Nachricht von Admiral Martius an alle Einheiten.«

»Schalte die Phase frei«, sagte Tiberius.

Kurz darauf erschien Admiral Martius in der Bildkugel.

»An alle!«, begann er. »Wir werden überlebende Gegner gefangen nehmen und Verletzte versorgen. Möglicherweise gibt es unter den wrackgeschossenen, im Moment kampfunfähigen Raumern noch welche, die sich innerhalb kurzer Zeit instand setzen lassen, sodass wir vielleicht noch das eine oder andere Schiff zu unserer Verstärkung bekommen. Die gegenwärtige Gefahr für den Planeten Kaeso und seine Bevölkerung konnte abgewendet werden. Ich danke allen, die dazu beigetragen haben, für ihren Mut und ihren Einsatz.« Admiral Martius machte eine Pause. Er schien sich dann direkt an Gisol zu wenden. »Dein Plan war riskant, aber gut, Jim Smith. Wir hätten es sonst vielleicht nicht geschafft.«

»Die größten Schwierigkeiten liegen noch vor uns«, erwiderte Gisol. »Achtzehn Ovoid-Ringraumer plus die eine oder andere instand gesetzte Einheit unserer Gegner – das ist keine Streitmacht, mit der man Octavius so einfach stürzen könnte.«

»Das ist zweifellos richtig«, erkannte Admiral Martius an.

»Balbinus wird vermutlich auf direktem Weg nach Terra Nostra fliegen, und ich kann mir nicht vorstellen, dass Otto Octavius einfach hinnehmen wird, was hier geschah.«

»Auch in diesem Punkt kann ich dir nur zustimmen, Jim Smith. Sobald sich hier die Verhältnisse einigermaßen geklärt haben, fliegen wir Kaeso an und werden dort mit Catilina besprechen, wie wir weiter vorgehen können.«

*

Statthalter Aulus Sergius Catilina empfing seine Gäste in einem der öffentlichen Verwaltungsgebäude in Nova Limes. Es befand sich unter der Energiekuppel, die den Bereich um die Hauptstadt überwölbte. Unter dieser Kuppel gab es atembare Luft. Abgesehen von seinen Leibwächtern wurde Catilina von Hadrian Aurel begleitet. Aurel war Catilinas Stellvertreter und ganz nebenbei Eigentümer von vierzig Prozent der Ala-Minen, denen die Kaeso-Kolonie ihren Wohlstand und ihre Bedeutung für das Imperium verdankte.

»Salve, ihr Retter von Kaeso!«, stieß Catilina hervor.

»Salve, Catilina«, antwortete Admiral Martius seinem Gegenüber.

Sie kannten sich beide sehr gut. Catilina bekleidete ebenfalls den Rang eines Admirals in der römischen Raumflotte, auch wenn er im Augenblick ein ziviles Amt innehatte.

Martius wurde von Appius Tiberius und weiteren verbündeten Kommandanten begleitet. Außerdem nahm Gisol alias Jim Smith an diesem Treffen teil, zusammen mit der gesamten ehemaligen Mannschaft der EPOY VII, die ja Kaeso vor dem Vernichtungsschlag durch die SULLA gerettet hatte.

Catilina waren die Einzelheiten der Raumschlacht inzwischen bekannt, daher hatte er auf der Anwesenheit von Jim Smith und seiner Mannschaft bestanden, da diese sich an der Verteidigung von Kaeso beteiligt hatten. Nachdem der Statthalter auch Appius Tiberius besonders herzlich begrüßt hatte, wandte er sich Gisol und dessen Begleitern zu.

Jeden Einzelnen von ihnen sprach er mit Namen an – sowohl Jim Smith als auch Segal, Balkoroy sowie die sechs römischen Legionäre. Das war eine besondere Bezeugung von Respekt, aber Catilina war offenbar der Ansicht, dass die Mannschaft sich diesen redlich verdient hatte.

»Wenn mich in diesem Moment jemand nach meinem Befinden fragen würde«, so sagte Catilina anschließend, »dann würde ich ihm antworten: Ich bin – wie wir alle! – froh, noch am Leben zu sein. Es hätte nicht viel gefehlt und die meisten von uns würden nicht mehr existieren. Ihr habt einen scheinbar aussichtslosen Kampf geführt und ihn siegreich bestanden. Solches Glück schenken einem die Götter nicht jeden Tag, wie ich aus eigener Erfahrung weiß.«

»Wir werden dieses Glück noch einmal von den Göttern fordern müssen«, sagte Admiral Martius. »Vielleicht sogar mehr als das.« Die Stimmung des Admirals wirkte alles andere als optimistisch. Der gerade erst zurückliegende Sieg über die Flotte des Balbinus hatte daran nichts geändert und ließ ihn anscheinend keinesfalls in Euphorie verfallen. Martius wusste nur zu gut, dass noch unüberwindliche Hindernisse vor ihnen lagen.

Der Weg nach Terra Nostra würde nicht einfach werden und vielleicht sogar am Ende vergeblich sein.

»Wir wollen keine Zeit verlieren«, drängte Admiral Martius daher. »Catilina, wie ist die Lage hier auf Kaeso?«

»Die Menschen, die sich in die Ala-Minen geflüchtet haben, kehren zurück. Es wird eine Weile dauern, bis sich das tägliche Leben wieder halbwegs normalisieren wird. Aber insgesamt bin ich sehr zufrieden. Natürlich wird das nicht so bleiben. Balbinus wird nach Terra Nostra zurückkehren, und sobald man dort über die Geschehnisse in diesem System informiert wird, erfolgt mit Sicherheit eine Reaktion. Sicher ist die Bevölkerung von Kaeso nur für den Augenblick.«

Martius nickte. »Das sehe ich auch so. Und unsere Streitmacht dürfte auch im Moment wohl kaum in der Lage sein, Octavius zu stürzen.«

»Wie viele Schiffe stehen dir zur Verfügung, Martius?«

»Zwanzig Ovoid-Ringraumer sind uns nach der Schlacht geblieben«, erklärte Martius. »Zwei Schiffe des Gegners konnten wir zusätzlich übernehmen, weil die Besatzungen sich ergeben haben. Der Rest sind Wracks.«

»Also insgesamt zwanzig Ovoid-Ringraumer«, zählte Catilina zusammen.

»Die aber alle reparaturbedürftig sind«, wandte nun Tiberius ein. »Die Raumschlacht ist an keiner der daran beteiligten Einheiten spurlos vorbeigegangen.«

»Und wie viele Schiffe hat Octavius zur Verfügung?«, hakte Catilina nach.

»Das wissen wir nicht«, gestand Martius. »Natürlich haben wir die Datenspeicher der erbeuteten Schiffe auf Informationen hin untersucht, die uns in dieser Hinsicht Näheres verraten könnten. Aber leider sind wir nicht fündig geworden. Wir haben also keinerlei Anhaltspunkte.«

»Dass der Gegner uns überlegen ist, daran dürfte kein Zweifel bestehen«, meinte Martius.

»Mit anderen Worten: Wir brauchen dringend Verbündete«, äußerte sich nun Gisol.

»Das scheint mir auch so«, ergriff nun zum ersten Mal Hadrian Aurel das Wort. Der Stellvertreter des Statthalters von Kaeso machte für ein paar Augenblicke ein nachdenkliches Gesicht und fuhr dann fort: »Wie wäre es mit den Zyzzkt? Könnte man die nicht für ein Bündnis gewinnen?«

»Auf jeden Fall schulden sie den Römern noch etwas, denn wenn es nach den Worgun gegangen wäre, dann würden sie heute nicht mehr existieren«, sagte Martius.

»Ich halte nichts davon, die Zyzzkt um Beistand zu bitten«, erklärte nun Gisol unumwunden.

»Ist das der grundsätzliche Hass eines Worgun auf die Zyzzkt, der da zum Ausdruck kommt?«, wollte Martius wissen.

»Nein«, widersprach Gisol. »Es ist die Sorge um die Konsequenzen, die eine solche Entscheidung hätte. Und die könnten verheerend sein. Der große Krieg gegen die Zyzzkt liegt noch nicht lange zurück.«

»Die Frage ist, wie wählerisch wir in der gegenwärtigen Situation bei der Auswahl potenzieller Verbündeter sein dürfen«, warf Aurel ein.

Jetzt ergriff Appius Tiberius das Wort: »Jim Smith hat recht. Wir müssen an die Konsequenzen denken und von vornherein die Folgen unserer Handlungen mit einbeziehen. Wenn wir uns mit einem alten Feind wie den Zyzzkt verbünden würden, könnte es sein, dass uns das den Rückhalt in der Bevölkerung kosten wird. Die Römer, deren Unterstützung wir aber brauchen, würden sich von uns abwenden. Insofern glaube ich, dass dieser Vorschlag keine Alternative ist.«

»Ja, dieses Problem sehe ich auch, Tiberius«, erklärte Catilina. »Wir müssen eine andere Möglichkeit finden.«

»Was ist eigentlich mit Ren Dhark?«, fragte Aurel. »Hat der Terraner nicht seinerzeit zusammen mit dir, Admiral Martius, gegen die Zyzzkt gekämpft und dabei seine legendäre POINT OF eingesetzt?«

»Das ist richtig«, bestätigte Admiral Martius.

»Was spräche denn dagegen, ihn erneut um Beistand zu fragen? Er wird einem alten Bundesgenossen sicher gerne helfen.«

»Ren Dhark ist zurzeit in Nal«, mischte sich nun Gisol wieder ein. »Es ist allein deshalb im Augenblick unmöglich, dass er in dem Konflikt hier in Orn irgendeine Rolle spielen könnte.«

»Nun, Tatsache ist, dass eine Rückeroberung Terra Nostras mit Ren Dhark und der POINT OF tatsächlich möglich wäre«, erklärte Admiral Martius. »Wenn er sich zurzeit allerdings in Nal aufhält, würde er in jedem Fall zu spät hier eintreffen. Bis dahin wären die Würfel in Orn längst gefallen – so oder so. Und von ein paar unwesentlichen Schwierigkeiten wie der Tatsache, dass Nal sich außerhalb jeglicher Hyperfunkreichweite befindet und es daher unmöglich sein dürfte, mit ihm zeitnah in Kontakt zu treten, will ich jetzt gar nicht erst reden.«

»Was ist mit den Worgun?«, fragte Catilina.

»Als die Schwarze Macht auftauchte, haben sie uns schmählich im Stich gelassen«, erklärte Tiberius. »Glaubst du wirklich, ihre Feigheit hätte sie plötzlich verlassen?«

»Die Worgun waren nicht feige«, widersprach Gisol.

»Ich wollte damit nichts gegen dich gesagt haben, Jim Smith«, stellte Appius Tiberius klar.

»Als die Schwarze Macht in Orn auftauchte, war sie ein vollkommen überlegener Gegner«, erwiderte Gisol. »Die Schwarze Macht war dermaßen überlegen, dass jeder Widerstand sinnlos erschien. Das ist etwas vollkommen anderes als die Lage, in der wir uns jetzt befinden und in der es darum geht, dass ein wichtiger Machtfaktor in der Galaxis Orn weiterhin von einem wahnsinnigen Schlächter regiert wird. Einem Schlächter, der heute vor allem eine Gefahr für die Römer selbst ist, aber morgen schon zu einer Gefahr für andere werden könnte.

Wenn man den Worgun klarmachen kann, dass es in ihrem wohlverstandenen Eigeninteresse liegt, hier auf unserer Seite einzugreifen, dann sollte es eigentlich möglich sein, dort Unterstützung zu bekommen.«

»Wir sollten tatsächlich darüber nachdenken«, meinte Catilina. »Es könnte einen Versuch wert sein. Abgesehen davon teile ich Jim Smiths Ansicht. Man kann den Worgun für ihre Zurückhaltung gegen die Schwarze Macht keinen Vorwurf machen. Wenn sie anders gehandelt hätten, dann hätte das zu einer Vernichtung von Epoy führen können. Schließlich ist die Schwarze Macht dazu in der Lage, ganze Sonnen mehr oder minder nach Belieben auszuschalten, wie wir Römer ja am Beispiel von Sol erfahren mussten.«

»Wie wäre es denn mit einem ganz und gar unkonventionellen Vorschlag?«, meinte nun Hadrian Aurel.

»Nun, wir sollten jede Möglichkeit erörtern, die zumindest eine Chance hat, hilfreich zu sein«, erklärte Catilina daraufhin gelassen.

Hadrian Aurel lächelte hintergründig. »Wir haben gerade viel über die Befindlichkeiten von Römern, Worgun und sogar Zyzzkt gesprochen, doch wie wäre es, wenn Ren Dhark nach Orn zurückkehren und diese Rebellion anführen würde?«

»Wir waren uns doch eben noch einig, dass das nicht möglich ist«, rief ihm Martius in Erinnerung.

»Vielleicht würde es ja ausreichen, wenn uns jemand anführt, der das Gesicht von Ren Dhark hat, auch wenn derjenige in Wahrheit nicht der berühmte Retter Orns ist.« Hadrian Aurel wandte sich an Gisol. »Soweit ich gehört habe, bist du in Wahrheit auch nicht der Terraner Jim Smith, sondern ein Worgun, der diese Gestalt angenommen hat. Du könntest jede andere Gestalt annehmen.«

»Das könnte ich«, stimmte Gisol zu.

»Auch die von Ren Dhark.«

»Natürlich.«

»Sowohl Römer als auch Worgun würden sich an Ren Dhark und seine Rolle bei der Befreiung Orns von der Zyzzkt-Herrschaft erinnern. Die Römer wären ebenso auf unserer Seite, wie es uns außerdem gelingen würde, die Worgun als Verbündete zu gewinnen!«

Bis zu diesem Augenblick war nicht ganz eindeutig gewesen, ob Aurel seinen Vorschlag als Scherz oder ernst gemeint hatte.

Jetzt wurde Gisol allerdings klar, dass Catilinas Stellvertreter tatsächlich darüber nachdachte, ob das nicht ein gangbarer Weg wäre.

»Du vergisst eine Kleinigkeit, Aurel«, gab Gisol daraufhin leicht ungehalten zurück.

»So? Von welcher Kleinigkeit sprichst du?«

»Jeder Worgun würde sofort erkennen, dass ich nicht Ren Dhark bin, sondern ein Worgun«, erklärte Gisol. »Damit erübrigt sich dann auch jede weitere Diskussion über diesen Vorschlag, denn er ließe sich einfach niemals in die Realität umsetzen.«

Hadrian Aurel atmete tief durch. »Schade«, seufzte er. »Ich hatte schon gedacht, wir hätten hier und jetzt tatsächlich so etwas wie einen genialen Plan schmieden können, um endlich das zu schaffen, was wir uns alle wünschen: den Sturz von Otto Octavius.«

Manche unter den anwesenden Römern mussten über Hadrian Aurels Vorschlag unwillkürlich etwas schmunzeln. Aber davon ließ sich Gisol in keiner Weise anstecken.

Er konnte kein bisschen darüber lachen, denn Ren Dharks Gestalt anzunehmen, ohne dessen Zustimmung zu haben, grenzte an Verrat. Nie wieder würde er seinem alten Freund offen in die Augen blicken können.

Davon abgesehen galt Gisol selbst unter den Worgun als eine Art Volksheld, und wenn er unter ihnen nach Verbündeten suchte, dann würde er sicherlich Unterstützung finden. In dieser Hinsicht war er sehr zuversichtlich. Die Maske eines falschen Ren Dharks brauchte er dazu auf gar keinen Fall.

18.

»Das ist nicht möglich!«

Otto Octavius war außer sich vor Wut – und diese Wut schrie er jetzt einfach hemmungslos heraus. Er befand sich in einem der Besprechungsräume in der Nähe des Senatssaals von Nova Roma auf Terra Nostra. Der Raum war besonders gesichert.

Nur eine Handvoll von Getreuen war jetzt im Raum. Die Wechselhaftigkeit von Octavius' Launen hatte unterdessen neue Höhepunkte erreicht. Zeitweilig hatte er ausschließlich robotischen Sicherheitskräften vertraut, nur um dann zu bemerken, dass diese ja technisch manipulierbar waren, sodass sie wieder gegen menschliche Sicherheitskräfte ausgetauscht wurden. Aber die konnten ja allesamt Verräter sein …

Und jetzt hatte er gerade die alarmierenden Nachrichten aus dem Kaeso-System erhalten. Letzter Stand war, dass acht seiner Ringraumer vor den Rebellen mehr oder weniger die Flucht ergriffen hatten und nun auf dem Weg nach Terra Nostra waren. Acht Ringraumer von einer Flotte von ursprünglich dreißig Einheiten, deren Aufgabe es eigentlich gewesen war, den Planeten Kaeso in Schutt und Asche zu legen, die Bevölkerung zu vernichten und den Kopf des aufmüpfigen Statthalters Catilina nach Terra Nostra zu bringen.

Ein Zeichen hatte das werden sollen!

Ein Exempel für all jene, denen es vielleicht in nächster Zukunft einfallen mochte, sich gegen den erhabenen Rex Octavius zu erheben.

Und was war nun daraus geworden?

Ein Zeichen dafür, dass Rebellion möglich ist!, ging es Octavius bitter durch den Kopf. *Genau das Gegenteil von dem, was erreicht werden sollte!*

»Ein erster vollständiger Bericht liegt vor«, sagte Quintus und reichte Octavius eine Datenrolle. »Traf gerade von der GERMANICUS ein. Wegen des Einsatzes von Gringer und Bifer während der Raumschlacht war ja eine Zeit lang kaum Kommunikation mit den Einheiten möglich. Die wichtigsten Entwicklungen konnten zwar von Terra Nostra aus verfolgt werden, aber ich nehme an, dass dich auch die Details interessieren, erhabener Imperator.«

Octavius nahm das Speichergerät entgegen, entrollte die Anzeigemembran, warf einen Blick darauf, schien einen Moment lang zu überlegen, sich die Daten tatsächlich anzusehen, aber dann gewann die unbändige Wut in ihm erst einmal die Oberhand. Er schleuderte das Datenpergament von sich. Mit aller Kraft tat er dies.

Das dünne Gerät knallte gegen die Wand. Beschädigen ließ es sich auf diese Weise nicht. Die römische Technik war sehr fortgeschritten.

»Bin ich nur von Idioten oder Verrätern umgeben?«, rief Octavius. »Hat Sol invictus so etwas verdient? Muss es so sein, dass die Großen unter den Römern immer durch Verrat stürzen – angefangen mit Julius Cäsar?«

In seinem Kopf rasten die Gedanken nur so. Er musste etwas tun. Die Entwicklungen konnte er nicht einfach so hinnehmen, sonst entwickelte sich daraus am Ende noch etwas, das ihm tatsächlich gefährlich werden konnte.

Ein Gefühl der Panik ergriff ihn. Dennoch arbeitete sein Verstand messerscharf. Es war jetzt der pure Instinkt einer Kreatur, die um ihr Überleben kämpfte, der ihn antrieb und die Kontrolle über seine Entscheidungen übernahm.

»Ich will, dass jeder Hyperfunkspruch über mich geleitet wird! Ganz egal, was es sein mag. Und es wird ab sofort jegliche Kommunikation von Terra Nostra nach außen unterbunden! Und zwar durch den Einsatz von Gringer!« Otto Octavius atmete tief durch. Er musste regelrecht nach Luft ringen, bevor er in der Lage war, weiterzusprechen. »Die Nachrichten aus dem Kaeso-System dürfen sich auf gar keinen Fall weiterverbreiten. Auf Terra Nostra darf davon einstweilen niemand etwas erfahren.«

»Wir werden das auf die Dauer nicht verhindern können«, wandte Quintus ein.

»Auf die Dauer nicht, aber wir bekommen einen Vorsprung.«

»Ich fürchte, es ist bereits zu spät«, meinte Valentinus.

»Zu spät?«, echote Octavius.

»Ich bekomme gerade die Nachricht, dass es zu Protesten kommt. Es gibt nicht wenige Bürger hier, die Verwandte auf Kaeso haben und von denen sie bereits darüber informiert wurden, dass Kaeso von Ringraumern angegriffen worden ist …«

»Dann kommen die Verräter jetzt anscheinend aus ihren Löchern!«, stieß Octavius grimmig hervor.

»Man lastet dir den Befehl an, Kaeso zu vernichten«, stellte Valentinus fest. »Und was Catilina angeht …«

»Sprich den Namen dieses von den Göttern verfluchten Verräters nicht laut aus!«, schrie Octavius außer sich vor Zorn. »Man soll ihm dem Vergessen anheimgeben! Man soll ihn aus der Erinnerung tilgen!«

»Die Menschen, die jetzt protestieren, betrachten ihn als angesehenen Admiral. Niemand versteht, warum er getötet werden sollte.«

Octavius sah ihn streng an. Seine Augen flackerten. »Ich will hoffen, dass wenigstens *du* das verstehst.«

»Natürlich, erhabener Rex.«

»Dann ist es ja gut.«

»Deine Befehle sind Gesetz.«

»Schön, dass du alle im Raum hier mal daran erinnerst! Denn ein unfähiger Narr wie Balbinus hat das offenbar vergessen.« Octavius ballte erneut die Hände zu Fäusten. Die Ader an seinem Hals pulsierte, und sein Gesicht nahm eine Farbe an, die jeder Arzt als bedenklich angesehen hätte. »Wie konnte dieser Idiot, der entweder ein Narr oder ein Verräter oder beides sein mag, es wagen, so zu versagen? Ich dulde kein Versagen! Von niemandem! Und ich dulde keinen Verrat! Niemals!«

Für einen Augenblick herrschte absolute Stille im Raum.

Niemand hätte es in diesem Moment gewagt, etwas zu sagen. Wenn Otto Octavius in dieser Stimmung war, dann wurde er vollkommen unberechenbar – selbst für seine engsten Vertrauten.

Octavius wandte sich dann an Quintus: »Du bist mir treu ergeben, nicht wahr?«

»Habe ich das nicht bewiesen, Imperator?«

»Ja, du bist für mich durch das Blut zahlreicher Senatoren gewatet. Und diese Versammlung von quasselnden alten Männern, die man den Senat nennt, ist jetzt zahlenmäßig deutlich zusammengeschrumpft, was sicher niemand bedauern wird.«

»Wen soll ich für dich töten, Rex Octavius?«

»Alle!«, stieß Octavius unwirsch hervor.

»Wie bitte?«

»Töte sie alle! Jeden Verräter, den du finden kannst! Dass sich die Nachrichten aus dem Kaeso-System verbreiten konnten, hat vielleicht auch eine gute Seite: Die Narren glauben, dass sie jetzt eine Chance haben, wenn jemand wie Admiral Martius auf ihrer Seite steht. Aber sie sollen sich getäuscht haben.« Er legte Quintus eine Hand auf die Schulter. »Säubere Nova Roma! Es soll so viel Blut fließen wie noch nie! Aber die Verräter sollen nicht sofort umgebracht werden.«

»Was soll ich mit ihnen tun?«

»Man soll sie nach Golgatha bringen und dort qualvoll sterben lassen. Und wenn Martius und seine Rebellen dann hier eintreffen – was sie zweifellos irgendwann tun werden –, dann wird niemand mehr da sein, der sie unterstützt.« Er streckte die Arme nach oben, und sein Gesicht verzog sich zu einer grotesken Grimasse. Es war eine Maske des puren Hasses, der vollkommen jeder Rationalität entglitten zu sein schien. »Jage sie alle, Quintus! Und lass keinen von ihnen übrig! Sie müssen ausgerottet werden.«

»Wie du befiehlst, Rex Octavius.« Der Legatus zuckte dabei nicht einmal mit der Wimper.

»Es soll ein Zeichen werden, Quintus! Die Schädelstätte Golgatha wird ein Zeichen aus Blut – für alle, die auch nur mit dem Gedanken spielen, mich zu verraten! Admiral Martius und seine Verbündeten werden dieses Zeichen verstehen, da bin ich mir sicher!«

Octavius' Maske des puren Hasses veränderte sich nun innerhalb eines Augenblicks zu einem diabolischen Lächeln …

*

Die GERMANICUS und sieben weitere, zum Teil beschädigte Ovoid-Ringraumer landeten auf dem Raumhafengelände von Nova Roma auf Terra Nostra.

Wenig später war Tullius Victus in Begleitung aller Kommandeure dieser Flottille der Überlebenden auf dem Weg zu Otto Octavius.

Was Balbinus betraf, so begleitete nur sein abgetrennter Kopf die Gruppe. Tullius Victus trug ihn in einem transparenten, quaderförmigen und mit einem Tragegriff ausgestatteten Kasten aus einem speziellen Kunststoff bei sich. Auf dem Boden dieses Kastens hatte sich etwas Blut angesammelt.

Balbinus' Gesichtsausdruck war im Moment seines Todes erstarrt. Mit aufgerissenen Augen blickte er jeden Betrachter jetzt ungefähr genauso überrascht an, wie er Tullius Victus in jenem Moment angesehen hatte, kurz bevor dieser ihm den Kopf abschlug.

Ich habe Wort gehalten; Balbinus hat es nicht, dachte Tullius Victus. *Und das wird in den Augen des Imperators ganz sicher zu meinen Gunsten sprechen.*

Balbinus hatte versprochen, die Bevölkerung von Kaeso zu vernichten und Octavius den Kopf des Statthalters Catilina vor die Füße zu legen. Beides hatte er nicht gehalten. Insofern war es folgerichtig gewesen, was anschließend geschehen war.

Tullius Victus hingegen hatte den Befehl, den Octavius ihm gegeben hatte, zuverlässig ausgeführt.

Ein kaltes Lächeln erschien auf dem Gesicht von Tullius Victus.

Regierungsbeamte, die der Gruppe auf dem Weg zu Octavius begegneten, starrten auf den transparenten Behälter mit dem Kopf des toten Balbinus darin, und nicht jeder dieser zufälligen Passanten hatte dabei seine Gesichtszüge hinreichend unter Kontrolle.

Es war blankes Entsetzen, was man in diesen Gesichtern lesen konnte.

Er wird mich belohnen, dachte Tullius Victus. *Auf die eine oder andere Art. Wer weiß? Vielleicht bekomme ich ein höheres Kommando? Einen wichtigen Posten? Oder ich steige in seiner Gunst so weit empor, dass ich auf einer Stufe mit Tiberius Quintus stehe?*

Was auch immer sich aus dem Geschehenen ergeben mochte: Tullius Victus war überzeugt, dass er davon stark profitieren würde. Loyalität und Treue, so glaubte er, zahlten sich immer aus.

Die Ankömmlinge erreichten schließlich den Raum, in dem sich Octavius zurzeit aufhielt. Es war eigentlich ein Nebenraum, aber der Herrscher der Römer war in letzter Zeit äußerst misstrauisch geworden. Er wechselte die Räume ohne Begründung und sehr plötzlich. Nicht immer war das nachvollziehbar. Aber genau das war wohl der tiefe Sinn, der hinter diesem Vorgehen steckte. Octavius wollte für seine Feinde unberechenbar sein, vor allem in Hinblick auf seinen Aufenthaltsort. Aus seiner Sicht war es besser, alle Welt möglichst im Unklaren darüber zu lassen, wo er war und was er als Nächstes vorhatte.

Robotersoldaten standen vor dem Eingang. In letzter Zeit setzte Octavius verstärkt auf sie.

Die Tür öffnete sich.

Tullius Victus und sein Gefolge aus Schiffskommandanten traten ein.

Rex Octavius erwartete sie.

Tullius Victus verneigte sich. »Imperator, ich bringe dir den Kopf von Julius Valerius Balbinus, so wie du es mir befohlen hast. Sei gewiss, erhabener Rex Octavius, dass ich meine Versprechen dir gegenüber immer halten werde.« Dann legte er den Behälter mit Balbinus' Kopf vor die Füße von Octavius.

»Meine Freude ist etwas verhalten«, sagte Octavius. »Es fehlt ein zweiter Kopf: der von Catilina! Und der wäre mir sogar noch wichtiger gewesen.«

»Der Umstände halber war es leider nicht möglich, dir Catilinas Kopf zu bringen.«

»So, so, der Umstände halber …«

Octavius streckte seine Hand zur Seite. Einer der Legionäre, die in der Nähe standen, gab ihm dessen Waffe. Blitzschnell und ehe Tullius Victus irgendwie reagieren konnte, hob Octavius die Waffe und löste aus. Der Nadelstrahl tötete Tullius Victor sofort.

»Schafft fort, was von ihm geblieben ist!«, verlangte Octavius.

*

Später suchte Otto Octavius die Zelle auf, in der er Sixtus Flavius zurzeit gefangen hielt. Es war ein einfacher, kahler Raum ohne irgendwelche Einrichtungsgegenstände. Sixtus Flavius kauerte am Boden und blickte auf. Die Tür schloss sich hinter Otto Octavius.

Das Folterverhör von Sixtus Flavius hatte einiges ins Rollen gebracht. Die Informationen, die dabei zutage getreten waren, hatten Octavius' schlimmste Befürchtungen noch übertroffen. Der Sol invictus hatte in einen Abgrund aus Verrat und Niedertracht blicken müssen, den er nie für möglich gehalten hatte.

Aber irgendwie hatte Octavius das Gefühl, dass der Senator ihm noch nicht alles verraten hatte. Möglicherweise ließ sich noch etwas aus ihm herausholen. Letztlich war diese Vermutung auch der einzige Grund dafür, dass Sixtus Flavius noch am Leben war.

»So hoher Besuch?«, fragte Sixtus Flavius schließlich, nachdem einige Augenblicke lang ein bedrückendes Schweigen geherrscht hatte. »Was verschafft mir die Ehre?«

»Da sind noch ein paar Fragen, die in meinem Kopf herumschwirren und die nicht wirklich beantwortet sind.« Otto Octavius zuckte mit den Schultern. »So bin ich nun mal. Bevor ich keine Antworten bekomme, lasse ich nicht locker.«

»Ich habe keine Ahnung, wovon du sprichst, Octavius.«

»Muss ich dir erst auf die Sprünge helfen? Wir können die schmerzhafte Behandlung, die dir schon einmal die Zunge gelockert hat, gerne fortsetzen, sollte das nötig sein. Jederzeit.«

»Ja, ich weiß …«

»Am Ende wirst du reden.«

»Mag sein.«

»Es ist immer so. Jeder Widerstand ist zwecklos, das solltest du inzwischen eingesehen haben. Am Ende bekomme ich immer, was ich will. Immer.«

Eine kurze Pause entstand.

»Was willst du wissen?«, fragte Sixtus Flavius dann.

»Das ist ein guter Anfang.«

»Ich kann dir nur Fragen beantworten, die du auch stellst, Octavius.«

»Nein, du kannst mir alles offenbaren, was du weißt!«

»Siehst du, das ist das Problem bei dir, Octavius: Du weißt nicht, wie man die richtigen Fragen stellt. Und weil du die richtigen Fragen nicht stellst, bleibt dir manches verborgen. Aber jede Erkenntnis beginnt mit einer Frage. Wissenschaftler werden dir das bestätigen. Und das gilt nicht nur in der Wissenschaft. Es gilt immer.«

»Welche Frage, findest du, sollte ich denn stellen?«

»Frag dich doch mal, wer dich stürzen könnte.«

»Was ist deine Antwort darauf, Sixtus Flavius?«

»Es sind diejenigen, die immer am besten dafür geeignet sind. Diejenigen, denen du dein Vertrauen geschenkt hast, die in deiner Nähe sind und von denen du denkst, dass sie alles für dich tun würden. Diejenigen, die versprechen, Köpfe zu bringen oder die Bevölkerung eines Planeten auszurotten!«

»Woher …?« Octavius brach ab. Sein Gesicht wurde jetzt maskenhaft.

Woher konnte der ehemalige Senator diese Dinge wissen?

Von den Wachen vielleicht?

Waren selbst unter ihnen Verräter, die den Gefangenen mit Informationen versorgten?

Auszuschließen ist gar nichts mehr, dachte Octavius. Das Ausmaß des Verrates und Niedertracht schien tatsächlich grenzenlos zu sein. »Worauf willst du hinaus, Sixtus Flavius?«

»Hast du zum Beispiel wirklich geglaubt, dass Balbinus einfach so auf deinen Befehl hin die Bevölkerung von Kaeso ermorden würde? Hast du tatsächlich gedacht, dass er Catilina etwas antun würde? Wie leichtgläubig du bist!«

»Soll das heißen …?«

»Admiral Julius Valerius Balbinus hat sich längst Admiral Julius Martius angeschlossen. Die Raumschlacht, die da stattgefunden haben soll, war ein Theater für dich. Brot und Spiele für einen einzigen Zuschauer, ein *spectaculum*, das nur dazu dienen sollte, Rex Octavius zu täuschen!«

»Bei den Göttern, woher weißt du das alles?«

»Die Wände erzählen es. Man hört so vieles. Der Widerstand gegen dich ist überall. Und besonders dort, wo du ihn nicht vermutest.«

»Ich habe den Kopf von Balbinus gesehen! Man hat ihn mir vor die Füße geworfen!«, schrie Octavius.

»Du hast einen Kopf gesehen, das mag sein, Octavius. Aber selbst ein Abgleich der DNA würde nicht beweisen, dass dies tatsächlich Balbinus' Kopf war, den du gesehen hast, oder vielleicht nur ein herangezüchteter und entsprechend hergerichteter Klumpen organischer Materie, dem man das Gesicht gab, das du sehen wolltest.«

»Das ist nicht wahr! Das kann nicht wahr sein!«

»Du weißt, dass es wahr sein muss. Und wenn du ehrlich bist: Hast du Balbinus nicht immer schon misstraut? Du hattest allen Grund dazu. Ich bestätige dir doch nur, was du immer schon angenommen hast.«

Octavius zitterte vor Wut. Er zog die Waffe, die er bei sich trug, und richtete sie auf Sixtus Flavius. »Du hast mir diese Information bewusst vorenthalten! Hätte ich das früher gewusst … Ihr Götter, wenn ich das früher gewusst hätte, dann wäre Balbinus auf eine andere Weise getötet worden!«

Sixtus Flavius blickte in die Mündung der Waffe. »Was bringt es dir, wenn du mich tötest?«, murmelte er mit halberstickter Stimme. »Du weißt ja erst die Hälfte, und all das, was du noch erfahren könntest, wird dann niemals dein Ohr erreichen. Also sei kein Narr, Octavius, und lass mich am Leben!«

Die Wut wurde in diesem Augenblick fast übermächtig in Octavius, und das war ihm auch äußerlich anzusehen. So kontrolliert er sich auch teilweise in der Öffentlichkeit zu präsentieren wusste, im engeren Kreis verlor er immer öfter vollkommen die Kontrolle über seine Emotionen.

Die Hand, in der er die Waffe hielt, zitterte.

Sein Gesicht verzog sich.

Dann feuerte er.

Aber er hatte die Waffe etwas zur Seite gerissen. Der Nadelstrahl bohrte sich in die Wand und hinterließ dort eine beschädigte Stelle. Er war ganz knapp an Sixtus Flavius vorbeigegangen.

»Halt mich nicht zum Narren … Flavius!«, presste Octavius hervor.

»Dann hör mir zu!«

»Rede!«

»Wir sind wieder bei unserem Ausgangspunkt, Octavius.«

»Ach, ja?«

»Bei der richtigen Frage.«

»Wer könnte mich stürzen?«

»Genau. Balbinus hat sich mit Martius zusammengetan. Und er hatte für seinen Verrat eine ideale Position. Aber es gibt noch jemanden, der dir noch sehr viel näher steht, aber den die jüngste Entwicklung vor ein Problem stellt.«

»Von wem redest du?«

»Ich rede von Quintus.«

»Sprich weiter …«

»Quintus plant schon lange, dich zu stürzen. Er hat sich systematisch in die ideale Position dafür gebracht. Jeden Mord hat er für dich ausgeführt, zu jeder Schweinerei war er bereit. Niemand hat dir je so treu gedient, und niemanden würdest du so nahe an dich herankommen lassen wie ihn.«

»Es gibt keinen Beweis für das, was du sagst!«

»Keinen Beweis? Was habe ich noch zu verlieren? Warum sollte ich dir etwas Falsches sagen? Ich spreche die Wahrheit, und wenn du genau darüber nachdenkst, dann wird es schon früher Anzeichen gegeben haben, die du vielleicht nicht genug beachtet hast. Wie auch immer, Quintus wird sich jetzt damit beeilen müssen, seine Pläne in die Tat umzusetzen. Er steht regelrecht unter Zeitdruck.«

»Wieso?«

»Na, das ist mal eine Frage! Weil er nicht warten kann, bis Martius auf Terra Nostra auftaucht! Wenn er nicht vorher die Macht ergreift, wird er in diesem ganzen Spiel leer ausgehen, und das weiß er auch. Er wird dich bei nächster Gelegenheit aus dem Weg räumen, Octavius. Eher früher als später.

Nach der Niederlage im Kaeso-System hält er dich außerdem für schwach. Er denkt, dass seine Stunde jetzt schlägt! Jetzt oder nie! Und wer weiß, wer noch daran beteiligt sein wird, den du jetzt noch nicht einmal auf deiner Rechnung hast!« Ein schwaches Lächeln erschien jetzt auf Sixtus Flavius' Gesicht. »Es wird sein wie beim großen Cäsar … damals waren es Brutus, Marcus Antonius und ein paar andere aus der unmittelbaren Umgebung des von den Göttern gesegneten Cäsar, die es auf die Dauer einfach nicht aushalten konnten, im Schatten dieses Mannes zu stehen.

Auf Dauer wird es auch niemand aushalten, im Schatten des Sol invictus zu stehen. Sei dir gewiss: Quintus wird die Gelegenheit nicht ungenutzt verstreichen lassen. Die Zeit läuft … die Niederlage von Kaeso wird sich wie ein Lauffeuer verbreiten. Du wirkst schwach. Und Martius' Schiffe sind vermutlich schon auf dem Weg hierher.«

*

Als Octavius die Zelle verließ, fühlte er sich wie betäubt.

Zwei seiner Robotersoldaten warteten im Korridor auf ihn. Octavius hatte sich frühzeitig eine Armee von Kampfrobotern angeschafft, weil er Menschen inzwischen grundsätzlich misstraute. Bei der ersten Dezimierung des Senats waren diese Roboter auch schon sehr hilfreich gewesen.

Zwischenzeitlich hatte Octavius auch ihnen misstraut. Schließlich waren Maschinen beeinflussbar. Ihre Systeme konnten durch entsprechende Programme manipuliert werden, und sie konnten sich gegen ihren Herrn wenden, wenn sie unter die Kontrolle von Feinden gerieten.

Aber im Augenblick neigte sich Octavius' schwankende Ansicht zu diesem Thema wieder den Argumenten der anderen Seite zu. Angesichts der furchtbaren Welle des Verrats, die seinen engsten Umkreis erfasst hatte, erschien das Risiko, Opfer eines Datenangriffs auf seine Roboter zu werden, weniger gravierend.

In diesem Fall war der Grund dafür, dass Octavius sich ausschließlich von Robotersoldaten begleiten ließ, sehr simpel: Er hatte nicht gewollt, dass irgendjemand davon erfuhr, dass er noch einmal zu Sixtus Flavius ging, um ihn ein weiteres Mal zu befragen. Und so, wie sich die Dinge nun herausgestellt hatten, war diese Entscheidung auch sehr richtig gewesen.

Einstweilen werde ich diesen winselnden Hund am Leben lassen, überlegte Octavius. *Wer weiß, was ich noch von ihm erfahren kann.*

»Ich darf darauf hinweisen, dass ein Besprechungstermin im Senatssaal ansteht«, sagte einer der beiden Roboter. Octavius hatte ihn angewiesen, diese Erinnerung auszusprechen, sobald es zeitlich notwendig wurde.

»Ich werde nicht zum Senatssaal gehen«, entschied Octavius. Er dachte an das Schicksal des großen Cäsar. Nein, es war besser, sich im Moment von solchen Treffen fernzuhalten.

Stattdessen ließ er sich dann von seinen Robotersoldaten in einen anderen Raum begleiten. Es handelte sich um einen unscheinbaren Besprechungsraum, in dem sonst Arbeitsgruppen tagten. Um die Tür zu öffnen, benutzte Octavius nicht einmal seinen eigenen Zugangscode. Er wollte es seinen Feinden nicht zu leicht machen, seine Aktivitäten nachzuverfolgen.

Als sich die Tür hinter ihm schloss und er mit den beiden Robotersoldaten allein war, atmete Octavius auf.

Er ließ die beiden Roboter trotzdem noch eine routinemäßige Sicherheitsüberprüfung durchführen. Dann erst ließ sich Octavius einigermaßen beruhigt in einen der bequemen Schalensitze nieder.

Er fragte sich, was er tun sollte.

Die Worte von Sixtus Flavius hallten in einer Art Dauerschleife in seinem Kopf wider. Sollte er alles glauben, was der ehemalige Senator gesagt hatte, der durch die Behandlung, die diesem widerfahren war, ganz sicher selbst am Rand des Wahnsinns angelangt war?

War er zu leichtgläubig?

Allerdings ergaben sich bei näherem Hinsehen tatsächlich mehr Indizien dafür, dass Flavius in jedem Detail recht hatte. Und was Quintus anging, so war der Plan, den Flavius ihm soeben offenbart hatte, beinahe perfekt – zu perfekt, um annehmen zu können, dass Quintus das nicht auch selbst erkannt hatte!

Immer wieder hatte Quintus seine völlige Skrupellosigkeit bewiesen. Bisher allerdings immer in Octavius' Auftrag, was den Herrscher der Römer hatte glauben lassen, dass Quintus ihm so treu ergeben war wie sonst niemand anderes.

Aber was würde geschehen, wenn sich diese absolut gewissenlose Skrupellosigkeit gegen Rex Octavius wandte?

Man muss damit rechnen, dass er dann genauso kompromisslos gegen mich vorgehen wird, wie er das bisher gegen meine Feinde getan hat, erkannte Octavius.

Die Frage war, wie er jetzt weiter vorgehen sollte.

Diese Frage konnte Octavius nur mit sich allein klären. Es war niemand geblieben, dem er auch nur noch ansatzweise hätte trauen können.

Dann fasste Octavius einen Entschluss.

Ich werde meine Robotersoldaten losschicken, damit sie Quintus ergreifen und zu mir bringen, nahm er sich vor. *Sobald das geschehen ist, wird sich zeigen, wie viele Verschwörer es tatsächlich gibt ... Auf jeden Fall werde ich es meinen Feinden nicht so leicht machen, wie es vor langer Zeit ein Narr namens Cäsar getan hat!*

19.

»Du hast meine Erlaubnis, Jim Smith«, sagte Admiral Martius. »Meine Funkzentrale versucht gerade, eine Verbindung herzustellen. Und danach sehen wir dann weiter.«

Gisol, Balkoroy und Segal befanden sich in der Zentrale der LAURONS. Das Ergebnis der Besprechung auf Kaeso war, dass man tatsächlich versuchen wollte, Unterstützung bei den Worgun zu bekommen. Eine andere Möglichkeit gab es nicht. Allein war die Flotte der römischen Rebellen einfach zu schwach, um den Usurpator stürzen zu können.

Und davon abgesehen waren die jüngsten Nachrichten, die man von Terra Nostra bekommen hatte, wirklich besorgniserregend.

Die Zeit lief den Rebellen davon.

Gisols Blick ruhte auf der Bildkugel in der Mitte der Zentrale des Ringraumers. Man konnte dort einerseits die rosaschimmernde Kugel des Planeten Kaeso mit seinen drei kleinen Monden sehen und andererseits die Raumschiffe der Rebellenflotte.

An etlichen Raumschiffen wurden gerade Reparaturarbeiten durchgeführt. Dabei musste man improvisieren. Die entsprechenden Einrichtungen des Planeten Kaeso waren dafür gar nicht ausgerüstet.

Man versuchte, einige der manövrierunfähig geschossenen Wracks, die diese Raumschlacht hinterlassen hatte, noch auszuschlachten und alles zu bergen, was sich gegebenenfalls noch als Ersatzteil benutzen ließ.

Diese Reparaturarbeiten fanden unter großem Zeitdruck statt, denn es war klar, dass man schon in Kürze von Neuem in Gefechte verwickelt sein würde. Darauf musste man sich, so gut es die Umstände zuließen, vorbereiten.

Die Funkzentrale meldete sich. »Wir haben eine Verbindung!«

»Dann soll der Kanal jetzt freigeschaltet werden!«, befahl Admiral Martius.

Unmittelbar darauf veränderte sich die Anzeige in der Bildkugel: Es wurde die Zentrale eines anderen Ringraumers sichtbar. Im Sessel des Kommandanten saß eine formlos wirkende, amöbenhafte, graue Gestalt. Ein Arm wölbte sich plötzlich aus diesem Körper hervor und wuchs bis zu der Konsole in unmittelbarer Nähe des Kommandantensitzes, um mit ein paar feingliedrigen, sich aus dem Ende des Armes bildenden Fingern ein paar Schaltungen vorzunehmen, die wohl zu profan waren, um sie in die Gedankensteuerung zu integrieren.

»Hier spricht Blando!«, ertönte es über die Schallfelder. »Es freut mich außerordentlich, einen alten Bekannten wiederzusehen.«

»Ganz meinerseits, Blando«, gab Gisol zurück.

Blando verlagerte das Gewicht seiner Amöbengestalt etwas, sodass diese jetzt etwas in die Länge gezogen wirkte und man fast den Eindruck haben konnte, der Worgun würde sich nach vorne beugen. »Admiral Martius! Es ist schon eine ganze Weile her, dass wir uns begegnet sind. Ich glaube, das war im Dendu-System. Kann das sein?«

»Jedenfalls hast du damals etwas anders ausgesehen, Blando«, stellte Martius fest, der offenbar keine Lust hatte, mit Blando über die damaligen Geschehnisse zu diskutieren, als Ren Dhark im Verbund mit den Römern Worgun-Fanatiker daran gehindert hatte, Milliarden von Zyzzkt zu ermorden.

Blando hatte in diesem Zusammenhang eine eher unrühmliche Rolle gespielt. Wenn es nach ihm gegangen wäre, dann hätte man den Fanatikern wohl mehr oder weniger freie Hand gelassen. »Ich habe für einige Zeit die Gestalt eines Tarr bevorzugt. Aber Gewohnheiten und Moden ändern sich, werter Martius. Und wir Worgun sind ja von Natur aus …veränderlich.«

»Nun, ein Römer bleibt immer ein Römer«, erwiderte der Admiral.

»Es gibt eine Theorie«, sagte Blando. »Sie besagt, dass irgendwann jede Lebensform von hinreichender Komplexität den evolutionären Sprung zur Fähigkeit des Gestaltwandels macht«, erklärte Blando. »Aber wie gesagt, das ist nur eine Theorie. Dennoch hat sie viel für sich und würde für so manche Spezies viele Probleme lösen. Ich denke da nur an die Energiekuppeln, unter der eure Leute auf Kaeso leben müssen, damit sie die passende Atmosphäre atmen können. Wäre es nicht praktisch, sich einfach in einen Organismus zu verwandeln, der sich in der vorhandenen Atmosphäre wohlfühlt? Da wir gerade über Kaeso sprechen. Ich habe beunruhigende Dinge über dieses System gehört.«

»Anscheinend bist du gut informiert, Blando«, ergriff nun Gisol das Wort. Sein Jim-Smith-Gesicht wirkte undurchdringlich. Wie gut Blando in der Lage war, terranische Mimik zu lesen, wusste er nicht. Möglicherweise würde man dazu einfach die Aufzeichnung der Funkübertragung auswerten und dann auch zu brauchbaren Ergebnissen kommen, sofern man genug Vergleichsmaterial besaß. Letzteres war durch den langen Kontakt zu den Römern von Terra Nostra anzunehmen.

»Wir brauchen deine Hilfe, Blando«, kam Gisol nun zur Sache. »Otto Octavius hat auf Terra Nostra eine Schreckensherrschaft errichtet. Er war bereit, die Bevölkerung des Planeten Kaeso umzubringen, nur um ein Exempel zu statuieren. Seine Herrschaft muss umgehend beendet werden. Andernfalls kann man für nichts mehr garantieren.«

»Wie sich das Blatt doch wendet«, meinte Blando und wirkte seltsam selbstzufrieden. »Aber es zeigt einmal mehr, dass ich mit meiner Einschätzung damals richtig lag.«

»Wie meinst du das?«

»Seinerzeit hat sich Octavius sehr für diese elenden Zyzzkt eingesetzt, die ganz Orn terrorisiert hatten. Er hat sich regelrecht dagegen gewehrt, dass die Mistkerle ihrer gerechten Strafe zugeführt werden, was mir viel über seinen wahren Charakter verraten hat. Ich …«

»Blando«, unterbrach Gisol ihn, »jetzt ist leider nicht die Zeit, um in Erinnerungen zu schwelgen. Die Römer auf Terra Nostra brauchen unsere Hilfe, sonst löscht Octavius sie alle aus!« Er hätte seinem Artgenossen gern in Bezug auf die Zyzzkt widersprochen, doch er wollte Blando keinesfalls provozieren.

»Oh, das befürchte ich ebenfalls«, meinte Blando ruhig. »Mir liegen zuverlässige Informationen über die Geschehnisse auf Terra Nostra vor. So habe ich unter anderem gehört, dass Octavius der Kopf eines gewissen Balbinus präsentiert wurde, der kurz zuvor eine Raumschlacht um das Kaeso-System verloren hatte, über deren Verlauf ihr ja bestens Bescheid wisst.«

»Dann muss ich dir die Dringlichkeit unseres Anliegens ja nicht näher erläutern«, erwiderte Gisol. »Die Römer brauchen jetzt ihre Verbündeten: vor allem die Worgun. Nur gemeinsam haben wir überhaupt eine Chance.«

»Wir haben zwanzig Ringraumer«, sagte nun Admiral Martius. »Das ist zu wenig, um Otto Octavius stürzen zu können.«

Die amöbenhafte Gestalt in der Bildkugel veränderte daraufhin noch einmal deutlich ihre Position. »Wer hätte das gedacht?«, sagte Blando dann. »Wer hätte gedacht, dass mich ein Römer noch einmal um Hilfe bittet? Denn darauf läuft es ja wohl hinaus!«

»Es dürfte auch im Interesse der Worgun sein, wenn Terra Nostra wieder ein Stabilitätsfaktor in der Galaxis Orn wird.«

»Natürlich«, stimmte Blando zu. »Irgendjemand muss sich ja um die Zyzzkt kümmern …«

»Du hast die Sache im Dendu-System noch nicht verwunden«, stellte Martius fest. »Aber es geht jetzt um die Zukunft. Wenn Octavius …«

»Ich bin völlig auf eurer Seite«, unterbrach Blando den Admiral. »Wie gesagt, über die Verhältnisse in eurem Sol-System bin ich gut informiert. Die Lage könnte tatsächlich außer Kontrolle geraten. Zweifellos braucht ihr meine Hilfe.«

»Wie viele Schiffe hast du?«, kam Gisol gleich auf den Kern der Sache zu sprechen.

»Genau einhundertsiebenundachtzig Ringraumer«, erklärte Blando. »Wie damals im Dendu-System.«

»Dann hätten wir eine Chance, Blando.«

»Außerdem könnte ich noch weitere Unterstützung besorgen.«

»Von wem?«

»Nun, da sind noch andere Kommandanten, die ich vielleicht dazu bewegen könnte, sich an der Operation zu beteiligen. Es ist doch so: Bis zu Otto Octavius' Machtergreifung war Terra Nostra ein verlässlicher Verbündeter der Worgun. Und jetzt sollte niemand sagen ›umgekehrt war das nicht immer der Fall‹ und dabei auf die Schwarze Macht verweisen! Die Schwarze Macht war kein normaler militärischer Gegner. Sie war so übermächtig, dass es von vornherein sinnlos gewesen wäre, sich gegen sie zu wehren.«

»Dafür, dass wir es trotzdem taten, haben wir Römer einen bitteren Preis bezahlt«, räumte Martius ein.

»Ich weiß«, sagte Blando. »Eure Sonne wurde deaktiviert. Etwas, das die Schwarze Macht mit jedem hätte tun können und wogegen es kein Verteidigungsmittel gibt! Kein einziges!«

»Die Wirren der Invasion durch die Schwarze Macht und die Folgen der Deaktivierung von Sol haben erst dazu geführt, dass jemand wie Otto Octavius an die Macht kommen konnte«, erklärte Martius. »Insofern beschäftigen wir uns im Augenblick gerade mit den Spätfolgen dieser Invasion.«

»Wie gesagt, es liegt im gemeinsamen Interesse unserer beider Völker, dass wieder stabile Verhältnisse auf Terra Nostra einkehren«, erklärte Blando. »Ich denke, dass sich die Anzahl der Schiffe, die letztendlich auf eurer Seite stehen werden, noch einmal signifikant erhöhen wird, wenn ich mich ein bisschen umhöre.«

»Das klingt vielversprechend«, sagte Gisol.

»Wir werden dann in Kürze voneinander hören«, versprach Blando. »Und dann werden wir gemeinsam dafür sorgen, dass wieder geordnete Verhältnisse bei den Römern einkehren und sich niemand mehr darüber Gedanken machen muss, dass eine der wichtigsten Mächte dieser Galaxis unter der Herrschaft eines Wahnsinnigen steht.«

»Das sehen wir genauso«, sagte Gisol.

»Ach, ich weiß nicht, ob ihr davon schon etwas gehört habt …«, fügte Blando noch hinzu. »Meinen Informationen nach hat Octavius nicht nur Balbinus – immerhin den Oberkommandierenden der römischen Raumflotte – umbringen lassen, sondern auch sich selbst an dessen Position gesetzt.«

»Er befehligt die Flotte jetzt selbst?«, echote Gisol scheinbar ungläubig. Er hatte von diesem Umstand bereits durch Martius erfahren, der im Sol-System noch ein paar Verbündete hatte. Um wen es sich dabei handelte, wusste Gisol aber nicht.

»Nun, an Octavius' Fähigkeiten in dieser Hinsicht dürften kaum Zweifel bestehen«, meinte Blando. »Damals, während der Dendu-Krise, war er doch schon mal in ähnlicher Funktion tätig. Nicht als Oberbefehlshaber, aber als Flottenadmiral. Insofern sollte er in der Theorie die nötigen Voraussetzungen durchaus mitbringen. In der Praxis wage ich zu bezweifeln, dass er dieser anspruchsvollen Aufgabe in irgendeiner Weise gerecht werden könnte. Dieser Römer will einfach zu viel auf einmal. Das könnte im Übrigen auch seine Schwachstelle sein …«

»Vielen Dank für diese Information«, erklärte Gisol zurückhaltend. »Ich hätte eher erwartet, dass Octavius den Posten des Flottenkommandanten mit irgendeinem ihm treu ergebenen Emporkömmling besetzt, dem er selbst in letzter Zeit etwas auf die Sprünge geholfen hat. Aber so kann man sich irren.«

»Ja, Informationen sind in Zeiten des Kriegers fast so wichtig wie Kampfschiffe.«

»Ich interpretiere es so, dass Otto Octavius inzwischen wirklich niemandem mehr zu trauen scheint«, erwiderte Gisol. »Und möglicherweise sind auch die Reihen seiner getreuen Helfershelfer bereits durch ihn selbst dermaßen ausgedünnt, dass er einfach niemanden mehr findet, der einen solchen Posten in seinem Sinne besetzen könnte …«

»Tja, da hast du dich wohl in Octavius getäuscht«, meinte Blando. »Aber was soll's? Mit mir an eurer Seite wird das Problem ›Octavius‹ sehr bald behoben sein.«

*

Die Verbindung wurde beendet. In der Zentrale der LAURONS machte sich eine ausgelassene Stimmung breit.

»Wir haben jetzt endlich eine realistische Chance!«, stieß Vinicius, der Erste Offizier, hervor und ballte dabei unwillkürlich die Hand zur Faust.

»Hauptsache, dieser Angeber hält auch, was er verspricht«, äußerte sich Balkoroy.

»Man muss ein bisschen sein Ego streicheln«, bemerkte Gisol. »Blando ist ein Angeber und Wichtigtuer, da gebe ich dir recht, Balkoroy. Aber er hat unbestrittenermaßen einhundertsiebenundachtzig Ringraumer unter seinem Befehl. Und einhundertsiebenundachtzig Schiffe sind nun einmal einhundertsiebenundachtzig Schiffe. Mit so einer Streitmacht können wir gegen Octavius zumindest antreten.«

»Wer hätte das gedacht?«, meinte Segal unterdessen anerkennend an Gisol gewandt. Dazu beugte er eigens seinen langen Hals herab und die Lippen seines giraffenartigen Mauls formten etwas, das durchaus als das Flinkrenner-Äquivalent eines breiten Lächelns durchgehen konnte. »Eben noch waren wir allein gegen diesen mächtigen Schlächter namens Octavius – jetzt haben wir Verbündete und bekommen vielleicht sogar noch mehr!«

»Ich bin zufrieden mit dieser Entwicklung«, sagte Gisol. Er wirkte sehr zurückhaltend dabei, und es fiel auf, dass noch jemand nicht so recht in den allgemeinen Freudentaumel in der Zentrale der LAURONS einstimmen mochte: Admiral Martius. Nur kurz erschien ein verhaltenes Lächeln in dessen Gesicht, das im nächsten Moment wieder einer sehr ernsten Miene Platz machte. Gisol ließ nachdenklich den Blick schweifen.

»Du scheinst dich nicht zu freuen«, wandte sich Balkoroy dann an Gisol.

Gisol hob die Augenbrauen. Ausgerechnet Balkoroy hatte das bemerkt, obwohl er als Halwiraner, dessen Gesicht von einem Raubtiermaul dominiert wurde, nun wirklich alles andere als ein Experte für die Mimik von Terranern oder Römern war. »Das Wort Euphorie beschreibt eine plötzlich aufkommende Freude, die durch die eigentlich schlechte Lage nicht zu begründen ist. Euphorie ist genau das, was du hier siehst, Balkoroy.«

»Die Lage ist doch nicht so schlecht, wie wir glaubten! Die Tage von Otto Octavius sind gezählt, denn wir haben jetzt Verbündete!«

Gisol nickte. »Im Augenblick sehen die meisten hier nur das, was erreicht wurde.«

»Du nicht?«

»Ich sehe, was noch kommt.«

*

Etwas später wurde in einem Besprechungsraum an Bord der LAURONS eine Konferenzschaltung hergestellt. Daran nahmen außer Admiral Martius und Gisol noch Appius Tiberius und Statthalter Catilina teil. Ihre Gesichter erschienen auf großflächigen Bildschirmen. Der Teilnehmerkreis war bewusst klein gehalten worden. Die Gesamtlage war nämlich keinesfalls so gut, wie die Tatsache vermuten ließ, dass man jetzt mit Blando und seiner Worgun-Flotte einen wirklich schlagkräftigen Verbündeten zur Seite hatte. Es gab schlimme Nachrichten von Terra Nostra, die den Erfolg der gesamten Rebellion infrage stellten. Allerdings wollte auch niemand den aus der gerade aufkeimenden Hoffnung erwachsenen Elan unter den Rebellen schon im Keim ersticken.

»Ave!«, begrüßte Admiral Martius die Teilnehmer der Unterredung. »Wir haben soeben noch einen verschlüsselten Funkspruch von Blando erhalten, in dem er uns mitteilte, dass er bereits vielversprechende Gespräche mit weiteren Worgun-Kommandanten aufgenommen habe.«

»Wir sollten diese Nachricht allerdings mit Vorsicht genießen«, fügte Gisol hinzu. »Blando ist ein Angeber, der sich gerne wichtiger erscheinen lässt, als er ist.«

»Trotzdem ist das eine ermutigende Nachricht«, meinte Tiberius.

»Man könnte sie auch so interpretieren, dass Blando bis jetzt noch nichts erreicht hat«, erwiderte Gisol. »Warum sollte er sich sonst melden, außer er will genau das verdecken. Er hat schon immer gerne den Mund etwas zu voll genommen – zumindest in den Phasen, in denen er so etwas wie einen Mund hatte.«

»Wir leben von der Hoffnung«, sagte Catilina. »Wenn es Blando gelingt, weitere Unterstützung für unsere Rebellion zu organisieren, dann nehmen wir die gerne an. Falls der Plan misslingt, müssen wir eben mit dem auskommen, was wir haben.«

»So sehe ich das auch«, sagte Admiral Martius.

»Die Nachricht, dass die Worgun uns unterstützen, hat sich inzwischen auch in der Bevölkerung von Kaeso verbreitet und überall Jubel und Erleichterung ausgelöst«, berichtete Catilina. »Wir haben hier eine Zeit schlimmster Todesangst hinter uns, und ich nehme an, dass jeder Einzelne von uns bereits innerlich mit dem Leben abgeschlossen hatte, denn objektiv gesehen hatten wir keine Chance.«

»Auf den Schiffen ist die Erleichterung natürlich auch groß«, erklärte Tiberius. »Wir arbeiten gerade mit Hochdruck an den nötigen Reparaturen. Und die positiven Nachrichten über die Unterstützung der Worgun haben natürlich für zusätzliche Motivation gesorgt. Allein die einhundertsiebenundachtzig Ringraumer von Blando sind ein Machtfaktor, gegen den auch Octavius nicht so einfach ankommen kann.«

»Es besteht jetzt die realistische Chance, Octavius zu stürzen«, stimmte Catilina zu. »Über Blando ist mir einiges bekannt. Er scheint ein sehr zwiespältiger Charakter zu sein, der überwiegend seine eigenen Pläne und Interessen verfolgt. Ob er tatsächlich ein guter Verbündeter ist, muss sich herausstellen.«

»Allerdings können wir in unserer Lage nicht wählerisch sein«, meinte Tiberius.

»Wir werden ihn genau beobachten müssen«, glaubte Admiral Martius. »Jedoch entspricht seine Analyse der Verhältnisse in Orn exakt den Tatsachen.«

Catilina nickte. »Die Unterstützung unserer Rebellion liegt im wohlverstandenen Eigeninteresse der Worgun. Das liegt auf der Hand.«

»Ich war ehrlich gesagt überrascht, wie gut Blando über die Geschehnisse auf Terra Nostra informiert war«, fuhr Admiral Martius fort.

»Das illustriert eigentlich nur, wie wichtig man die derzeitigen Entwicklungen im römischen Imperium bei den Worgun nimmt«, vermutete Catilina. »Die sehen eine Bedrohung für ihre eigene Sicherheit heraufdämmern, und das nicht ohne Grund. Otto Octavius ist mehr oder weniger zu einem paranoiden Wahnsinnigen mutiert. Aber das heißt nicht, dass man ihn deshalb unterschätzen dürfte. Wenn jemand in diesem völlig unberechenbaren Zustand eine Ringraumerflotte befehligt, ist er schon für sich genommen eine Gefahr für ganz Orn.«

»Warten wir also noch etwas ab, ob Blando nur ein Maulheld ist oder es ihm gelingt, tatsächlich eine größere Flotte zu organisieren«, sagte Martius. »Aber die Zeit drängt jetzt.«

»Was mich besonders beschäftigt, ist die Frage, was nach dem Umsturz kommt«, erklärte Catilina. »Es gibt auf Terra Nostra immense Probleme zu bewältigen, die infolge der Deaktivierung Sols entstanden sind. Die anschließende Reaktivierung hat dann ja weitere Probleme und Umwälzungen verursacht.«

»Es wird einer weitsichtigen Führung bedürfen, um das in den Griff zu bekommen«, stimmte Tiberius zu.

»Die alles entscheidende Frage wird sein, ob wir schnell genug sind«, ergriff nun Martius wieder das Wort. »Von Terra Nostra erhalten wir immer besorgniserregendere Nachrichten. In Nova Roma haben brutale Säuberungen begonnen. Es werden reihenweise Verhaftungen und Hinrichtungen vorgenommen. Otto Octavius scheint niemandem mehr zu trauen und setzt daher fast ausschließlich Roboter ein, um seine Macht durchzusetzen. Selbst Quintus soll in Ungnade gefallen sein. Das ganze System wurde inzwischen funktechnisch weitgehend durch den Einsatz von Gringer isoliert.«

»Es könnte also sein, dass wir zu spät kommen und es dann auf Terra Nostra niemanden mehr geben wird«, fasste Gisol die Lage zusammen. »Außer Otto Octavius.«

REN DHARK – Weg ins Weltall
Band 126
Rex Octavius
erscheint Ende September 2024

Simulacron-3

Roman von Daniel F. Galouye

In einer nicht allzu fernen Zukunft wird jedes Produkt, bevor es in Serienproduktion geht, ausgiebig auf seine Marktakzeptanz hin getestet. Die Firma TEAG konstruiert zu diesem Zweck einen gigantischen Computer, der eine nahezu perfekte elektronische Simulation der wirklichen Welt ermöglicht, mit all ihren komplizierten Interaktionen. Bevölkert wird sie von mehreren Tausend individuell entwickelten elektronischen Kunden, die in der Illusion existieren, sich in der richtigen Welt zu bewegen.

Douglas Hall, Direktor der TEAG, kommt eines Tages auf den Gedanken, dass auch seine Wirklichkeit nichts anderes sein könnte als eine Simulation. Er beginnt, seine direkte Umwelt in Frage zu stellen und sucht nach unwiderlegbaren Beweisen für die reale Existenz seiner selbst. Je intensiver er seine Suche betreibt, umso merkwürdigere Erfahrungen macht er. Manche davon drohen ihn in den Wahnsinn zu treiben.

Der Autor Daniel F. Galouye (* 1920, † 1976) war ein US-amerikanischer Journalist und Schriftsteller. Mit »Simulacron-3« (1964) schuf er einen Meilenstein des Science-Fiction-Genres, der zweimal verfilmt wurde: 1973 von Rainer Werner Fassbinder unter dem Titel »Welt am Draht« und 1999 von Roland Emmerich unter dem Titel »The 13th Floor«.

240 Seiten, Hardcover

Alternative 3

Fantastische Dokumentation als Roman
von Leslie Watkins

In den siebziger Jahren verschwinden, insbesondere in England, massenweise Wissenschaftler. Die Mitarbeiter der TV-Sendung Science Report recherchieren für eine geplante Folge über diesen Umstand – und entdecken Ungeheuerliches. Schließlich münden alle Erkenntnisse, das Wissen um ermordete Astronauten, verschwundene Menschen und plötzlich tödlich verunfallte Zeugen in die wohl spektakulärste Fernsehsendung, die es jemals in Großbritannien gab: Alternative 3.

Waren Menschen bereits Jahre vor der angeblich ersten Mondlandung auf dem Erdtrabanten? Welche »Überlebensfrist« gestehen die Regierungen diesem Planeten und somit seinen Bewohnern zu? Gibt es eine Elite, die sich bereits Lebensräume auf dem Mond geschaffen hat? Und existiert die größte außerirdische Kolonie bereits seit Jahrzehnten auf dem Mars?

In diesem Buch schildert Leslie Watkins seine Erlebnisse um die Geschehnisse und Hintergründe einer der größten »Verschwörungstheorien«: Alternative 3.

304 Seiten, Hardcover